中国话语体系建设丛书

丛书主编　沈壮海

▼ 余来明　严欢　等　著

建构中国文学话语

——传统知识、现代概念和被叙述的历史

教育部人文社会科学重点研究基地重大项目（22JJD750042）、国家社科基金人才项目（22VRC181）等项目成果

WUHAN UNIVERSITY PRESS
武汉大学出版社

图书在版编目(CIP)数据

建构中国文学话语:传统知识、现代概念和被叙述的历史/余来明等著.—武汉:武汉大学出版社,2024.5
中国话语体系建设丛书/沈壮海主编
国家出版基金项目 湖北省公益学术著作出版专项资金资助项目
ISBN 978-7-307-24087-2

I.建… Ⅱ.余… Ⅲ.中国文学—当代文学—文学研究 Ⅳ.I206.7

中国国家版本馆 CIP 数据核字(2023)第 197826 号

责任编辑:蒋培卓 责任校对:李孟潇 版式设计:马 佳

出版发行:**武汉大学出版社** (430072 武昌 珞珈山)
(电子邮箱:cbs22@whu.edu.cn 网址:www.wdp.com.cn)
印刷:湖北恒泰印务有限公司
开本:720×1000 1/16 印张:22 字数:355 千字 插页:2
版次:2024 年 5 月第 1 版 2024 年 5 月第 1 次印刷
ISBN 978-7-307-24087-2 定价:139.00 元

"中国话语体系建设丛书"编委会

主　任　沈壮海

副主任　方　卿

编　委　（以姓氏拼音字母为序）

方德斌　冯　果　贺雪峰　李佃来　李圣杰

刘安志　刘　伟　陆　伟　罗永宽　孟　君

聂　军　强月新　陶　军　于　亭　张发林

作者简介

余来明，武汉大学弘毅特聘教授，人文社会科学杰出青年学者，教育部人文社会科学重点研究基地武汉大学中国传统文化研究中心副主任，武汉大学台湾研究所所长。兼任武汉大学校学术委员会委员、人文社会科学研究院教授委员会副主任。入选国家人才计划。先后在美国哈佛大学东亚系、德国特里尔大学汉学系访问和讲学。主持各级课题十多项，出版中英文著作十余部，获中国出版政府奖、湖北省社会科学优秀成果奖等奖项。

严欢，1988年生，湖北荆门人，文学博士，暨南大学文学院博士后。主要从事明清文学、海外汉学研究。在《文艺理论研究》《南开学报》等刊物发表中英文论文数篇。

前　言

本书的写作与出版，虽是一项应命的任务，但其中探讨的许多话题，却是我这几年学术研究所关注的重心之一。2007 年 9 月，在进入武汉大学中国传统文化研究中心工作两年、博士毕业一年之后，我以在职身份进入武汉大学历史学院博士后流动站，跟随天瑜师研习历史文化语义学。因为我的专业是中国文学，天瑜师便建议我以"文学"名义作为研究方向，既可以在自己的专业领域闪转腾挪，又能够跳出专业之外进行"远观"。由此我在之后的十多年中，对"文学"之名下古今文学的不同观念、中国文学历史书写与文学历史之间的错位等问题进行了探讨，尽管先后发表了一些学术论文，还出版了一部以"文学"概念为题的学术著作，却深感在此领域内仍有许多未被触及的问题。正是在这种边学习、边研究的过程中，我开始有意识地从"历史"的角度反顾自己的文学研究历程，也深切感受到有必要从历史书写的角度思考中国文学历史建构的各种问题。

本书的撰写是武汉大学人文社会科学研究院规划的"中国哲学社会科学学术话语体系建设"宏大学术计划之一部分。从学校到人文社会科学研究院都给予了大力的支持。该计划以学科划分为依据，对各学科学术话语体系的形成、建构等问题展开系统研究，以回应建构中国特色社会主义学术体系、学科体系和话语体系的时代新命。由此延伸，从 2022 年开始，我先后主持了教育部人文社会科学重点研究基地项目和国家社科基金项目。作为一门古老而又年轻的学科，"文学"学科体系、学术话语的探讨涉及古今中西文学观念演变、文学实践的各个层面，需要有溥通的学识和精审的历史意识。撰写过程中，有数名研究生参与了其中的工作：其中第一章是与博士生黄姣雪合作完成，第五章是与博士生高慧霞合作完成，第十章是与硕士生喻洪灿合作完成，第十一、十二、十三章是与博士生严欢合作完成。与她们的合作，是一个"痛苦中"又满带期待的过程，总是希望在自己一遍一遍和她们共同修改论文的过程中，能够早日见到她们从略显稚嫩到"文章老更成"。等到她们毕业离开，也终会成为他人眼中的老师和学者，就如当年我的老师对我的教导和期许一样。学术的传承，或许就在这种不经意的言传与身教中得到延续。书中的各章在写成之后，部分发表在国内的学术刊物上，没有他们的支持，这项工作也势必很难会有如今的进展。

本书关于中国文学学术话语体系的研究，事实上仍是一项未完的工作。目前呈现在读者面前的规模，也只是当初设想的极小一部分。例如笔者所感兴趣的晚清以至民初文学话语生成过程中的复杂历程，现代文学学术话语体系形成、建构过程中传统文学话语的呈现、变异等情形，都可以作为专门研究的命题进行探讨。在今后的一段时间内，笔者仍将会带领三五诸生在此领域进行耕耘，同时也希望借助从此项研究中所领悟的文学史意识和文学史观念，在中国文学研究领域进行新的尝试，写作以中国文学话语、观念为基础的文学史和文学理论著作。当然，那又将会是一段更加漫长的旅程。

志此为记，以为自己一段学术历程的见证。

余来明
癸卯三月于武昌珞珈山

目　录

第一编　在传统与现代之间

第三编　他山之玉

绪说

中国现代化进程中学术话语的形成与反思

在现代学术转型过程中，学术分科观念的确立具有标志意义。从中国传统的"四部之学"(经、史、子、集)演变为现代的"七科之学"(文、法、理、工、农、医、商)，不仅思想、观念、方法等层面发生了很大改变，学术表达也常借助于新的话语系统而得以展开。① 1838 年，英国传教士塞缪尔·基德在关于中国语言性质和结构的一篇演讲中指出："所有的语言都需要新的术语或新的词语组合来表达新的思想。"②为了编织新的思想网络，人们不得不使用新的词语结构或者赋予旧词以新的含义，而这些新语又反过来成为连接新思想网络的重要扭结。以学科论，如"文学""经济""政治""历史""社会""物理"等学名，虽然在词语形态上均为中国所固有，然而其取义则均为近代以降涵化西义而形成的新名；"美学""哲学""逻辑""化学""法学"等名则属近代日本创制的汉字新语，最终成为现代学科的分支。各科之中，传统与现代所使用的术语存在根本不同。美国学者费正清指出："每一领域内的现代化进程都是用各该学科的术语加以界说的。"③以数学为例，构成中国传统数学话语系统的是"象数""勾股""割圆""开方""算术"等术语，而现代数学则以"点""线""面""几何""函数""直径""半径""平行""相

① 关于学术分科观念的演变与近代中国知识系统创建之间的关系，参见左玉河：《从四部之学到七科之学——学术分科与近代中国知识系统之创建》，上海书店出版社 2004 年版。

② Samuel Kidd, *Lecture on the Nature and Structure of the Chinese Language*, London: Taylor and Walton, 1838, p. 10.

③ [美]费正清、刘广京编：《剑桥中国晚清史》下卷《前言》，中国社会科学院历史研究所编译室译，中国社会科学出版社 1985 年版，第 6 页。

交"等为基本概念系统。

然而回到晚清以降的历史现场，现代新语的创制、使用与定型却经历颇多挫折。从晚清早期来华传教士马礼逊、麦都思、裨治文、伟烈亚力等人创译的新名词，到清末傅兰雅、林乐知、丁韪良、艾约瑟等人对汉字新语的厘定，其后又有严复对西方社会科学术语的翻译，日译汉字名词、概念的大量输入等情形，术语转换层出不穷的背后，反映的正是近代中国学术文化发生的巨大转折。① 其间情势，正如梁启超所说的："社会之变迁日繁，其新现象、新名词必日出……一新名物、新意境出，而即有一新文字以应之。新新相引，而日进焉。"②各不同时期输入的西学知识，几乎都为中国自古从无，即便中国传统知识谱系中有相关思想、观念的表述，中西之间也存在巨大差异。因而也就会有士人将创制新语视为理所当然之事："我中国即无固有之名词以冠之，亦不妨创一新名词。如泰西近今有新发明之事理，即创一新字以名之也。若必欲以我国古名词名泰西今事理，恐亦不能确切无遗憾。"③鼓吹、欢迎之意昭然若揭，并将其视为时代发展的必然趋势。

构成现代学术话语体系的近代新语，其思想来源是近代以来输入的西方知识，其中许多又是经过日本翻译成汉语而进入中国。而近代日本用以翻译西学的汉字术语，有大量为中国古典词汇，又曾经借鉴明末清初来华传教士和晚清早期传教士的翻译成果。在如此错综的中、西、日知识环流场景中，现代学术话语的生成及其演变展现极为复杂的面相，并非只是一个简单由西方(经由日本)输入中国的过程。不同时期产生的新语在最后达成"survival-of-the-fittest"(适者生存)的状况时，大多经历了一个"struggle-for-life"(生存竞争)的过程。④ 在新语创制的初期，一个西学概念常有多个不同的汉字术语与之对应，然后在不断的讨论和

---

① 相关论述，参见冯天瑜：《新语探源——中西日文化互动与近代汉字术语生成》，中华书局2004年版。

② 中国之新民(梁启超)：《新民说》第十一节"论进步"，《新民丛报》第10号，1902年6月20日，第4页。

③ 《新民丛报》第11号《问答》孙开圻函，1902年7月5日，第89页。

④ 此一说法，见 A. H. Mateer, *New Terms for New Ideas: A Study of the Chinese Newspaper*, Shanghai: The Presbyterian Mission Press, 1917, p. 1.

使用中逐渐固定为一个术语。在此情形之下，概念论争过程中发挥重要影响的，已经不仅仅是两种语言之间的传译问题，而是有着更为复杂的面相，反映的是中国文化现代转型的多重进路与选择。

从晚清以至 20 世纪二三十年代，中国的学术话语系统进行了彻底更新，从日常生活到学术都经历了一场语言的革命。而清末民初创制的大量汉字新语，也成了构成现代学术话语体系的核心要素。王力 20 世纪 50 年代论及汉语发展历史，将近代以降汉语的变化历程分为三个：前两个阶段以戊戌政变为界，新词也从产生有限到增加较快，第三个阶段是五四运动以后，通行的新词逐渐定型，又不断有新词被创造出来。在此基础上他指出："现在在一篇政治论文里，新词往往达到百分之七十以上。从词汇的角度来看，最近五十年来汉语发展的速度超过以前的几千年。"①言语系统急剧变化的背后，反映的正是古今学术体系和话语体系的转变。以下的讨论基于清末民国时期新语的大量涌现而展开，藉由考察该时期新语创制现象入手，对现代学术转型、学术话语体系构建等问题进行辨析，以说明中国学人在现代学术话语体系形成过程中所做的理论探索和实践，及西方学术话语在"汉字化"过程中发生的变异与误读，无不体现出知识、思想在全球传播过程中的复杂面相。更进一步，希望通过探究现代学术话语形成的历史轨迹，为建构具有中国特色的学术话语体系，尤其是文学话本系提供借鉴和参考。

一、现代性的诱惑：输入西学与创制新语

近代中国由战争开启的探索西学之路，在经历多次失败（两次鸦片战争、中日甲午战争）以后，便逐渐由重视对外部世界的了解（"开眼看世界"）、"器"与"技"的输入（"师夷长技以制夷"），推及于政制、思想、文化的全方位学习。在对现代性（诸如富强、民主、文明、自由等）不断的追求过程中，始于 19 世纪三四十年代由来华传教士所主导的西方科学书籍翻译，在甲午战争以后开始逐渐衰退，以日本为中介输入西方知识、思想成为主流趋势。从 1895 年康有为、文廷

---

① 王力：《汉语史稿》，中华书局 2004 年版，第 598 页。

式等创办"强学会"，以"译东西文书籍"为首事，编《日本书目志》，分类介绍日本新学著作，到 1896 年梁启超拟撰《变法通议》，在"论译书"一节文末对日译西学著作赞赏有加，认为"日本自维新以后，锐意西学，所翻彼中之书，要者略备，其本国新著之书，亦多可观，今诚能习日文以译日书，用力甚鲜，而获益甚巨"①，又在 1897 年与人共创"大同译书局"，提出"以东文为主，而辅以西文"的译书策略，1899 年撰《论学日本文之益》等文力倡翻译日译西书之便利，等等一系列的言论与举措，在在显示该时期西学传入途径的变化。随之而来的，则是大量日人翻译的西学汉字术语涌入中国，这一情形一直延续到"五四"之前。②

清末民初徐珂（1869—1928）编《清稗类钞》收录时人有关"新名词入诗"的记载，言及清末新名词流行的状况说："自日本移译之新名词流入中土，年少自喜者辄以之相夸，开口便是，下笔即来，实文章之革命军也。"并以嘲弄口吻用时兴的新名词作诗四首。诗云：

> 处处皆团体，人人有脑筋。保全真目的，思想好精神。势力圈诚大，中心点最深。出门呼以太，何处定方针。
>
> 短衣随彼得，扁帽学卢梭。想设欢迎会，先开预备科。舞台新政府，学界老虔婆。乱拍维新掌，齐听进步歌。
>
> 欧风兼美雨，过渡到东方。脑蒂渐开化，眼帘初改良。个人宁腐败，全体要横强。料理支那事，酣眠大剧场。
>
> 阳历初三日，同胞上酒楼。一张民主脸，几颗野蛮头。细崽皆膨胀，姑娘尽自由。未须言直接，间接也风流。③

对处于 19、20 世纪之交的士人来说，不论是意含嘲讽、肆力抵制，还是欢

---

① 梁启超：《梁启超全集》第一卷，北京出版社 1999 年版，第 50 页。

② 相关论述，可参见沈国威：《近代中日词汇交流研究》，中华书局 2010 年版，第 231～283 页。

③ 徐珂：《清稗类钞·讥讽类》第 4 册，中华书局 1983 年版，第 1724 页。江苏古籍出版社 2005 年版李宝嘉《南亭四话》卷四中所载《新名词诗》一条内容与此不同。

欣鼓舞、热切拥抱，新语的大量涌现已成为无法回避的时代景象。上述各诗中使用的"团体""脑筋""思想""精神""势力圈""中心点""以太""方针""欢迎会""预备科""政府""学界""维新""进步""过渡""脑蒂""开化""眼帘""改良""个人""腐败""团体""料理""支那""剧场""阳历""同胞""民主""野蛮""膨胀""自由""直接""间接"等语汇，词形虽有不少见于中国古典语系，但词义和用法却颇显陌生，几乎全为日本创制的所谓"新汉语"。其中除"以太""脑蒂""料理""支那"等词后被废弃不用，多数仍为今天常用语汇。而这种新名词丛出的情形，不仅是清末民初汉语词汇系统发生变化的体现，也是该时期学术话语体系正在经历的转变。用当时一位士人的话说就是："学者非用新词，几不能开口动笔，不待妄人主张白话，而中国语文已大变矣。"①在清末输入西学的大背景下，使用新语进行学术表达，不仅是出于必然为之的现实需要，同样也被视作顺应潮流的表现。

对 19 世纪中叶以降的中国来说，以汉语译介西书一方面承担着输入新知的现实任务，同时也担负着延续文化命脉的沉重责任。王国维甚而发出危言："若禁中国译西书，则生命已绝，将万世为奴矣。"②迫切之情溢于言表。而为了应对日逐而新的西学思潮，创制/借用新语成为必然选择："事物之无名者，实不便于吾人之思索。故我国学术而欲进步乎，则虽在闭关独立之时代，犹不得不造新名。况西洋之学术骎骎而入中国，则言语之不足用，固自然之势也。"③既有的语言体系无法满足对新事物、新思想、新观念的指称，新名的创制与引入也就成为必然趋势。诚如梁启超 1896 年拟撰《变法通议》所说："新出之事物日多，岂能悉假古字？故为今之计，必以造新字为第一义。"④因为新出事物而造译新名，不必一味追求从传统语汇中寻找对应译词，而他所寻求取为己用的是日本明治以来译出的汉字新语。

---

① 柴萼：《梵天庐丛录》卷二十七《新名词》，民国十五年(1926)石印本。

② 王国维 1898 年 3 月 1 日致许同蔺信，刘寅生、袁英光编：《王国维全集·书信》，中华书局 1984 年版，第 3 页。

③ 王国维：《静安文集·论新学语之输入》，《王国维全集》第 1 卷，浙江教育出版社 2009 年版，第 127 页。

④ 梁启超：《变法通议·论译书》，《梁启超全集》第 1 卷，北京出版社 1999 年版，第 49 页。

　　然而同样面对输入西学时的术语厘定问题，明末清初的来华耶稣会士却有着截然不同的看法。一方面，明末清初的耶稣会士认识到："东西文理，又自绝殊，字义相求，仍多缺略，了然于口，尚可勉图，肆笔成文，便成艰涩。"①东西文化之间的巨大差异，使得两种文化之间的沟通变得颇为不易。然而同时他们又普遍认为："中文当中并不缺乏成语和词汇来恰当地表述我们所有的科学术语。"②反映在新语创制方面，明清之际汉译西书中所造译的大量新语，有不少都使用音译的方式；即便采用意译方式，也多使用中国古典词，虽然各词的含义较其原始形态已发生变化，如"上帝""几何""物理""理学"，等等。之所以前后两个时期在术语创制方面表现出如此大的差异，与各时期文化优越感的不同有很大关系，明末清初西学知识以一种"弱者"的身份进入中国，因而在译语上常存在牵合中国固有语汇的情况；而晚清以来西学的输入则呈现"强者"姿态，造译新语以表达新事物、新思想成为必然选择。即使在文化选择上偏于保守的文人如章太炎，也认同一位日本学人的看法：

　　　　新造语者，盖言语发达之端，新陈代谢之用也。今世纪为进步发见之时，代有新事物，诚非新造语不明。③

　　推动语言演变的触媒多种多样，而新知识、新思想的出现，往往会带来言语系统的更新。面对西学输入的大势，清末中国原有的思想和话语体系已无法进行对接，由此引发一场话语革命，通过创制/借用新的概念和术语来传递新的思想和观念。王国维曾立足中国语言历史发展的一般趋势，论述新语的生成与思想演变之间的关系说："夫言语者，代表国民之思想者也。……周秦之言语，至翻译

---

　　①　利玛窦：《译几何原本引》，[意]利玛窦口译、徐光启笔受《几何原本》，日本早稻田大学图书馆藏万历三十九年(1611)再校刊本。
　　②　[意]利玛窦、金尼阁著，何高济等译：《利玛窦中国札记》，中华书局1983年版，第517页。
　　③　章炳麟《訄书(重订本)·订文第二十五》附《正名杂义》，生活·读书·新知三联书店1998年版，第234页。

佛典之时代而苦其不足；近世之言语，至翻译西籍时而又苦其不足。"①由美国来华传教士林乐知著、国人范祎所述的《译谭随笔·新名词之辨惑》一文，也曾指出翻译西书时语汇系统不足的情况："翻译一事，其难不一。或有学业未精，不能通西国深奥之文义者。然即能译之，而此等深奥之文义，恒藉数名词以显，苟无相配之名词为表宣，则亦必至穷于措辞。故在未教化之国，欲译有文明教化国人所著之书，万万不能。以其自有之言语与其思想，皆太简单也。至中国之文化，开辟最早，至今日而译书，仍不免有窒碍者……译者适遇中国繁富之一部分，或能敷用；偶有中国人素所未有之思想，其部分内之字必大缺乏，无从迻译。"并由此提出几种解决的办法：其一，"以相近之声，模写其音"；其二，"以相近之意，仿造其字"；其三，"以相近之义，撰合其文"。② 其对新语创制的重视程度由此可见一斑。

晚清中国传统知识话语体系在表达西学思想、观念方面存在的局限，在一定程度上影响了西学知识的准确传递。为了突破这一困境，严复翻译赫胥黎《天演论》，对创制新名的必要性特加申述："新理踵出，名目纷繁，索之中文，渺不可得，即有牵合，终嫌参差。译者遇此，独有自具衡量，即义定名。"③又在翻译《穆勒名学》(J. S. Mill, 1806—1873, *A System of Logic, Ratiocinative and Inductive*)时感叹说："穆勒氏所举可名之物，理解精深，而译事苦于不悉者，则中文之名义限之耳。"④在"新理踵出，名目纷繁"的时代背景下，汉语既有的语汇系统已不能满足表达需要，进而限制思想的精准传递，造译新语也就成为必然选择。正如时人所说："以华文译洋文，必须精研两国文字，并有专门术语，而又深知大意，融会贯通，所用名词，一一吻合，方始极翻译之能事也。"⑤西书汉译的要点，不仅在于华文、洋文两种语言的精通，关键之处还在于要创造"专门术语"，并对其内涵进行准确厘定，以做到名实相符。

① 王国维：《静安文集》，《王国维全集》第1卷，浙江教育出版社2009年版，第126页。
② 载《万国公报》第184册，光绪三十年四月(1904年5月)，页23b。
③ 严复：《〈天演论〉译例言》，王栻主编《严复集》第5册，中华书局1986年版，第1322页。
④ 严复：《〈穆勒名学〉按语》第十五条，王栻主编《严复集》第4册，中华书局1986年版，第1038页。
⑤ 徐珂：《清稗类钞·讥讽类·书堆跑马》第4册，中华书局1983年版，第1723页。

　　清末民初日译汉字新语的大量输入，渐次改变着中国传统学术体系和话语系统，拒斥者虽大有人在，迎受者也不乏其人。1899 年 12 月 25 日，梁启超游美途中作《汗漫录》，认为彼时的诗坛若不来一场"诗界革命"，则必然会走向"诗运将绝"的境地，因此他疾声呼唤"诗界之哥仑布、玛赛郎（麦哲伦）"的出世。在他看来，要做"诗界之哥仑布、玛赛郎"，必须具备"三长"，其中之一即是"要新语句"。他所极力称道的是郑西乡（即郑藻常，广州新安县西乡人）所作的一首诗："太息神州不陆浮，浪从星海狎盟鸥。共和风月推君主，代表琴樽唱自由。物我平权皆偶国，天人团体一孤舟。此身归纳知何处，出世无机与化游。"在梁启超看来，这首诗中所用的"共和""代表""自由""平权""团体""归纳""无机"等词，都是"日本译西书之语句"，也就是所谓的"新语句"或者"欧洲意境语句"，郑氏能够将这些词入诗，且能做到"天衣无缝"，因而才会有"读之不觉拍案叫绝"的评价。① 由此不难看出，在 1900 年前后，新语的大量涌现已成为影响中国知识界、思想界的一股洪流，即便是体式谨严的传统诗歌也不能避免其影响。

　　辛亥革命以后，社会普遍好用新语，反对者的声音虽然并不彰显，却也从未间断。1915 年，日本东京秀光舍印行《盲人瞎马之新名词》，署名"将来小律师彭文祖"的编者对国人使用新名词的现象进行严厉抨击，认为新名词的泛滥是一件关乎"亡国灭族"的大事：

　　　　我国新名词之起源，于甲午大创以后，方渐涌于耳鼓。此留学生与所谓新人物（如现之大文豪梁启超等）者，共建之一大纪念物也。旧人物见之退避三舍，欣欣向新者望洋而叹，不知其奥蕴如何深邃，于是乎新名词日进无疆……交谈者句句带以新名词（如"手续""取缔"等名词），来往信札，十句有六句为新名词（如"目的""宗旨""绝对"等名词），所谓流行时髦之语也。人人争谈之如蚁趋膻，不知其味之如何佳美，恬然自若，不惟不知可耻，尚惟恐不能表彰其能以曝于人之前也。吁，嗟乎！殊不知新名词之为鬼为祟

----

　　①　梁启超：《梁启超全集》第 4 卷，北京出版社 1999 年版，第 1219 页。

（祟?），害国殃民，以启亡国亡种之兆，至于不可纪极也。①

其态度之所以如此激烈，原因之一就是近代输入的"新名词"已经逐渐取代传统汉语语汇，对中国语文形成强烈冲击。美国长老会传教士狄考文继室艾达1912年编撰《新词语新概念》，分政治、军务、法律、教育等不同领域记录了民国以前常见于中国报纸的新名词，数量十分丰富。② 而这些新名词，主要经由一批留学归国学人介绍、翻译而输入中国，又通过报纸、杂志等新媒介而进入国人的知识流通系统。

清末民初大量新语的出现，在改变中国语文状况的同时，也给时人的理解造成很大障碍。在此背景下，各种收录、解释新名词的辞典应运而生，其中汪荣宝、叶澜二人合编的《新尔雅》颇具代表性。该书由文明书局于光绪二十九年（1903）出版发行，至光绪三十二年（1906）刊行第3版。全书分政、法、计、教育、群、名、几何、天、地、格致、化、生理、动物、植物等十四类对近代新名词进行集中解释，其中出现的术语如国家、政体、机关、政府、议会、司法、立法、行政、国籍、权限、人民、参政权、选举权、组织、主权、代表、参议院、众议院、宪法、民主、共和、殖民地、议案、职权、银行、选举法、条约、自由、权利、义务、公法、私法、法规、标准、范围、内容、直接、间接、人身权、国际法、治外法权、动产、不动产、民法、主体、法人、代理人、所有权、刑法、商法、民事诉讼法、刑事诉讼法、鉴定、保释、计学（经济学、理财学）、私有、富国策（经济政策）、要素、劳力、资本、版权、商标、固定资本、流动资本、创业、责任、公司、财产、债务、财政、保险、赔偿、合资公司、工资、货币、交换、贸易、物价、购物、信用、证券、业务、纸币、经济制度、生命保险、养老保险、国税、地方税、公债、内国债、外国债、地方债、公共团体、教育学、教材、普通教育、专门教育、特殊教育、德育、体育、智育、伦理学、社会学、心理学、论理学（名学、逻辑学）、哲学、意志、意识、感情、现象、观

---

① 彭文祖：《盲人瞎马之新名词》"第一新名词"，东京秀光舍1915年版，第4~5页。

② Ada Haven Mateer, *New Terms for New Ideas*: *A Study of the Chinese Newspaper*, Shanghai: Presbyterian Mission Press, 1917.

念、主观、客观、精神现象、爱情、激情、机体、气质、愿望、想象、美感、个性、实质、形式、暗示、监护、假说、证明、内容、实践、实验、同化、公理、主义、自然主义、人道主义、形式主义、个人主义、利己主义、理论、唯心论、唯物论、唯理论、二元论、一元论、认识论、怀疑论、实验论、宇宙论、进化论、科学、自然科学、理论科学、本体、对象、社会、群学（社会学）、演绎法、归纳法、推理法、设想、定性法、定量法、统计法、共产主义、社会主义、家族、法制、成文法、阶级、国际、同盟、贵族、奴隶、属性、人生观、自由主义、帝国主义、人道主义、淘汰、人格、社会行为、动机、国民性、概念、判定、推理、三段论、原则、名词、命题、直线、曲线、平面、曲面、平角、锐角、垂线、多边形、四边形、三角形、对角线、平行线、腰线，等等，除少数由明末清初耶稣会士与中国士人合作拟译，大多数产生于 19 世纪 40 年代以后的数十年间。而到了 1911 年以后，除出版的各种大型一般性辞书如《辞源》《辞海》《新字典》《中华大字典》《英华大字典》等之外，更有各种关于新主义、新术语、新知识以及各学科的专门辞书问世，收录的新语占很大比重。

　　1917 年 10 月，蔡元培为商务印书馆编印的《植物学大辞典》作序指出："一社会学术之消长，观其各种辞典之有无、多寡而知之。各国专门学术，无不各有其辞典，或繁或简，不一而足。盖当学术发展之期，专门学术之名词与术语，孳乳浸多，学者不胜其记忆，势不得不有资于检阅之书。"①又殷殷期待说："所望植物学以外，各种学术辞典，继此而起，使无论研究何种学术者，皆得有类此之大辞典，以供其检阅，而不必专乞灵于外籍，则于事诚便，而吾国学术进步之速率，亦缘是而增进矣。"②辞书作为各种新名词集中展示的窗口，在新语创制、定型、传播等方面都具有标志意义。纵览清末民初学术、思想转变的历史大潮，类似《新尔雅》《普通百科新大词典》《法律经济辞典》等以现代学术分科为基础，以收录、解释新术语为主旨的辞书的出现，都显示出新语的出现已在不觉间改变了中国旧有的知识系统和话语体系，中国学术、思想的发展也随之开始步入"现代"的轨道。

---

① 蔡元培：《〈植物学大辞典〉序》，《蔡元培全集》第 3 卷，中华书局 1984 年版，第 113 页。
② 蔡元培：《〈植物学大辞典〉序》，《蔡元培全集》第 3 卷，中华书局 1984 年版，第 114 页。

二、竞争的话语：概念的意义再生与文化转向

从明末清初来华耶稣会士关于"上帝"概念的争论，到清末民初知识界有关"经济"/"计学"、"逻辑"、"社会学"等诸多概念的种种论说，无论哪一阶段西学传入中国，术语论争问题始终处于聚焦的光点。法国年鉴学派代表人物马克·布洛克（Marc Bloch，1886—1944）从历史发展的角度指出："我们要想准确地理解历史对象，就必须用专业术语来取代它们自己的称呼，这种术语如果不是新创的，至少也是经过改进和变动的。"①如果将他所说的"历史对象"看作清末民初处于激变中的中国学术和思想，那么也就很容易理解他关于"专业术语"演变的论断。无论是新创还是改进或者变动，在清民之际新语生成、演变、定型的过程中都有表现。

尽管戊戌变法以前已出现大量由中外人士合作翻译的西学新语，美国来华传教士林乐知在一篇文章中曾说，他与英国传教士傅兰雅（1839—1928）受聘于上海江南制造局翻译馆期间，共同创译的新名词在一万以上；② 然而从清末民初不同来源新语并立的情形来看，当时最受人关注的是严译词和日本名词，二者之间又常表现为一种简单的对立关系。当时的论者或以严译词否定日本名词，或以日本名词否定严译词，或对二者均表示不满而另造新名。严复在翻译《群学肄言》时就曾对日译名词提出批评："东学以一民而对于社会者称个人，社会有社会之天职，个人有个人之天职。或谓个人名义不经见，可知中国言治之偏于国家，而不恤人人之私利，此其言似矣。然仆观太史公言《小雅》讥小己之得失，其流及上。所谓小己，即个人也。"③言外之意，以日译名词"个人"与"社会"概念相对应，不如中国传统的"小己"一词来得贴切，即其所说的，"社会之变相无穷，而一一

---

① ［法］马克·布洛克著，黄艳红译：《历史学家的技艺》（第二版），中国人民大学出版社 2011 年版，第 141 页。

② 见林乐知著，范祎述：《译谭随笔·新名词之辨惑》，载《万国公报》第 184 册，光绪三十年四月（1904 年 5 月），页 24a。

③ 严复：《〈群学肄言〉译余赘语》，王栻主编《严复集》第 1 册，中华书局 1986 年版，第 126 页。

基于小己之品质"。他在写给"《外交报》主人"、曹典球等人的信中，均极力反对从东文以求西学，排斥使用日译名词表达西学概念。① 从实际译例来说，日译名词将许多中国古典词翻以新义，如"自由""自然"等，都极易造成概念词义的含混，古义和新义相互交错，往往会使概念内涵的理解产生诸多歧义，从而出现类似以己度人、以人律己的情形。②

严复翻译西学著作而向传统寻求译名，以中国旧有或自创术语(力求符合传统造词特征)对译西学概念，一方面是希望借以抗衡时兴的日译新名词，保持汉语雅驯、精审的特征(其时颇多批评日译名词不够雅驯的言论)，力图避免"名义一经俗用，久辄失真"③的状况；另一方面也是出于中学与西学可以相互沟通的认识，即所谓"尝考六书文义，而知古人之说与西学合……观此可知中西字义之冥合矣"④。如他曾作《宪法大义》，对日译名词"宪法"进行辨析：

> "宪法"二字连用，古所无有。以吾国训诂言，仲尼宪章文武。注家云："宪章者，近守具法。"可知"宪"即是"法"，二字连用，于辞为赘。今日新名词，由日本稗贩而来者，每多此病。如"立宪"，其立名较为无疵，质而解之，即同"立法"。吾国近年以来，朝野之间，知与不知，皆谈"立宪"。"立宪"既同"立法"，则自五帝三王至于今日，骤听其说，一若从无有法，必待往欧美考察而归，然后为有法度也者，此虽五尺之童，皆知其言之谬妄矣。是知"立宪""宪法"诸名词，其所谓"法"者，别有所指。新学家之意，其法乃吾国所旧无，而为西人道国之制，吾今学步，取而立之。然究竟此法，吾国旧日为无为有，或古用而今废，或名异而实同，凡此皆待讨论思辨而后可

---

① 严复：《与〈外交报〉主人书》《与曹典球书·三》，王栻主编《严复集》第 3 册，中华书局 1986 年版，第 561、567 页。

② 参见严复：《〈群己权界论〉译凡例》一文的相关论说，王栻主编《严复集》第 1 册，中华书局 1986 年版，第 132~135 页。

③ 严复：《〈群己权界论〉译凡例》，王栻主编《严复集》第 1 册，中华书局 1986 年版，第 133 页。

④ 严复：《〈群学肄言〉译余赘语》，王栻主编《严复集》第 1 册，中华书局 1986 年版，第 126 页。

决。故其名为"立宪"，而不能再加分别者，以词穷也。①

日译名词虽然未必都能准确传达西学含义，但其优胜处在于简洁通俗，易于为人理解和接受。严译名词大多使用生僻字词，不易辨识，晦涩难懂，虽然曾一度流行，却也限制了其传播的广泛性以及认同感。因而除了少数如"物竞""天择""物种""乌托邦"等由其创译的新语，至今仍为人们所习用，大多数译词都被对应的日译名词所取代，最终未能进入现代学术话语体系当中。② 即使严复后来曾任晚清学部审定名词馆总纂，仍然未能改变日本名词"语被天下"的状况。

严复在"名目""名义"厘定上主张向传统寻求适用于表达西学概念的语汇，在含义上也并非一味沿用，而是常根据所译对象文本的论述加以拓展。如他在翻译《穆勒名学》所使用的"德"的概念时指出："是译所用德字，指凡物所具于己，无待于外，凡为物之所得者。其义至广，举凡形、相、品、数、色、力、声、味之属无所不赅。故其用法不但与常义之专指吉德、达德者异，亦与旧义之加于物德、凶德等为宽。虽其立名稍嫌生造，然于此译，欲避生造，诚所不能。"③究其用意，倒不一定是为了使传统士人更易接受近代西方主导的意识形态系统④，更重要的一点是，希望借由创译新语，表明在西学东渐背景下，中国传统语文依然有强大的生命力，而以传统旧名（或以传统汉语造词规则创译新词）对译西学新语即其回应方式之一。尽管在他翻译的《原富》中，也曾使用日译名词，如"殖民""宗教""科学""哲学"等。

相比之下，戊戌以后力主引入日译汉字新语的呼声似乎更为强盛。差不多与严复翻译《天演论》（1895—1896）、《原富》（1902）等著作同时，一股译入"东

---

① 王栻主编：《严复集》第 2 册，中华书局 1986 年版，第 238~239 页。

② 参见戴维·莱特：《严复及翻译家的任务》，[德]郎宓榭、阿梅龙、顾有信编著，赵兴胜等译《新词语新概念：西学译介与晚清汉语词汇之变迁》，山东画报出版社 2012 年版，第 243~266 页。

③ 严复：《〈穆勒名学〉按语》第十七条，王栻主编《严复集》第 4 册，中华书局 1986 年版，第 1040 页。

④ 王佐良《严复的用心》持此说，见商务印书馆编辑部编《论严复与严译名著》，商务印书馆 1982 年版，第 27 页。

文"、译介日本国情国政的潮流逐渐兴起，如《时务报》（1896）开设"东文报译"（由日本学者古城贞吉负责翻译，初名"域外报译"，后分列各国报译）、"东文译编"等专栏，《昌言报》《农学报》等均曾转载部分译文；湖南留学东京学生汇辑《游学译编》（1902）介绍学术、教育、理财、外交、新闻等十二个方面的内容；等等。梁启超早在提倡变法之初既已倡言："日本与我为同文之国……日本自维新以后，锐意西学，所翻彼中之书，要者略备，其本国新著之书，亦多可观。今诚能习日文以译日书，用力甚鲜，而获益甚巨。计日文之易成，约有数端……苟能强记，半岁无不尽通者。以此视西文，抑又事半功倍也。"①主张借道日本译入西学，以收事半功倍之效。同一时期林乐知、范祎合作的《新名词之辨惑》，也曾表达对日译名词的青睐："由是以谭，中国今日于译书之中，苦名词之枯窘，而借日本已译者用之，正如英文借德文、法文之比例。且日本之文，原祖中国，其译书则先于中国，彼等已几费酌度，而后定此新名词，劳逸之分，亦已悬殊，何乐而不为乎？"并以现代新语"社会"一词为例，说明日译汉字词的优越性："如'社会'二字，以指人群之有团结、有秩序者，虽日本之新名词，而用者既已普通，乃犹有訾议之人。不知舍此二字，尚有应用之何等字样，可吻合于西文之 Social 也？"②林乐知作为晚清来华传教士，曾与傅兰雅共同译定诸多新术语，是晚清前期新语创制的主要参与者。他对日译名词给予很高评价，一方面可以看出日译名词在 1900 年以后所受欢迎的程度已然很高，即便是从事术语厘定工作的来华传教士也相趋用之；另一方面则可以表明，19、20 世纪之交西学翻译由传教士与中国士人合作创译新语的时代已经过去，而进入到输入日本新名词的时代。

无论创译新语还是引入日本新名词，在王国维看来，重要的不在于新语是由谁创译，而在于其传递原语思想的准确性。在 1905 年所作的《论新学语之输入》一文中，王氏曾将严译新语与日译名词进行比照：

---

① 梁启超：《变法通议·论译书》，《饮冰室合集·文集之一》第 1 册，中华书局 1989 年版，第 76 页。
② 载《万国公报》第 184 册，光绪三十年四月（1904 年 5 月），页 24a-b。

日本之学者，既先我而定之矣，则沿而用之，何不可之有？故非甚不妥者，吾人固无以创造为也。侯官严氏，今日以创造学语名者也。严氏造语之工者固多，而其不当者亦复不少。兹笔其最著者，如 Evolution 之为"天演"也，Sympathy 之为"善相感"也。而"天演"之于"进化"，"善相感"之于"同情"，其对 Evolution 与 Sympathy 之本义，孰得孰失，孰明孰昧，凡稍有外国语之知识者，宁俟终朝而决哉！又西洋之新名，往往喜以不适当之古语表之，如译 Space（空间）为"宇"、Time（时间）为"宙"是已……夫以严氏之博雅而犹若是，况在他人也哉！且日人之定名，亦非苟焉而已，经专门数十家之考究，数十年之改正，以有今日者也。窃谓节取日人之译语，有数便焉：因袭之易，不如创造之难，一也；两国学术有交通之便，无扞格之虞，二也。有此二便而无二难，又何嫌何疑而不用哉？①

本着将"言语"视作"思想之代表"的认真态度，王国维对日译新语也有其审慎的一面，在日译名词如潮水涌入的现实面前，清醒地认识到"非谓日人之译语必皆精确"。然而通过对一二词译义的详细辨析，他又不得不承认："日人所定之语，虽有未精确者，而创造之新语，卒无以加于彼，则其不用之也谓何？"于是从一般性的选择上，也更加倾向使用日译新语："余虽不敢谓用日本已定之语必贤于创造，然其精密，则固创造者之所不能逮。而创造之语之难解，其与日本已定之语，相去又几何哉！"②一方面肯定日本译词的"精密"，一方面指出创造语的"难解"，在输入西学为急务的清民之际，在使用新语时做出怎样的选择也便不言自明。

严复从 1895 年开始翻译《天演论》，其后陆续译出《原富》《群学肄言》《穆勒名学》《群己权界论》《社会通诠》《法意》《名学浅说》等著，创译了一批社会科学相关方面的术语，在当时影响甚广，与同时输入中国的日译名词形成竞争

---

① 王国维《静安文集·论新学语之输入》，谢维扬、房鑫亮主编《王国维全集》第 1 卷，浙江教育出版社 2009 年版，第 127～128 页。

② 王国维《静安文集·论新学语之输入》，谢维扬、房鑫亮主编《王国维全集》第 1 卷，浙江教育出版社 2009 年版，第 129～130 页。

关系。关于何者在传达西学知识、观念方面更为准确、恰当，彼时的知识界曾有过热烈讨论。比较典型的例子是关于 Economy 概念的翻译：早期传教士曾将其译为"节用""节俭"，后来其又被译为"理财"；严复 1902 年翻译《原富》，代之以"计学"译名，一度受到广泛关注；梁启超又试图以"平准""生计"译之，前者受人质疑转而放弃，后者则被存之"以待后贤"，又曾撰《生计学学说沿革小史》；日本译名"经济"，一度遭到严复、梁启超等人批评，而最终被作为定名流传至今。① 此外，在译入西学著作过程中，严复对日译名词"自由""权利""宪法"等都曾提出过严厉批评，而这些词却最终成了现代学术体系中的流行语。

至 1900 年前后，中国知识界汲纳西学的主脉，开始逐渐由传教士和晚清士人合作翻译（中西合译）的西书转向日本学者翻译（东译）的西学著作；内容侧重上也有所转移，关注重心由科学技术、历史地理等知识性著作变为更富有思想性的社会科学著作。对于前后所发生的变化，王国维指出："十年以前，西洋学术之输入，限于形而下学之方面，故虽有新字新语，于文学上尚未有显著之影响也。数年以来，形上之学渐入于中国。而又有一日本焉，为之中间之驿骑，于是日本所造译西语之汉文，以混混之势，而侵入我国之文学界。"② 虽然日、中有着不同的文化传统，但因为在近代以前同属汉字文化圈，汉字是二者共同使用的文字形式，日本在输入西学过程中造译的一大批汉字新语，也随着经由日本学习西方思潮的兴起，成了中国现代学术话语体系建构重要的思想资源和概念工具。日本学者实藤惠秀在论及这种现象时指出：

> 到甲午战争之后，由于西洋人及中国人译书的数量，到底未能满足中国人对于新文化的需求，所以中国人留学日本，而且翻译日本书籍。因为日本书籍使用大量汉字，中日"同文"的要素甚多，故此中国人翻译日文较为容

---

① 相关译名问题的讨论，见于《新民丛报》第 1 号、3 号、8 号、11 号，均出版于 1902 年。严复又曾作《与梁启超书》与之进行讨论。载王栻主编《严复集》第 3 册，中华书局 1986 年版，第 517~518 页。

② 王国维：《静安文集》，谢维扬、房鑫亮主编《王国维全集》第 1 卷，浙江教育出版社 2009 年版，第 127 页。

易。那些用汉字制成的新语，乍然一看，有的字面上与汉语相同，其实含义
与汉语迥异(例如"文学""革命")；有的虽用汉语组合而成，但在传统的中
国却不见这种名词(例如"哲学""美学")。不过对于这种新语，中国人一听
解说便可理解；理解之后，记忆便容易；只要改换读音，便可以立刻当做中
国语使用了。①

这样的情形，确为当时中国吸收外来思想的实际。由黄摩西编写、1911 年刊行
的《普通百科新大词典》，在"凡例"中即说："吾国新名词大半由日本过渡输入，
然所用汉字有与吾国习用者相同而义实悬殊者，又有吾浑而彼画易涉疑似者，皆
随条分析。"②所以实藤惠秀形容说是："从中国人来日本留学开始直到清朝覆亡
的期间内〔按：1896—1911，共十五年左右〕，因为中国人翻译了很多日本书籍，
大量日本词汇得以流入中国，以致中国人对那些词汇有应接不暇的感慨。"③当时
可见的情形是，各种各样的新名词充斥于报纸、演讲甚至是私人信件当中。新语
的涌现，深切地改变着清末民初的学术话语体系和日常话语系统。1902 年 11 月，
黄遵宪(署"水苍雁红馆主人")在写给梁启超的信中说：

> 已布之说，若公德，若自由，若自尊，若自治，若进步，若权利，若合
> 群，既有以入吾民之脑，作吾民之气矣。未布之说，吾尚未知鼓舞奋发之何
> 如也。此半年中，中国四五十家之报，无一非助公之舌战、拾公之牙慧者。
> 乃至新译之名词，杜撰之语言，大吏之奏折，试官之题目，亦剿袭而用之。
> 精神吾不知，形式既大变矣；实事吾不知，议论既大变矣。④

"公德""自由""自尊""自治""进步""权利""合群"等均为清末新生术语，其

---

① ［日］实藤惠秀著，谭汝谦、林启彦译：《中国人留学日本史》(修订译本)，北京大学出版社
2012 年版，第 239~240 页。
② 黄人编：《普通百科新大词典》卷首，中国词典公司 1911 年版。
③ ［日］实藤惠秀著，谭汝谦、林启彦译：《中国人留学日本史》(修订译本)，北京大学出版社
2012 年版，第 249 页。
④ 《新民丛报》第 24 期《谈丛》，1903 年 1 月 13 日，第 45~46 页。

中包含的思想和观念经《新民丛报》等介绍而影响广泛，即文中所称的"入吾民之脑，作吾民之气"，以至于在奏折、科举试题中也时常可见新名词。尽管时人对这些新术语及其包含的思想尚未有深刻理解，在民族精神、文化传统等方面也仍属"旧"的根底，然而在语言表现、舆论导向等方面却已处处可见"新"的面貌。许多与《新民丛报》差不多同时创办的报纸、杂志，往往也都以"新"命名，如《新小说》《新湖南》《新广东》等，似乎都能从中嗅出一股传布新说的气息。

1905 年王国维发表《论新学语之输入》一文，鉴于当时日译新名词输入的蓬勃态势，同时也感慨于日逐而新的学术、思想发展动向，认为："处今日而讲学，已有不能不增新语之势。"①言下之意，不仅新兴欧西学术、思想的讲述需要借助于新的话语系统，中国传统学术同样也需要纳入新的学术体系和话语系统重作理解。以现代新语阐发学术、建构新知，是清季民国时期学人的普遍选择。王国维、梁启超、刘师培、蔡元培等人，都以各自的学术实践反映出这一趋势。王国维在《红楼梦评论》中，频频使用"自律""他律""国民""哲学""美学""美术""优美""壮美""喜剧""悲剧"等现代学术话语对《红楼梦》进行评论，赋予作品全新的内涵。又如他讨论中国传统思想中的"性""理"等问题，通过使用"形而上学""直观""抽象""意识""理性""感性""客观""主观""伦理学""哲学""二元论""人性论""辩证法"等新概念，建构与传统论见面貌迥然有别的学术见解。讨论阮元、戴震的学术思想，也将其纳入"哲学""心理学""伦理学"等现代学科范畴。又如刘师培序论周末之学术史，而以心理学、伦理学、论理学、社会学、宗教学、政法学、计学、教育学、理科学、工艺学、法律学等现代学科立名。蔡元培1901 年撰《学堂教科论》，参酌日本学者之论，将中国学术分为"有形理学""无形理学"和"道学"，而将"物理学""化学""名学""群学""文学""哲学"等各分属其下，由此建构对中国学术和中国知识的重新理解。其间虽然亦有弊漏，却是中国学术现代化进程的必然趋势。

在现代学术体系形成过程中，新生学科使用现代新语在情理之中，而被认为

---

① 王国维：《静安文集》，《王国维全集》第 1 卷，浙江教育出版社 2009 年版，第 129 页。

是"中国所固有"的史学，其学术转型也与新语创制有不可分割的关系。1902 年，汪荣宝编译《史学概论》一书，认为中国传统史学"不过撮录自国数千年之故实，以应用于劝善惩恶之教育，务使幼稚者读之而得模拟先哲之真似而已"，"而未能完成其为科学之形体。就此众多之方面与不完全之形体，而予以科学的研究，寻其统系而冀以发挥其真相者，是今日所谓史学者之目的也"。① 同年，邓实在《政艺通报》第 12、13 期发表《史学通论》，认为中国古代只有"朝史""君史""贵族史"，而没有"国史""民史"和"社会史"，呼唤"中国史界革命"的到来。同样是在 1902 年，梁启超发表《新史学》，认为"二十四史非史也"，只不过是"二十四姓之家谱而已"，提倡"史学革命"，呼唤一种"新史学"。因此他在文中检讨了旧史之得失之后，立足"史学之界说""历史与人种之关系"及重新思考传统史学所关注的"正统""书法""纪年"等问题展开论说。因为致力于建构一种"新"的史学，梁启超引入诸多新的概念和思想。他在文中层层推进，从"历史"是"叙述进化之现象""叙述人群进化之现象""叙述人群进化之现象而求得其公理公例"三个方面，对"历史"的义界和范围展开论说。其中诸如对"史学之客体""史学之主体"的解说，"中国史"与"世界史"的区分，将历史学与物理学、生理学等其他学科进行对照以解析其范围，强调关注历史学与地理学、法律学、伦理学等各学科之关系，等等，都是现代史学讨论的问题。其间使用的概念如"进化""人种""文明""宪法""群治""群体""世纪"等，均体现出梁启超建构新的史学话语体系的努力和尝试。

事实上，在 1901 年所著的《中国史叙论》中，梁启超就已经由讨论"史之界说"着眼，区分"前者史家"与"近世史家"之差异说："史也者，记述人间过去之事实者也。虽然，自世界学术日进，故近世史家之本分，与前者史家有异。前者史家不过记载事实，近世史家必说明其事实之关系与其原因、结果。前者史家不过记述人间一二有权力者兴亡隆替之事，虽名为史，实不过一人一家之谱牒；近世史家必探察人间全体之运动、进步，即国民全部之经历，及其相互之关系。以此论之，虽谓中国前者未尝有史，殆非为过。"② 而类似意见，王国维 1899 年为

---

① 汪荣宝：《史学概论》第一节《序论》，《译书汇编》1902 年第 9 期。
② 梁启超：《梁启超全集》第 3 卷，北京出版社 1999 年版，第 448 页。

樊炳清译日本学者桑原骘藏《东洋史要》所作序言已有表述："自近世历史为一科学，故事实之间不可无系统。抑无论何学，苟无系统之智识者，不可谓之科学。中国之所谓历史，殆无有系统者，不过集合社会中散见之事实，单可称史料而已，不得云历史。"①新史、旧史之间，历史观念、叙述方式的差别自然是重要分野，学术话语的区别也是其间不可忽视的面相。而由梁启超《中国法理学发达史论》《论中国成文法编制之沿革得失》《法治主义之发生》等著述，可以看出他以新的话语体系建构中国历史、思想之意图。②

从古今对照的角度来看，构成现代学术话语体系的核心概念多是近代以来涌现的新语，即便其词形保留了古典形态，所用含义则多为衍生的新出之义。如今人习用的"文学"一词，词形虽然古今相同，内涵却是新旧有别，即钱穆《现代中国学术论衡》所说的："今日国人之称文学，则一依西方成规，中国古代学术史上无之。"③"文学"作为中国现代学术核心话语之一，其词语形态虽然古已有之（首见于《论语·先进》），但其含义却是古今有别。现代作为学科之一、指以语言为表达方式的艺术的"文学"，是对译 Literature 而来的新语。因而在"文学"学科形成和"文学"观念转换过程中，对"文学"概念的内涵、分类等问题进行言说，成了现代"文学"学术体系建构的重要内容。④

清末民初学术话语系统的变化，与该时期文化的转型互为表征。英国历史学家彼得·伯克（Peter Burke）指出："在任何时候，语言都是一个敏感的指示器，能表明文化的变迁，虽然并不只是个简单的反映。"并且认为"借用外来词汇和用法的语言史是有启发意义的"。⑤ 无论是严复自造译词，还是主张借用日译名词，二者反映的都是清末以来西学输入的大势，然而在文化主体的选择上又表现出不

---

① 谢维扬、房鑫亮主编：《王国维全集》第 14 卷，浙江教育出版社 2009 年版，第 2 页。
② 王汎森有《晚清的政治概念与"新史学"》一文讨论晚清新出的"国家""国民""群"等"概念工具"如何塑造"新史学"。见氏著《中国近代思想与学术的系谱》，吉林出版集团 2010 年版，第 197~222 页。
③ 钱穆：《现代中国学术论衡·略论中国文学》，生活·读书·新知三联书店 2001 年版，第 257 页。
④ 具体论述，参见余来明：《"文学"概念史》，人民文学出版社 2016 年版。
⑤ ［英］彼得·伯克著，李霄翔等译：《语言的文化史：近代早期欧洲的语言和共同体》，北京大学出版社 2007 年版，第 1 页。

同的取向。严复选择以传统语汇为主体(造语也往往强调符合汉语习惯)对译西学概念，意在表明汉语文化自身具备足够容纳和表达西学的内在张力和生命力；日译汉字术语在语言形态上虽然也属汉语系统，但在命名习惯、构词方式等方面都与中国传统汉语有所不同。① 在此情形之下，极易出现"同文殊解""同名异实"的状况，也就不可避免会造成"误读"。张之洞等在拟定《奏定学堂章程·学务纲要》时曾指出：

> 古人云：文以载道。今日时势，更兼有文以载政之用。故外国论治论学，率以言语文字所行之远近，验权力教化所及之广狭。除化学家、制造家及一切专门之学，考有新物新法，因创为新字，自应各从其本字外，凡通用名词，自不宜剿袭搀杂。日本各种名词，其古雅确当者固多，然其与中国文辞不相宜者亦复不少。近日少年习气，每喜于文字间袭用外国名词谚语，如团体、国魂、膨胀、舞台、代表等字，固欠雅驯；即牺牲、社会、影响、机关、组织、冲突、运动等字，虽皆中国所习见，而取义与中国旧解迥然不同，迂曲难晓。又如报告、困难、配当、观念等字，意虽可解，然并非必需此字，而舍熟求生，徒令阅者解说参差，于办事亦多窒碍。②

对身处传统语境中的晚清士人来说，许多由日本输入的汉字新语，字形虽与中国古典词一致，其义却"与中国旧解迥然不同"，"迂曲难晓"也在情理之中。在此背景下，中西学术之间的对接并不在同等的地位上展开，而是以西方观念、术语的强势输入为主要表现，受到传统士人抵制在意料之中。而最终则以这些新术语的广泛流行为学术演进的必然结果。与此相联系，由新术语广泛使用及其流行所反映的近代文化转向(文体的改变为其表现方式之一)，亦能由此见其一斑。

---

① 参见冯天瑜：《新语探源——中西日文化互动与近代汉字术语生成》，中华书局2004年版，第380~394页。

② 张之洞等：《奏定学堂章程·学务纲要》，《中国近代教育史资料汇编·晚清卷》第1册，全国图书馆文献缩微复制中心2006年版，第402~403页。

三、"话语霸权"再审视：重估现代话语体系
形成的"中国因素"

1934 年 5 月 25 日，鲁迅在《申报·自由谈》上发表《偶感》短文说：

> 每一新制度，新学术，新名词，传入中国，便如落在黑色染缸，立刻乌黑一团，化为济私助焰之具，科学，亦不过其一而已。①

虽是从负面形象描述外来新语进入中国后的遭遇，却从另一个侧面说明，外来语进入中国知识体系之后，与中国文化传统发生关联，内涵往往会发生改变，已非其西语原意，而是经过多重的改造和变异。类似情形的发生，是概念、术语跨语际间流动所表现的常态。就像章士钊所感叹的："名正理从，谈何容易。即求之西文，且往往而不可必，况欲得之于理想悬殊之吾旧文乎?"②对译西学概念而形成的新语在与其西学渊源形成固定的对应关系后，也会被运用于理解中国古代的社会、思想和文化，往往出现类似王国维所说的"以后世之理论决事实"③的情形。如《新民丛报》第 11 号的《问答》栏目曾有读者来信质疑梁启超以现代"社会"理论概述秦代社会特征的做法："第四号《学术》第二页云：'独至获麟以后，迄于秦始，实为中国社会变动最剧之时代。'按：中国当时未有社会，而贵报云'最剧之时代'，意即坑儒焚书之祸欤？或当时有如今日社会之举，与社会相暗合欤?"其所谓《学术》第二页的内容，为梁启超所撰《论中国学术思想变迁之大势》第三章《全盛时代》第一节《论周末学术思想勃兴之原因》中的论述。④ 篇中在在可见"文明""阶级""进化""思想""社会""时代""主义""学派""学界""学说""论理"(即"逻辑")等新语。这些术语所代表的观念，在中国古代虽有所表现，

---

① 鲁迅：《鲁迅全集》第 5 卷，人民文学出版社 2005 年版，第 506 页。
② 民质(章士钊)：《论翻译名义》，《国风报》第 1 年第 29 号，宣统二年(1910)10 月 21 日。
③ 王国维：《再与林(浩卿)博士论洛诰书》，《观堂集林》卷一，《王国维全集》第 8 卷，浙江教育出版社 2009 年版，第 18 页。
④ 《新民丛报》1902 年 3 月 24 日，第 59~68 页。

却不可能如梁氏所表述的那般明确、清晰。而由所谓"本社"做出的回答，似乎也觉察到秦代中国状况并不完全符合西学"社会"概念所定义的社会特征，因而只是将其义简化为一般意义的"人群"："'社会'者，日人翻译英文 Society 之语，中国或译之为'群'。此处所谓'社会'，即'人群'之义耳。此字近日译日本书者多用之，已几数见不鲜矣。本报或用'群'字，或用'社会'字，随笔所之，不能划一，致淆耳目，记者当任其咎。然'社会'二字，他日亦必通行于中国无疑矣。"①时至今日，对译英文 Society 的"社会"译名，也正如《新民丛报》所料一样，成为人人习用的通行话语，也就很少有人会在研究中国古代"社会"时对此概念进行详细辨析。所谓西方学术话语的"霸权"遂就此形成。

作为后发型现代化国家，中国的现代化进程受多重因素影响，近代西方文明的输入为其中重要方面。在此背景下，中国现代学术体系的建构也受其影响，无论是学术分科还是观念都不可避免地带有明显的"西方化"色彩。美籍巴勒斯坦裔学者萨义德在《东方学》一书中曾描述过一种带有普遍倾向的东方学：

> 其结果是，在东方学中达成了一种普遍认同：某些东西、某些话语方式、某些作品类型得到了东方学家们的一致接受。他们将自己的著作和研究建立在这些东西之上，而这些东西反过来又对新的作家和学者们形成很大的压力。东方学因而可以被视为一种规范化(或东方化)的写作方式、想像(象)方式和研究方式，受适用于东方的各种要求、视角和意识形态偏见的支配。②

从某种意义上来说，中国现代学术话语体系的形成也具有某些东方学的色彩。在现代知识建构和话语体系形成中发挥权力作用的，是清末民初居于优势地位的"西学"。大量西学术语尤其是日译汉字新语的涌入，对传统的话语结构和学术体系形成巨大冲击，短时间内出现"失语"现象。然而不能否认的一点是：

---

① 《新民丛报》第 11 号，1902 年 7 月 5 日，第 87~88 页。
② [美]爱德华·W. 萨义德著，王宇根译：《东方学》，生活·读书·新知三联书店 1999 年版，第 258 页。

在汉语历史语境中形成的新概念、新术语，与其对应的西方概念和术语之间不仅词形有异，在意义内涵上也存在"落差"。严复在 1902 年写给梁启超的信中谈到自己翻译所谓"艰大名义"时曾说："盖翻艰大名义，常须沿流讨源，取西字最古太初之义而思之，又当广搜一切引申之意，而后回观中文，考其相类，则往往有得，且一合而不易离。"①又曾自道术语厘定之不易："一名之立，旬月踟蹰。"②尽管严译名词大多未能成为现代学术的通行话语，却从一个侧面表明，现代学术话语在其生成、演变、定型过程中曾经历复杂的意义重建，中、西概念也因此经由翻译而形成多重的"现代性"关联。

由术语翻译而形成的西方学术话语权力场域，在本土化、语境化的过程中常受到自身文化传统的制约。在时人"讲求西学之法，以译书为第一义……欲令天下士人皆通西学，莫若译成中文之书"③的观念指引下，翻译不仅仅是将一种语言转化为另一种语言，由于彼此之间术语、概念的不对等性，以及其他因素的影响，语言转换过程中必然会出现概念意义、内涵的不一致。严复 1898 年作《论译才之难》说：

> 已译之书，如《谭天》，如《万国公法》，如《富国策》，皆纰谬层出，开卷即见。夫如是，则读译书者，非读西书，乃读中土所以意自撰之书而已。敝精神为之，不亦可笑耶？往吾不信其说，近见《昌言报》第一册译斯宾塞尔《进说》数段，再四读，不能通其意。因托友人取原书试译首段，以资互发。乃二译舛驰若不可以道里计者，乃悟前言非过当也。④

《谭天》（原名《天文学纲要》，英国天文学家 J·F. 赫歇耳著）为清末李善兰、伟烈亚力二人合译的一部天文学著作，《万国公法》（原名《国际法》，美国法学家惠顿著）由晚清来华传教士丁韪良翻译，《富国策》（原名《政治经济学指南》，英

---

① 严复：《与梁启超书》其三，王栻主编《严复集》第 3 册，中华书局 1986 年版，第 519 页。
② 严复：《〈天演论〉译例言》，《严复集》第 5 册，中华书局 1986 年版，第 1322 页。
③ 康有为：《上海强学会章程》，姜义华、张荣华编校《康有为全集》第 2 册，中国人民大学出版社 2007 年版，第 93 页。
④ 王栻主编：《严复集》第 1 册，中华书局 1986 年版，第 90~91 页。

国经济学家法思德著)由丁韪良、汪凤藻合译，均为晚清有广泛影响的汉译西书。严复批评这些著作"读译书者，非读西书，乃读中土所以意自撰之书"，此语虽是就翻译的准确性而言，但从另一个方面来说，也反映出跨语际传播的必然情形，翻译不可能是意义重现，必定包含了"再造"的成分，其间的差异不过是程度多少的不同。冯友兰曾评论严译《天演论》说："严复翻译《天演论》，其实并不是翻译，而是根据原书的意思重写一遍。文字的详略轻重之间大有不同，而且严复还有他自己的案语，发挥他自己的看法。所以严复的《天演论》并不就是赫胥黎的《进化论与伦理学》(《天演论》的原名)。其中的进化论和不可知论，在内容上和赫胥黎的原来的理论，并不是完全相同。"①与严复对《谭天》等的批评如出一辙。

　　无论早期受限于译述方式(中国士人与传教士相互合作)、沟通中西语言的能力，还是严复等人出于引入西学知识、观念的有意为之，晚清译者并未将传递西书原义作为翻译的第一准则。严复在翻译《名学浅说》(W. S. Jevons, *Primer of Logic*)时曾自陈："中间义恉，则承用原书，而所引喻设譬，则多用己意更易。盖吾之为书，取足喻人而已，谨合原文与否，所不论也。"②这样的处置，与严复一贯秉持的"达旨"的翻译策略一致。对于这种创造性的翻译方式，王国维批评说："侯官严氏所译之《名学》，古则古矣，其如意义之不能了然何？以吾辈稍知外国语者观之，毋宁手穆勒原书之为快也。"③造成这一状况的原因，两种语言之间术语的不对等性是一个重要方面。也正因如此，王国维才会在严复已有《名学浅说》译本的情况下译成《辨学》一书。另一方面也提醒我们，知识、概念在从一种文化向另一文化传递过程中，受容的一方不可能全盘予以接受，必然会经过改造和变异。所谓的忠于原著(严复所谓"信"的标准)，只能是相对而言。缘于此，严复在翻译过程中也常采取变通策略："译文取明深义，故词句之间，时有所颠到附益，不斤斤于字比句次，而意义则不倍本文。题曰达恉，不云笔译，取便发

①　王栻等：《论严复与严译名著》，商务印书馆1982年版，第101~102页。
②　王栻主编：《严复集》第2册，中华书局1986年版，第265~266页。
③　王国维：《论新学语之输入》，《静安文集》，《王国维全集》第1卷，浙江教育出版社2009年版，第129页。

挥，实非正法。"①在输入西学过程中，术语对译常会出现意义的错位，亦即中国古人所说的"意之所随也，不可以言传也"（《庄子·天道》），离开了概念自身所处的语境，原语概念的部分内涵和意义就会变得不可理解。

晚清西学输入中国经历了两个阶段，前后大致以甲午战争为分界：第一个阶段的主要参与者是部分中国先进士人和西方来华传教士，中国士人如魏源、林则徐、华蘅芳、李善兰、徐寿、王韬等，西方传教士如马礼逊、傅兰雅、伟烈亚力、艾约瑟、丁韪良、林乐知等，他们合作翻译西学著作，向中国知识界输入西方知识和观念；第二阶段则主要由日本输入西学，大量日译汉文西书受到国人关注，当时虽也有少数人如严复、林纾等直接对译西书，却并未成为时代主流。无论是哪一阶段，都不得不借助于新语的创制，其产生方式又大致可分为音译、意译、音意合璧等不同形式。而在王力看来，只有"借词"（音译词）才属于"外来语"，由意译方式创制的"译词"应当被排除在"外来语"的范围之外：

> 借词和译词都是受别的语言的影响而产生的新词；它们所表示的是一些新的概念。当我们把别的语言中的词连音带义都接受过来的时候，就把这种词叫做借词，也就是一般所谓音译；当我们利用汉语原来的构词方式把别的语言中的词所代表的概念介绍到汉语中来的时候，就把这种词叫做译词，也就是一般所谓意译。有人以为：音译和意译都应该称为外来语。我们以为：只有借词才是外来语，而译词不应该算做外来语。②

从清末民国时期输入新语的创制方式来看，大多属于"译词"，尤其是各学科的学名与核心概念。而王力之所以将"译词"视作"非外来语"，在某种程度上是因为这类词是以汉语的构词方式创制的新词，不仅在词语形态上属于中国名词，在意义界定上也有别于其原语的内涵。尽管对其划分是否合理，学界还有不同的看法，然而却提醒我们注意这样一个事实：晚清以来创制的诸多新语，以及以此为

---

① 严复：《〈天演论〉译例言》，王栻主编《严复集》第5册，中华书局1986年版，第1321页。
② 王力：《汉语史稿》，中华书局2004年版，第587页。

基础构成的新的话语体系，并不仅是其西方语文形态的汉语对应词或词语系统，也并非简单形式的"霸权"作用的产物，而是有着一种复杂的翻译、转换关系。

在现代学术话语体系形成和建构过程中，西方学术话语的确曾经起过主导甚至是支配的作用，现代学术话语的西学渊源即是这种作用的直接体现。然而在此过程中，汉字文化圈的学者并非只是被动接受，而是基于自己的文化基因创制新语，重构思想。傅斯年指出："大凡用新名词称旧事物，物质的东西是可以的，因为相同；人文上的物事是每每不可以的，因为多是似同而异。"①在不同的文化语境中，概念内涵的某些方面是无法通过词语对译的方式进行传递的。而如果有本土文化的参与，其间的情况会更为复杂。美国学者费正清曾说："进入中国的外国影响，必须通过语言这一关。外国思想的翻译常常接近于汉化。正像为了适应现代需要而把印欧语系加以现代化那样，中国也创造了新名词，许多是从日文吸收的，用以表达新的意义。可是古代汉字用于新的词组时，并不能完全摆脱它们积累起来的涵意。"②近代以来受西学东渐影响而形成的新的学术话语，有的词形为中国古典词，如"民主""自由""经济""科学""物理""文学"等，然而其含义已非传统内涵；有的词形则属于重新创造，如"哲学""美学""逻辑"等。通过翻译而形成的新语，其意义都与该词所对应的西方语源有所不同，在进入中国文化时都经历了一个意义重构的过程。对此，陶履恭指出：

> 世人用语，率皆转相仿效，而于用语之真义反漫然不察。物质界之名词，每有实物可稽寻，世人用之，或能无悖词旨，鲜支离妄诞之弊。独进至于抽象之名词，无形体之可依托，而又非仅依吾人官觉所能理会。设转相沿袭，不加思索，非全失原语之真义，即被以新旨，而非原语之所诂，此必然之势也。③

---

① 傅斯年：《与顾颉刚论古史书》三《在周汉方术家的世界中几个趋向》，欧阳哲生主编《傅斯年全集》第1卷，湖南教育出版社2000年版，第459页。

② ［美］费正清编，杨品泉等译：《剑桥中华民国史》上卷，中国社会科学出版社1994年版，第5页。

③ 陶履恭：《社会》，《新青年》第3卷第2号，1917年4月1日。

无论是以何种形式产生的新语，与其进行对译的西方概念之间在内涵上常存在某种疏离，甚至因为文化语境的不同而走向相反的一面。如费正清就曾指出，某些西方概念汉译后，往往会发生文化性变异："西方自由主义的两个神圣名词'freedom'（自由）和'individualism'（个人主义），翻译时，正如在日本，保留了一种任性的无责任感的含义，使为人人的学说去为个人自己服务。规规矩矩的儒家信仰者给吓坏了。西方个人主义的美德变成了没有责任感的只顾自己的放纵。"又举"权利"一词为例说："权利（rights）的思想即使在现代西方也是新发展起来的，但是在中国，这种思想几乎没有什么背景，以致必须为它创造一个新名词。1864年当美国传教士丁韪良在翻译惠顿的《万国公法》时，用了'权利'一词，不久此词又在日本被使用。但是这两个汉字当然已有固定的意义，两者结合起来似乎是说'power-profit（权力-利润）'，或者至少是说'privilege-benefit（特权-利益）'。这样就使一个人对权利的维护，看起来像一场自私的权力游戏了。"①出现这种状况，一方面是缘于中国知识界对西方概念存在的误读，另一方面表明某一文化对异文化的受容并不是原封不动地搬用，而往往会基于自身文化进行整合、变异和重组，最终形成一种有别于原语含义的概念系统。虽然二者之间存在词语的对译关系，但在意义内涵上却存在一定差异。由这些发生变异的概念所构成的话语系统，又成为建构现代学术体系的重要支撑。

换个角度来看，清末民初以降创制的大量新语都采用中国文化原有的词汇，而不是创造一套全新的术语体系，本身就说明现代话语体系建构过程中"中国因素"同样扮演了重要角色。而转换过程中经历的复杂情形，并非所谓"西方话语霸权"所能概括和反映。也正因如此，在新语（尤其的核心术语）的产生、定型过程中，常出现各种不同的意见，同时会有多个不同的术语与同一个西方语源进行对译。金观涛、刘青峰在研究中国现代政治观念的形成时，曾将其过程概括为三个阶段，又特别强调第三个阶段（新文化运动时期，特别是1919年以后）在概念形成过程中的重要意义："可以看到中国人对所有外来观念的消化、整合和重构，

---

① ［美］费正清编，杨品泉等译：《剑桥中华民国史》上卷，中国社会科学出版社1994年版，第5~6页。

将它们定型为中国当代观念。这些观念趋于定型，形成了中国特有的现代意义，其意义大多与第二阶段不同；有的观念甚至回到与第一阶段相近的意义和结构，也就是说重构产生了中国式的现代观念，并在这些观念基础上，建构了现代中国主要的意识形态。"①论者在讨论现代学术转型过程中，往往只看到新旧、中西之间的转换，常忽略其间经历的复杂面相和曲折历程，对中国知识分子在此过程中所做的种种努力和探讨也缺少足够重视，以致将其归结于"西方话语霸权"的作用这一点之上。尽管在传统与现代学术对接过程中，新兴的西方学术话语的确有不可替代的作用，为中国现代学术转型提供了重要的思想资源和概念工具。然而这些新兴学术话语的形成与传播，又都是在中国文化发展的历史情境中展开的，其中不仅有中国学人参与其间，究其内涵也已非其西学本义，在进入中国学术话语系统时都经历了"本土化"的过程。严复在厘译西学术语时，常将其与中国思想文化的对接作为思考和论述的出发点。如他辨析"宪法"一词的适用性时说：

> "宪法"，西文曰 Constitution，此为悬意名物字，由云谓字 Constitute 而来。其义本为建立合成之事，故不独国家可以言之，即一切动植物体，乃至局社官司，凡有体段形干可言者，皆有 Constitution。今译文"宪法"二字，可用于国家之法制，至于官司局社尚可用之，独至人身草木，言其形干，必不能犹称"宪法"。以此推勘，即见原译此名，不为精审。译事之难，即在此等。但其名自输入以来，流传已广，且屡见朝廷诏书，殆无由改，只得沿而用之。异日于他处遇此等字，再行别译新名而已。②

在严复看来"不为精审"的"宪法"，在后世成为了广泛使用的通行语。然而与之形成对译关系的 Constitution，却具有"宪法"所不能容纳的含义，只是因为"流传已广"，并且"屡见朝廷诏书"，不得已予以沿用。而不论是意义的扩大、缩小或

---

① 金观涛、刘青峰：《观念史研究：中国现代重要政治术语的形成》，香港中文大学出版社2008年版，第7~8页。

② 严复：《宪法大义》，王栻主编《严复集》第2册，中华书局1986年版，第239页。

者变形，都意味着"宪法"与 Constitution 之间的不对等关系。在此背景下，若一味以 Constitution 观念强究"宪法"的内涵，不免有郢书燕说的弊病。

严复虽不满"宪法"译名而暂予使用，王国维对"哲学"译名的辨析，则是从古今互释的层面厘定术语，显示出以本土文化对接西学概念的另一种路向。他在1903 年所作的《哲学辨惑》中说：

> 甚矣，名之不可不正也！观去岁南皮尚书之《陈学务折》及管学大臣张尚书之覆奏折，一虞"哲学"之有流弊，一以"名学"易"哲学"，于是海内之士颇有以"哲学"为诟病者。夫"哲学"者，犹中国所谓"理学"云尔。艾儒略《西学凡》有"费禄琐非亚"之语，而未译其义。"哲学"之语，实自日本始，日本称自然科学曰"理学"，故不译"费禄琐非亚"曰"理学"，而译曰"哲学"。我国人士骇于其名而不察其实，遂以"哲学"为诟病，则名之不正之过也。①

在王国维看来，"哲学"虽为日本新创译名，但其所指向的内容与传统概念"理学"相同。时人因为对这一新名的陌生而失于对其实质内容的考察，因而王氏特作文予以解惑。尽管从概念的内涵来看，西方的"哲学"与中国传统"理学"之间并非完全一致；然而在新语早期传播过程中，这样的对应显然有助于"哲学"概念为大众所接受，从而进入国人的话语和知识系统。一方面，在"哲学"之名下，中国古代的思想、观念由此形成不同的统系，一如冯友兰撰写《中国哲学史》所宣称的："哲学本一西洋名词。今欲讲中国哲学史，其主要工作之一，即就中国历史上各种学问中，将其可以西洋所谓哲学名之者，选出而叙述之。"②另一方面，以汉字文化之视野所建构的"哲学"观念，与西方学术含义中的 Philosophy 也有不尽相同的地方，而是在中国文化语境中形成了汉语概念自身的

---

① 谢维扬、房鑫亮主编：《王国维全集》第 14 卷，浙江教育出版社 2009 年版，第 6 页。
② 冯友兰：《中国哲学史》上册第一章《绪论》一《哲学之内容》，商务印书馆 1934 年 9 月初版，第 1 页。书前第一篇自序作于 1930 年 8 月。此段文字又见于 1934 年 1 月商务印书馆初版之《中国哲学小史》。

意义内涵。① 在此情形之下，对于中国现代学术话语体系形成中"中国因素"所发挥的作用和影响，便有重新予以审视的必要。而对类似中西之间具有对译关系的术语、概念进行辨析，在当下建构中国特色社会主义话语体系背景下显得尤有必要。

四、余论

1911 年，上海中国词典公司出版由黄人编纂的《普通百科新大词典》。严复为其书作序，特意申明名词的厘定在现代思想、学术体系中的重要意义：

> 名词者，译事之权舆也，而亦为之归宿。言之必有物也，术之必有涂也，非是且靡所托始焉，故曰权舆。识之其必有兆也，指之其必有橥也，否则随以亡焉，故曰归宿。……顷年以来，朝廷锐意改弦，以图自振，朝暮条教，皆殊旧观，闻见盱眙，莫知的义。其尤害者，意自为说，矜为既知，稗贩传讹，遂成故实，生心害政，诐遁邪淫。然则名词之弗甄，其中于人事者，非细故也。②

在严复看来，西学著作的翻译，一方面须以术语、概念译名的厘定为起始，思想、观念往往都以术语为依托，借助术语来进行表达；另一方面又应当以术语、概念的厘译为指归，通过对术语、概念内涵的揭示，能够更清晰地认识和理解其背后所蕴含的深刻思想。术语、概念的厘定应该能够准确反映思想的内涵，而思想、观念又能浓缩于术语、概念之中。

此前一年，梁启超为章士钊所作《论翻译名义》撰写小序，对古今学术及话

---

① 参见桑兵：《近代"中国哲学"发源》，《学术研究》2010 年第 11 期；陈启伟：《"哲学"译名考》，《哲学译丛》2001 年第 3 期；熊月之：《从晚清"哲学"译名确立过程看东亚人文特色》，《社会科学》2011 年第 7 期；冯天瑜：《"哲学"：汉字文化圈创译学科名目的范例》，《江海学刊》2008 年第 5 期。

② 王栻主编：《严复集》第 2 册，中华书局 1986 年版，第 277 页。

语体系的巨大变化感慨至深："而今世界之学术,什九非前代所有,其表示思想之术语,则并此思想亦为前代人所未尝梦见者,比比然也。"①与新思想、新观念输入相伴产生的现代学术新语,其生成、演变和定型往往存在各种各样的复杂情形,也会如物种变迁一样有一个选择和淘汰的过程。严复翻译的诸多新语名词便有此遭遇。如由他厘定的"群"(Society)、"直"(Rights)、"计"(Economy)等,在后来都被日译新名词"社会""权利""经济"等所取代,他在翻译过程中所作的辨析,也往往因为其译语遭到淘汰而被忽略。然而对译名厘定过程进行考察,对建构中国特色的学术话语体系却不无裨益。甚至有论者认为他选用特定的术语翻译西方概念,反映了他立足中华文化,努力吸收当代西方科学思想,希望从源头上将以儒家为代表的中国思想文化现代化的愿望,是中国文化发展继孔子、朱熹之后的有一个里程碑。②

以中国传统思想去格义西方现代观念,从而实现中西对接与涵化,在晚清时期中西文化接触过程中表现得甚为突出,术语厘译始终居于关注的中心。1895—1896 年间,严复翻译《天演论》,曾用"权利"一词对译 Rights,然而又觉得不甚妥当。后来在 1902 年写给梁启超的信中,严复对 Rights 译名进行详细辨析:

> 惟独 Rights 一字,仆前三年,始读西国政理诸书时,即苦此字无译,强译"权利"二字,是以霸译王,于理想为害不细。后因偶披《汉书》,遇"朱虚侯忿刘氏不得职"一语,恍然知此"职"字,即 Rights 的译。然苦其名义与 Duty 相混,难以通用,即亦置之。后又读高邮《经义述闻》,见其解《毛诗》"爰得我直"一语,谓"直"当读为"职"。如上章"爰得我所",其义正同,叠引《管子》"孤寡老弱,不失其职,使者以闻",又《管子》"法天地以覆载万民,故莫不得其职"等语。乃信前译之不误,而以"直"字翻 Rights 尤为铁案不可动也……此 Rights 字,西文亦有"直"义,故几何直线谓之 Right line,直角谓 Right Angle,可知中西申义正同。此以"直"而通"职",彼以物象之

---

① 《国风报》第 1 年第 29 号,宣统二年(1910)10 月 21 日。
② 王宪明:《严译名著与中国文化的现代化——以严复译〈群学肄言〉为例的考察》,《福州大学学报》2008 年第 2 期。

正者，通民生之所应享，可谓天经地义，至正大中，岂若"权利"之近于力征经营，而本非其所固有者乎？且西文有 Born Right 及 God and my Right 诸名词，谓与生俱来应得之"民直"可，谓与生俱来应享之"权利"不可。何则？生人之初，固有直而无权无利故也。但其义湮晦日久，今吾兼欲表而用之，自然如久度之器，在在扦格。顾其理既实，则以术用之，使人意与之日习，固吾辈责也。①

正是认识到"权利"概念与中国传统制度、观念之间存在某种偏离，严复在翻译《群己权界论》时，选择用"民直""天直""权利"三个词来对译不同语境中的 Rights，以消除概念使用造成的误读。而至梁启超等人提倡使用日译名词之后，严译的许多术语因为过于雅驯而造淘汰，Rights 也仅以"权利"的译名被接纳并广泛使用。在此背景下，作为西方政治学概念的 Rights 与中国传统术语"直"之间的联系也因此被切断，在中国语境中，"权利"一词于是便不能完整表达 Rights 的全部含义。而后人的讨论，又往往以西方的 Rights 概念对中国的"权利"话语进行分析和批评，由此造成聚讼不一的情形。

汉字新语在与西方语源进行对译之后，从某种程度上来说已经脱离了西方语境，而是在中国语境中形成自足的意义系统。这个意义系统与其西方词汇的含义有直接联系，但并非完全对等，其间必然会融入中国文化自身的某些质素。就像德国哲学家伽达默尔所提示的："即使在生活受到猛烈改变的地方，如在革命的时代，远比任何人所知道的多得多的古老东西在所谓改革一切的浪潮中仍保存了下来，并且与新的东西一起构成了新的价值。"②当我们讨论新思想、新观念如何影响现代中国的学术时，往往会忽略传统思想观念所发挥的影响。最近中外学界关于中国文学抒情传统与现代性的研究，则旨在提醒我们在讨论中国文学现代性时，不能忽略传统文学观念在现代化进程中所具有的张力，以及由其所代表的中

---

① 严复：《与梁启超书》其三，王栻主编《严复集》第 3 册，中华书局 1986 年版，第 519 页。
② ［德］伽达默尔著，洪汉鼎译：《真理与方法——哲学诠释学的基本特征》，商务印书馆 2010 年版，第 399 页。

国现代性表述的另外一个脉络。① 1902 年，严复在写给梁启超的信中提出：

> 大抵取译西学名义，最患其理想本为中国所无，或有之而为译者所未经
> 见。若既已得之，则自有法想。在己能达，在人能喻，足矣，不能避不通之
> 讥也。②

从一般意义的翻译来看，这一做法与他自己所提出的"信"的标准并不一致；然而就文化的跨语际旅行而言，出现这样的情形又是意料中事。而在此背景下形成的术语、观念，对于与之对应的西学术语、观念来说也仍然是一种重新创造。作为例子之一，即便是到"国家"观念十分成熟的民国后期，仍有学者注意到中国不同于西方以"帝国""族国"为特征的国家性质，从而使用"中国之国""中国天下""中国天下国"等概念来凸显中国不同于西方国家的属性和特征。③ 这样的认识也提醒我们：无论是"国家""民主""自由""文学"等以西方表述为基础的现代思想、概念，都应当在中国文化发展的历史语境中进行理解，而不是以西方的概念内涵作为解释中国思想、文化的依据和标准。在此义下，建构中国特色的现代学术话语体系，创立一套全新的话语体系并非第一要务，而是通过对构成现代中国思想、文化的核心概念进行"正本清源"的梳理和考辨，在追索现行话语生成过程的基础上，对其在汉语世界所具有的意义详加辨析，发掘新语生成、演变背后的中国内涵，由此将其与西方对应概念加以区别，在中国文化语境中建构属于自身的意义谱系。

---

① 参见陈国球、王德威编：《抒情之现代性："抒情传统"论述与中国文学研究》引言、导论、总结等部分的相关论述，生活·读书·新知三联书店 2014 年版，第 1~32 页、741~814 页。
② 严复：《与梁启超书》其三，王栻主编《严复集》第 3 册，中华书局 1986 年版，第 518~519 页。
③ 罗梦册：《中国论》，商务印书馆（重庆）1943 年版。

第一编 在传统与现代之间

第一章

张之洞督鄂时期湖北"中学"教育的历史变迁与"中国文学"的早期建构

在现代知识转型进程中，新式教育的兴起扮演了重要角色。与传统书院重科举制艺、轻经史实学不同，新式学堂学制多兼采中西，课程设置以实用为主，旁涉语言、经史。作为晚清学堂教育和学制改革的重要推动者，张之洞督鄂期间（1889—1907）积极革弊书院旧习，兴办新式学校，努力使教育适应时代需要，在客观上改变了学校教育的课程结构和知识体系。在此过程中，张之洞基于办学经验，效仿日本学制规划鄂区新学制体系，由此构筑现代教育学制的基本模型。

关于近代转型期张之洞与湖北教育改革的研究，学界已有所关注，如先师冯天瑜《张之洞与武汉大学》①、《作始也简，其成也巨——武汉大学校史前段管窥》②指出，张之洞督鄂期所创办的两湖书院、自强学堂—方言学堂、湖北总师范，乃是国立武昌高等师范学校、国立武汉大学的重要源头，在湖北甚至全国地区的教育近代化过程中贡献卓著。王雪华《晚清两湖地区的教育改革》认为两湖地区在 19 世纪末最后十年后来居上，其实业学堂和普通学堂创办数量和教学质量均高于他省。在张之洞的努力下，湖北成为教育示范省，湖南成为新学最活跃的地区，这些恰巧构成中国近代化和革命因素成长的重要动因。③ 孙劲松《晚清

---

① 冯天瑜：《张之洞与武汉大学》，《武汉大学学报》2010 年第 1 期。

② 冯天瑜：《作始也简，其成也巨——武汉大学校史前段管窥》，《武汉大学学报》2013 年第 6 期。

③ 王雪华：《晚清两湖地区的教育改革》，《江汉论坛》2002 年第 7 期，第 61~65 页。

至民国时期的湖北国学教育》分时段梳理晚清至民国时期两湖书院及新学堂课程设置情况，认为经史之学始终为两湖书院学科之重，新学堂也新旧兼顾，未忽视国学①。本章的侧重点在于，以张之洞督鄂期(1889—1907)湖北教育改革实践为考察对象，在科举沿革与学制演变中探察鄂区"中学"教育的历史变迁，通过对传统知识教学的地域性梳理探察以张之洞为链接的鄂区"中学"教育的全国性意义。以晚清"中学"教育为学术广角对其时教学情况展开阶段性考察，由此开启一段对现代学术分科形成的探源之旅。并说明传统的经史之学与现代的文学、历史、哲学等分科体系的对接，实有复杂、多重的面相，并非只是"西学东渐"的结果。

一、晚清书院时期湖北"中学"教育的一般情形

晚清书院与科举制密切相关，在士林科场逐名的背景下，鄂区书院教育承袭旧制，江汉书院及张氏新建的经心、两湖书院，均以科举应试为主要导向。传统书院时期(1889—1897)，各书院以课试方式传授中国传统知识，两湖书院、经心书院重经史、考古实学，江汉书院重时文，均不脱科举习气。充当书院教习的，主要为张之洞幕僚及旧式文人。

光绪十六年(1890)，张之洞于经心书院旧址②新建两湖书院，以培养"出为名臣，处为名儒"③的传统型人才为目标。各书院采取课试与会讲相结合的教学方式，维持科举旧态。各院每月定期举行课试，分教不开堂授课。学生或三五成群到分教房中请教，或由分教拟定时间地点讲授具体专题，学生集体听课，分教所授各就其所长④，"其组织颇(似)近时之研究院"⑤。"两湖书院课书向系专门

---

① 孙劲松：《晚清至民国时期的湖北国学教育》，《文化发展论丛》2013 年第 2 期，第 129~135 页。

② 张之洞曾于 1869 年任湖北学政，与李鸿章等人筹建经心书院于武昌，专课经史，张离鄂后书院渐趋荒废。张再次督鄂后于经心书院旧址建两湖书院，原经心书院于光绪十七年(1891)移建于三道街，与两湖、江汉书院并立。

③ 张之洞：《咨南北学院调两湖书院肄业生(附单)》，赵德馨主编，吴剑杰、周秀鸾等点校《张之洞全集》第 5 册，武汉出版社 2008 年版，第 226 页。

④ 李珠、皮明庥：《武汉教育史(古近代)》，武汉出版社 1999 年版，第 162 页。

⑤ 张继煦：《张之洞治鄂记》，民国铅印本，第 8 页。

教习，以己学讲授"①，会讲专题依教习所专而定。因此各书院无统一教材，惟
"朔望两课，限五日交卷"②。此时两湖书院的课士之法，"分经学、史学、理学、
文学、算学、经济学六门"③。因缺乏教习，算学、经济学两门虚悬多年，实际
上只有经、史、理、文四科。经心书院"课经解、史论、诗赋、杂著"④，江汉书
院"专课时文，时仍其旧"⑤。作为中国第一中西学堂的自强学堂，此时虽已引入
西学，但仍是"以中学为主，西学为辅，注重中文"⑥。

　　课试内容方面，传统书院不离科举考试范畴。清代仍以八股制艺设科，而
"乡会后场、学政考试，旁及经解、策论、诗赋，殿廷则兼用之"⑦，大体沿用明
代旧制。其时虽以时文取士，然"自童试及科岁试、乡会二试，以至各朝考、散
馆、大考、考差皆有诗，小试间作赋，散馆、大考皆先作赋，则诗赋未尝废也。
自科试至乡会试、殿试皆对策，自童试以至进士、朝考、大考及考军机、御史皆
作论，则策论未尝废也"⑧。康有为《桂学问答》曾论"科举之学"云："应制所用，
约计不过经义、策问、试帖、律赋、楷法数者。若能通经史、解辞章，博学多
通，出其绪余，便可压绝流辈。"⑨表明除了八股制艺，诗赋、策问、经解同为晚
清科举重要考察项目。

　　从当时斋课实际情况来看，张之洞改革鄂区教育时三大书院课试试题分时
文、经解、策论、诗赋、考史数种，与科考名目基本一致。光绪十四年（1888）
冬，主讲经心书院的左绍佐将一年所得诸生官课课卷汇编成《经心书院集》四卷，
其中卷一、二为经解，有《郑君笺诗多以韩易毛说》《禹河故道迁徙考》《辟雍解》

　　① 张之洞：《筹定学堂规模次第兴办折》，赵德馨主编，吴剑杰、周秀鸾等点校《张之洞全集》
第4册，武汉出版社2008年版，第92页。
　　② 张继煦：《张之洞治鄂记》，民国铅印本，第8页。
　　③ 张之洞：《咨南、北学院调两湖书院肄业生（附单）》，赵德馨主编，吴剑杰、周秀鸾等点校
《张之洞全集》第5册，武汉出版社2008年版，第225页。
　　④ 张继煦：《张之洞治鄂记》，民国铅印本，第9页。
　　⑤ 张继煦：《张之洞治鄂记》，民国铅印本，第9页。
　　⑥ 况周颐：《餐樱庑随笔》，沈云龙主编《近代中国史料丛刊续编》第六十四辑，文海出版社
1979年版，第135页。况周颐自称于戊戌年（1896）间任自强学堂汉文教习。
　　⑦ 戴熙编：《崇文书院敬修堂小课甲编》序，咸丰八年（1858）刻本。
　　⑧ 钱振伦编：《安定书院小课二集》序，光绪十三年（1887）刻本。
　　⑨ 康有为：《桂学问答》，康有为著、楼宇烈整理《长兴学记》，中华书局1988年版，第40页。

《千乘之国解》等 10 题，选 49 篇；卷三为论著，有《荀卿论》《读韩昌黎〈守戒〉书后》《劝桑树议》《科举论》等 7 题，选 22 篇；卷四为诗赋，有《谒曾文正公祠》《拟杜工部诸将五首》《苦热行》《拟陶渊明〈读山海经〉诗一首》《积雨赋》《惟楚有材赋》等 16 题，选 46 篇。① 此时作为两湖书院前身的经心书院，课试内容由经解、论著、诗赋三部分构成，学生日间诵读经史典籍，研习诗文义法，而"以治经为先"②。光绪二十一年（1895），时任经心书院山长的谭献"赓续裒集官师课作，得文笔三百篇"③，编为《经心书院续集》。该集共十二卷，分说经、考史、著述、辞章四部分，卷一、二"说经"29 题 44 篇，卷三至卷五"考史"48 题 89 篇，卷六至卷八"著述"34 题 70 篇，卷九至十二"辞章"65 题 109 篇。在序文中，谭献指斥世俗之士以帖括自封，不诵经书，不睹史籍，朝廷虽以"四书""五经"义取士，而"提学试有经古，春秋试有策对"④，认为八股帖括并不能完全应付科举，而需时常课以经训文辞，方可应对科试之经古、策对。光绪十八年（1892），时任江汉书院山长的周恒祺汇集光绪辛卯（1891）、壬辰（1892）两年诸生课卷编为《江汉书院课艺》（两册），所收均为四书文，也主要为科举八股制艺服务。

这一时期两湖书院课试情况，可由湖南人周培懋、唐才常遗留下的课卷窥见一斑。周培懋，湖南善化（位于今湖南长沙）人，1891 年就读两湖书院⑤，有 6 篇策论文——《问地志之外欲其山川郡县了如指掌者当何以辅之》《问山东海有几处能停泊轮船何处海湾最能为南北洋之枢纽》《问盛京沿海之地能略言之欤》《问扬子江防何处为最要门户》《问沿江各省险要》《问浙江杭州湾海防其握重在何处》⑥流传下来。尽管主题已流露出现代军事地理学气息，但行文字句不离传统门径，文字间又有圈点，眉批、尾评时有"老朴不支"等文章点评术语，散发出浓重的

---

① 左绍佐编：《经心书院集》，光绪戊子（1888）冬仲湖北官书处刊本。

② 左绍佐：《经心书院集》序，光绪戊子（1888）冬仲湖北官书处刊本。

③ 谭献：《经心书院续集》序，光绪乙未（1895）冬仲湖北官书处刊本。

④ 谭献：《经心书院续集》序，光绪乙未（1895）冬仲湖北官书处刊本。

⑤ 据璩鑫圭等编《中国近代教育史资料汇编》，周培懋于 1909 年任两江总师范学堂地理教员，时年 46 岁，《两湖书院试卷》封面题"子字斋第八号　一班　湖南省长沙（州府厅）善化（县州）周培懋增生年二十八岁"，可知周培懋于 1891 年就读两湖书院。见陈元晖主编，璩鑫圭等编：《中国近代教育史资料汇编·实业教育·师范教育》，上海教育出版社 2007 年版，第 748 页。

⑥ 周培懋：《两湖书院试卷》（1851—1911），国家图书馆藏原卷本。

古学意味。唐才常于 1894—1896 年在两湖书院受学①，所作课艺有《古之学者为己今之学者为人说》《〈孝经〉为六艺总会说》《说〈论语〉赋》《历代商政与欧洲各国同异考》《钱币兴革议》《中国钞币必如何定制综论》《征兵养兵利弊说》《唐租庸调法得失考(上、下)》《〈汉书·艺文志〉群经次第与〈史记·儒林传〉不同考》《闲传释例》《〈元史·宗室世系表〉太祖子封地当今何地考》《问土蕃回纥不得志于唐而契丹女真蒙古皆得志于宋能言其故欤》等篇②。唐才常曾在家信中称"二月望课揭晓，兄经史二卷均第一"③，"所应诸课，差幸不居人后，居第一者已五次"④，其所作课卷可以大体反映当时两湖书院的整体学术倾向。周、唐二人课卷既有面向传统经史之学保守锢闭的一面，又有面对时代环境开放务实的一面。看似矛盾，却恰显示出两湖书院融新旧之学为一炉的教学思路，也预示此时旧书院已出现学术转型征兆。唐氏课卷分考史、经解、诗赋、策论四类文体，与经心书院略同。可见两湖书院课试允许学生在思想方面对传统有所突破，而形式上终囿于科举这一"旧瓶"。旧形式与新内容间虽存在扞格，却是彼时中国学术思想、教育面对新的时代变局的实态，也是中国学术转型期必经的阶段。

除八股制艺外，晚清时期两湖、经心书院所课试的经史、词章也属科举考察范围。康有为主讲万木草堂，每月三日、十三日、二十三日练习义理、经世、考据、词章试题，八日、十八日、二十八日练习《四书》《五经》义试帖、《四书》义策问、《四书》义律赋等功课⑤，经史、词章与八股制艺并重。鄂区传统书院同样未能彻底与科举划清界限，虽然两湖、经心书院已规定不准课试时文，但张之洞并不反对两院学生到经心书院应课⑥。有论者指出，湖北经心、两湖书院承学海堂绪余，专治经史、考古之学，对晚清学术不无影响，"但是从教育推广的观点看，张之洞并没有采取积极的政策使之普及。因此，湖北极大多数的书院，仍旧

① 此据 2013 年中华书局增订本《唐才常集》。郭汉民《唐才常入两湖书院时间考实》(《郭汉民文集》)一文认为唐才常于 1895 年入两湖书院。

② 唐才常：《唐才常集》，中华书局 2013 年版，第 580~581 页。

③ 唐才常：《致唐次丞书(二)》，《唐才常集》，中华书局 2013 年版，第 541 页。

④ 唐才常：《上父书(二十六)》，《唐才常集》，中华书局 2013 年版，第 514 页。

⑤ 康有为著，楼宇烈整理：《长兴学记》，中华书局 1988 年版，第 21 页。

⑥ 苏云峰：《张之洞与湖北教育改革》，台湾"中央研究院"近代史研究所 1983 年版，第 50 页。

以准备科举考试为目标"①，两湖、经心书院诸生如江汉书院学生一样应课并参加科举考试。张氏先后创办的广雅、经心、两湖书院，虽然出发点在于拯救学术空疏之弊，但其课试的策论、诗赋、经解等也是科举考试重要部分。这样的措置，与明清时期科举改革一脉相承。

三大书院或课以经史、诗赋，或课以时文，不离科举试策考察范围，惟两湖书院唐才常课卷常与时局紧密结合，显示出超前的眼界和开放的格局。这种现象的出现，除唐才常个人因素外，还与两湖书院教习构成有关。江汉书院山长周恒祺，经心书院主讲左绍佐、山长谭献为旧式文人，而两湖书院教习多为张氏开明派幕僚，各科分教"前后任经学者，为易顺鼎、杨裕芬、钱桂森；任史学者，为杨锐、汪康年、梁鼎芬、姚晋圻；任理学者，为邓绎、周树模、关棠；任文学者，为陈三立、屠寄、周锡恩、周树模、杨承禧"②。诸人均为新旧学兼通的饱学之士，大多思想通达，力赞革新。如杨锐为张之洞在四川尊经书院时的学生，热心时务。陈三立、汪康年为维新人士，后参与康、梁变法。周锡恩热衷于致强之道，张之洞曾称："予老门生，只汝一人提倡实务。"③缘于张之洞中西、新旧兼容并包的教育理念，两湖书院中教习以重时务的新派人士居多，一定程度上对受业学生思想倾向的形成有潜移默化的影响。

传统书院与科举制共存亡，经史、诗赋等"中学"内容，应科举考试之需，在晚清旧书院中仍大行其道；而后随着书院改章、科举改革的推行，"西学"进入科举考试范围，技术、语言等类专门人才受到重视，由此对中国传统知识教学产生巨大冲击，从而促使传统经史之学向分科演化。

二、科举改革、书院改章时期湖北"中学"教育的演变

在知识界大力引进"西学"同时，教育领域的改革也随之而来。张之洞站在

---

① 苏云峰：《张之洞与湖北教育改革》，台湾"中央研究院"近代史研究所 1983 年版，第 43 页。

② 张继煦：《张之洞治鄂记》，民国铅印本，第 8 页。

③ 刘禺生著，钱实甫校：《世载堂杂忆·张之洞遗事》，《清代史料笔记丛刊》，中华书局 1960 年版，第 51 页。

晚清教育改革最前线，力主改革旧式科举考试以适应新的时代变局，在书院中推行"中西并制"的课程体系。书院改章时期（1897—1902），湖北书院的教学方式改为集体授课，课程设置逐渐"西学"化。"中学"之理学、文学从传统知识教学中退场，经史之学仅在两湖书院教授，且于"西学"普被浪潮中被边缘化。前期"中学"教习或投身变法运动，或赴任他省，张之洞不得不在教育较发达的广东、江苏地区另聘经史专家担任教习。

张之洞秉承"经世致用"教育理念，通过引进"西学"，缩减"中学"科目，推进科举改革。这一时期，各书院逐渐向学堂转变，教学方式由分授变为班级集体授课。光绪二十三年（1897）春，张之洞新定两湖书院学规课程，规定各科教师须到堂上课，学生亦须住堂肄业，外出需请假，给假不得超过半日，除乡试外不准给假应试。① 同时，实行更为严格的奖励考核制度：学生每月奖金等级由平日读书笔记、分教随时面加询考时的表现、官课成绩三部分决定。② 书院将学生二百四十人分八排，以单双日轮课方式分习经、史、地、算四科，"前四排单日经、史，双日地、算；后四排单日地、算，双日经、史"③。经心书院则"酌照学堂办法，严立学规，改定课程，一洗帖括词章之习，惟以造真才、济时用为要归"④，由原来课经解、史论、诗赋、杂著，改为分习外政、天文、格致、制造四门。第二年，完成第一次书院改章的张之洞在《劝学篇·变科举》中提出变革科举初步构想后，上呈《妥议科举新章折》，得到朝廷认可。随后下令依照张氏所拟，全国科举不得考时文，各地乡、会试分三场分别测试中国史事、国朝政治论五道，专问五洲各国之政、专门之艺的时务策五道，《四书》义、《五经》义各两篇，翰林也不得专以楷书及诗赋定优劣。张氏《劝学篇·设学》约学堂之法"新旧兼学""政艺兼学"⑤，所列新旧、政艺之学如《四书》、《五经》、中国史事、政书、西

① 《新定两湖书院学规课程》，《湘学新报》1897 年第 7 期。
② 《新定两湖书院学规课程》，《湘学新报》1897 年第 7 期。
③ 《新定两湖书院学规课程》，《湘学新报》1897 年第 7 期。
④ 张之洞：《两湖、经心两书院改照学堂办法片》，赵德馨主编，吴剑杰、周秀鸾等点校《张之洞全集》第 3 册，武汉出版社 2008 年版，第 480 页。
⑤ 张之洞：《劝学篇·设学》，赵德馨主编，吴剑杰、周秀鸾等点校《张之洞全集》第 12 册，武汉出版社 2008 年版，第 176 页。

政、西艺，与《劝学篇·变科举》所拟考试内容完全吻合，目的仍在于更新科举制度以与新学堂相适应，为朝廷培养、选拔新式人才。光绪二十五年（1899），慈禧太后在懿旨中进一步申明，"书院之设，原以讲求实学，非专尚训诂、词章，凡天文、舆地、兵法、算学等经世之务，皆儒生分内之事。……现在时势艰难，尤应切实讲求，不得谓一切有用之学，非书院所当有事也"①，表明朝廷立场，令各书院务必兴办实学以济危救难。变革科举、改章书院得到官方认可后，张之洞又将两湖书院的"地图"一门改为"兵法"，分兵法史略学、兵法测绘学、兵法制造学三门。经心书院添设图画、兵法、体操。江汉书院改章办法及学科与经心书院同，分教由经心书院分教兼任。至此，三书院基本完成改章，初具新式学堂规模。

从相关政令颁布的时间线索来看，科举改革与书院改章交叉进行，科举变革成为书院改章后期的强大助力。与科举改革相呼应，书院改章期各书院注重引入西方近代科学知识，"西学"成为晚清书院重要教学内容，"中学"科目和课时均被缩减，逐渐湮没于"西学"普被的浪潮之中。此时两湖书院的经史之学原系书院所当讲求，因此得以保留，"理学书每日晚间限定必看数条"②。经心书院则经史、文学均无讲授，仅由院长"专讲《四书》义理、中国政治"③，由监督随宜训课。之后由于监督院事繁忙，乃专设经史一门，"添请分教一人，每月课以经史一次，或解说，或策论"④。江汉书院亦于四门分课之外，专设经史一门，每月课试一次。同时，三书院均设行俭一门，"由各监督、院长每日酌定时刻，分班接见，训以《四书》大义、宋明先儒法语，考其在院是否恪遵礼法"⑤。除两湖书院外，其他书院及学堂内授课内容以"西语"及"西学"为主，"中学"则侧重于训诫学生率循规矩，以此体现中西兼顾之旨。

---

① 《德宗景皇帝实录（六）》卷四三〇，《清实录》第 57 册，中华书局 1987 年版，第 654~655 页。

② 《新定两湖书院学规课程》，《湘学新报》1897 年第 7 期。

③ 张之洞：《两湖、经心两书院改照学堂办法片》，赵德馨主编，吴剑杰、周秀鸾等点校《张之洞全集》第 3 册，武汉出版社 2008 年版，第 480 页。

④ 张之洞：《札两湖、经心、江汉三书院改定课程》，赵德馨主编，吴剑杰、周秀鸾等点校《张之洞全集》第 6 册，武汉出版社 2008 年版，第 201 页。

⑤ 张之洞：《札两湖、经心、江汉三书院改定课程》，赵德馨主编，吴剑杰、周秀鸾等点校《张之洞全集》第 6 册，武汉出版社 2008 年版，第 202 页。

在此期间，沈曾植、陈庆年担任两湖书院史学教习，马贞榆、曹元弼、杨裕芬、张锡恭任经学教习。沈曾植精通音韵、书法、历史、舆地之学，在当时有"硕学通儒"之誉。他"深于史学掌故"①，"中年治辽、金、元三史"②，著有《蒙古源流笺证》《元秘史笺注》。陈庆年，江苏丹徒人，为史学专家，编有《中国历史教科书》(1912年上海商务印书馆)、《兵法史略学》(清光绪二十五年(1899)两湖书院刻本)讲义。马贞榆，广东顺德人，学海堂专课肄业生，为陈澧入室弟子，光绪二十五年(1899)起在两湖书院为学生讲《左传口义》③《读左传法》④。曹元弼，江苏苏州人，在两湖书院期间撰《述学》篇，授诸生"各经传述源流，定治经者不易之途径"⑤，与梁鼎芬共同辑成《经学文钞》⑥，作为经学课程讲义。杨裕芬，广东广州人，光绪二十年(1894)进士，在两湖书院授《毛诗》。张锡恭，江苏人，授《论语》《周礼》。出于此前两湖书院"中学"教习多具革新精神，对学堂管理及旧学传播颇为不利。张之洞向来视经书为"中国之宗教"⑦，出于尊经传统，特从江苏、广东地区延请经史专家担任两湖书院"中学"教习。

这一时期鄂区改革科举、改章书院、大兴西学，一时成为全国教育典范，甚至远超京师大学堂。光绪二十四年(1898)十一月，京师大学堂开学，新入学诸生犹"兢兢以圣经理学诩学者，日悬《近思录》、朱子《小学》二书为的"。次年(1899)秋，"学生招徕渐多，将近二百人。……大学堂虽设，不过略存体制；士子虽稍习科学，大都手制艺一编，占毕咿唔，求获科第而已"⑧。此时期的京师

---

① 清史编纂委员会编纂：《清史》，国防研究院1961年版，第5085页。

② 王国维：《沈乙庵先生七十寿序》，方麟选编《清华国学书系·王国维文存》，江苏人民出版社2014年版，第708页。

③ 两湖书院辑：《两湖书院课程六种》，清光绪二十四年至二十六年(1898—1900)两湖书院刻本。

④ 马贞榆：《读左传法》，清光绪二十八年(1902)两湖书院刻本。

⑤ 详见曹元弼：《述学》，《复礼堂文集》，华文书局1969年影印1917年刊本，第31~43页。

⑥ 两湖书院辑：《两湖书院课程六种》，清光绪二十四年至二十六年(1898—1900)两湖书院刻本。

⑦ 张之洞：《筹定学堂规模次第兴办折》，赵德馨主编，吴剑杰、周秀鸾等点校《张之洞全集》第4册，武汉出版社2008年版，第94页。

⑧ 参见喻长霖：《京师大学堂沿革略》，朱有瓛编《中国近代学制史料》第一辑下册，华东师范大学出版社1983年版，第683页。

大学堂不仅招生规模远不及鄂区，并且由于缺乏新式教育改革人才的统筹帷幄，其新体制下的学堂亦徒具形式。学堂中应试之风远胜于西学，教学以科举为主导，科举之学在新学制内仍占领主要阵地。① 之后 1900 年京师大学堂停办，直到 1902 年由张百熙任总管，才进入新的发展阶段。

尽管此时张之洞并未忽视经史之学，延聘江苏、广东地区优秀教习，使经史两科在两湖书院保留下来；然而同时规定，科举考试第二场须通西方政艺，教学中"西学"科目占据大量课时，明显削弱了以经史为代表的传统知识的学科地位。在此情形下，"曾经作为科举殿堂敲门砖的'中学'，也逐渐由受青睐而变得受冷落"②，反映出传统"中学"既受西学冲击又受制于科举的尴尬处境。

三、科举废止与新学制下湖北"中学"教育的转折

随着壬寅（1902）、癸卯（1903）学制颁布，光绪三十一年（1905）袁世凯、张之洞等奏请废除科举。经史、词章等"旧学"科目进入新学制，科举考试课程体系瓦解，课试方式改为计日功课。因中高等学堂教科书尚未编定，此间学生所习以《奏定学堂章程》指定书目为准。这一时期，湖北各学堂"中学"教习多为鄂籍两湖、经心书院毕业生，主要阵地由两湖书院转移至两湖总师范、存古学堂，方言及其他专门学堂虽设汉文课程，然终究为"西学""西语"附庸，堂内传统知识教学远不及两湖总师范、存古学堂有代表性。

传统书院时期"中学"教育因科举而兴，而此时传统"中学"科目过渡到新学堂，成为科举制废除的催化剂。光绪二十九年十一月（1904 年 1 月），张之洞在《请试办递减科举折》中指出，"科举未停，则天下士林谓朝廷之意并未专重学堂也"，"入学堂者恃有科举一途为退步，既不肯专心向学，且不肯恪守学规"③。在张氏看来，科举制是兴学堂的最大障碍，科举不废，新学堂无法正常运行。为

---

① 陈国球：《文学立科——〈京师大学堂章程〉与"文学"》，《文学史书写形态与文化政治》，北京大学出版社 2004 年版，第 10 页。

② 武教办：《湖北存古学堂的兴衰》，《武汉文史资料》2009 年第 10 期，第 34 页。

③ 张之洞：《请试办递减科举折》，赵德馨主编，吴剑杰、周秀鸾等点校《张之洞全集》第 4 册，武汉出版社 2008 年版，第 171 页。

实现由科举取士向学堂教育转变，张氏拟定各学堂课程时，"于中学尤为注重，凡中国向有之经学、史学、文学、理学，无不包举靡遗。凡科举之所讲习者，学堂无不优为"①。之后癸卯学制颁布，科举制下的经史、词章等传统旧学进入新学堂，然而各级学堂"西学"科目数量和课时均超过"中学"，科目设置呈现"西主中辅"的混合模式。光绪二十九年（1903），两湖书院改为文高等学堂，学科有中西公共之学——经学（道德学、文学附）、中外史学（掌故学附）、中外地理学（测绘学附）、算术（天文学附）和西学——理化学、法律学、财政学、兵事学八门。未及一年，文高等学堂改为"两湖总师范"，学科有修身、读经、中文、教育、算术、英语、历史、地理、物理、化学、博物、手工、音乐、体操，其中修身、读经、中文、历史诸科为"中学"科目。

癸卯学制颁布后，学部陆续审定各地呈送的小学堂教科书，湖北地区小学堂开始使用学部审定后的试行教材，如两湖总师范附属两等小学堂"中学"修身课用《初等修身教科书》，经学课讲《论语》《孝经》《孟子》《礼记》，文学课用《初等国文教科书》，历史课用《初等历史教科书》②。高等学堂教科书直到1909年尚未审定③，因此两湖总师范学堂从1906年开学到1911年停办，期间"中学"授课具体内容仍以《奏定学堂章程》为准。1904年湖北学务处印发《奏定学堂章程》，规定初级师范学堂"修身"课"摘讲陈宏谋《五种遗规》"④，"读经讲经"课"讲读《春秋左传》《周礼》两经……讲读《左传》应用武英殿读本，讲读《周礼》应用通行之《周官精义》"⑤，"中国文学"课则以"《御选古文渊鉴》最为善本"⑥。两湖总师范

---

① 张之洞：《请试办递减科举折》，赵德馨主编，吴剑杰、周秀鸾等点校《张之洞全集》第4册，武汉出版社2008年版，第171页。

② 《两湖总师范附属两等小学堂调查总表》，《学部官报》1911年第156期。

③ 宣统元年（1909）闰二月，学部将"颁布高等小学教科书，颁布小学、中学教授细目"等事项作为"应行筹备事宜"奏请皇帝，计划在宣统三年"颁布高等小学教科书，颁布小学、中学教授细目，审定各高等专门学堂所送讲义，编辑中学教科书，编辑初级师范教科书"，表明直到此时全国统一教材尚未编定。参见王炜编校：《〈清实录〉科举史料汇编》，武汉大学出版社2009年版，第1136页。

④ 张之洞纂：《初级师范学堂章程》，《奏定学堂章程》，沈云龙主编《近代中国史料丛刊》第73辑，1966年文海出版社影湖北学务处本，第277页。

⑤ 张之洞纂：《初级师范学堂章程》，《奏定学堂章程》，沈云龙主编《近代中国史料丛刊》第73辑，1966年文海出版社影湖北学务处本，第278页。

⑥ 张之洞纂：《初级师范学堂章程》，《奏定学堂章程》，沈云龙主编《近代中国史料丛刊》第73辑，1966年文海出版社影湖北学务处本，第281页。

实际教学中使用的教材基本与此吻合，据 1911 年《两湖总师范学堂调查总表》，1906 年至 1911 年在校肄业诸生"修身科用陈宏谋《五种遗规》本，教育科课本由本科教员编辑，读经讲经科用《钦定春秋传说汇纂》，文学科采用《古文渊鉴》本，历史科用《中国历史》丹徒陈庆年本"①。至于当时教学情形，据朱峙三回忆，经学教习李文藻第一节课讲《左传》。之后黄福讲文学，虽"闻素有文名"，却"了于心，不了于口"②；另一文学教习叶恭绰讲文法，在黑板上书自编文一篇，"嘱予等抄之，实不见佳"③。史学教习李步青为革命排满者，修身教习马贞榆"经学有时名"④，为一时经学名师。总师范学堂"中学"教育仍以传统经史及作文文法为主，显然对已接受过传统私塾熏陶的学堂诸生难有吸引力。在此之前，马贞榆讲学文高等学堂期间编有《两湖文高等学堂经学课程》教材，其中《尚书》两卷⑤，卷上论尚书学之源流，卷下论伪古文之破绽；《尚书要旨》一卷⑥，有《圣德》《圣治》《唐虞重天文》《唐虞重地利》《唐虞重农政》《唐虞重祀典》《帝王重择相》《圣学之节目在逊志时敏》《帝王慎择师》等篇，"是书分目细碎，大抵以圣治圣学为纲"⑦。从书院改章期的《左传》到文高等学堂的《尚书》，马贞榆因师承东塾学派陈澧，提倡朴学，故多致力于考证辨伪，其《经学课程》讲义作为文高等学堂"中学"教育重要内容，体现出传统书院向新学堂转变过程中重考据、崇圣学的学术倾向。

相较而言，作为近代转型期湖北地区"中学"教育重镇，存古学堂研习内容比两湖总师范更精深。在张之洞绘制的蓝图中，学生入学后须大量阅读古代典籍：治经者前两年须遍览九经全文，次看群经总义诸书，第三、四年须点阅所习本经国朝人著述；⑧ 治史学者前三年点阅《御批通鉴辑览》、五种纪事本末，以及

---

① 《两湖总师范学堂调查总表》，《学部官报》第 155 期。
② 朱峙三：《朱峙三日记：1893—1919》，华中师范大学出版 2011 年版，第 192 页。
③ 朱峙三：《朱峙三日记：1893—1919》，华中师范大学出版 2011 年版，第 193 页。
④ 朱峙三：《朱峙三日记：1893—1919》，华中师范大学出版 2011 年版，第 193 页。
⑤ 马贞榆：《尚书课程》，《两湖文高等学堂经学课程》，光绪年间两湖书院刊本。
⑥ 马贞榆：《尚书要旨》，《两湖文高等学堂经学课程》，光绪间湖北存古学堂刊本。
⑦ 中国科学院图书馆整理：《续修四库全书总目提要·经部》，中华书局 1993 年版，第 258 页。
⑧ 张之洞：《咨学部录送湖北存古学堂课表章程》，赵德馨主编，吴剑杰、周秀鸾等点校《张之洞全集》第 6 册，武汉出版社 2008 年版，第 512 页。

历代正史之志及补志，第四、五、六年习二十四史和通鉴、通考类；① 治词章者前三年"先纵览历朝总集之详博而大雅者，使知历代文章之流别"②，点阅古人有名文集。存古学堂初期教学情形与张氏构想大致相当。据该学堂经学门学生罗灿回忆，马贞榆讲《周礼》，黄福讲《仪礼》，傅廷义讲《说文》，曹元弼仅编讲义供学生学习，吕承源讲史学泛论，陈潏教词章，"校发梁钟嵘《诗品》三卷和唐司空图《诗品》翻印原文"③。第一班学生学习所用书籍，"由公家发给《十三经注疏》、汉四史（《史记》《前汉书》《后汉书》《三国志》）、二十二子、《汉魏六朝一百三家集》各一部，及其他小部书籍"④。堂中诸生"认习专经者，如正、续《皇清经解》之类，每五人合给一部；治史则《御批通鉴》之类，每人各给一部"⑤，堂内经、史、词章各有所授。王仁俊任教湖北存古学堂期间编有《存古学堂经史词章课程》⑥讲义 85 篇，该讲义不分卷，由《易经》学、《书经》学、《诗经》学、《孝经》学、《春秋》学、《左传》学、《尔雅》学、《说文》学、《论语》学、《孟子》学、词章学等部分构成，为王氏讲经之作，后收入《存古学堂丛刻》。就各部分篇目比重来看，《五经》为重中之重，词章学仅两篇。马贞榆编有《今古文〈尚书〉授受源流》一卷⑦，就《尚书》"考今古文授受源流"⑧，末附以辨经义考。此时曹氏又将其光绪三十年刻于苏州的《原道》《述学》《守约》三文稍加润色，授与学堂诸生。⑨ 光绪三

① 张之洞：《咨学部录送湖北存古学堂课表章程》，赵德馨主编，吴剑杰、周秀鸾等点校《张之洞全集》第 6 册，武汉出版社 2008 年版，第 513 页。

② 张之洞：《咨学部录送湖北存古学堂课表章程》，赵德馨主编，吴剑杰、周秀鸾等点校《张之洞全集》第 6 册，武汉出版社 2008 年版，第 513 页。

③ 罗灿：《关于存古学堂的回忆》，《湖北文史资料》第 8 辑，中国人民政治协商会议湖北省委员会文史资料研究委员会 1984 年版，第 55 页。

④ 罗灿：《关于存古学堂的回忆》，《湖北文史资料》第 8 辑，中国人民政治协商会议湖北省委员会文史资料研究委员会 1984 年版，第 56 页。

⑤ 陈佩实：《考查湖北存古学堂禀折》，《广东教育官报》"附篇"，宣统三年（1911）第 5 期，第 104a~106b 页。

⑥ 王仁俊：《存古学堂丛刻》，林庆彰主编《晚清四部丛刊》，文听阁图书公司 2010 年影清光绪三十三年（1907）存古学堂铅印本。

⑦ 清光绪二十七年（1901）湖北存古学堂刊本。

⑧ 中国科学院图书馆整理：《续修四库全书总目提要·经部》，中华书局 1993 年版，第 258 页。

⑨ 曹元弼：《原道》《述学》《守约》后记，《复礼堂文集》，华文书局 1969 年影印 1917 年刊本，第 59 页。

十四年(1908),存古学堂刻印梁鼎芬、曹元弼合辑《经学文抄》以作教学之用。①由教学情形来看,由于科举废除与学科分化,两湖总师范及存古学堂"中学"教育重新回到经史、词章并重的局面。

新学堂时期,两湖总师范、存古学堂教习多由鄂籍两湖、经心书院毕业生担任。据《两湖总师范学堂教员调查表》,当时各科教习除物理科由日本人三泽力太郎担任,修身教习马贞榆为广东顺德人,文学教习杨鸿发为江苏丹徒人之外,其余教习如修身教习吕承源,教育教习吴赐宝、余德元、王先庚,经学教习杜宗预、李文藻、王劭恂、王廷梓、尹潮,经学兼文学教习黄福,历史兼经学教习傅廷彝、彭邦桢,文学教习萧延平、胡柏年、余岳霖,历史教习雷预钊、邱岩,以及地理、算学、习字、图画、体操、音乐、手工、博物教习共37人均为鄂籍,占两湖总师范教习总数(48人)大半。这些教习资历多为廪生、举人,且多毕业于两湖、经心书院。② 设立于1907年的存古学堂,总教习为杨守敬、马贞榆,各科分教有王仁俊(经学)、傅守谦(史学)、杜宗预(斋务长兼史学、外国史)、王劭恂(监学兼史学)、黄福(词章),协教黄燮森(经学)、陈潼(词章)、吕承源(词章)等。其中黄福、吕承源、傅守谦、杜宗预、王劭恂、黄燮森均为鄂籍③:黄福毕业于经心书院,时任黄冈教谕;吕承源毕业于经心书院,时任通城县教谕,在任候选知县;傅守谦曾肄业两湖书院;杜宗预毕业于经心书院,廪贡生,内阁中书衔,俟教职选缺后以知县在任候选;王劭恂曾肄业两湖书院,兼任经心书院经史教习;黄燮森曾肄业晴川书院,增贡生,试用县丞。此时"中学"教习多由鄂籍两湖、经心书院毕业生担任,体现出强烈的地域性,也昭示过去由科举培养选拔各界人才的模式正在向系统化的学校教育转变。

经史、词章进入新学堂,与张之洞以退为进废科举的政治策略密切相关。新学堂以培养中西兼通的实用人才为目的,"中学"教育此时由最初以科举为导向

---

① 曹元弼:《经学文钞》序,《复礼堂文集》,华文书局1969年影印1917年刊本,第61~65页。

② 《两湖总师范学堂调查总表》,《学部官报》第155期。

③ 《两湖总师范学堂调查总表》,《学部官报》第155期。

变为以保存国粹为最终目标。在此义下，经史、词章等国粹开始作为知识之一类在新学堂中被教授和学习。在新式教育体系下，传统经史的尊崇地位被颠覆，分科教授的内容虽然还带有很浓的"旧学"色彩，却已经充分做好了容纳"新知"的准备。现代学术分科体系的形成和知识体系的转换，与这一时期中西知识交汇背景下分科授学的教育改革也有密切关系。

四、由"中学"到"中国文学"：张之洞督鄂期间湖北"中学"教育的学术史意义

张之洞督鄂近二十年，由其主导的改章书院、兴办学堂教育改革实践是湖北地区近代转型过程中浓墨重彩的一笔，而其中"中学"教育部分又在多个层面上具有全国性意义。

张之洞改革鄂区教育期间始终以经史为国之根本，其间发起的保存国粹运动，使中国传统知识进入民国新教育系统成为可能，并确立了词章之学在新学制中的地位，为民初"中国文学"课程设置提供借鉴。学堂改章过程中，张之洞发现各学堂趋重西方科学，其他地区新学堂诸生甚至"言洋务尚粗通，而《孟子》之文反不通"①。为避免科举废除后"士人竞谈西学，中学将无人肯讲"②，经学、小学、诗、古文辞等中国传统学术无人考究，张氏在《学务纲要》第十一条提出重视国文、保存国粹主张，并巧妙地将经史、词章等旧学融入新学制。张氏保存国粹理念迅速成为全国性思潮，一时间各地时报、教育报刊登大量"保存国粹"的言论，如佚名《重国文以保国粹说》③、《论学堂宜注重国文》④、李钟奇《学堂宜设国文专科策》⑤等。光绪三十三年（1907），张之洞筹谋许久的存古学堂成立。

---

① 皮锡瑞：《师伏堂未刊日记》，清华大学历史系编《戊戌变法文献资料系日》，上海书店出版社1998年版，第637页。

② 张之洞：《请试办递减科举折》，赵德馨主编，吴剑杰、周秀鸾等点校《张之洞全集》第4册，武汉出版社2008年版，第171页。

③ 佚名：《重国文以保国粹说》，《河南官报》1900年第86期。

④ 佚名：《论学堂宜注重国文》，《直隶教育杂志》1906年第13期。

⑤ 李钟奇：《学堂宜设国文专科策》，《南洋官报》1904年第17期。

之后在清政府支持下，山东、四川、江苏等多地兴办存古学堂，普通及专门学堂增设"国文"课，如江宁(南京旧称)省垣高等学堂总教习缪小山指出，"因现在停废科举，恐国粹难以保全，特于该学堂内添设国文一科"①。各地兴建存古学堂、增设国文课，正是张之洞"保存国粹"思想的具体实践，体现出时人对科举废除后中国传统思想学术生存空间的忧虑。

　　科举考试废除以后，儒家意识形态和价值体系失去生存根基，加上实用主义、技术主义思想盛行，传统旧学在新式教育体系中被虚无化和边缘化。张之洞办学过程中对经史之学的坚守，以及向传统回归兴办存古学堂，推动"保存国粹"思潮的兴起，一定程度促成了以儒学为核心的"中学"科目在清末教育系统得以延续。"中学"中词章之学也因此从科举试策过渡到新学制，变为"中国文学"科。虽有梁启超指出"词章不能谓之学"②，张之洞则认为"各体词章，军国资用，亦皆文化之辅翼，宇宙之精华，岂可听其衰微，渐归泯灭……中国之文理、词章废，则中国之经史废"③，明确肯定词章之学在中国传统学科中的地位。他在写给张百熙的信中指出，"经史文辞古雅，浅学不解"④，而文章浅易，世人可由文章理解经史而达于道，认为中国文辞作为国粹具有传播儒家文化的实用性功能。缘此，词章之学不仅进入新学制，还因"国粹"带来的文化立场使癸卯学制"中国文学"门诸多课程在民国以来的学科体系中得以延续。如创办于民国二年(1913)的武昌高等师范学校，英语、史地部一年级均开设国文课，英语部国文讲授的文学源流⑤，即源于奏定章程中"历代文章流别"⑥。1916 年，英语部一年级国文课

---

　　① 缪小山：《高等学堂添设国文》，《北洋官报》1905 年第 873 期。

　　② 梁启超：《万木草堂小学学记》(1897 年)，《梁启超全集》第 4 册，北京出版社 1999 年版，第 115 页。

　　③ 张之洞：《创立存古学堂折》，赵德馨主编，吴剑杰、周秀鸾等点校《张之洞全集》第 4 册，武汉出版社 2008 年版，第 303 页。

　　④ 张之洞：《致京张冶秋尚书》，赵德馨主编，吴剑杰、周秀鸾等点校《张之洞全集》第 10 册，武汉出版社 2008 年版，第 358 页。

　　⑤ 《三年度校务实务报告》，潘懋元、刘海峰编《中国近代教育史资料汇编·高等教育》，上海教育出版社 2007 年版，第 731 页。

　　⑥ 张之洞：《奏定大学堂章程》，朱有瓛编《中国近代学制史料》第二辑上册，华东师范大学出版社 1987 年版，第 785 页。

分学期讲授诸经、史、子、集文体。① 1929 年，由武昌高师演变而来的国立武汉大学中国文学系必修课包括"国文讲读及作文""文字学""古书校读法""目录学纲要""文学史纲要""诗名著选""经学通论""《文选》学""《史记》""《吕氏春秋》"。选修课有"文学源流""《楚辞》研究""宋诗""佛典文学""魏晋六朝史""亚洲文化史""近代外交史""经济地理"②。必修课"文学史纲要"和选修课"文学源流"可追溯至癸卯学制中"中国文学"科需讲"历代文章流别，文风盛衰之要略，及文章与政事、身世关系处"③的规定。"文字学"则源于对"文者积字而成，用字必有来历(经、史、子、集及近人文集皆可)，下字必求的解"④的强调。"目录学"根源于补助课"《汉书·艺文志》补注、《隋书·经籍志》考证"⑤，"诗名著选""宋诗"等课程以"集部"之学为研究对象，相当于新学制必修课"周秦至今文章名家"⑥。张氏"保存国粹"思想是"中国文学"科产生的重要因素，并由此推动衍生诸多文学课程，成为民国时期高校中文系"文学史"、"文字学"、作品选等课程的直接源头。

张氏改革鄂区教育期间，由"中学"词章到"中国文学"，其分科意识及"文学"观直接影响了清末新学堂文学设科，进而形塑了晚清"文学"史的基本书写形态："从某种程度上来说，中国文学呈现怎样的历史面貌，即取决于以何种'文学'概念及其知识体系作为历史建构的支点。"⑦同样，清末"中国文学"讲义如何编写，文学史如何叙述，亦主要取决于癸卯学制"文学"科最终修订人张之洞的

---

① 《国立武昌高等师范学校本学年教授程序报告》(1916 年 9 月—1917 年 7 月)，潘懋元、刘海峰编《中国近代教育史资料汇编·高等教育》，上海教育出版社 2007 年版，第 741 页。

② 《国立武汉大学一览》(中华民国十八年度)，国立武汉大学 1930 年版，第 6~7 页。

③ 张之洞纂：《初级师范学堂章程》，《奏定学堂章程》，沈云龙主编《近代中国史料丛刊》第七十三辑，1966 年文海出版社影湖北学务处本，第 282 页。

④ 张之洞纂：《初级师范学堂章程》，《奏定学堂章程》，沈云龙主编《近代中国史料丛刊》第七十三辑，1966 年文海出版社影湖北学务处本，第 281 页。

⑤ 张之洞：《奏定大学堂章程》，朱有瓛编《中国近代学制史料》第二辑上册，华东师范大学出版社 1987 年版，第 785 页。

⑥ 张之洞：《奏定大学堂章程》，朱有瓛编《中国近代学制史料》第二辑上册，华东师范大学出版社 1987 年版，第 785 页。

⑦ 余来明：《"文学"概念史》，人民文学出版社 2016 年版，第 30 页。

文学观。① 当时社会中流行的文学观有广、狭两义，一指"包括哲学或经学、史学、地理学、语言学及文学等各科在内的人文学科"，一指"大体上可与偏重文学之语言研究的古典语文学相对应的词章学"。② 1904 年由张之洞最终修订颁布的《奏定大学堂章程》的文学科，由中外史学、中外地理学、中外文学三部分构成，文学科之"文学"相当于人文学科，为广义文学，与张百熙《钦定学堂章程》以文学科含括经学、史学、理学、诸子学、掌故学、词章学、外国语言文字学 7 门课程做法略同。只是张百熙"文学"科基本可与"中学"概念对等，而张之洞则有了明显的经学、史学、词章学分科意识。他将"经学"单独设科，原文学科"诸子学"归入"理学"门，原"经学""理学"门归入经学科。张之洞将文学科"词章"学变为"中国文学"，7 门主课分别为"文学研究法""说文法""音韵学""历代文章流别""古人论文要言""周秦至今文章名家""周秦传记杂史·周秦诸子"③，此"中国文学"源于词章之学，与现代意义上的"文学"相比为立足于文字而广涉语言、音韵、文章等各方面知识的泛文学。

作为新学制文学科"中国文学"门课程总设计师，张之洞泛文学观影响了代表着当时中国学术基本方向的京师大学堂"中国文学"课程讲义（出版时定名为《中国文学史》）的编写。1904 年林传甲时任京师大学堂师范馆国文教员，他严格遵循《奏定大学堂章程》"中国文学研究法"编写出国人第一部"中国文学"课程讲义。该讲义篇目与"文学研究法"要义前 16 条相合，从文字讲起，又讲音韵、训诂、修辞、群经、诸史、诸子，被认为"体系庞杂，文学观念不清"④，为"经史子集的概论"⑤，与现代意义上的"文学"迥异。然而这样的情形实为时人"文学"

---

① 据胡钧《清张文襄公之洞年谱》载，1903 年 5 月，张之洞与张百熙、荣庆共同商订大学堂章程，其中《学务纲要》、经学科各门及中国文学课程均为张之洞手定。参见胡钧：《清张文襄公之洞年谱》，台湾商务印书馆 1978 年版，第 207 页。
② 陈广宏：《文学史之成立》，上海古籍出版社 2016 年版，第 156 页。
③ 张之洞：《奏定大学堂章程》，朱有瓛编《中国近代学制史料》第二辑上册，华东师范大学出版社 1987 年版，第 785 页。
④ 周勋初：《文学"一代有一代之所胜"说的重要历史意义》，《文学遗产》2000 年第 1 期，第 26 页。
⑤ 郑振铎：《插图本中国文学史》，朴社 1932 年版，第 10 页。

认知的普遍看法，如与林传甲同时期的王葆心在《高等文学讲义》①中指出，"凡学术中须主文字以讲之者，皆可隶入文学"②，同样传达出以文字为基点的泛文学观。《高等文学讲义》之后再版名称由"文学"讲义改为"古文辞"通义，多少暗示了王葆心文学观所发生的变化。林、王二氏"中国文学"讲义传达出的文学观与张之洞"文学研究法"实出一辙，这既是当时主流文学观的具体反映，也是张之洞将其泛文学观通过学堂教育体系在全国范围内行政化的结果。在经过百余年的中国"文学"史书写之后，再回过头看这些内容庞杂的中国文学史著作，又不得不承认，他们对中国"文学"历史的叙述，从某些方面来说又是更加贴近于中国传统对于"文学"的定义和认知的。

在张之洞的引领下，湖北地区"中学"教育经历了传统书院期、书院改章期和新学堂时期。不同时期"中学"教育与科举制兴废密切相关，各时期教习成员的变化，体现出在新的教育模式下，分科教学成为普遍趋势，并逐渐承担起培育和选拔各界人才的功能。张之洞作为湖北地区教育近代转型以及推动国民教育近代化的关键人物，他在"保存国粹"思想下设置的诸多"中学"科目，构成近代高校中国文学课程体系的雏形，其泛文学观主导下制定的"中国文学"教学内容和方法，一定程度上决定了早期中国文学史的书写形态，对民国以后人文学科课程设置、文学史书写，甚至反思时下的中国文学教育均具有重要意义。

---

① 王葆心主编：《高等文学讲义》刊于光绪三十二年(1906)，后易名为《古文辞通义》。
② 王水照主编：《历代文话》第8册，复旦大学出版社2007年版，第7052页。

第二章

近代民族国家建构与"中国文学"观念的兴起

　　"中国"观念的逐渐凸显可回溯至宋代，而其真正形成则在近代以后。① 晚清中国对现代"国家"的追求，是在一种外向汲取与内在建构的互动框架中展开的。反顾其时，"皇朝"成为"国家"，"中国"由"天下之中"退远为"万国"之一，由"中央"之国成为"世界"一隅，"知有天下而不知有国家"②的天朝迷梦被打破，知识界逐渐开始在"一身""朝廷""外族"和"世界"等层面展开关于"国家"的论述，③ 并由此形成了日渐明晰的世界意识和现代民族国家观念。④ 在那个被视作"过渡时代"⑤的特殊时期，旧传统的改造，新观念的输入，都无一例外被作为民族国家建构的思想因子。"中国"与"文学"的结合，即在此背景下展开。正如有学者所指出的："清末文人的文学观，已渐脱离前此的中土本位建构。面对外来冲击，是舍是得，均使文学生产进入一国际的（未必平等的）对话的情境。'国家'兴起，'天下'失去，'文学'也从此不再是放诸四海的艺文表征，而成为一时

---

① 参见葛兆光：《宅兹中国：重建有关"中国"的历史论述》，中华书局 2011 年版。

② 梁启超：《新民说》第六节《论国家思想》，《梁启超全集》第 3 卷，北京出版社 1999 年版，第 665 页。

③ 梁启超：《新民说》第六节《论国家思想》，《梁启超全集》第 3 卷，北京出版社 1999 年版，第 663 页。

④ 参见金观涛、刘青峰：《从"天下"、"万国"到"世界"——兼谈中国民族主义的起源》，《观念史研究：中国现代重要政治术语的形成》，香港中文大学 2008 年版，第 221~245 页。美国学者列文森也说："近代中国思想史的大部分时期，是一个使'天下'成为'国家'的过程。"（参见郑大华、任菁译：《儒家中国及其现代命运》，中国社会科学出版社 2000 年版，第 87 页）

⑤ 此一说法，见梁启超 1901 年所作《过渡时代论》，《梁启超全集》第 2 卷，第 464 页。

一地一'国'的政教资产了。"①文学至近代已融汇成为民族国家不可分割的内在肌质，是其精神展现的重要载体。

民族国家文学观念在 19、20 世纪之交中国的兴起，既包含对几千年悠久文明传统的想象，亦是出于对彼时西方思想、文化观念笼罩下"中国"之存在的建构。纵观中国几千年的文明历程，与"文学"相结合的是"天下""皇朝"而不是"国家"，见于论述的均为"某代文学"或"某朝文学"。在彼时士人心目中，既然惟我"中华"为文明之邦，作为"蛮夷"的四裔自然也就没有资格称作"文章"，更无从奢谈"学术"。然而时至晚清，国门打开之后，中国士人不得不直面世界其他优势文明的竞争，西方文明以其远胜于本民族的科学技术在近代全球化过程中处于优越地位。② 由此引发中国士人对传统的全面检讨，不断推动着向西方及效仿西方的日本学习的风潮。从 19 世纪最后几年开始，当欧美、日本的国家文学作为其国家观念的一部分输入中国，部分知识分子试图从民族国家建构之理想出发，在"国家"与"学术"、"中国"与"文学"之间寻求共构，最终促成了"中国文学"观念的兴起，并由此出发建构中国文学的历史图像。

一、"国家"之名下"文学"的重新定义

清民之际将"文学"与民族国家建构相联系，既与传统的文学、国家观念一脉相承，又是在特定时代背景下形成的思想景观。中国古代很早就有将文学艺术与王朝盛衰相联系的看法。《礼记·乐记》有"治世之音安以乐""乱世之音怨以怒""亡国之音哀以思"的看法，所说虽是"声音之道"，但与文学有相通之处。此

---

① 王德威：《被压抑的现代性：没有晚清，何来"五四"?》，《想像中国的方法：历史·小说·叙事》，生活·读书·新知三联书店 1998 年版，第 7 页。

② 明末清初虽有西方耶稣会士将当时欧洲的科学技术输入中国，但仅为少数士人所接受，并未成为正统知识谱系的组成部分。如其时对西方知识体系进行详细介绍的《西学凡》一书，在当时对其予以关注的多为与耶稣会士有着密切关系的士人，如杨廷筠、毕拱辰、徐光启、李之藻、李祖白等，未被作为新知而受到广泛肯定，更在清代被纪昀斥为"所格之物皆器数之末，所穷之理又支离怪诞而不可诘"(《阅微草堂笔记》卷十二《槐西杂志二》)的"异学"，未能成为中国引入近代西方学术分科体系的先声。乾隆时期编纂《四库全书》，采用的仍是中国传统的经史子集四部分类法，明清之际的汉文西书被分别划入四部之中。

后历代的文学批评中，都有关于文学与时代盛衰关系的论述。而但凡改朝换代，多提倡一种与盛世相匹配的文学风尚。

现代意义的"国家"一词，较早见于清末士人对西方的绍介当中。如张德彝光绪三年(1877)的《随使日记》，将 royal 译为"国家"："先至官钱局，英名洛亚敏特。译：洛亚者，国家也；敏特者，钱局也。"①郭嵩焘在同年 2 月的日记中，也将 nation、government 译为"国家"："其官阀曰明拍阿甫拍来森科非尔敏得。科非尔敏得者，国家也；明拍者，官员也；阿甫，语词；拍来森，犹言现在也。洋语倒文，所谓'国家现在的官员'也。""便过画楼一观，洋语曰纳慎阿尔毕觉尔嘎剌里。纳慎者，国家也；阿尔，语辞；毕觉尔，画也；嘎剌里，楼也。"②然而类似概念的使用还只是停留在词语的对译上，并未作为一种思想观念进入知识领域。而至 1900 年，梁启超已开始明确在现代民族国家的立场上讨论"国"的内涵："夫国也者何物也？有土地，有人民，以居于其土地之人民，而治其所居之土地之事，自制法律而自守之；有主权，有服从，人人皆主权者，人人皆服从者。夫如是，斯谓之完全成立之国。"以此观念考量历史上的中国，梁氏认为："且我中国畴昔，岂尝有国家哉？不过有朝廷耳。"③进入 20 世纪以后，随着民族、民族主义、国民、国家、国家主义等概念的频繁使用，现代民族国家观念在中西对比的视野中日益凸显，逐渐成为知识分子用以对抗西方知识输入的方式之一，亦是欲使中西学知识实现对接的现实途径。

晚清西学兴盛，各种学说竞相登场，国人也纷纷以提倡西学为时代之潮流。尤其到了戊戌政变之后，中学渐处于弱势地位，"国粹"一变而成为"国渣"。鲁迅曾以揶揄的口吻说："从清朝末年，直到现在，常常听人说'保存国粹'这一句话。……什么叫'国粹'？照字面看来，必是一国独有，他国所无的事物了。改一句话，便是特别的东西。但特别未定是好，何以应该保存？譬如一个人，脸上长了一个瘤，额上肿出一颗疮，的确是与众不同，显出他特别的样子，可以算他

---

① 见王锡祺辑：《小方壶斋舆地丛钞》第 11 帙，上海著易堂 1891 年铅印本，第 27 页。
② 郭嵩焘：《伦敦与巴黎日记》卷五，岳麓书社 1984 年版，第 151、149 页。
③ 梁启超：《少年中国说》，《饮冰室合集》第 1 册《饮冰室文集之五》，中华书局 1989 年影印版，第 9 页。

的'粹'。然而据我看来,还不如将这'粹'割去了,同别人一样的好。"①调侃之中,可以看出其时对待传统的一种态度。胡适则认为中国传统既有"国粹",又有"国渣",因而要"整理国故",去其"渣"而存其"粹"。清末民初关于"国学"的思想论争,反映的即是这一历史时期关于学术与民族国家存亡和发展问题的探讨。②

清末民初知识分子对民族国家精神的呼唤,既对"文学"与"国家"形成共构起重要促进作用,又是其题中应有之义。周作人说:"今夫聚一族之民,立国大地之上,化成发达,特秉殊采,伟美庄严,历劫靡变,有别异于昏凡,得自成美大之国民(nation 义与臣民有别)者,有二要素焉:一曰质体,一曰精神。……若夫精神之存,斯犹众生之有魂气。……故又可字曰国魂。"在他看来,"国魂"之铸造,不能只依靠科学技术之输入:"比者海内之士震于西欧国势之盛,又相牵率,竞言维新,图保国矣。其言非不甚美,然夷考其实,又不外实利之遗宗,辗转未尝蜕古者也。谬种始自富强之说,而大昌于近今。立国事业,期诸工商,感发噭腾,将焉致意?而又尽斥玄义,谓不屑为,似将尽毕生之力倾注于数数方术中,即为再造宗邦之奥援者。……实利之祸吾中国,既千百年矣。巨浸稽天,民胡所宅?为今之计,窃欲以虚灵之物为上古至方舟焉。虽矫枉过直,有所不辞,矧其未必尔耶?"而是应当改变过去视"文章"为"小道"的旧习,认为并非只有"训诂典章"才能承担起"经世"之职责,作为艺术的"文章"于民族国家之建构同样功莫大焉。周作人在文中取美国学者宏德(Hunt)之说,将文章的使命归结为四点:其一,"裁铸高义鸿思,汇合阐发之";其二,"阐释时代精神,的然无误";其三,"阐释人情以示世";其四,"发扬神思,趣人心以进于高尚"。③ 由此可以看出他对"文学"之于民族国家精神谱系建构意义的认识。

近代以降,自林则徐、魏源等人提倡"师夷长技以制夷",到洋务运动对西

① 《新青年》第5卷第5号《随感录》,署名唐俟,1918年11月15日。
② 参见罗志田:《国家与学术:清季民初关于"国学"的思想论争》,生活·读书·新知三联书店2003年版。
③ 周说均见其所作《论文章之意义暨其使命因及中国近时论文之失》,署名"独应",收入张枬、王忍之编《辛亥革命前十年间时论选集》第3卷,生活·读书·新知三联书店1977年版,第306页、311~312页、318页。原载《河南》1908年第4、5期。

方科学技术的学习与效仿，以及各种实务学堂的兴起，等等，晚清较长一段时间内西学的输入，都是以应用知识和技术为主，以此补"中学"重"道"而轻"艺"之不足。如1887年由英美新教传教士创立的广学会，曾自述其宗旨说："以西国之学，广中国之学；以西国之新学，广中国之旧学。"①陶曾佑也指出："辁近以来，由简趋繁，贡献千枝万叶，茫茫学业，逐渐昌明，质与文分，两相对峙。而一般论者咸谓研求质学，为自强独立之原因，务实捐虚，其损益固显然易烛。虽然，仅攻质学，亦未足为得计也。如教化之陵夷，人权之放失，公德之堕落，团体之涣离，通质学者或熟视而无所睹。"②所谓"质学"，即"格致之学"，也就是清末输入的科学技术之学，在晚清前五十年被认为是实现民富国强的根本支撑。

　　然而自甲午战争以后，不少士人开始认识到仅凭科技、工艺不能使中国走上富强之路，于是借力日本，兴起了一股思想文化改革的潮流。马君武概述其中的变化说："中国之言改革也，四十年以来矣。于甲省立一船政局，于乙省立一枪炮厂；今日筹数百万以买铁甲船，明日筹数百万金以建坚固炮台。是军械上之改革也。卒之遇敌辄败，一败之后，亡失无所余。以是言改革，则犹之执规以画方，南辕而北其辙也。甲午之后，士大夫乃稍变其议论，知欲存中国必至革政始。"③在此背景下，"文学"开始逐渐被赋予建构民族国家的功能："当此时期，倘思撼醒沉酗，革新积习，使教化日隆，人权日保，公德日厚，团体日坚，则除恃文学为群治之萌芽，诚未闻别有善良之方法。"具体又可以从国家与社会两个层面发挥功用：文学作用于国家层面，"一国之盛衰，系于一国之学术；而学术之程度，恒视其著述之多少与良楛为差"，"文学之关系于国家至重大且至密切，故得之则存，舍之则亡，注意则兴，捐弃则废"，有着"绝后空前"、令人生畏的"魔力"，日本明治维新，近代德国的崛起，均是"注重文学之足以兴国"的例子，而英国入侵印度，斯拉夫侵略波兰，则反映了"捐弃文学之足以亡国"的事实。文学作用于社会层面，则可以清末西学流行的情形见其一斑，"近世青年竞尚西

---

　　①　中国近代史料丛刊《戊戌变法》第3册，神州国光社1953年版，第214页。
　　②　陶曾佑：《论文学之势力及其关系》，《著作林》第14期，第13页。
　　③　马君武：《论中国国民道德颓落之原因及其救治之法》，莫世祥编《马君武集》，华中师范大学出版社1991年版，第128~129页。原载《新民丛报》第28号，1903年4月11日，署名"东京留学生桂林马悔"。

文，侈谈东籍，率多推敲韵调，剿袭皮毛，而或于祖国固有之文明，排斥不遗余力；虽两界中之翰墨，固亦各有所长，而其恶劣芜杂，不堪游目者，实占一大部分。噫！矛天戟地，森然逼人；莽莽中原，如痴如醉；灾梨耗楮，流毒无涯；半开化之支那几不能建国于地球之上，所由是炎黄特质竟退化于无形也。盖文学之关系于社会，较他物尤为普及"。由此引申，"文学"被视为"立国""新民"的根基："无文学不足以立国，无文学不足以新民。"①在救亡图存、富民强国的时代背景下，文学不能仅仅关注韵调、辞采等审美层面的内容，而应承载更加宏阔的历史内涵，其中之一即为民族国家之精神谱系。

不论是清末民初以新观念解释旧传统的做法，还是这一时期对中国传统的历史建构，其指向都是要在近代知识转型中为旧学寻找位置，建构新的知识和观念谱系。"文学"作为知识的类型之一，被作为民族国家建构的重要载体。陶曾佑曾慷慨地表示："尝闻立国地球，则必有其立国之特别精神焉，虽震撼挽杂而不可任其渐灭者也；称雄万世，亦必有其称雄之天然资格焉，虽俗蝎繁稽而不可漠然恝置者也。噫！其特别之精神惟何？其天然之资格惟何？则文学是。'文字收功日，全球改革潮。'同胞！同胞！亦知此文学较他种学科为最优，实有绝大之势力，膺有至美之名誉，含有无量之关系，而又独能占世界极高之位置否乎？……祖国之文明，首推文学。"②又在《论文学之势力及其关系》一文中极力宣扬文学对民族国家建构的重要作用："其最高尚、最尊乐、最特别之名词曰文学，彼西哲所谓形上之学者，非此文学乎？倍根曰：'文学者，以三原素而成，即道理、快乐、装饰各一分是也。'洛里斯曰：'文学者，世界进化之母也。'和图和士曰：'文学者，善良清洁之一世界也。'然则诸哲之于此文学，志意拳拳，其故安在？盖载道、明德、纪政、察民，蓄于此文是赖；含融万汇，左右群情，而吐焉纳焉、臧焉否焉、生焉灭焉，惟兹文学始独有此能力。"③王国维曾具体从"去毒（鸦片）"的角度出发，论述"文学"之于改造国民的重要价值，认为应当为"言教育者所不可不大注意"："夫人之心力，不寄于此则寄于彼，不寄于高尚之嗜

① 陶曾佑：《论文学之势力及其关系》，《著作林》第14期，第13~16、19页。
② 陶曾佑：《中国文学之概观》，《著作林》第13期，第1~2页。
③ 载《著作林》第14期，第12页。

好，则卑劣之嗜好所不能免矣。而雕刻、绘画、音乐、文学等，彼等果有解之之能力，则所以慰藉彼者，世固无以过之。何则？吾人对宗教之兴味存于未来，而对美术之兴味存于现在，故宗教之慰藉理想的，而美术之慰藉现实的也。而美术之慰藉中，尤以文学为尤大。何则？雕刻、图画等，其物既不易得，而好之之误则留意于物之弊，固所不能免也。若文学者，则求之书籍而已无不足，其普通便利，决非他美术所能及也。故此后中学校以上宜大用力于古典一科，虽美术上之天才不能由此养成之，然使有解文学之能力、爱文学之嗜好，则其所以慰空虚之苦痛而防卑劣之嗜好者，其益固已多矣。"①此处所谓"美术"，即现代所说的"艺术"，而将文学作为"美术"的一种，亦可见其视文学为改变国民精神的重要媒介。

在清末民初民族国家建构的历史背景下，对"文学"的认识多带有明显的民族国家思想色彩。张之纯界定"文学"的性质说："文学者，宣布吾感情，发抒吾理想，代表吾语言，使文字互相联属而成篇章，于以觇国家之进化者也。"②又将中国文学的历史置于民族国家观念之下："吾国文学之历史，孰先孰后，秩序井然。迄于今日，一以开通民智为主，事事务求其实际，虽俚辞俗谚、剧本山谣不敢废置。彼磔格奥衍、不能适用于社会者，虽古人传作，亦所不取。……有现在必先有过去，历代演进之成绩，皆足以供学人之研究，而亦一般国民应有之知识也。"③曾毅也说："文学之变迁升降，尝与其时代精神相表里。学术为文学之根柢，思想为文学之源泉，政治为文学之滋补品。本篇于此三者皆力加阐发，使阅者得知盛衰变迁之所由。"④胡蕴玉指出："一代之兴，即有一代之治；一代之治，即有一代之学；一代之学，即有一代之书。……文学者，一代之治之学之所系焉者也。"⑤发掘中国文学中的民族文化精神，以为当下的民族国家建构提供想象和

① 王国维：《去毒篇——鸦片烟之根本治疗法及将来教育上之注意》，谢维扬、房鑫亮主编《王国维全集》第14卷，浙江教育出版社2009年版，第66页。
② 张之纯：《中国文学史》卷上《绪论》，商务印书馆1915年初版，第1页。该书标明为"师范学校新教科书"。
③ 张之纯：《中国文学史》卷上《绪论》，商务印书馆1915年初版，第1~2页。
④ 曾毅：《中国文学史·凡例》，泰东书局1915年初版，1918年再版，第1~2页。
⑤ 胡蕴玉：《中国文学史序》，《南社》第8集，舒芜等编选《近代文论选》下册，人民文学出版社1959年版，第469页。

资源，是此一时期撰述文学史的意图之一，由此也赋予了"文学"不一般的含义。

"文学"作为民族精神的体现，不能一味以西方标准为法则，提倡的根本目的，是要建构以民族文学为核心的民族精神，由文明的自觉而实现民族国家的崛起。白葭说："吸彼欧美之灵魂，淬我国民之心志，则陈琳之檄、杜老之诗，读之有不病魔退舍、睡狮勃醒者乎！"①陶曾佑也呼吁说："慎毋数典忘祖，徒欢迎皙种之唾余；舍己芸人，尽捐弃神州之特质。其抒怀旧之蓄念，发思古之幽情，力挽文澜，保存国学；泄牢骚于兔管，表意见于蛮笺；震东岛而压倒西欧，由理想而直趋实际；永佚神明裔胄，灌输美满之源泉；从兹老大病夫，洗涤野蛮之名号。"②黄人从更广阔的意义上指示文学的意义说："文学之范围力量，尤较大于他学。他学不能代表文学，而文学则可以代表一切学。纵尽时间，横尽空间，其藉以传万物之形象，作万事之记号，结万理之契约者，文学也。人类之所以超于一切下等动物者，言语为一大别；文明人之所以胜于野蛮半化者，文学为一大别。"③从另一个方面来说，清民之际"国学""国文""国粹"等概念的广泛使用，即体现出在西方知识背景下建构"中国"知识系谱的强烈意识，尤其对中国这样一个有着几千年文明传统的国家来说。正如彼时有人所指出的，"民国以还，竞尚欧美，继今以往，不患外国文学之不输入，惟患本国文学之日趋衰落。国于天地，必有所以立之特质，所谓国性也，国情也，皆史之说也"④。而"五四"前后兴起的以"改造国民性"为主旨的新文学创作，从某种程度上来说是"文学"与"国家"的结盟在现代民族国家叙述话语中的延续和发展。缘于此，有学者将现代中国文学称为"民族国家文学"。⑤ 从晚清以降文学与国家之关系而言，其说不无道理。

---

① 白葭：《十五小豪杰序》，舒芜等编选《近代文论选》上册，人民文学出版社 1959 年版，第 238 页。

② 陶曾佑：《中国文学之概观》，《著作林》第 13 期，第 11 页。

③ 黄人：《中国文学史》第一编《总论》，见《黄人集》一七，上海文化出版社 2001 年版，第 323 页。

④ 葛存念：《中国文学史略》自序，大同出版社 1948 年版，第 2 页。

⑤ 见刘禾：《文本、批评与民族国家文学》，《语际书写：现代思想史写作批判纲要》，生活·读书·新知三联书店 1999 年版，第 191~216 页。

二、中西交汇语境中"中国文学"观念的兴起

地理学层面"中国"意识的肇兴，可以追溯到明清之际入华耶稣会士输入的世界地图与地理书，至晚清新教传教士著译史地著述予以推广，并渐为国人所接纳。思想文化领域"中国"观念产生于何时虽难以确指，但在甲午以后蓬勃而兴则属人所共知，而其中尤以梁启超提倡最力。梁启超1896年作《变法通议》，论变法之所必行与当行，即放眼于世界，时时存一"西方""日本"于心目中，处处可见立足于"中国""国家"的言说，以变法为"保国""保种""保教"的必由之径，视之为"四万万人之所同"的"天下公理"。所言虽都是政制、教育之事，亦可见出鲜明的民族国家观念。此后的诸多篇章，如《论中国宜讲求法律之学》《论中国积弱由于防弊》《论中国之将强》《论中国人种之将来》《论近世国民竞争之大势及中国前途》《论中国与欧洲国体异同》《少年中国说》《中国积弱溯源论》《论今日各国待中国之善法》《中国史叙论》《论中国学术思想变迁之大势》《中国专制政治进化史论》《中国地理大势论》《论中国国民之品格》等，以"中国"为言说对象的论述，屡屡形诸笔端。梁启超一生着力于一"新"字，"新民""新学""新政治""新小说""新中国"，等等，其关于"中国"的论说，亦是在清末由西方输入的近代民族国家观念上展开。

清末兴盛的各种变革运动，在某种程度上均带有明显的"西方化"痕迹。对此，鲁迅批评说："中国既以自尊大昭闻天下，善诋諆者，或谓之顽固；且将抱守残阙，以底于灭亡。近世人士稍稍耳新学之语，则亦引以为愧，翻然思变，言非同西方之理弗道，事非合西方之术弗行，捣击旧物，惟恐不力，曰将以革前缪而图富强也。"面对晚清时局的变化，他一方面肯定"变"的必要性："中国在今，内密既发，四邻竞集而迫拶，情状自不能无所变迁。夫安弱守雌，笃于旧习，固无以争存于天下。"但同时又反对简单遵从西方的法则："顾若而人者，当其号召张皇，盖蔑弗托近世文明为后盾，有佛戾其说者起，辄谥之曰野人，谓为辱国害群，罪当甚于流放。第不知彼所谓文明者，将已立准则，慎施去取，指善美而可行诸中国之文明乎？抑成事旧章，咸弃捐不顾，独指西方文化而为言乎？"以致造

成"所以匡救之者，缪而失正，则虽日易故常，哭泣叫号之不已，于忧患又何补矣"的局面。由此出发，他希望能有"明哲之士"，"洞达世界之大势，权衡校量，去其偏颇，得其神明"，并且能够"施之国中，翕合无间"，由此创造符合本民族文明发展的独特路径，既"不后于世界之思潮"，又"弗失固有之血脉"，形成一种介于借鉴与创造之间的全新模式，"取今复古，别立新宗"。在他看来，每一种文明最后能够立于世界之林，乃在于精神而不是物质："物质也，众数也，十九世纪末叶文明之一面或在兹，而论者不以为有当。盖今所成就，无一不绳前时之遗迹，则文明必日有其迁流，又或抗往代之大潮，则文明亦不能无偏至。诚若为今立计，所当稽求既往，相度方来，掊物质而张灵明，任个人而排众数。人既发扬踔厉矣，则邦国亦以兴起。"[1]在此意之下，建构中华文明的历史渊源以寻求与世界先进文明同等的地位，实为晚清士人"中国"言说的重要内容之一。

对于清末"中国文学"观念的兴起，日本学者长泽规矩也《中国学术文艺史讲话》开篇的一段话颇值得注意：

关于中国民族及文化的起源，向来没有人怀疑过，深信他是在中国本部。对于古来的种种传说，也全盘接受，率为史实。但自西人东渐后，他们却提出异议，认为发源于西方。而创议的人，却并不以确凿的事实为根据，不过由于一种传统的偏见，以为文明只有白种人才能创造，理应发源于西方。同时反对此说的中国学者，在最初也犯同样的弊病，坚持旧说，不过是一种意气作用，无法提出证据。[2]

所说虽然只是近代对于中国民族文化起源认识的变迁，实则蕴藏了清末民初思想文化领域"中国"言说兴起的潜在因素：为中华文明的悠久历史自我作证，以对抗西方文化思想观念输入带来的压迫感。在此背景下，以"中国文学"概括自先

---

[1] 以上鲁迅之说，均引自其所作《文化偏至论》，收入《坟》，《鲁迅全集》第1卷，人民文学出版社2005年版，第45~58页。该文为鲁迅1907年所作，发表于1908年8月《河南》第7号，署名"迅行"。

[2] [日]长泽规矩也著，胡锡年译：《中国学术文艺史讲话·序说》，世界书局1943年版，第1页。

秦以来"中国"的文学演变，或许也包藏着与欧美文明进行比照的含意。正如有论者所说："尽管文学古已有之，古人却没有'中国文学'的概念。原因是中国自古关门生活，不关心他国及他国文学，对自己自然也感受不到一种'中国文学'的意味。及至近代，西方入侵，国家的概念显现出来，'中国文学'的概念便缘此而生。"文章进而指出："'中国文学'这概念一产生，就先天地充满着政治历史与政治现实。'中国文学'的概念不是单独存在的，反过来它影响和作用着中国文学的实质。尤其近世中国，东西方冲突的一边倒给中国人带来了心理的失衡，使得'中国文学'一直充斥着'保守与激进''国粹与洋奴''西方化与民族化'等等这些思想政治的思辨，连艺术探索也被纠缠不清。"[1]在晚清中国，任何与"中国"有关的叙说，都不可避免地会与"西方"（包括日本）存在某种紧张关系，"中国文学"概念已不仅仅只是描述中国文学总体的知识名词，而是与西方文学处于同一话语结构当中，相互间形成复杂的对立。

近代民族国家观念的兴起，使其时的学人在论及"中国文学"时，都自然地将其与"中国"相联系，发掘"文学"在民族国家建构之义层面的特殊价值。在《新民丛报》第14号为"中国唯一之文学报"《新小说》刊登的广告语中，有如下一段话："本报所登载各篇，著译各半，但一切精心结撰，务求不损中国文学之名誉。"[2]此处之"中国文学"一词，在含义上更接近于"中国的文学"，与后来以"中国文学"指先秦以至近代所有文学创作的总体概念仍有所不同。但它从"中国"层面定位"文学"的用法，已开近代在民族国家意义上使用"中国文学"概念之端。

而在刊于《新小说》第7号的《小说丛话》中，梁启超开始从历史进化的角度论述"中国文学"的历史："文学之进化有一大关键，即由古语之文学变为俗语之文学是也。各国文学史之开展，靡不循此轨道。……寻常论者多谓宋元以降，为中国文学退化时代，余曰不然。夫六朝之文，靡靡不足道矣。即如唐代韩、柳诸贤，自谓起八代之衰，要其文能在文学史上有价值者几何？昌黎谓非三代两汉之书不敢观，余以为此即其受病之源也。自宋以后，实为祖国文学之大进化。何以

---

① 冯骥才：《关于"中国文学"的概念》，《文学自由谈》1996年第4期，第56页。
② 载《新民丛报》第14号，光绪二十八年7月15日（1902年8月18日）。

故？俗语文学大发达故。"①此中看法，多值得注意，后来"五四"时期提倡白话文学，其思路亦已见于此。而他以进化论的观点论述"中国文学"演进的做法，对20世纪前期的文学史书写又有深远影响。

清末以后关于"中国文学"观念更直接的表述，集中反映在20世纪初兴起的关于中国文学历史的讲述和书写当中。林传甲自1904年开始讲授的"中国文学史"课程，即视"我中国文学"为"国民教育之根本"，而不仅仅只是讲述关于"中国文学"的历史。② 胡蕴玉也将自己书写"中国文学"历史放在时代学术风尚的背景下展开："今也后生入学，束书不观，风气所趋，诮文无用。户肄大秦之书，家习佉卢之字。三仓之典籍，舶载而东；六艺之精言，人谁问问。呜呼！斯文已丧，谁为继起之人；古学沦亡，能无胥溺之惧。此吾之所以著文学史而不觉歔欷不已也。"③刘师培则将"无复识其源流"视为"中国文学之厄"："近岁以来，作文者多师龚、魏，则以文不中律，便于放言，然袭其貌而遗其神。其墨守桐城文派者，亦囿于义法，未能神明变化。故文学之衰，至近岁而极。文学既衰，故日本文体因之输入于中国。其始也，译书撰报，据文直译，以存其真。后生小子，厌故喜新，竞相效法。夫东籍之文，冗芜空衍，无文法之可言，乃时势所趋，相习成风，而前贤之文派，无复识其源流，谓非中国文学之厄欤？"④通过提倡"中国文学"与近代输入的"东籍之文"抗衡。近代学人来裕恂1905年始撰于浙江海宁中学堂授课期间的《中国文学史稿》，有感于当时"东西洋文明入中国，科学日见发展，国学日觉衰落"，而将讲授中国文学的历史看做是"焕我国华，保我国粹"之举。⑤ 黄人则认为，以"中国文学"为书写对象的"文学史"，不能仅仅是作为"文学家之参考"，"保存文学，实无异保存一切国粹，而文学史之能动人爱国、保种之感情，亦无异于国史焉"，"示之以文学史，稗后生小子知吾家故物，不

---

① 载《新小说》第7号，光绪二十九年(1903)7月15日，第166页。
② 林传甲：《中国文学史·题记》，武林谋新室1910年校正再版，目录第24页。
③ 胡蕴玉：《中国文学史序》，《南社》第8集，舒芜等编选《近代文论选》下册，人民文学出版社1959年版，第476~477页。
④ 刘师培：《论近世文学之变迁》，《国粹学报》第26期。
⑤ 来裕恂：《萧山来氏中国文学史稿》，岳麓书社2008年版，第1页。

止青毡，庶不至有田舍翁之诮，而奋起其继述之志，且知其虽优而不可深恃"。①
希望借助"中国文学"背后所展现的"中国"几千年文明的脉络，来激发彼时知识
分子接武前贤、推动文明进步的意气。葛遵礼编《中国文学史》，也是因为有感
于"文学日就陵夷，几有忘祖之虑"的境况，"欲使高小中学生粗知我国文学之源
流"。② 同样是意在通过提倡"中国文学"，在知识和思想意识领域建构现代精神
传承的"中国"谱系。

　　清末以后随着西学知识的输入，中国文学已不能如旧时一样在一个自足的体
系中演绎生成、衰变的历史过程，必然要在"世界"的格局下反观自身。清末民
初，与西方文学进行比照，成了凸显"中国文学"价值的常见方式。黄人从总体
上强调说："以吾国文学之雄奇奥衍，假罄其累世之储蓄，良足执英、法、德、
美坛坫之牛耳。"③而具体作品的比照在文学评论中更为普遍。赵景深将《离骚》比
作但丁的《神曲》，将宋玉视同善于制造幽默的 Swift 的《海外轩渠录》;④ 顾实认
为《诗经·商颂》五篇，与"印度富夏察(Uyara)之摩诃婆罗多(Mahabharata)，希
腊荷马尔(Homeros)之伊利亚特(Ilida)等，略占同一之位置";⑤ 陈介白称赞《史
记》"其伟大非希腊、罗马史家所能及"，认为陶渊明的《闲情赋》"极似丁尼生
(Tennyson)的磨坊主人的女儿(The Miller's Daughter)诗"，"是极流利而不板滞的
美文"⑥，等等。虽然都只是简单的比附，却可见出其时知识界力图将中国文学
置于世界文学之林的努力和尝试。

　　类似上述做法，在晚清学人讨论中国小说时曾被经常使用。如天僇生(王无
生)将施耐庵与柏拉图、巴枯宁、托尔斯泰、狄更斯相提并论，把《水浒传》称为
"社会主义之小说""虚无党之小说"和"政治小说"。侠人将《镜花缘》《荡寇志》
《西游记》等看作与西方"科学小说"相同的类型。黄人将《水浒传》视作社会主义

　　① 黄人：《中国文学史·总论》，见《黄人集》一七，上海文化出版社 2001 年版，第 325、327 页。
　　② 葛遵礼：《中国文学史·例言》，上海会文堂书局 1921 年版，第 1 页。
　　③ 黄人：《清文汇序》，《南社》第 11 集，舒芜等编选《近代文论选》下册，人民文学出版社
1959 年版，第 495 页。
　　④ 赵景深：《中国文学小史》，光华书局 1926 年版。
　　⑤ 顾实：《中国文学史大纲》，商务印书馆 1933 年版，第 37 页。
　　⑥ 陈介白：《中国文学史概要》，国立北京大学文学院国一讲义，第 18、25 页。

小说,将《金瓶梅》视作家庭小说进行讨论,将《三国演义》《隋唐演义》与哈葛德的小说相提并论,称其为历史小说的典范。平子《小说丛话》认为《金瓶梅》是"描写当时社会情状"的"社会小说";浴血生将《镜花缘》视作提倡女权主义的小说;阿阁老人《说小说》将西游故事比附为出洋留学以图强国保种的维新运动;定一《小说丛话》认为《水浒传》是一部表现"民主、民权之萌芽"的小说;王钟麒《论小说与改良社会主义之关系》认为《水浒传》是一部"社会主义之小说";燕南尚生《水浒传命名释义》认为《水浒传》的创作,是因为施耐庵"生在专制国里,俯仰社会情状,抱一肚子不平之气,想着发明公理,主张宪政,使全国统有施治权,统居于被治的一方面,平等自由,成一个永治无乱的国家"。等等论述,显然都已经超越了明清章回小说产生的时代背景,而带有浓厚的近代思想意识。

然而也有可能走向另一个极端,陷入"西方主义"的泥潭而不自知:"中国文艺界上可怕的现象,是在尽先输入名词,而并不绍介这名词的函义。于是各各以意为之。看见作品上多讲自己,便称之为表现主义;多讲别人,是写实主义;见女郎小腿肚作诗,是浪漫主义;见女郎小腿肚不准作诗,是古典主义;天下掉下一颗头,头上站着一头牛,爱呀,海中央的青霹雳呀……是未来主义……等等。"①话虽略显"刻薄",却并非只是"杞人忧天"。对以西方理论研究中国文学的人来说,仍不失警醒意义。

按照西方学者本尼迪克特·安德森(Benedict R. O'Gorman Anderson)的说法,近代以来形成的民族国家,只是一个想象的共同体。"中国"的历史同一性因此也受到质疑。② 而在清末民初的历史叙述中,"中国"并非只是在想象中存在,在绝大多数知识分子那里,是不以王朝、族群、信仰、语言、领土等历史的变化而转移的真实认识。表现在"文学"观念上,几乎没有人对"中国文学"未将某一民族的文学纳入其中而提出质疑,也鲜有学者因为历史上领土空间的变化、区域文化的发展而否认"中国"的文学存在。缘于此,有学者提出,"中国文学"概念应

---

① 鲁迅:《三闲集·扁》,《鲁迅全集》第4卷,人民文学出版社2005年版,第88页。原载于1928年4月23日《语丝》第4卷第17期"随感录"栏。
② 参见葛兆光:《宅兹"中国"》引言《"中国"作为问题与作为问题的"中国"》对此问题的论析。

该在"中国观"上加以探讨。① 也有学者认为,"中国文学"概念是现代人从民族国家观念出发,运用现代文学的标准,对古代文化遗产进行分割、选择、重组的结果,由此也造成了一系列的矛盾与悖论。② 事实上,无论对"中国文学"概念的内涵及由此发展形成的文学史研究持何种态度,此一概念在清末民初的兴起,自有其产生的历史语境和学术史意义。至于其合理性及是否能涵括整个"中国"的文学,则属另一层面的问题。

三、作为历史知识和国家想象的"中国文学"

清末面对西学输入的大势,黄人虽自豪地表示中国的"文学"历史之悠久,非近代新兴的民族国家所能比拟,"今之英、法、德、美,虽以文物睥睨全球,而在千百年前,方为森林中攫噬之图腾,乌有所谓文学者";但也不得不面对中国的文学"势处于至危"的现实,又因"吾国之文学,精微浩瀚,外人骤难窥其底蕴,故不至如矿产、路权遽加剥夺"而暗自庆幸,认为"欲谋世界文明之进步者,不数既往,不能知将来,不求远因,不能明近果"。③ 希望通过历史书写建构文学的"中国",以此树立在世界文明竞争格局中的自信与坚守。

甲午战争以后面对大量涌入的西方政治、经济、法律、哲学等思想,很自然就会让人产生一种关乎民族国家危亡的"存在的焦虑",整体国家的知识和观念体系都受到西方观念的巨大冲击,"中国"之所以存在的思想文化基础都面临崩塌的危险。在此境况之下,标举"中国"/"祖国"的"文学"以建构民族国家想象成为不少知识分子的共同思路。曼殊(梁启勋)对自己曾以"泰西小说"之标准否定"祖国之小说"感到"大谬不然",认为"吾祖国之政治、法律,虽多不如人,至于

---

① 张未民:《何谓"中国文学"?——对"中国文学"概念及其相关问题的探讨》,《文艺研究》2009 年第 9 期。

② 吴泽泉:《错位与困境:一份关于"中国文学"的知识考古学报告》,《文学评论》2009 年第 3 期。

③ 黄人:《中国文学史》第一编《总论》,见《黄人集》一七,上海文化出版社 2001 年版,第 325~327 页。

文学与理想，吾雅不欲以彼族加吾华胄也"①。侠人也宣称："吾祖国之文学，在五大洲万国中，真可以自豪也。"②均体现出在"中国文学"观念上的民族国家意识。

然而即便是中国的"文学"，在清末多数西方人眼中也未必就值得称赞，"中"不如"西"似乎已成为无可回避的事实。曾朴（1872—1935）在给胡适的信中曾援引陈季同（1851—1905）1900年前后的看法说："我们在这个时代，不但科学，非奋力前进，不能竞存，就是文学，也不可妄自尊大，自命为独一无二的文学之邦。殊不知人家的进步，和别的学问一样的一日千里。论到文学的统系来，就没有拿我们算在数内，比日本都不如哩。我在法国最久，法国人也接触得最多，往往听到他们对中国的论调，活活把你气死。"③虽然其中一部分原因是出于理解的偏见，但过去那种在学术之"道"层面的自信，至20世纪初年也确实已荡然无存。周作人在1908年所作的文章中即感叹："今言中国国民思想，就文章一面，测其情状，准学者之公言，更取舍以自见，则可先为二语曰：中国之思想，类皆拘囚蜷屈，莫得自展。而文运所至，又多从风会为转移，其能自作时世者，殆鲜见也。"④立于清末民初的立场和时代语境，有此见解者远非周氏一人。

在此背景下，类似如黄人一样希望借中国文学历史书写建构民族国家想象的做法，在清末民初兴起的中国文学史书写热潮中实属常态。曾毅论中国"文学史上之特色"，指出："世称坤舆文化之发源地有三：曰印度，曰希腊，曰中华。顾希腊早并于罗马，印度亦见灭于英伦，惟中华屹然独存。希腊、印度之幅员均极狭小，而中华并其时独领有广大之土地。以今言之，中国文学史上诚负此二大特色已。"⑤其一，"中国，世界之故国也"，文明历史悠久，"实东洋文明之母

---

① 见《新小说》第11号《小说丛话》，光绪三十年（1904）9月15日。
② 见《新小说》第2年第1号《小说丛话》，光绪三十一年（1905）元月。
③ 载于《胡适文存三集》卷八所附曾朴答信，《民国丛书》第1编95册，上海书店1989年版，第1129页。曾朴的信作于1928年3月。
④ 独应（周作人）：《论文章之意义暨其使命因及中国近时论文之失》，张枬、王忍之编《辛亥革命前十年间时论选集》第3卷，生活·读书·新知三联书店1977年版，第310页。
⑤ 曾毅《中国文学史》第一编《绪论》第一章《文学史上之特色》，泰东书局1915年初版，1918年再版，第1页。

国";其二,"中国,世界之大国",人口众多,幅员广袤,"以发见于文心诗品者,故亦无美不备"。缘于此,形成了"文学数量之繁富,在世界无与比伦"的景况,更何况"中国故以文立国",因而所谓"文学者,实可谓为中国之生命,四千余年之国华,四百余州之声采也"。① 在曾毅《中国文学史》第 6 版(泰东书局1924 年出版)上,印有"本世界之眼光,立正确之评判"的广告语。王文濡 1918年为谢无量《中国大文学史》作序,也标举"文学"为文明之渊薮,视之为民族国家的精神谱系:"我国为文明最古之国,而所以代表其文明者,佥曰文学。盖其发源至远也,分类至夥也,应用又至繁也。浏览全史,文苑、儒林,代有其人,燕书郢说,人有其著,而文字之孳乳,体格之区别,宗派之流衍,虽散见于各家著述中,而独无一系统之书,为之析其源流,明其体用,揭其分合沿革之前因后果。后生小子望洋兴叹,蹙额而无自问津。此文学之所以陆沉忧世者,骎骎乎有用夷变夏之思焉。"②从某个方面来说,"文学"既然包含了维系民族国家的精神谱系,书写中国文学的历史,也就成了民族国家认同和精神传承的题中应有之义,中国文学中之"中国"也能由此而得以凸显。

近代大学教育的兴起,文学史开始作为一种知识进入课堂,客观历史研究的方法被逐渐提倡,中国文学史作为知识的属性开始逐渐占据上风。刘师培说文学史的研究,是"所以考历代文学之变迁也",认为"古代之书,莫备于晋之挚虞。虞之所作,一曰《文章志》,一曰《文章流别》。志者,以人为纲者也;流别者,以文体为纲者也。今挚氏之书久亡,而文学史又无完善课本,似宜仿挚氏之例,编纂《文章志》《文章流别》二书,以为全国文学史课本,兼为通史文学传之资。"③陈虞裳对于"什么叫文学史"的表述是:"过去种种存留在书籍或古迹、古物里头的,叫做史料;把他整理出来、叙述出来,叫做历史。关于文学方面的,叫做文学史。"同时他还指出,研究文学史的态度,与"文学革命者"的态度截然两样,在革命者,"中国文学"是打倒的对象,而对文学史研究者来说,"不能不

---

① 曾毅《中国文学史》第一编《绪论》第一章《文学史上之特色》,泰东书局 1915 年初版,1918年再版,第 1~2 页。

② 谢无量《中国大文学史》卷首,中华书局 1918 年初版,1940 年第 18 版,第 1 页。

③ 刘师培:《蒐集文章志材料方法(自汉迄隋)》,《国故》1919 年第 3 期。

把感情放下，把主观的见解扫除净尽，用客观的方法平心静气的去讨论，——的考其前因，明其后果，判其价值。适合于现代的白话文学、平民文学，固然要研究；不适合现代的古典文学、贵族文学，也应该去研究。"①容肇祖撰写《中国文学史大纲》也说："我们研究中国文学史，是要知道我国各种文学的发生及其发展。我们不是尊古，不是为要摹仿古人的作品而用的。古人的时代已经过去，古人的崇高的精神与不朽的情绪或存在他们的文学之中。我们可以解释、赏玩与批评，但是不容我们反时代的精神去模仿。文学脱离了时代的精神便站不住，文学史上的老例摆在我们之前。我们研究文学史的态度，只有和一般历史家的态度一样，我们是客观的、叙述的，或者是批评的。"②类似胡小石所说的，"研究文学史应注意事实的变迁，而不应注重价值之估定。所应具有的态度，应与研究任何史的应具的一般"③，在民国前期的中国文学历史书写中并非个例。当然，任何历史的叙述都不可能是绝然客观的，叙述什么，怎么叙述，都会与叙述者的立场、所处的时代息息相关，也不可避免会带上时代、个人的色彩。

文学史虽是作为一种历史知识，却也可能因为其反映民族文化精神而具有建构民族国家想象的功能："一国之文学，乃其民族生活之写照，文学之进展，则与其民族文化同为升降。故欲深明一代之史迹者，不可不熟习其时代之文学，以确定其民族文化之程度。"④因而即便时代的印记逐渐褪去，蕴藏于"中国文学"之下的民族国家意识却并未就此被遗忘。即使到民国后期，仍不乏亟亟于将文学史作为民族国家精神谱系的例子。葛存念 1940 年代后期在北京铁道管理学院讲授中国文学史即存此意："好学诸同学尝问治国学途径于余，余已示以国文学程言，今又授以中国文学史略，使其涉猎而思惟，举一而反三，数典而弗忘厥祖，庶几有得焉。于是进诸同学而告之曰：国文者，一国精神之所寄，而各学科之公母也。"由此认识出发，他将中国文学视作几千年文明的汇聚，民族精神传承的载

---

① 陈虞裳：《中国文学史概论》上册《导言》，岷江大学 1929 年印本，第 3、6 页。

② 容肇祖：《中国文学史大纲》第一章《绪论》，朴社 1935 年版，第 3 页。

③ 胡小石：《中国文学史讲稿》上编第一章《通论》，人文社股份有限公司 1930 年初版，第 24~25 页。

④ 穆济波：《中国文学史》上册第一章《总论》第一节《文学史界说》，上海乐群书店 1930 年版，第 1 页。

体："我人立于五洲之最大洲，而为其洲之最大国，人口居全球三分之一，四千余年之历史未尝中断，有四百五十兆公用之语言文学，而又有三十世纪前传来之古书，俱为并世莫及。譬诸货殖，资产不可为不厚。世界文明之祖有五：曰中华，曰印度，曰安息，曰埃及，曰墨西哥。然彼四者，其国亡，其文明与之俱亡，维我中华继继绳绳，巍然独存，增进光大，以迄于今。今后大同之说日昌，且将汇万流而归海，合一炉以冶之。则我同学于国学之研究，文学之造诣，可不撷之英、咀其华，融会而贯通焉，浸厉而增长焉。"①注重中国文学蕴含的精神思想内涵，始终都潜藏于中国文学历史书写之下，又不断地因时代机缘的触发而浮见于文字之间，其间虽少连篇累牍的大声疾呼，却也不乏以史为鉴、古今映照的微言大义。

清末民初中西两种"文学"观念的碰撞，以西方思想为准绳检讨中国之历史与现状虽成一时之风尚，执守传统以自立者也大有人在。钱基博指出："民国肇造，国体更新，而文学亦言革命，与之俱新。尚有老成人湛深古学，亦既如荼如火，尽罗吾国三四千年变动不居之文学，以缩演诸民国之二三十年间，而欧洲思潮又适以时澎湃东渐，入主出奴，聚讼盈庭，一哄之市，莫衷其是。榷而为论，其蔽有二：一曰执古，二曰惊外。"②而其中"惊外"在"五四"以后又体现得更为突出："欧化之东，浅识或自菲薄，衡政论学，必准诸欧；文学有作，势亦从同，以为：'欧美文学不异话言，家喻户晓，故平民化。太炎、畏庐，今之作者；然文必典则，出于尔雅，若衡诸欧，嫌非平民。'又谓：'西洋文学，诗歌、小说、戏剧而已。唐宋八家自古称文宗焉，倘准则于欧美，当摈不与斯文。'如斯之类，今之所谓美谈，它无谬巧，不过轻其家丘，震惊欧化，降服焉耳。"究其弊端，在于缺乏对中国文学"民族性"的深刻认识与"同情之了解"，"不知川谷异制，民生异俗。文学之作，根于民性"，若是无视"欧亚别俗"而"宁可强同"，就难免会有"李戴张冠""削足适履"之弊。③ 由此出发，建构中国文学历史的民族精神谱系，

---

① 葛存念：《中国文学史略》自序，大同出版社1948年版，第1、2页。

② 钱基博：《中国文学史》第一编《绪论》第三章《中国文学史》，中华书局1993年版，第9~10页。

③ 钱基博：《中国文学史》第一编《绪论》第三章《中国文学史》，中华书局1993年版，第10页。

也就成了对抗西方化的必然途径。

郑振铎的《插图本中国文学史》在论述"文学"作为历史知识和民族国家精神谱系两方面都有充分展开。他在该书绪论中论述了文学史的性质、特征等之后，郑重提出："但他（即文学史——引者）还有一个更伟大的目的！在'时'的与'地'的乃至'种族的特性'的色彩，虽然深深的印染在文学的作品上，然而超出于这一切的因素之外，人类的情思却是很可惊奇的相同。易言之，即不管时与地、种与族的歧异，人类的最崇高的情思却竟是能够互相了解的。"由此出发，郑氏认为："文学虽受时与地、人种的深切的影响，其内在的精神却是不朽的、一贯的，无古今之分，无中外之别。最野蛮的民族与最高贵的作家，其情绪的成就是未必相差得很远的。我们要了解一个时代、一个民族或一个国家，不能不先了解其文学。"郑振铎眼中的中国文学史，也因此成了"一部使一般人能够了解我们往哲的伟大的精神的重要书册"，"一方面，给我们自己以策励与对于先民的生活的充分的明瞭，一方面也给我们的邻邦以对于我们的往昔与今日的充分的了解"。①在此意下，中国文学史书写便具有了作为历史知识和民族国家想象的双重特征。

在不同文明相互竞争的世界格局中，如何凸显本民族文化的特性乃是题中应有之义，更何况是在处于文明发展追迁时期的现代化早期。缘于此，朱湘指出："文学是文化形成中的一种要素——就古代的文化说来，如同中国的、希腊的，文学简直就是文化的代名词。我们不要作已经开化的人，那便罢了，如其要作，文学我们便要读。生为一个中国人，如其，只是就诗来说罢，不曾读过《诗经》里的《国风》、屈原的《离骚》、李白的长短句、杜甫的时事诗，那便枉费其为一个中国人。"②其中的意思非常清楚：中国的"文学"既作为文学本身而存在，是中国人必须了解的历史知识，又具有超出文学之外的历史含量，是传承几千年中华文明的文化载体，凝聚了民族国家思想内涵的精神系谱，是中国之立于世界最本质的特征和要素。

近代中外的交通从某种程度上打破了地域的界限，作为知识主体的"中国"虽然存在，也仍然构成一个自足的系统，但同时又不能置身于包含了所有文明形

---

① 以上见郑振铎：《插图本中国文学史》，朴社 1932 年版，第 6~8 页。

② 朱湘：《文学闲谈》一《为什么要读文学》，北新书局 1934 年版，第 1~2 页。

态的"世界"之外。在此视野下，"中国"的文学就必须发掘其可以成为"世界"的文学之一部分的普遍性特征，在更广阔的背景下建构中国"文学"的历史面貌。早在 1900 前后，陈季同就曾提出："我们现在要勉力的，第一不要局于一国的文学，嚣然自足，该推广而参加世界的文学；既要参加世界的文学，入手方法，先要去隔膜、免误会。要去隔膜，非提倡大规模的翻译不可，不但他们的名作要多译进来，我们的重要作品也须全译出去。要免误会，非把我们文学上相传的习惯改革不可，不但成见要破除，连方式都要变换，以求一致。然要实现这两种主意的总关键，却全在乎多读他们的书。"[①]中国文学史的兴起虽未必是缘于自立于"世界"的时代诉求，但在历史演变中体现出文学史书写的世界意识，却是建构中国文学历史的题中之义。郑振铎强调说："文学乃是人类最崇高的、最不朽的情思的出品，也便是人类的最可征信、最能被了解的'活的历史'。这个人类最崇高的精神，虽在不同的民族时代与环境中变异着，在文学技术的进展里演化着，然而却原是一个而且是永久继续着的。"同时认为文学史的主要目的，是"在于将这个人类最崇高的创造物文学在某一个环境、时代、人种之下的一切变异与进展表示出来；并表示出：人类的最崇高的精神与情绪的表现，原是无古今中外的膈膜的；其外型虽时时不同，其内在的情思却是永永的、不朽的在感动着一切时代与一切地域与一切民族的、人类的"。由此出发所建构的文学的"世界性"，就不仅是清末以来居于文化高势位的"西方性"，其中也应当包含"中国性"在内："一部世界的文学史是记载人类各族的文学的成就之总簿，而一部某国的文学史，便是表达这一国的民族的精神上最崇高的成就的总簿。读了某一国的文学史，较之读了某一国的百十部的一般历史书，当更容易于明瞭他们。"[②]有意淡化"中国"而只讲"文学"，潜在的目的是将文学的"中国"融入"世界"之中，从而使中国的"文学"成为世界文明的有机组成部分，而不是将"中国文学"局限在清末民初与世界其他民族国家文学对抗的狭小空间当中。

---

① 此为曾朴答胡适书所引，见《胡适文存三集》卷八，《民国丛书》第 1 编第 95 册，上海书店 1989 年版，第 1131 页。

② 郑振铎：《插图本中国文学史·绪论》，朴社 1932 年版，第 7 页。

四、余论

20 世纪 80 年代，由周扬、刘再复署名撰写的《中国大百科全书·中国文学卷》"中国文学"条目，对该词的界定是：

中国文学，即称中华民族的文学。中华民族，是汉民族和蒙、回、藏、壮、维吾尔等五十五个少数民族的集合体。中国文学，是以汉民族文学为主干部分的各民族文学的共同体。[①]

在"中国文学"观念兴起过程中，基本上都是以汉语文学为言说对象，其他民族文学未被包含于"中国"之下，而被冠以"少数民族文学"之名，也因此招致部分学者批评："直到现在为止，所有的中国文学史都实际不过是中国汉语文学史，不过是汉族文学再加上一部分少数民族作家用汉语写出的文学的历史。"认为这样的文学史被冠以"中国之名"，实际上则"都是名实不完全相符的"。[②] 这一说法的产生虽受特定历史环境的影响，但"中国文学"以"汉族中国"为中心的"中国"论述，因为缺少"民族"的视野而存在诸多不足也是事实。《中国大百科全书》以"中华民族"取代"中国"作为"文学"的主体，虽然与"中国文学"初生、形成时的观念内涵相比已发生很大变化，但从"中国"观念的演变来看，却也是符合历史的合理更易。

近代民族国家观念的兴起，知识界在思想、制度、文化等方面的见解与认识，无不以"中国"为言说的对象和主体。近代作为"文学"主要分类的诗歌、小说、戏剧，也是在此过程中被赋予建构民族国家的重要内涵，同时也反过来促成各种文体的独立。正如有论者指出的："文学作为一个独立的精神本体、独立的精神对象、独立的学科，是与现代民族国家意识觉醒、高扬，并最终成为民族的

---

① 《中国大百科全书·中国文学卷》，中国大百科全书出版社 1986 年版，第 1 页。
② 何其芳：《少数民族文学史编写中的问题——一九六一年四月十七日在中国科学院文学研究所召开的少数民族文学史讨论会上的发言》，《文学评论》1961 年第 5 期，第 67 页。

公共精神财富的过程分不开的。"认为"只有强调了这一点(即文学的独立价值——引者),才能看到文学在'立人''立国'中可以改变国民精神的性能,看到拜伦、雪莱、裴多菲等摩罗诗人有'争天抗俗'、振奋国民精神的力量。只有确立了这种文学观念,王国维的《宋元戏曲史》、鲁迅的《中国小说史略》才能在'自来无史'的地方开拓文学史的新天地,胡适的《白话文学史》才能把眼光投向口语的'活文学'和它的民间起源。"①从某种程度上来说,正是缘于现代民族国家观念与新的"文学"观念的结合,对中国文学历史的认识才开始体现出有别于传统的新视野,并由此想象与建构一种包含于"中国文学"观念之下的新的文学史图像。日本学者柄谷行人在讨论日本现代文学的起源时指出,日本"现代文学"在民族国家建构中起到了重要作用:"正是在这种意义上,应该说'小说'在民族形成过程中起到了核心作用,而非边缘的存在。'现代文学'造就了国家机构、血缘、地缘性的纽带绝对无法提供的'想象的共同体'。"②清末民初"中国文学"观念的兴起,在生成机制上与日本有诸多相似之处。

　　也有论者指出,"中国文学"观念的确立与"中国文学"成为教育体系中的学科设置有密切关系,其中包含了多重话语的交互作用,是在"国文"与"国学"合流的历史语境中形成的:"学制酝酿期各种'蒙学读本'的文体意识相继萌发,同时也意味着语言文字成为独立学科意识的浮现,最终成为'国文'学科及教科书兴起的一支重要资源。然而,有别于民间教育实践者致力的初学启蒙,几乎与此同时,在学制、学程设计的较高层次,就如何继承传统小学与词章之学的遗产,另一种关于'国文'言说亦正在'国粹''国学'等新鲜话语的激发下兴起。上下两股'国文'潮流想汇合,才最终确立了清末官定学制中层次复杂的'中国文字''中国文学'学科。"③在"国"之名义下综括"文"(语言文字)与"学"(文学知识)两层含义,确能反映"中国文学"观念的基本内涵。

　　面对"五四"以来中国文化学术弃旧取新的大势,钱穆晚年曾发出如下疑问:

---

　　① 杨义:《文学史研究与中华民族的精神谱系》,《徐州师范大学学报》2008年第1期。
　　② [日]柄谷行人:《日本现代文学的起源》德文版后记,赵京华译,三联书店2003年版,第221页。
　　③ 陆胤:《清末"蒙学读本"的文体意识与"国文"学科之建构》,《文学遗产》2013年第3期,第136页。

"试问此五千年抟成之一中华大民族，此下当何由而维系于不坏？若谓民族当由国家来维系，此国家则又从何而建立？若谓此一国家不建立于民族精神，而惟建立于民主、自由。所谓民，则仅是一国家之公民，政府在上，民在下，无民族精神可言，则试问西方国家之建立其亦然乎？抑否乎？"①晚清民初"中国文学"观念的兴起，或有钱穆所说之含意在，至于对其在思想形态上的表现及构建形成的具体面貌作何观感，则又属于另一层面的论题。

---

① 钱穆：《中国学术论衡·序》，生活·读书·新知三联书店 2001 年版，第 5 页。

第三章

清末民初的知识转型与"小说"概念的演变

作为现代"文学"的重要文体类别之一，"小说"并不包含在中国古代"文学"概念体系当中。近代以降，缘于其兼具通俗和受众广泛等特征，符合社会、制度、文化等各方面变革的需要，受到精英知识阶层的高度关注与肯定，在理论与创作层面予以极力推动，并由历史建构出发将其作为中国文学史书写的重要内容，从而改变了中国古代"文学"的历史面貌。由概念层面切入考察"小说"如何成为后世文学分类的四体之一，可以从一个侧面揭示概念演变背后蕴含的思想史和知识史内涵，在理论层面获得对"小说"现代性更深入的理解。

一、从"说部"到"小说"

今日作为文学样式之一的"小说"，清末时曾有"说部""小说"等不同名称，其中"小说"一词在先秦时已有用例，"说部"之名起于明代中期以后。至近代用以对应西方小说的名称，起初是"说部""小说"二名并用，且一度由"说部"占据主导，而后"说部"渐被弃用，专以"小说"称之。而此"小说"一词，与中国传统之"小说"概念已大不相同。胡怀琛指出："现在中国所流行的小说，就是西洋的 short story（短篇小说）和 novel（现代小说），但这两种都是中国以前没有的。中国原有的小说，没有一种能够和这两种中任何一种完全相同。因此，可知'小说'二字的名称，在现代拿来指 short story 和 novel 都是借用的，决不是一个确切相当的名称。自 short story 和 novel 盛行于中国，却仍袭用'小说'二字的旧名称，那么，'小说'二字的涵义当然是大变了。"①现代的"小说"概念，为日人对译英语 novel 而成的新名，先师冯天瑜称之为"回归侨词"，并论其演绎历程说："'小说'一词，历经'古汉语词—传入日本—近代日本人以之翻译英文 novella—传输中国'的过程。回归故里的'小说'，以现代义得以流行，而其'街谈巷语''稗官野史'的古典义，作为一种背景和底蕴，仍然潜伏其间。小说以传奇特色、虚构手法构成'人生叙事诗'和'社会风情画'，都与小说的古典内蕴血肉相依。"②考察中国古代与近代"说部""小说"二词的语义变迁，可以对近代"小说"概念之演变及其成为独立文学体类的过程有更切近的认识。

"说部"一词，较早见于明人王世贞《弇州四部稿》中的分类，为其所称"四部"（另外三部为"赋部""诗部""文部"）之一，收录《札记内编、外编》、《左逸》、《短长》、《艺苑卮言》及附录、《宛委余编》等著述，主要是以"说"为类别特征的论说体文，并非单一文体概念。至清代以后，以"说部"作为广义文类的用法始渐流行，《四库全书总目》中多处可见将"说部""说部书"与"文集""经典古训""史传"等并称，又有"体同说部""杂体说部"等语。③ 清人计东《说铃序》之论可作此一用义的代表："说部之体，始于刘中垒之《说苑》、临川王之《世说》，至《说郛》所载，体不一家。而近代如《谈艺录》《菽园杂记》《水东日记》《宛委余编》诸书，最著者不下数十家，然或摭据昔人著述，恣为褒刺，或指斥传闻见闻之事，意为毁誉，求之古人多识蓄德之指亦少盭矣。"④除《说苑》《世说》被今人视作文言小说，《谈艺录》《菽园杂记》等书则是被当做史料笔记，二者的文体特征，与近代"小说"概念均有所不同。

近代以前学人谈论"说部"，都在传统的知识框架和学术分类体系中展开。

---

① 胡怀琛：《中国小说的起源及其演变》第二章《小说的起源及小说二字在中国文学上涵义之变迁》，正中书局 1934 年版，第 47~48 页。

② 冯天瑜：《新语探源——中西日文化互动与近代汉字术语生成》，中华书局 2004 年版，第611 页。

③ 见永瑢等：《四库全书总目》卷首一《圣谕》乾隆四十六年十月十六日谕旨，卷四十六《元史》提要，卷二十五《礼乐合编》提要，卷五十《契丹国志》提要，卷三十三《九经古义》提要，卷四十八《嘉隆两朝闻见纪》提要，中华书局 1965 年版。

④ 汪琬：《说铃》卷首，光绪五年（1879）文富堂刊本。

清人章学诚将"说部"视为"经之别解，史之外传，子之外篇"，认为"为说部者，不复知专家之初意也"，其实质是"收拾文集之余，取其偶然所得，一时未能结撰者，札而记之"①，则所谓"说部"是指与"专家"相对的"杂家"。近人刘师培称"说部之书"为"丛残琐屑之书"②，其意与中国古代指"丛残小语"的"小说"涵义一致。王文濡等人编《古今说部丛书》，所录之书，"上而帝略、官制、朝政、宫闱以及天文、地舆、人物，一切可惊可愕之事，靡不具载，可以索幽隐，考正误，佐史乘所未备"③，亦为传统之"说部"，而非近代之"小说"。

中国传统语境中的"说部"用例，与近代用于指称"小说"文体的"说部"之义虽有互通之处，但也存在明显差异。朱寿康曾批评清末"说部"流为"子部之余"的变化说：'说部为史家别子，综厥大旨，要皆取义六经，发源群籍。或见名理，或佐纪载，或微词讽谕，或直言指陈，咸足补正书所未备。自《洞冥》《搜神》诸书出，后之作者，多钩奇弋异，遂变而为子部之余，然观其词隐义深，未始不主文谲谏，于人心世道之防，往往三致意焉。乃近人撰述，初不察古人立懦兴顽之本旨，专取瑰谈诡说，衍而为荒唐俶诡之辞。于是奇益求奇，幻益求幻，务极六合所未见，千古所未闻之事，粉饰而论列之，自附于古作者之林。"④晚清"说部"内容上的变化，部分反映了其创作旨趣的转移，开始脱离孔子所谓"虽小道，必有可观"的基本精神，转而为"专取瑰谈诡说，衍而为荒唐俶诡之辞"的奇幻之说。就这一时期部分士人对"小说"的定位而言，"说部"之名虽被用于指近代意义上的"小说"文体，但其用意仍是本于中国传统对"小说"有补于家国世道的基本认识。正如徐敬修《说部常识提要》所说："小说可以广见闻，资考证，助劝戒，其有功于社会者非尠。"⑤

从词义演变来看，小说作为文类自清末受到士人重视，"说部"逐渐成为近

---

① 章学诚著，叶瑛校注：《文史通义校注》，中华书局 1985 年版，卷六《外篇一·方志立三书议》第 576 页，卷五《内篇五·诗话》第 560 页，卷七《外篇二·论说叙录》第 791~792 页。

② 刘师培：《论说部与文学之关系》，《左盦外集》卷十三，《刘申叔遗书》下册，江苏古籍出版社 1997 年版，第 1649~1650 页。

③ 王文濡：《古今说部丛书序》，《古今说部丛书》一集卷首，国学扶轮社 1910 年版。

④ 朱寿康：《浇愁集序》，邹弢《浇愁集》卷首，黄山书社 2009 年版。

⑤ 徐敬修：《说部常识》卷首，大东书局 1925 年初版，1928 年 5 版，第 1 页。

代"小说"的同义概念。① 如王韬曾说《镜花缘》一书："虽为小说家流，而兼才人、学人之能事者也。……观其学问之渊博，考据之精详，搜罗之富有，于声韵、训诂、历算、舆图诸书，无不涉历一周，时流露于笔墨间。阅者勿以说部观，作异书观亦无不可。……窃谓熟读此书，于席间可应专对之选，与他说部之但叙俗情羌无故实者，奚翅上下床之别哉?"②又评《海上尘天影》一书说："历来章回说部中，《石头记》以细腻胜，《水浒传》以粗豪胜，《镜花缘》以苛刻胜，《品花宝鉴》以含蓄胜，《野叟曝言》以夸大胜，《花月痕》以情致胜。是书兼而有之，可与以上说部家分争一席，其所以誉者如此。"③而清末将"说部"之名演绎为近代"小说"之义最为重要的用例，无疑要属刊载于光绪二十三年(1897年)10月16日至11月18日的《国闻报》上署名"几道(严复)、别士(夏曾佑)"所撰写的《本馆附印说部缘起》。尽管其所列举的"说部"著作，既有《三国演义》《水浒传》等小说，也有《长生殿》《西厢记》等戏曲作品，"说部"与"小说"之间仍有对应关系。④梁启超在《变法通议·论幼学》(1897年1月)中所列的第五类著作为"说部书"，所举例子则是《水浒》《三国》《红楼》等小说作品。⑤ 康有为的《日本书目志》(1897年)则称之为"幼学小说"，并认为"小说之秾丽怪奇，盖亦唐人说部之余波"⑥。《新民丛报》1902年第14号所载《中国唯一之文学报〈新小说〉》，亦称《新小说》刊载之小说，"大指欲为中国说部创一新境界"。在清末西方小说译入过程中，"说部""小说"均曾被用于指称文学上的一种体类，后逐渐以近代意义上的"小说"概念予以统称，而弃更富中国传统语文色彩的"说部"之名不用。只有少数论者仍将近代意义的"小说"称作"说部"，如1925年徐敬修所著论小说的著作，取

① 关于"说部"概念之古今源流，参见刘晓军《"说部"考》，《学术研究》2009年第2期。

② 王韬：《镜花缘图像叙》，李汝珍《镜花缘》卷首，上海点石斋光绪十四年(1888)石印本。

③ 王韬：《海上尘天影叙》，邹弢《海上尘天影》卷首，《古本小说集成》第二辑，上海古籍出版社1992年影印本。

④ 陈平原、夏晓红编：《二十世纪中国小说理论资料》第一卷，北京大学出版社1997年版，第17~27页。

⑤ 梁启超：《变法通议·论学校五·幼学》，《时务报》第18册，光绪二十三年(1897)正月21日。

⑥ 康有为：《日本书目志》卷十、卷十四，《康南海先生遗著汇刊》第11册，台湾宏业书局有限公司1987年版，第415页，第734~735页。

名《说部常识》，将"说部"视为"小说总汇之名称"。① 在接纳"小说"概念同时，又保留了传统以四部为基础的知识分类观念，反映出近代中西知识转型中的复杂情形。

"小说"之名最早见于《庄子·外物篇》："昔者见于庄周之云，饰小说以干县令，其于大达亦远矣。"此处所称"小说"，鲁迅认为是指不关道术的"琐屑之言"，"和后来所谓小说并不同"。② 至东汉初年桓谭《新论》，"小说"已成为著述之一种："若其小说，合丛残小语，近取譬论，以作短书，治身理家，有可观之辞。"因此班固在《汉书·艺文志》中将"小说家"列为诸子"十家"之一："小说家者流，盖出于稗官，街谈巷语，道听涂说者之所造也。"缘于此，鲁迅认为汉代的"小说"，"这才近似现在的所谓小说了"。但同时又说："也不过古时稗官采集一般小民所谈的小话，借以考察国之民情、风俗而已，并无现在所谓小说之价值。"③ 此后关于"小说"的归属，或被划入子部，或被视作"史遗"，而其作为"小道"的地位则始终如一。④ 近代用于指中国传统小说的名称，较为常见的是"稗史"。⑤

其中值得注意的是章学诚对"小说"的看法："小说出于稗官，委巷传闻琐屑，虽古人亦所不废。然俚野多不足凭，大约事杂鬼神，报兼恩怨，《洞冥》《拾遗》之篇，《搜神》《灵异》之部，六代以降，家自为书。唐人乃有单篇，别为传奇一类。……宋元以降，则广为演义，谱为词曲。……盖自稗官见于《汉志》，历三变而尽失古人之源流矣。"⑥尽管仍不脱传统用意，以信史的标准衡量"小说"，

---

① 徐敬修：《说部常识》第一章《总说》第一节《小说之意义及其价值》，大东书局 1928 年第 5 版，第 1 页。
② 鲁迅：《中国小说的历史的变迁》，《鲁迅全集》第 9 卷，人民文学出版社 2005 年版，第 311 页。
③ 鲁迅：《中国小说的历史的变迁》，《鲁迅全集》第 9 卷，人民文学出版社 2005 年版，第 312 页。
④ 关于中国古代"小说"概念及其演变，参见石昌渝：《中国小说源流论》，生活·读书·新知三联书店 1994 年版，第 1~12 页；陈洪《中国小说理论史》(修订本)，天津教育出版社 2005 年版，第 5~19 页。
⑤ 关于中国古代"稗史"如何由史学概念演变为"小说"的代称，参见刘晓军：《"稗史"考》，《中山大学学报》2008 年第 4 期。
⑥ 章学诚著，叶瑛校注：《文史通义校注》卷四《内篇四·诗话》，中华书局 1985 年版，第 561 页。

其论说也主要为反面之辞，从中却可略见后世"小说"概念的基本内涵。六朝志怪，唐人传奇，宋元演义小说，文中提到的各时期作品，均在后世小说史论述的范围。而对于各类杂著，则以"说部"一词称之。"小说"与"说部"在所指对象上已有明显区别，体现出一定的近代"小说"意识。

近代意义上的"小说"一词，较早出现在传教士编撰的辞书当中。1822 年马礼逊所编《华英字典》(Part Ⅲ)中，对"NOVEL"作了如下释义："Novel, extraordinary and pleasing discussions，新奇可喜之论"；"A small tale，小说书"；"Hearing of a few romances and novels forthwith think that they are true，听些野史小说便信真了"。① 从中可以看出将西方 novel 与中国传统"小说"进行对接的尝试。麦都思《英华字典》将 Novel 解作 a romance，译作"小说""稗说"，将 romances and novels 译作"野史小说"，所用译名虽仍是旧称，但其含义已与西方近代"小说"一致。同时将 fiction 译作"无根之语"，而将 works of fiction 译作"小说"，与中国传统作为小道的"小说"有明显不同。② 罗存德《英华字典》也将 Novel 译作小说、稗说，而将 fiction 译作"荒唐""小说""无稽之言""无根之语"。③ 卢公明《英华萃林韵府》中 Novel 的词义有"新""新奇""新而可奇"等，而与"小说""稗说"对应的英文是 Novels，并将 romances and novels 译作"野史小说"，fiction 则被译作"小说""无根之语"。④ 而在唐廷枢(1832—1892)编写的《英语集全》中，与"小说"对应的英语释文为 Light Literature。⑤ 在当时的时代背景下，这种"小说"观念几乎没有引起知识界的注意。然而各种辞典均将 novel、fiction 等词与"小说"确立对应关系，已启后来中西"小说"观念的对接与转换之端。至 1908 年颜惠庆编写的《英华大辞典》，对 Novel 的各种释义中，义项之一是 A fictitious tale or narrative in

① R. Morrison, D. D., *A Dictionary of the Chinese Language*, Part Ⅲ, Macao, China：Printed at the Honorable East India Company's Press, 1822, p. 295.

② W. H. Medhurst, Sen., *English and Chinese Dictionary*, *Vol. Ⅱ*, ShangHae：The Mission Press, 1848, pp. 565, p. 885.

③ W. Lobscheid, *English and Chinese Dictionary*, HongKong：The Daily Press Officr, 1868, p. 1231, p. 822.

④ Justus Doolittle, *Vocabulary and Handbook of the Chinese Language*, Foochow：China, Rozario, Marcal and Company, 1872, p. 328.

⑤ 唐廷枢：《英语集全》卷二，京都大学藏广州纬经堂同治元年(1862)刊本。

prose，译作"小说""稗史"；novelette 的释义为 A short novel，译作"短篇小说""短简小说""短稗史"。① 尽管仍包含了传统的"稗史"之名，但 novel 与"小说"间显然已具有对应关系。吕思勉在《小说丛话》中根据叙事实之繁简，将 Novel 译为"复杂小说"，将 romance 译作"单独小说"。②

在 1902 以后中国学人对西方文学的介绍中，"小说"已开始逐渐演变为一个现代性的概念。马君武(1881—1940)1903 年介绍法国文学，将"小说"作为"文体"中的"记事 genere narratif"之一，同列的还有历史、谩言和报章。他在文中虽将"小说"与传统的"稗史"等同，但在具体分析中则将其与"历史"作明确的区分："小说者 Roman，其所记之事，不必征实。而描写之与事实无异，使读之者有甚深之趣益，甚高之理想，而终不可不归本于道德。"被归入"小说"类中的，是司各脱(Water Scott，即英国小说家司各特)的历史小说和卑娄尔氏(Perrault，即法国诗人、童话故事作家佩罗特)的所谓"谩言(Conte)"(今译为短篇小说)。③

"小说"地位的改变和概念内涵的变化是在戊戌维新以后。黄人概述"小说"概念的古今变化说：

> 小说，为我国古学之一种，盖摭拾正则书史所不载者，大抵以神怪隐僻为主。古之虞初九百，齐谐、夷坚，世相传述。至唐代士人失意，辄附会飞仙幽会、妖怪盗侠事迹，成小说以自遣。至宋元又创为通俗章回小说，为我国言文一致之一种。然衣冠之士，多鄙不屑道。近日海通，好事者趋译及西小说，始知欧美人视为文学之要素，化民之一术，遂靡然成风。④

清末随着西方小说的译入，日本对译 novel 的汉字新语"小说"也输入中国。

---

① 颜惠庆：《英华大辞典》，商务印书馆光绪三十四年(1908)版，第 1536 页。
② 载《中华小说界》第 1 年 3~8 期，1914 年，署名"成之"。引自陈平原、夏晓红编《二十世纪中国小说理论资料》第一卷，北京大学出版社 1997 年版，第 442 页。
③ 马君武：《法国文学说例》，莫世祥编《马君武集》，华中师范大学出版社 1991 年版，第 178 页。原载《新民丛报》第 33 号，署名"贵公"。
④ 黄摩西编：《普通百科新大辞典》"小说"条，引自钟少华编《词语的知惠——清末百科辞书条目选》，贵州教育出版社 2000 年版，第 41 页。

传统与近代两种"小说"概念相互交错，而中国传统小说与西方"小说"概念间又存在某种程度的错位，导致概念的蕴涵含混不清。胡怀琛指出："在中国文学里，要说明甚么是小说，更是麻烦。因为小说二字，在中国文学里，他的涵意，时时的改变，决不是简单的几句话能觳说明白的。"[1]又说："在中国的旧文学里，并不把小说看得很重要。虽然在二千年前，已经有了'小说'二字；但是古代所认为是小说的，到现在并不能算是小说；现在我们所认为是小说的，古代是没有的。（说他没有，也不是完全没有；只不过不名为小说，且和现在的小说形式上略有些不同。）这样，下定义就很不容易了。"[2]部分反映了概念对接与转换过程中的复杂情形。同时也与中西术语对译过程中概念的不对等有关："泰西事事物物，各有本名，分门别类，不苟假借。即以小说而论，各种体裁，各有别名，不得仅以形容字别之也。譬如'短篇小说'，吾国第于'小说'之上，增'短篇'二字以形容之，而西人则各类皆有专名，如 Romance，Novelette，Story，Tale，Fable 等皆是也。"[3]"提起欧美小说，便会联想到小说的名词' Novel ' or ' Nouvelle '和' Romance ' or ' Romans '。其实' Novel '和' Romance '是有区别的。' Novel '的来源，是源于意大利称短篇小说为' Novella '，而' Romance '却是冒险神怪而用歌谣体的文章。"[4]同是"小说"一词，在西方语文中的却有 Novel 和 Romance 的区别，"短篇小说"一词，有 Romance、novelette、story、tale、fable 等义的不同，必然会因为概念的不明晰而造成理解的困境。

在近代知识转型过程中，中西两种观念的交汇呈现出复杂的情状。在清末学人的论域中，"小说"一词并不专指以虚构为特征的叙事文学，仍不乏基于传统意义层面的用例。如邱炜萲《菽园赘谈·小说》（1897 年）云："本朝小说，何止数百家。纪实研理者，当以冯班《钝吟杂录》、王士禛《居易录》、阮葵生《茶余客

---

[1] 胡怀琛：《中国小说的起源及其演变》第二章《小说的起源及小说二字在中国文学上涵义之变迁》，正中书局 1925 年版，第 23 页。

[2] 胡怀琛：《中国小说研究》第一章《绪论》第一节《何谓小说》，商务印书馆 1929 年版，第 1 页。

[3] 紫英：《新盦谐译》，《月月小说》第 1 年第 5 号《杂录二·说小说》，光绪三十三年（1907）正月，第 237 页。

[4] 蒋伯潜、蒋祖怡：《小说与戏剧》第三章《欧美小说发达略史》，世界书局 1941 年版，第 15 页。

话》、王应奎《柳南随笔》、法式善《槐厅载笔》、《清秘述闻》、童翼驹《墨海人名录》、梁绍壬《两般秋雨庵随笔》为优。谈狐说鬼者，自以纪昀《阅微草堂五种》为第一，蒲松龄《聊斋志异》次之，沈起凤《谐铎》又次之。言情道俗者，则以《红楼梦》为最。此外若《儿女英雄传》《花月痕》等作，皆能自出机杼，不依傍他人篱下。小说家言，必以纪实研理、足资考核为正宗。其余谈狐说鬼，言情道俗，不过取备消闲，犹贤博弈而已，固未可与纪实研理者絜长而较短也。以其为小说之支流，遂亦赘述于后。"①《阅微草堂笔记》《聊斋志异》《红楼梦》《儿女英雄传》等被视作"小说"，并无多少歧义，而诸如《钝吟杂录》《居易录》《茶余客话》《清秘述闻》等作，显然不在今世所谓"小说"的范围。由此可以看出，近代文学观念中的"小说"，只是邱氏所称"小说"的一支，而并非全部。陆亮成(绍明)在《月月小说》发刊词中，认为"往古小说，以文言为宗，考其体例，学原诸子"，将其称为"文言小说之时代"，分为儒家之小说、道家之小说、法家之小说、名家之小说、阴阳家之小说、杂家之小说、农家之小说、纵横家之小说、墨家之小说、兵家之小说、五音家之小说；继之而起的为"白话小说之时代"，按"诸家之学"分考据家之小说、理想家之小说、词章家之小说、理学家之小说、文献家之小说、地理家之小说、美术家之小说，按内容分历史小说、哲理小说、理想小说、社会小说、侦探小说、侠情小说、国民小说、写情小说、滑稽小说、军事小说、传奇小说等。② 由此可见，其对"小说"的认识，亦是杂糅了中西两种"小说"概念的内涵。然而类似立足传统之义对"小说"的认识和理解，在清末迅速为诸多基于近代"小说"概念展开的论述所掩盖，又因新的"小说"观念之下的中国小说史建构而被后世论者抛弃。

清末曾有士人"见东西各国之论文学家者，必以小说家居第一，吾骇焉"，"见日本诸学校之文学科，有所谓《水浒传》讲义、《西厢记》讲义者，吾益骇焉"，而后随着西方"小说"观念的广播，小说被视为"文学之最上乘"。③ 至"五四"以后建构小说历史，"小说"概念的古今转换已清晰可见："在中国的文学中，小说

---

① 引自陈平原、夏晓红编：《二十世纪中国小说理论资料》第一卷，北京大学出版社 1997 年版，第 30 页。

② 载《月月小说》第 1 年第 3 号，光绪三十二年(1906)11 月。

③ 楚卿(狄平子)：《论文学上小说之位置》，《新小说》第 1 卷第 7 号，光绪二十九年(1903)7月 15 日。

两字，没有确切的界说。在胡应麟、纪晓岚一班人，虽然也把小说划过界，分过类，但是他们的界说太宽，竟把一切的零碎作品，都容纳到小说里面，因此考订、家训等类也算是小说，这是甚么话。"①因此郁达夫说："中国现代的小说，实际上是属于欧洲的文学系统的。"②随着理论的纯熟与小说史书写的不断操练，"小说"概念的内涵及其分类变得日渐明晰，趋于定型，而诸多与概念转换、知识转型相关的问题或被遮蔽，或遭有意无意地忽略。

二、民族国家建构视域中"小说"文类的兴盛

中国传统士人肯定"小说"，多是着眼于规范社会风俗、伦理和教化民众的辅助功能，并不否认其作为"小道"的地位。清末"小说"文类的兴起，在小说功能与价值的认识上虽仍基于传统的视域，但在地位上一改过去"虽小道，亦有可观"的看法，视之为推动社会政治变革、建构民族国家的"大道"，置于"文学之最上乘"。"小说界革命"口号的提出，使小说获得了在广阔社会政治舞台生长的空间，不必再受"诲淫""诲盗"等"罪名"的拘束，从此以"新小说"的面貌进入到"文学"的行列。

近代以降，随着西方小说译入中国，部分士人对"小说"的态度开始发生转变。正如清末一位小说论者所说："自迩年西风输入，事事崇拜他人，即在义理、词章，亦多引西哲言为典据，于是小说一科，遂巍然占文学中一重要地位。译人猬起，新著蜂出，直推倒旧说部，入主齐盟，世之阅者亦从风而靡，舍其旧而新是谋焉。"③胡怀琛论其间的变化说："中国人向来看不起小说，或称为'闲书'，或拿他供消遣无聊的光阴，或拿他供茶余酒后谈话的资料，从前私塾里的先生严禁学生看小说，文学家也不承认小说是文学中一种重要的作品。直到最近受了西洋文学的影响，中国人才把小说看重起来。"④近代"小说"概念的转换，从其直接

---

① 范烟桥：《中国小说史》卷首胡寄尘序，苏州秋叶社1927年版。
② 郁达夫：《小说论》第一章《现代的小说》，光华书局1926年版。
③ 披发生：《红泪影序》，《红泪影》卷首，广智书局1909年版。
④ 胡怀琛：《中国小说的起源及其演变》第二章《小说的起源及小说二字在中国文学上涵义之变迁》，正中书局1934年版，第23页。

渊源来看，是受西方小说影响的结果，而中国传统小说观念与小说作品，则为这一转变提供了土壤和基础。

目前已知较早从近代意义上讨论"小说"的论述，见于《瀛寰琐记》1872 年第 3 期发表的署名"蠡勺居士"所撰的《昕夕闲谈小叙》。① 该文是作者为自己与人合译的英国小说《昕夕闲谈》(原本为英国小说家利顿的《夜与晨》)所作叙言，首先对小说的功用予以着重强调："小说者，当以怡神悦魄为主，使人之碌碌此世者，咸弃其焦思繁虑，而暂迁其心于恬适之境者也。又令人之闻义侠之风，则激其慷慨之气；闻忧愁之事，则动其凄宛之情；闻恶则深恶，闻善则深善，斯则又古人启发良心、惩创逸志之微旨，且又为明于庶物、察于人伦之大助也。"并阐述"小说"相比经史子传等的文体特征及其在教化方面的优势说："若夫小说，则妆点雕饰，遂成奇观；嬉笑怒骂，无非至文；使人注目视之，倾耳听之，而不觉其津津甚有味，孳孳然而不厌也，则其感人也必易，而其入人也必深矣。"类似看法，事实上都能在中国古代的小说理论中找到源头。而在此基础上发出的"谁谓小说为小道哉"的诘问，则可谓戊戌政变之后"小说界革命"、提倡"新小说"的先声。然而由于彼时国人多注意于"格致之学"，其推重"小说"的言论在当时并未引起关注和回应。

清末较早从政治社会变革角度提倡"新小说"的，是英国来华传教士傅兰雅(John Fryer，1839—1928)。光绪二十一年五月初二(1895 年 5 月 25 日)，傅兰雅在《申报》刊登了一则"求著时新小说启"：

> 窃以感动人心，变易风俗，莫如小说，推行广速，传之不久，辄能家喻户晓，习气不难为之一变。今中华积弊最重大者，计有三端：一鸦片，一时文，一缠足。若不设法更改，终非富强之兆。兹欲请中华人士愿本国兴盛者，撰著新趣小说，合显此三事之大害，并祛各弊之妙法，立案演说，结构成编，贯穿为部，使人阅之，心为感动，力为革除。

---

① 据美国学者韩南考证，蠡勺居士可能是曾任《申报》第一任主笔的蒋芷湘的笔名。参见韩南撰、叶隽译《谈第一部汉译小说》，《文学评论》2001 年第 3 期。邬国义认为即蒋其章，参见氏著《第一部翻译小说〈昕夕闲谈〉译事考论》，《中华文史论丛》2008 年 4 月总第 92 辑。

此则征文启事还曾刊登于《万国公报》第 77 期(1895 年 6 月)、《中西教会报》(1895 年 7 月)。前后半年时间,共收到小说 162 部。然而此次征文的小说在当时并未公开刊载,傅兰雅提倡的"时新小说"创作也因其去美任教而中断。尽管如此,傅兰雅此次征集"时新小说"的活动,从某种程度上来说启示了晚清"新小说"的兴起。①

1897 年,严复(1854—1921)、夏曾佑(18634—1924)在《国闻报》发表《本馆附印说部缘起》,提倡编译小说,即着眼于"小说"在民族国家建构中的重要作用:"夫说部之兴,其入人之深,行世之远,几几出于经史上,而天下之人心风俗,遂不免为说部之所持。"②康有为将"小说"视作启蒙、化民之利器:"启童蒙之知识,引之以正道,俾其欢欣乐读,莫小说若也。""故六经不能教,当以小说教之;正史不能入,当以小说入之;语录不能谕,当以小说谕之;律例不能治,当以小说治之。天下通人少而愚人多,深于文学之人少,而粗识之无之人多。……今中国识字人寡,深通文学之人尤寡,经义史故,亟宜译小说而讲通之。"③邱炜萲论"小说与民智关系",认为"欲谋开吾民治智慧,诚不可不于此加之意";衡南劫火仙论"小说之势力",视小说为"振民智之一巨端",认为小说家"势力之牢固雄大,盖无足以拟之者",小说能够"用以醒齐民之耳目,励众庶之心志"。④ 天僇生言小说与改良社会之关系,认为小说"不特为改良社会、演进群治之基础,抑亦辅德育之所不逮者也",将改革小说视作救亡图存的首选良药,"今日诚欲救国,不可不自小说始,不可不自改良小说始"。⑤ 此外如署名"耀公"的《普及乡间教化宜倡办演讲小说会》(1908)、《小说与风俗之关系》(1908)、署名"世"的《小说风

---

① 参见潘建国:《小说征文与晚清小说观念的演进》,《文学评论》2001 年第 6 期;周欣平《傅兰雅与清末时新小说》,《文汇报》2011 年 7 月 25 日第 11 版;刘琦《晚清"新小说"之先声——读〈清末时新小说集〉》,《北华大学学报》2012 年第 6 期。

② 陈平原、夏晓红编:《二十世纪中国小说理论资料》第一卷,北京大学出版社 1997 年版,第 27 页。

③ 康有为:《日本书目志》卷十、卷十四,《康南海遗著汇刊》本,台北宏业书局有限公司 1987 年影印版。

④ 邱炜萲《小说与民智关系》见 1901 年刊本《挥麈拾遗》,衡南劫火仙《小说之势力》见《清议报》第六十八册(1901),均引自陈平原、夏晓红编《二十世纪中国小说理论资料》第一卷,北京大学出版社 1997 年版,第 47~49 页。

⑤ 天僇生:《论小说与改良社会之关系》,《月月小说》第 1 年第 9 号,光绪三十三年(1907)。

尚之进步以翻译说部为风气之先》(1908)、署名"老伯"的《曲本小说与白话小说之宜于普通社会》(1908)等；对中国传统小说的解读，如署"燕南尚生"的《新评水浒传叙》(1908)等；清末民初刊载、出版的各种"新小说"的自我定位，所谓"处处皆有寄托，全为开导中国文明进步起见"①，《新小说》杂志宣称其宗旨，"专在借小说家言，以发起国民政治思想，激励其爱国精神"②，《中外小说林》也自述其旨趣，"处二十世纪时代，文野过渡，其足以唤醒国魂，开通民智，诚莫小说若。本社同志，深知其理……组织此《小说林》，冀得登报界之舞台，稍尽启迪国民之义务"③；等等；均与社会政治改革和民族国家建构密切相关。正如有论者所说："小说有支配社会之能力，近世学者论之綦详，比年以来，亦稍知所趋重矣。"④陆绍明在《月月小说》发刊词中也说："今也说部车载斗量，汗牛充栋，似于博价沽誉时代，实为小说改良社会、开通民智之时代。"⑤甚至有小说刊物在发刊词中宣称："小说势力之伟大，几几乎能造成世界。"⑥正是在严复、夏曾佑、梁启超等维新士人的积极推动下，晚清的小说著译出现了极为繁盛的景象。⑦ 同时出现了大量刊载小说的专刊，阿英形容是"此起彼仆，或同时并刊"。⑧

　　清末对"小说"之于改良社会、拯救民族国家的重要价值阐发最为有力，影响最大的无疑要属梁启超。他在《变法通议·论幼学》中，倡言"说部书"于社会政治变革的重要价值："今宜专用俚语，广著群书，上之可以借阐圣教，下之可以杂述史事，近之可以激发国耻，远之可以旁及彝情，乃至宦途丑态，试场恶趣，鸦片顽癖，缠足虐刑，皆可穷极异形，振厉末俗，其为补益岂有量邪？"⑨从

① 见《新民丛报》1902年第20号上刊载的《新小说》第1号介绍。
② 新小说报社《中国唯一之文学报〈新小说〉》，《新民丛报》1902年第14号。
③ 见《中外小说林》1907年第1期所刊《〈小说林〉之旨趣》。
④ 侠民：《新新小说叙例》，《大陆报》第2卷第5号，1904年。
⑤ 载《月月小说》第1年第3号，光绪三十二年(1906)11月。
⑥ 见《新世界小说社报》1906年第1期发刊辞，引自陈平原、夏晓红编《二十世纪中国小说理论资料》第一卷，北京大学出版社1997年版，第202页。
⑦ 其中仅翻译小说，阿英《晚清戏曲小说目》著录1875—1911年间的就有608种。樽本照雄《清末民初小说目录》著录1840—1919年间的小说共有2567种，其中绝大多数都是戊戌(1898)以后出版问世。数据统计，参见郭延礼《中国近代翻译文学概论》，湖北教育出版社1998年版，第112页。
⑧ 阿英：《晚清小说史》第一章《晚清小说的繁荣》，商务印书馆1937年版，第2页。
⑨ 梁启超《变法通议·论学校五·幼学》，《时务报》第18册，光绪二十三年(1897)正月21日。

更广泛的层面延续了傅兰雅倡导撰著"时新小说""新趣小说"的思路。此后撰写《译印政治小说序》《论小说与群治之关系》等文，认为小说"有不可思议之力支配人道"，"欲新一国之民，不可不先新一国之小说"，"欲新道德，必新小说；欲新宗教，必新小说；欲新政治，必新小说；欲新风俗，必新小说；欲新学艺，必新小说；乃至欲新人心，欲新人格，必新小说"，提倡"小说界革命"，创办《新小说》刊物，均由此义生发。① 晚清著译小说的兴盛，在某种程度上即是出于梁启超的提倡："饮冰子《小说与群治之关系》之说出，提倡改良小说，不数年而吾国之新著新译之小说，几于汗万牛充万栋，犹复日出不已而未有穷期也。"②继《新小说》之后创办的《新新小说》，在宗旨上完全承袭前者："欲新社会，必先新小说；欲社会之日新，必小说之日新。小说新新无已，社会之变革无已，事物进化之公例，不其然欤？"③"寅半生"在《小说闲评叙》中也感叹："十年前之世界为八股世界，近则忽变为小说世界。盖昔之肆力于八股者，今则斗心角智，无不以小说家自命。于是小说之书日见其多，著小说之人日见其夥，略通虚字者无不握管而著小说。循是以往，小说之书，有不汗牛充栋者几希？"④陶曾佑论小说之势力及其影响，重申了梁启超"小说为文学之最上乘"的看法，并赞叹说："自小说之名词出现，而膨胀东西剧烈之风潮，握揽古今利害之界线者，唯此小说；影响世界普通之好尚，变迁民族运动之方针者，亦唯此小说。"同时沿着梁的思路，将"小说"作为救亡图存、建构民族国家的万能良方："欲革新支那一切腐败之现象，盍开小说界之幕乎？欲扩张政法，必先扩张小说；欲提倡教育，必先提倡小说；欲振兴实业，必先振兴小说；欲组织军事，必先组织小说；欲改良风俗，必先改良小说。"⑤可见梁启超"小说界革命"理论的影响之深远。

关于此一时期"小说"批评的主流倾向，夏志清对严复、梁启超二人小说论

---

① 饮冰(梁启超)：《论小说与群治之关系》，《新小说》第1号，光绪二十八年(1902)10月15日。
② 吴沃尧：《月月小说序》，《月月小说》第1年第1号，光绪三十二年(1906)9月。
③ 侠民：《新新小说叙例》，《大陆报》第2卷第5号，1904年。
④ 《游戏世界》第1期，1906年。引自陈平原、夏晓红编《二十世纪中国小说理论资料》第一卷，北京大学出版社1997年版，第200页。
⑤ 陶佑曾(陶曾佑)：《论小说之势力及其影响》，《游戏世界》第10期，1907年。引自陈平原、夏晓红编《二十世纪中国小说理论资料》第一卷，北京大学出版社1997年版，第247~248页。

的分析可作为总括："严、梁二人过分注意小说的教育功能，以至于公然放弃客观性，只从功利观点着眼，把中外小说说成是完全相反的东西。他们夸张小说的力量，并假设读者天真无知，易被感受。……绳之于中国固有批评传统，严、梁二氏的唯一特色乃在他们主要关心的是小说对整个国家的复兴与衰亡之影响；因为早期的批评家维护或反对小说，是以小说对个别读者的道德影响为基础。"并且指出，严、梁二人小说论的重要性"在于它们的影响"①。也正是因为一味片面强调小说的社会功能，对小说文体特征的把握却是谬以千里。梁启超为自己所作的《新中国未来记》撰写绪言时说："此编今初成两三回，一覆读之，似说部非说部，似稗史非稗史，似论著非论著，不知成何种文体，自顾良自失笑。虽然，既欲发表政见，商榷国计，则其体自不能不与寻常说部稍殊。编中往往多载法律章程、演说论文等，连篇累牍，毫无趣味，知无以餍读者之望矣。"②虽自命为"说部"，也知道"趣味"对小说的重要价值，但因为要"发表政见，商榷国计"，最后成了"四不像"的"大杂烩"，以致草草收场，未能卒章。

　　虽然时代的风向是将小说视作社会变革的吹鼓手，但也有少数文人是立于时代风气之外的，他们的声音尽管微弱，却多少能够给时风的引领者以警醒。当时的知识界对梁启超的"小说界革命"并非一致追崇。1907年，黄人等创办《小说林》，在发刊词中，他将"今之时代"称为"小说交通之时代"，称"今日之文明"为"小说之文明"，认为国民自治、教育改良、科学、实业等均尚处于未定的状态，而惟有小说"其兴也勃"。在《时报》1905年5月27日、6月8日刊载的《论小说与社会之关系》文中，有"今者小说之出版，多于其他新书矣；爱阅小说者，亦甚于爱阅其他新书"的记述。③ 因此，《小说林发刊词》描叙"小说之风行于社会"的各种情状说："新闻纸报告栏中，异军特起者，小说也；四方辇致，掷作金石声，五都标悬，烁若云霞色者，小说也；竹罄南山，金高北斗，聚珍摄影，钞腕欲脱，操奇计赢，舞袖益长者，小说也；蚩发学僮，峨眉居士，上自建牙张翼之

① 夏志清：《新小说的提倡者：严复与梁启超》，《人的文学》，辽宁教育出版社1998年版，第69页。
② 载《新小说》第1号，光绪二十八年（1902）10月15日。
③ 引自陈平原、夏晓红编：《二十世纪中国小说理论资料》第一卷，北京大学出版社1997年版，第168页。

尊严，下迄雕面糊容之琐贱，视沫一卷而不忍遽置者，小说也。"例举"小说之影响于社会"的各种现象说："狭斜抛心缔约，辄神游于亚猛、亨利之间；屠沽察睫竞才，常锐身以福尔、马丁为任；摹仿文明形式，花圈雪服，贺自由之结婚；崇拜虚无党员，炸弹快枪，惊暗杀之手段。"批评时人"出一小说，必自尸国民进化之功；评一小说，必大倡谣俗改良之旨"，"虽稗贩短章，苇茹恶札，靡不上之佳谥，弁以吴词"，又不得不感慨说："昔之视小说也太轻，而今之视小说又太重也。"①从一个侧面反映了小说地位的上升，与其被赋予建构民族国家的重要功能直接相关。

清末知识界将"小说"作为社会改革与民族国家建构之利器，从某个方面来说是基于对欧美日等国近代化经验的认识与借鉴。一如有论者所说，"列强进化，多赖稗官；大陆竞争，亦由说部"。② 严复、夏曾佑倡导"附印说部"，缘起之一即是"闻欧、美、东瀛，其开化之时，往往得小说之助"。③ 康有为也说"泰西尤隆小说学"。④ 梁启超指出："在昔欧洲各国变革之始，其魁儒硕学，仁人志士，往往以其身之所经历，及胸中所怀政治之议论，一寄之于小说。……美、英、德、法、奥、意、日本各国政界之日进，则政治小说为功最高焉。"⑤又说："于日本维新之运有大功者，小说亦其一端也。"⑥林纾在晚清以翻译西方小说著名，在他看来，"西人小说，即奇恣荒眇，其中非寓以哲理，即参以阅历，无苟然之作"。由此出发，他认为《孽海花》"非小说也，鼓荡国民英气之书也"。⑦ 陈熙绩也说林纾"夙以译述泰西小说，寓其改良社会、激劝人心之雅志"。⑧ 邱炜萲倡导以小说为开民智之具，也得之于欧美、日本的经验："吾闻东西洋诸国之视小说

① 摩西(黄人)：《小说林发刊词》，《小说林》第 1 期，光绪三十三年(1907)6 月。

② 陶佑曾(陶曾佑)：《论小说之势力及其影响》，《游戏世界》第 10 期，1907 年。引自陈平原、夏晓红编《二十世纪中国小说理论资料》第一卷，北京大学出版社 1997 年版，第 247 页。

③ 引自陈平原、夏晓红编：《二十世纪中国小说理论资料》第一卷，北京大学出版社 1997 年版，第 27 页。

④ 康有为：《日本书目志》卷十四，《康南海先生遗著汇刊》本。

⑤ 任公(梁启超)：《译印政治小说序》，《清议报》1898 年第 1 期。

⑥ 任公(梁启超)：《饮冰室自由书》，《清议报》第 26 册，1899 年。

⑦ 林纾：《〈红礁画桨录〉译余剩语》，见 1906 年商务印书馆版《红礁画桨录》。引自陈平原、夏晓红编《二十世纪中国小说理论资料》第一卷，北京大学出版社 1997 年版，第 183~184 页。

⑧ 林纾译：《歇洛克奇案开场》卷首叙，商务印书馆 1908 年版。

与吾华异，吾华通人素轻此学，而外国非通人不敢著小说。故一种小说，即有一种之宗旨，能与政体民志息息相通；次则开学智，祛弊俗；又次亦不失为记实历，洽旧闻，而毋为虚愞浮伪之习，附会不经之谈可必也。"①署名"衡南劫火仙"的《小说之势力》，立论基点也是欧美世界对小说的重视及小说在推动国家社会发展方面的影响："欧美之小说，多系公卿硕儒，察天下之大势，洞人类之赜理，潜推往古，豫揣将来，然后抒一己之见，著而为书，用以醒齐民之耳目，励众庶之心志。或对人群之积弊而下砭，或为国家之危险而立鉴，然其立意，则莫不在益国利民，使勃勃欲腾之生气，常涵养于人间世而已。"②商务印书馆自述编印《绣像小说》的缘起，也称："欧美化民，多由小说；榑桑崛起，推波助澜。"③对于小说在日本明治维新时期所起的作用，夏志清认为是比较切实的，而对于讲到欧美时所用"开化"一词，则认为"不知所云"。④ 事实上，对于清末的小说提倡者来说，所谓"开化"具体何指并不重要，甚至他们对此并无确切的认识和了解，之所以将小说与欧美日社会的进步相联系，不过是为自家提倡小说张本。清末士人对西方、日本的借鉴，往往存在类似情形。而晚清士人由这一认识出发，逐渐接受"小说"作为重要文类，也就成了自然之势。

　　清末小说兴盛，且被视作变革时代、社会的利刃，遂有论者开始呼吁在学校教育中引入小说课程："就今日之人群进化之程度观之，又似群书虽多，亦隐有弃旧从新之势，独至小说之支配于人道者，仍未使教者读者相趋重焉。"⑤1907年《中外小说林》第8期曾刊发署名"耀"的《学校教育当以小说为钥智之利导》，从启发民智的角度呼唤引入小说教育。又认为普及教化思想，不仅应当在学堂中引入小说教学的内容，还应在乡间民间举办小说演说会。⑥ 署名"老棣"（黄世仲）的《学堂宜推广以小说为教书》，也强调将小说纳入学校教育当中的重要性和必

---

① 邱炜萲：《小说与民智关系》，1901年刊本《挥麈拾遗》。
② 载《清议报》第68册，1901年。
③ 商务印书馆主人：《本馆编印〈绣像小说〉缘起》，《绣像小说》第1期，光绪二十九年（1903）5月1日。
④ 夏志清：《新小说的提倡者：严复与梁启超》，《人的文学》，辽宁教育出版社1998年版，第59~60页。
⑤ 老棣（黄世仲）：《学堂宜推广以小说为教书》，《中外小说林》第1年第18期，1908年。
⑥ 耀公：《普及乡间教化宜倡办演讲小说会》，《中外小说林》第2年第3期，1908年。

要性："吾昔闻日本学校中，有以吾国《西厢记》及《水浒传》为教科书者。吾向闻而疑之，继而知教科书之主要，非徒以范学生之性情之谓，而殆以开学生之知识之为要也。……国民不欲求进步则已，学堂而欲求进步，势不得不研攻小说；学堂而不求进步则已，国民而欲求进步，又势不能不课习小说。"①随着学校教育的兴盛，新的教育制度的推行，学科体系与知识体系的变更，文学通史与分体文学史的兴起，小说史的书写也开始进入学者视野。

三、"小说"为最上乘"文学"

如上所述，"小说"作为文类受清末学人重视，主流意见是将其作为促进社会政治变革、建构民族国家的媒介和工具。而在小说地位得到不断提高的过程中，也开始出现另一种声音，试图将小说作为美文学看待，注重小说的艺术价值而非政治功用。这一进路，在清末尚显微弱，至辛亥革命以后则逐渐彰显，并成为民国时期小说理论与创作的重要一支。胡怀琛概述其间的变化说："自西洋小说输入中国而后，中国人对于小说的观念，当然大改变了，对于'小说'二字的解释也不同。但是，这种改变并不是突然而来的，是慢慢的改变的。西洋小说输入中国，自然是以林纾的译品为大宗。……在这时候，西洋小说虽然多量的被介绍到中国来了，林译的小说已家弦户诵了，谈文学的人都知道重视小说了，然而他们的观念还只是略改变了一部分。所改变的，只是把小说的价值提高，和旧时候的诗词立在同等的地位；所不曾改变的，是不知道小说是民众生活、民众心理的表现。所改变的，是知道小说和社会有极密切的关系，大可阅读，极力排斥旧式老先生禁读小说；所不曾改变的，是想利用小说代替'劝世文'，作为改造社会的工具，却不知小说是独立的，不能用作工具的。以上没有完全改变的两种观念，直到最近十年以来，才有大部分谈文学的人完全改变了，但是还有人至今没有改变。"②由社会政治改良工具向独立文体的转变，是"小说"作为文学体类趋于

---

① 老棣（黄世仲）：《学堂宜推广以小说为教书》，《中外小说林》第 1 年第 18 期，1908 年。

② 胡怀琛：《中国小说的起源及其演变》第二章《小说的起源及小说二字在中国文学上涵义之变迁》，正中书局 1934 年版，第 44~47 页。

定型的重要标志。

梁启超由改良群治而提出"小说界革命",将小说视为"文学之最上乘",其出发点虽是以小说为社会政治变革之媒介,对小说之艺术表达亦有所阐发。《新民丛报》1902年第20号曾刊载对《新小说》第1号的介绍,其中论及小说创作的"五难",后三者均与报刊载体的特征有关,前二难则关于对"小说"的内容期许与文体要求:其一,"名为小说,实则当以藏山之文、经世之笔行之";其二,"小说之作,以感人为主,若用著书演说窠臼,则虽有精理名言,使人厌厌欲睡,曾何足贵?故新小说之意境,与旧小说之体裁,往往不能相容"。《新小说》作为清末践行"小说界革命"的首要阵地,其内容上的"豫定"某种程度昭示了此后一段时间"新小说"理论与创作的方向。《新小说》杂志开辟的栏目,除历史小说、政治小说、哲理科学小说、军事小说、冒险小说、探侦小说、写情小说、语怪小说、札记体小说、传奇体小说等各体小说之外,还有"论说"一栏,"论文学上小说之价值,社会上小说之势力,东西各国小说学进化之历史及小说家之功德,中国小说界革命之必要及其方法等"。① 仍以小说的社会功用作为讨论重心。所谓"輓近士人皆知小说为改良社会之不二法门,自《新小说》出,而复有《新新小说》踵起,今复有《小说林》之设"②,亦可见其时潮流所向。

梁启超注重小说的政治社会功能,同时也强调小说文体在表现人情物态方面的优长,认为其"实文章之真谛,笔舌之能事,苟能批此窾、导此窍,则无论为何等之文,皆足以移人,而诸文之中能极其妙而神其技者,莫小说若"③,"泰西论文学者必以小说首屈一指,岂不以此种文体曲折透达,淋漓尽致,描人群之情状,批天地之窾奥,有非寻常文家所能及者"④,主张小说应当以文辞、情节吸引读者。又曾为"小说"在文学上之地位预留一展开的空间:"文学之进化有一大

① 新小说报社:《中国唯一之文学报〈新小说〉》,《新民丛报》14号,光绪二十八年(1902)7月15日。
② 定一:《小说丛话》,《新小说》第2年第3号,光绪三十一年(1905)3月。
③ 梁启超:《论小说与群治之关系》,《新小说》第1号,光绪二十八年(1902)8月15日。
④ 新小说报社:《中国唯一之文学报〈新小说〉》,《新民丛报》14号,光绪二十八年(1902年)7月15日。

关键，即由古语之文学变为俗语之文学是也。"①后来的研究者论小说在中国文学史上的地位，多由梁氏的这一思路出发。

然而真正付诸创作实践时，却又往往与小说之文体特征相去甚远。如梁启超为实践自己的理论主张和民族国家构想而创作的新小说《新中国未来记》，虽然自谦是"不知成何种文体，自顾良自失笑"，却也不乏表彰自家立意的味道。而这种在今日看来与小说体裁迥然不侔的写法，在当时却颇受人推崇和效仿。如平等阁主人在《新中国未来记》第三回的批语中，称其"拿着一个问题，引着一条直线，驳来驳去，彼此往复到四十四次，合成一万六千余言，文章能事，至是而极。"又说："此篇论题，虽仅在革命论、非革命论两大端，但所征引者皆属政治上、生计上、历史上最新最确之学理。若潜心理会得透，又岂徒有益于政论而已。"拿来作为比照的古代文本是王充的《盐铁论》。② 这一番称赞，若就今日对"小说"文体的认识来看，不免令人啼笑皆非。

小说创作如果只是一味注重思想的表达，刻意强调对社会政治变革的功用，着力追求对国民精神的塑造，于小说的文体特征自然也就难以兼顾。清末的一位小说家指出："近时之小说，思想可谓有进步矣，然议论多而事实少，不合小说体裁，文人学士鄙之夷之。"③虽然对小说体裁规范并无具体的见解，但她能够认识到"议论多"有悖小说文体在当时颇为不易。同样的看法，还见于海天独啸子所著的《女娲石》："近来改革之初，我国志士皆以小说为社会之药石。故近日所出小说颇多，皆傅以伟大国民之新思想。但其中稍有缺憾者，则其论议多而事实少也。"即便是赞同将小说作为改良社会工具的文人，也认识到小说文体与"论议多而事实少"之间的不协调，虽然其做法也只是"凡于议论，务求简当，庶使阅者诸君不致生厌"。④ 1902 年开明书店出版署名"公奴"的《金陵卖书记》，以一个

---

① 饮冰(梁启超)：《小说丛话》，《新小说》第 7 号，光绪二十九年(1903)7 月 15 日。

② 平等阁主人《〈新中国未来记〉第三回总批》，《新小说》第 2 号，光绪二十八年(1902)11 月 15 日。

③ 俞佩兰《女狱花叙》，1904 年泉唐罗氏藏板《女狱花》卷首。引自陈平原、夏晓红编《二十世纪中国小说理论资料》第一卷，北京大学出版社 1997 年版，第 137 页。

④ 海天独啸子《女娲石凡例》，1904 年亚东编辑局版《女娲石》卷首。引自陈平原、夏晓红编《二十世纪中国小说理论资料》第一卷，北京大学出版社 1997 年版，第 148 页。

书商的视角展现了彼时"新小说"撰译的一般情形：在小说风行的当时，也往往会出现"小说书亦不销"的状况，其原因则在于"于小说体裁多不合"，"读者不能得小说之乐趣"。"以小说开民智"固然是可取的做法，然而"小说之妙处，须含词章之精神"，若只是直发议论，"开口便见喉咙"，不能变庄为谐，变正为奇，曲中见直，变幻百出，又怎能达到动人的效果？① 对于小说体裁的强调，在翻译外国小说中也往往如此。如《鲁宾孙漂流记》的译者指出："原书全为鲁宾孙自叙之语，盖日记体例也，与中国小说体例全然不同。若改为中国小说体例，则费事而且无味。中国事事物物皆当革新，小说何独不然！"②言下之意，小说文体的变革也应当包含于"小说界革命"当中。

在晚清众多小说期刊以改良社会为宗旨的背景下，有一种小说刊物自称"甘冒不韪而不能已于一言"，要"一考小说之实质"，这就是黄人等创办的《小说林》。他在《小说林》发刊词中明确宣称："盖谓'小说林'之所以为《小说林》，亦犹小说之所以为小说耳。若夫立诚止善，则吾弘文馆之事，而非吾《小说林》之事矣。"并具体阐发说：

> 小说者，文学之倾向于美的方面之一种也。……微论小说，文学之有高格可循者，一属于审美之情操，尚不暇求真际而择法语也。然不佞之意，亦非敢谓作小说者，但当极藻绘之工，尽缠绵之致，一任事理之乖僻，风教之灭裂也。玉颜珠领，补史氏之旧闻；气液日精，据良工所创获：未始非即物穷理之助也。不然，则有哲学、科学专书在。……从事小说者，亦何必椎髻饰劳，黦容示节，而唐捐其本质乎？……一小说也，而号于人曰：吾不屑屑为美。一秉立诚明善之宗旨，则不过一无价值之讲义、不规则之格言而已。③

---

① 公奴《金陵卖书记》，开明书店 1902 年版。引自陈平原、夏晓红编《二十世纪中国小说理论资料》第一卷，北京大学出版社 1997 年版，第 65 页。

② 《鲁宾孙漂流记》译者识语，《大陆报》第 1 卷第 1 号，1902 年。引自陈平原、夏晓红编《二十世纪中国小说理论资料》第一卷，北京大学出版社 1997 年版，第 66 页。

③ 载《小说林》第 1 期，光绪三十三年(1907)6 月，第 325 页。

在此，作者一再强调小说作为"文学之倾向于美的方面之一种"，"一属于审美之情操"的本质特征，而将其与"即物穷理"的哲学、科学专书和"一秉立诚明善之宗旨"的无价值之讲义、不规则之格言区别开来，其言颇有点"为艺术而艺术"的味道。缘于此，作者也认识到自己的态度和立场"与时贤大异"，与彼时以小说为改良社会、建构民族国家之工具的主流看法相去甚远。

清末论者对小说的认识，多与梁启超的"小说界革命"相呼应，倾向从改革社会政治的目的出发，将其看做是无所不包的大容器，凡科学、哲学、实业、政治等均包含其中。这一看法，在当时的时代背景下有其合理的一面，但并不是"小说"观念的全部内涵，尤其是当时日本、欧美关于"小说"观念的讨论已颇为深入。① 针对当时小说界普遍的功利主义思想，觉我(徐念慈)著《余之小说观》，将"小说"看做"美的一方面"：

> 今者亚东进化之潮流，所谓科学的、实业的、艺术的，咸骎骎乎若揭鼓而求亡子，炭炭乎若褰裳而步后尘，以希共进于文明之域。即趋于美的一方面之音乐、图画、戏剧，亦且改良之声，喧腾耳鼓，亦步亦趋，不后于所谓实业、科学也。然而此中绝尘而驶者，则当以新小说为第一。②

由此出发，他并不认可当时以小说为推动社会变革工具的主流看法，认为不宜将小说的功能视之过大："小说者，文学中之以娱乐的，促社会之发展，深性情之刺戟者也。昔冬烘头脑，恒以鸩毒莓菌视小说，而不许读书子弟，一尝其鼎，是不免失之过严；近今译籍稗贩，所谓风俗改良，国民进化，咸惟小说是赖，又不免誉之失当。余为平心论之，则小说固不足生社会，而惟有社会始成小说者也。"周作人在1908年撰写的一篇文章中则明确提出："小说为物，务在托意写诚而足以移人情，文章也，亦艺术也。"其矛头直指梁启超以来将"小说"视作社会改良工具的做法："实用之说既深中于心，不可复去，忽见异书而不得解，

---

① 关于日本的情形，参见[日]龟井秀雄《"小说"论：〈小说神髓〉与近代》第一章《小说的位置》，岩波书店1999年版，第15~52页。

② 载《小说林》第10期，光绪三十四年(1908年)3月。

则姑牵合以为之说耳。故今言小说者，莫不多立名色，强比附于正大之名，谓足以益世道人心，为治化之助。说始于《论小说与群治之关系》一篇。"并具体剖析"历史小说"之名说："历史小说乃小说之取材于历史，非历史而披小说之衣也。"①强调将"历史小说"作为小说而不是历史看待，可以看出其论说中的现代意味，而体现出与传统观念的区别。

以美文学的观念看待小说，其见解自然与以社会政治话语模式批评小说不同。如《小说林》1907年第2期刊载署名"蛮"（黄人）的《小说小话》评论"历史小说"说："历史小说……历史所略者应详之，历史所详者应略之，方合小说体裁，且耸动阅者之耳目。若近人所谓历史小说者，但就书之本文，演为俗语，别无点缀斡旋处，冗长拖沓，并失全史文之真精神，与教会中所译土语之《新、旧约》无异，历史不成历史，小说不成小说。"王国维虽然并未从理论上明确反对将小说与社会政治变革相联系，但他从"美术"（即艺术）、"美学"及"伦理学"等层面对《红楼梦》的评论，还是可以看出其在小说批评方面摆脱时代社会政治话语模式的潜在意图。②　如他在文中所说的，"美术中以诗歌、戏曲、小说为其顶点，以其目的在描写人生故"，"美术之所写者，非个人之性质，而人类全体之性质，置诸个人之名字之下"，他对《红楼梦》美学、艺术价值的发掘，对后世关于小说批评与小说文体的认识均有深远影响。王国维以其小说批评实践，为小说由改良社会的工具向独立文体转变提供了启示。

梁启超提倡"小说界革命"，重视小说对民族国家建构的功用与价值，很大程度上是缘于清末社会政治变革的时代要求，而随着认识的深入，其看法不足以全面反映小说文体特征的缺失也变得愈发明显。君实在《小说之概念》一文中指出：

近年自西洋小说输入，国人对于小说之眼光，始稍稍变易。其最称高尚

① 周作人：《论文章之意义暨其使命因及中国近时论文之失》，张枬、王忍之编《辛亥革命前十年间时论选集》第3卷，生活·读书·新知三联书店1997年版，第328页。该文原载《河南》1908年第4、第5期。
② 王国维的《红楼梦评论》于1904年在《教育世界》76～78号、80～81号上连载。

而普遍者，莫如视小说为通俗教育之利器。但质言之，仍不过徼世劝俗之意味而已。以小说言，固非仅此一义所能概括也。①

以工具论的思想倡导"新小说"的创作，在迅速提高小说地位、扩大小说的社会影响方面无疑居功至伟，一时间各种小说报刊如雨后春笋骤然而兴，著译出版的小说数量惊人，有论者形容其时的情形是"新小说社风起水涌，新小说家云合雾集"。② 披发生在《红泪影序》中则称："余尝调查每年新译之小说，殆逾千种以外。"③在此状况背后，是新小说作家往往忽略艺术的锤炼，造成尽管作品数量甚丰，却鲜有经典之作，以致在辛亥革命前后出现了"小说之编译日盛，劣多良少，阅者渐厌，小说之风衰已"④的情形。鉴于此，有论者开始从基本性质、文体特征等方面对"小说"进行研究和探讨，而不是仅将其视为推动社会政治民智进步的工具。其中管达如的《说小说》(《小说月报》1912 年第 3 卷第 5、第 7 ~ 11 号)、成之(吕思勉)的《小说丛话》(《中华小说界》1914 年第 3 ~ 8 期)，较早借用西方理论从文学层面对小说展开研究。其中管、吕二文论小说在文学上之位置的看法，"文学者，美术(即艺术)之一种也；小说者，又文学之一种也"，"要之小说者，文学也"，在今日属于人尽皆知的一般性知识，在当时却是"小说"观念上的一种突破性认识。

到了"五四"以后，随着对"文学"的认识逐渐摆脱工具论的束缚，相关讨论开始深入到文学本体，对小说的认识也逐渐由工具论向艺术论转变："小说本为一种艺术。欧美文学家往往殚精竭虑，倾毕生之心力于其中，于以表示国性，阐扬文化。读者亦由是以窥见其精神思想，尊重其价值。不特不能视为游戏之作，而亦不敢仅以徼世劝俗目之。其文学之日趋高尚，时辟新境，良非无故。"⑤胡适批评清末以来的"新小说"，也是用看待小说艺术的方法发论："现在的'新小

---

① 《东方杂志》第 16 卷第 1 号，1919 年 1 月。

② 见大声小说社 1911 年版《女界风流史》卷首《创办大声小说社缘起》。

③ 见广智书局 1909 年版《红泪影》卷首。

④ 黄摩西编：《普通百科新大辞典》"小说"条，引自钟少华编《词语的知惠——清末百科辞书条目选》，贵州教育出版社 2000 年版，第 41 页。

⑤ 君实：《小说之概念》，《东方杂志》第 16 卷第 1 号，1919 年 1 月。

说',全是不懂得文学方法的：既不知布局，又不知结构，又不知描写人物，只做成了许多又长又臭的文字；只配与报纸的第二张充篇幅，却不配在新文学上占一个位置。"①又强调说："西方的'短篇小说'（英文叫做 Short story），在文学上有一定的范围，有特别的性质，不是单靠篇幅不长便可称为'短篇小说'的。"②对于小说及其类别的论述，已主要着眼于文学的体裁。"小说"逐渐演变成为"文学"的类属概念，成为其括属的四文体之一。

四、余论

1913 年，美国公理会女传教士艾达（Ada Haven Matter，狄考文继室）编纂出版了一本题为 *New Terms for New Ideas：A Study of the Chinese Newspaper*（《新术语新观念：中国报刊研究》）的小册子。③ 该书以反映新语最迅捷、传播术语最有力的报刊为对象，对晚清出现的汉字新术语进行分科研究。正如编者在序言中所说的，书中所列举的术语是它们仍在不断"struggle-for-life"（指术语翻译中的不确定状态）过程中的样态，展示的是近代术语生成中处于变化中的一个链条。正因该书所展现的是当时历史背景下术语、概念的真实形态，对于研究近代新术语、新概念的演变更具参考价值。书中搜集的汉字新术语均有对应的英文原词，可以使我们能够更多地发掘这种对译关系建立背后的历史文化意涵。在艾达对 1912 年之前中国报刊的研究中，"小说"作为新术语，对应的英文词汇为 Story、Novel。④虽然书中并没有关于这种对译关系来源的任何其他信息，但由后来对"小说"概念的理解来看，此一"小说"概念，显系摆脱了中国传统含义的近代新名，清末知识界对此曾有丰富讨论。尽管民国后对"小说"的定义、文体范围、文体特征等均有不同争论，但毫无疑问的是，中西"小说"概念已然实现对接，此后大多数关于"小说"的讨论，均在现代"文学"概念体系的框架下展开。

---

① 胡适：《建设的文学革命论》，《新青年》第 4 卷第 4 号，1918 年 4 月 15 日。
② 胡适：《论短篇小说》，《新青年》第 4 卷第 5 号，1918 年 5 月 15 日。
③ 该书于 1913 年由上海美华书馆（The Presbyterian Mission Press）出版，笔者所引为 1917 年重印本。
④ ［美］艾达：《新术语新观念：中国报刊研究》，上海美华书馆 1917 年版，第 63 页。

　　观念的转变是中国"小说"现代性生成重要的一环，然而这并不只是缘于外来西方文学的影响，同时也有来自内源性因素的刺激。正如有学者指出的："'新小说'兴起前，中国说部的变动已不能等闲视之。西方的冲击并不'开启'了中国文学的现代化；而是使其间转折，更为复杂，并因此展开了跨文化、跨语系的对话过程。"①就近代"小说"概念的转变来说，西方影响与本土因素间形成一种复杂的互动关系：虽然在中国传统的"小说"/"稗史"/"说部"概念中已含有诸多现代性因素，但仅凭这些因素自身无法构成"小说"概念现代化的谱系，而西方现代"小说"观念的影响，如果缺乏本土观念的回应，也不可能实现知识的"地域化"与"本土化"，完成向近代"小说"概念的转换。就清民之际"小说"概念演变的趋势而言，其时的诸多学人对古今"小说"概念之不同均有深切认识。究其论说，又往往力图由探寻历史演变之轨迹而发掘其互通之处。此由蒋瑞藻的论述可见一斑："小说者流，盖出于稗官，街谈巷语，道听涂说者之所造也。(《汉·艺文志》)由来甚古，然体例不与今同。今之小说，非古之所谓小说也。今之小说，其殆出于宋天圣、嘉祐间乎？传言仁宗御宇，国家闲暇，朝臣日进一奇怪之事以娱之，平话日出，海宇风靡。……元明而降，分道扬镳，作者如林，附庸蔚为大国。虽所言未必可信，所纪未必皆实，而其佳者颇足以娱乐心目，增广见闻，或则寓庄于谐，棒喝痴顽，其有功于世道人心，盖视高文典册无多让也。"②蒋氏基于对近代"小说"概念的理解，在"今之小说"与中国传统小说之间建立联系，并以之为标准选择小说文本。此一思路，成为后世多数中国小说史研究的基本路径，也显示了中西、古今"小说"概念演变的历史实态。

　　回顾历史可以发现，在早期中西"小说"概念交汇之初，有学者对以西方"小说"概念建构中国小说历史存在的不谐并非毫无异见："拿西洋的小说做标准，替中国的小说下一个定义罢！也极困难。他们所认为是小说的，不能恰和我们所认为是小说的一样。倘若拿西洋的小说定义做标准：有的地方，不能包括中国的一切小说，是他的范围太狭了；有的地方，又超出中国所有的小说以外，他的范

---

①　王德威：《被压抑的现代性：没有晚清，何来"五四"？》，《想象中国的方法：历史·小说·叙事》，生活·读书·新知三联书店 1998 年版，第 6 页。

②　蒋瑞藻：《小说考证》卷一，商务印书馆 1919 年版，第 1 页。

围又似乎太宽了。"①然而在此后的发展过程中,西方"小说"概念逐渐占据主导。在20世纪30年代出版的一部《新文学辞典》中,对"小说"的定义是:"小说(Novel),不是诗和戏曲、散文的形式,而是有结构、有组织的描写人间生活的文学即'小说'。小说有短篇、中篇、长篇的区别。历史小说、科学小说、政治小说、曝露小说的分类。"②戴叔清所编《文学术语辞典》对小说的定义列举了四种重要的说法,也都是西方学者的论述。③ 从概念转换的历史轨迹来看,小说史的重新书写,不同作家地位的升沉变换,针对作品理论阐释与艺术分析的与时俱进,只是其中的方式和表现之一,而基于近代"小说"概念演变的历史省思,或不失为重新建构中国小说历史面貌的另一条途径。

① 胡怀琛:《中国小说研究》第一章《绪论》第一节《何谓小说》,商务印书馆1929年版,第2页。
② 谢冰莹、顾凤城、何景文编:《新文学辞典》,开华书局1932年版,第19页。
③ 戴叔清编:《文学术语辞典》,文艺书局1931年版,第4页。

第二编 多面的现代叙述

第四章

"文学"观念转换与 20 世纪前期的
中国文学史书写

中国传统语境中,"文学"一词本义为"博学古文""文章博学""学问""学术",又曾用于指称"经学"和"儒学"。十九世纪七八十年代,日本学者以之与英语 Literature 对译并使之固化,"文学"遂被用于专指以语言为表达方式的艺术,成为近代学科的一支。清末民初,一部分先进的中国学者开始接触这一汉外对译形成的新名,并在此基础上对中国传统学术予以重新认识。同时,伴随近代教育变革而发生重大转变的学术分科体系,也开始逐渐摆脱传统四部分学的分科观念,"文学"作为独立的学科被正式确立。"五四"时期,胡适、陈独秀等人提倡"文学革命",西方"文学"观念开始广泛传播并逐渐成为知识界的普遍意识。①在此背景下,文学史家也开始用西方"文学"观念反观中国传统之"文学",在建构中国文学史过程中,诸如"什么是文学""文学的边界"等论题被重新予以讨论,文学的历史面相渐趋定型,以"纯文学"为核心的文学史观发展成为主流思想。这种被重新定义之后的"文学"概念,对 20 世纪的中国文学史书写产生了深远影响。

---

① 关于以上各阶段"文学"概念的变迁,参见拙文《"文学"译名的诞生》(《湖北大学学报》2009 年第 5 期)、《"文学"如何"革命"——近代"文学革命"话语的生成》(《中国地质大学学报》2008 年第 4 期)、《西学东渐与晚清知识分类体系中的"文学"》(《武汉大学学报》2010 年第 6 期)、《近代学术分科观念的变迁与"文学"学科的建立》(《湖北大学学报》2012 年第 4 期)。

一、被重新定义的"文学"

1911 年以后，尤其到了"五四"新文化运动前后，学术体系的古今转换和中西对接逐渐成为主流趋势，对"文学"予以重新定义成为摆在学者面前的首要问题。胡行之说："在研究文学上底诸问题之先，最初摆在我们面前的，就是文学本身底问题，——'什么是文学'？这个题目，确为大家所喜欢研究的；可是研究出来的答案，各各不同，正如人底面孔！无论在本国，无论在外国，他们所说，虽各有一方的理由，但总是一个很暧昧的问题。"①要回答"什么是文学"，首先须对近代"文学"概念与中国传统的"文章"予以区分。1915 年，黄远庸为梁漱溟所编《晚周汉魏文钞》作序，认为中国传统"文章"与西方近代"文学"二者指称的对象不同，内涵存在差异：

> 由今之说言之，科学与文艺，皆各有其独立之区域。而文艺之中，文学与文章又实为二事。文章者，梁君所谓综事布意，不以耀观览，在今则文法学、修辞学之类属之。凡古文家所称作文之法，意多主于修辞，若文法之学，吾国当以马氏眉叔所著《文通》为嚆矢。若夫文学，在今日则为艺术之一部。艺术之简单定义，曰以人类之想象，举自然而理想化之之美术也，凡建筑、园艺、雕塑、绘画、舞蹈、诗歌之类皆属之。其要素有三：一曰自然，二曰〔理〕想化，三曰美之述作。故文学者，乃以词藻而〔理〕想化自然之美术也，其范畴不属于情感，不属于事实，其主旨在导人于最高意识，非欲以之浚发知虑。②

黄远庸将中国传统"文章"理解为"文法学""修辞学"，虽然有失片面，但他在参照西方近代"艺术"概念基础上对"文学"所下的定义，具有明确的近代意识。这

---

① 胡行之：《文学概论》第一篇《绪论·文学底界说》，乐华图书公司 1933 年版，第 1 页。

② 黄远庸：《远生遗著》卷四，沈云龙主编《袁世凯史料汇刊续编》本，台湾文海出版社 1966 年影印版，第 183 页。

一点，还体现在他对"文学"与"非文学"所作的区分："文学者，为确实学术以外之述作之总称，而通常要以美文为限，其他种纪载而词旨优美者，只能名为有文学之趣味，不能名为独立之文学。"

1919 年，朱希祖作《文学论》，指出"文学"观念的主流已由此前泛指一切学术，缩小为指"纯文学"："今世之所谓文学，即 Bacon 所谓文学，太田善男所谓纯文学，吾国所谓诗赋、词曲、小说、杂文而已。"①这一过程与"五四"新文化运动有密切关系。"五四"新文化学人对"文学"的重新定义，主要从两方面着手：一、对传统"文学"观予以清理，加以批判；二、评介西方近代的"文学"定义，征以为据。② 1919 年，罗家伦发表《什么是文学？——文学界说》，由这一思路出发，在批判阮元、章太炎"文学"观和评介西方近代"文学"观的基础上，对"文学"概念重加界说：

> 文学是人生的表现和批评，从最好的思想里写下来的，有想象，有感情，有体裁，有合于艺术的组织；集此众长，能使人类普遍心理，都觉得他是极明瞭、极有趣的东西。③

罗文立论的依据，是西方近代学人关于"文学"概念的论述。他在罗列了十五位西方近代学人关于"文学"定义的基础上，概括出八条作为"文学"的一般性质：一、文学是人生的表现同批评，二、最好的思想，三、想像，四、感情，五、体裁，六、艺术，七、普遍，八、永久。这些性质，中国传统文学未必没有，然而罗氏据以得出的结论是中国文学有悖"文学"的真义。而这个真义，显然是以西方文学为支撑的。

根据罗家伦对"文学"的定义，刘经庵发挥说：

———————————

① 朱希祖著，周文玖选编：《朱希祖文存》，上海古籍出版社 2006 年版，第 50 页。

② 傅斯年作《文学革新申义》，从两方面对文学革新的要义予以概括："其一、对于过去之文学之信仰心，加以破坏。其二、对于未来文学之建设，加以精密之研究。"(《新青年》第 4 卷第 1 号，1918 年 1 月 15 日）究其实质，二者均从厘析"文学"概念入手。

③ 《新潮》第 1 卷第 2 号，1919 年 2 月。

　　从这个定义里，我们可以知道文学是人生的写照，是思想和艺术的结晶。文学家对于人生的种种，观察得最为周到，或主观，或客观，或片面，或综合，或内里，或外表，都能深刻的详为写述。他们无论是写诗歌，写戏剧，或写小说，皆是人生的表现和批评。换言之：离了人生便无所谓文学。文学固不外乎人生，亦当有高尚的思想和丰富的想象，用艺术的手腕、创作的精神，去委婉的、灵妙的、真挚的表现出来，绝不剽袭，不摹仿，使读者感到清爽有趣，与作者起共鸣之感。否则，便无文学上的价值。[①]

在他看来，文学虽然可以表现崇高的思想，但本质上来说是"为艺术而艺术"。刘经庵对于"文学"表现精神和内在实质的阐发，以小说、戏剧、诗歌等文学体类作为论述依据，显然是受了西方"纯文学"观念的影响。

　　对于西方近代文学观念输入中国后"文学"定义的变化，章克标等指出："'文学'二字，一见其意义似甚明瞭，然仔细一想，则其内容极为复杂，词意甚是暗昧。"[②]日本学者长泽规矩也说："文学、文艺二词，本为中国所固有，并非起于西洋文化输入之后，而使用的方法，向来很暧昧，含义颇多。自从作为英文 Literature 的译语后，概念益觉含混。"[③]从二十年代以后的主流观念来看，虽然"文学"的定义各有不同，但其要义却基本一致。对此，容肇祖在援引胡适所谓"文学三要件"基础上，指出：

　　　　现今世界上文学的界说，各家所说虽微有不同。而文学的要素：一、情绪（emotion）；二、想象（imagination）；三、思想（thought）；四、形式（form），似乎为一般人所承认。[④]

　　① 刘经庵：《中国纯文学史纲·绪论》，东方出版社 1996 年版，第 2 页。所据底本，为北平著者书店 1935 年出版。
　　② 章克标等编译：《开明文学辞典》，开明书店 1932 年初版，1933 年再版，第 411 页。
　　③ ［日］长泽规矩也著，胡锡年译：《中国学术文艺史讲话·序说》，世界书局 1943 年版，第 11 页。
　　④ 容肇祖：《中国文学史大纲·绪论》，朴社 1935 年版，第 1 页。

容肇祖所谓"为一般人所承认"的文学的四个要素，显然是在西方近代"文学"观念广泛传播的背景下形成的。

新文化运动后，为"文学"重下定义成了划清新旧文学界限最直接的途径。见诸论述，以西方"纯文学"观念作为界说文学的依据成为普遍趋势。如凌独见认为："文学就是人们情感想象思想人格的表现。"①周作人说："文学是用美妙的形式，将作者独特的思想和感情传达出来，使看的人能因而得到愉快的一种东西。"②二人定义文学的要素，未脱离容肇祖所谓情感、想象、思想等范围。也有学者游走于传统与近代观念之间，如刘永济说："文学者，乃作者具先觉之才，慨然于人类之幸福有所供献，而以精妙之法表现之，使人类自入于温柔敦厚之域之事也。"③刘永济概括文学定义的要素，主要有"真义"与"真用"、"精妙之法"与"温柔敦厚之域"两组概念，其间显示出弥合中西文学观念的努力。

对于造成"文学"定义不同的原因，胡行之曾援引英国学者波斯奈特（H. M. Posnett，1855—1927）《比较文学》（1886）一书中的分析："第一，所谓文学这词底出发底不同；第二，由于轻视了文学词的历史底意义而生的；第三，文学制作的诸方法底微细的变迁；第四，文学制作的诸目的底微细的变迁。"④古今"文学"词义的不同，中西文学历史和传统的错致，等等因素，加上不同学者间关注层面和视角的差异，"文学"定义的不同实属必然。"文学"定义不同，由此建构的中国文学史面貌也就难免有别。

"文学"词义的纷繁多致，使得在概念转换之初的清民之际，诸多学人在书写中国文学史过程中，几乎无一例外地对古今中外的"文学"释义予以罗列。如谢无量著《中国大文学史》，关于"文学之定义"，就依次列举了"中国古来文学之定义"和"外国学者论文学之定义"。⑤ 顾实著《中国文学史大纲》，亦强调中西

---

① 凌独见：《新著国语文学史》第一编《通论·文学的定义》，商务印书馆 1923 年 2 月初版，6 月再版，第 1 页。

② 周作人：《中国新文学的源流》，华东师范大学出版社 1995 年版，第 2 页。

③ 刘永济：《文学论·何为文学》，商务印书馆 1934 年版，第 23 页。

④ 胡行之：《文学概论》第一篇《绪论·文学底界说》，乐华图书公司 1933 年版，第 2 页。波斯奈特译作"颇斯耐脱"。

⑤ 谢无量：《中国大文学史》第一编《绪论·文学之定义》，中华书局 1918 年版，第 1~4 页。

"文学"概念均"兼具数义"。① 针对民国初期文学史书写的这一现象，张长弓概括说："总是如数家珍一般的罗列出各家的意见。"②这种不得不言说的情形，是民国初期文学史书写的普遍现象。曾毅撰《中国文学史》，一方面认为，诸如"文学之分类"问题，"原属于文学研究者之职分，非文学史所宜深论"；另一方面又指出，"古今文学变迁之形，至为繁赜，不略举之，转无以见文学史之范围"。③显示在学术转型时期，由于概念所指不明确带来的叙述困境。缘于此，刘麟生1929年著《中国文学 ABC》，对比西方"文学"观念广为接受前后文学史书写的难易，指出："近来著中国文学史的困难，可以减少一半。因为自从西洋文学观念介绍过来，我们对于文学，渐有准确的观念，知道什么东西是文学？——不是一切好书，皆是文学。——什么是纯文学？并且对于文学批评，文学欣赏，也改正了不少观念。如此方可以用简明的方法，研究中国文学。"④二十年代后期，在厘清了"文学是什么"这一根本问题，文学观念完成现代转换后，中国文学史叙述线索变得明晰，但同时也掩盖了不同的声音。1931年，胡怀琛作《中国文学史概要序》，认为在中国文学史书写中，"文学"概念已形成定例，无须辨析："中国最早的几部文学史，如林传甲的文学史，谢无量的文学史，都没有把界限划清楚。在他们著书的时候，思想是这样，这也难怪他们如此。现在凡是读文学史的人都知道这样是不对的，也用不着我再来说。"⑤于是可以看到：其一，在二十世纪三十年代以后出版的中国文学史著作中，已经较少出现前期那样对"文学"定义展开讨论的情形；其二，越来越多的学者开始将"纯文学"从中国传统的"文学"中剥离出来，甚至出现了诸如《中国纯文学史》(金受申，文化学社1933年版)、《中国纯文学史纲》(刘经庵，1935年)这样的著作。

---

① 顾实：《中国文学史大纲》第一章《太古文学·总说》，商务印书馆1926年初版，1929年4版，第1~6页。
② 张长弓：《中国文学史新编·导论》，开明书店1935年版。
③ 曾毅：《中国文学史·绪论》，泰东图书局1915年初版，1918年再版，第16页。
④ 刘麟生：《中国文学 ABC·导言》，世界书局1929年版，第1~2页。
⑤ 胡怀琛：《中国文学史概要》，商务印书馆1933年版，第1页。

二、"文学"的边界

民国初年的文学史著作虽然都注意到"文学"词义存在广义、狭义之别，但在新文化运动以前，文学史家建构中国文学历史进程的理论基点仍是广义"文学"概念。如曾毅的《中国文学史》，所述内容"以诗文为主，经学、史学、词曲、小说为从，并述与文学有密切关系之文典、文评之类"。① 叙述文学的历史而将经学、史学纳入其中，可见传统"文学"观念影响之深。针对这一情形，谭正璧指出，民国早期的文学史只能说是学术史："过去的中国文学史，因为根据了中国古代的文学定义，所以成了包罗万象的中国学术史。"② 胡云翼也质疑说："我们试把那些中国文学史书打开一看，诸子百家尽是文学史的体裁，文字学、玄学、儒学都录入了文学史范畴。这只能说是学术史，哪里是文学史呢？"③ 又认为："在最初期的几个文学史家，他们不幸都缺乏明确的文学观念，都误认文学的范畴可以概括一切学术，故他们竟把经学、文字学、诸子哲学、史学、理学等，都罗致在文学史里面，如谢无量、曾毅、顾实、葛遵礼、王梦曾、张之纯、汪剑如、蒋鉴璋、欧阳溥存诸人所编著的都是学术史，而不是纯文学史。"④ 早期文学史著作涉及内容大多比较宽泛，非"纯文学"史观所能涵括。

新文化运动后，"文学"被重新定义，文学的范围也发生明显变化。胡怀琛说："中国有正式的文学史，是在二十年前。第一部中国文学史，是前清京师大学教员林传甲做的，出版于宣统二年。民国以来，也出过几部文学史：计谢无量一部，曾毅一部，张之纯一部，王梦曾一部。其中以曾毅的比较的最好，谢无量的比较的最博。但是他们有同样的毛病，就是界限太不清楚，把所谓经史子集一起放在文学史里来讲。这样，何谓中国文学史已成为问题了。譬如我

---

① 曾毅：《中国文学史·凡例》，泰东图书局1915年初版，1918年再版，第2页。

② 谭正璧：《文学概论讲话·总论》，光明书局1934年初版，1936年再版，第7页。

③ 胡云翼：《中国文学概论》上编《导言》，启智书局1928年版，第22页。胡著提到的中国文学史有谢无量《中国大文学史》、曾毅《中国文学史》、朱希祖《中国文学史要略》、顾实《中国文学史大纲》、胡怀琛《中国文学史略》及商务印书馆出版的中学师范用文学史教科书。

④ 胡云翼：《新著中国文学史·自序》，北新书局1932年初版，1933年第5版，第3页。

们承认旧式的经史子集都是文学,当然是不对的;那么,单认集部是文学,其他不是文学,对么?也是不对。这其间鉴别弃取,我们不能不用一番工夫。到了民国八年以后,中国的文学界才发生变化,把原有的谬见打破了。从此以后出版的文学史,已把界限划清,可算是进了一步。"①容肇祖概括二十年代文学史的"进步的倾向",第一点就是"对于文学的意义与范围之限定,由泛说中国学术,而到一定范围的"。② 然而,由于中国古代并无明确的"文学"分类,西方近代文学观念与中国文学实际间存在诸多"偏差",无疑会给文学分类带来种种困难。缘于此,蒋鉴璋甚至发出了"文学范围,至为渺茫,说者纷然,莫衷一是"③的感叹。

类似分类的困境,在中国文学史书写中表现得尤为突出。如胡怀琛作《中国文学史略序》,就认为文学史书写困境首先来自中国古代"文学"类属界限的模糊:"就分类言,则史学、哲学与文学真不易区分。故《史记》《左传》,将谓之为文学乎?为史学乎?《孟子》《庄子》,为哲学乎?为文学乎?此界限不为划清,则以后文学均无分界之标准。况经学之名目,犹有人横亘胸中,而不能打销,太炎贤者,亦所不免。(章先生讲《国学概论》,分国学为三部:曰经学,曰哲学,曰文学。)存经缺史,不知何故也。"④在此基础上,他提出文学分类的标准:

> 鄙意以一切学术,当以智、情、意三字分类:智者,事也,即史也;情者,感情也,文学属于情;意者,理也,即哲学也。如此则经学之已无存在之余地。……文学有形,有质。后世作品,有形是文学,而质非文学者,如清人诗云:"夜半横吹风不断,青山飞过太湖来。"又诗云:"谁云摄山高,我道不如客;我立最高峰,比山高一尺。"此乃惠施、公孙龙辈之诡辩也。与其谓为文学,不如谓为哲学尤相近,然其形式则明明诗也。《长恨歌》,记

---

① 胡怀琛:《中国文学史概要·总论》,商务印书馆1933年版,第11页。
② 容肇祖:《中国文学史大纲·绪论》,朴社1935年版,第2页。
③ 蒋鉴璋:《文学范围论略》,胡适、郁达夫等《文学论集》,中国文化服务社1936年版,第52页。
④ 胡怀琛:《中国文学史略·序》,梁溪图书馆1926年版,第3页。

事诗也。与其谓为文学，不如谓为史学尤相近，然其形式，明明诗也。①

作为划分文学类属的依据，形式（形）与内容（质）之间，胡怀琛所取无疑是内容；而他据以将《长恨歌》划入史学，自是很难得到今人认同。就其分类的依据而言，尚有诸多尚可议论的地方；然而由此反映的文学分类的繁复多致，却是无可回避的事实。即便是文学研究日益深入的当下，类似的困境依然存在。

文学分类的困难，表现出的最直接问题，即在中国文学历史进程中，到底哪些属于"文学"，哪些属于"非文学"。由此产生的中国"文学"边界问题，成为民国初期定义"文学"和文学史书写最重要的内容。对此，郑振铎说过这样一段话：

> 文学的范围，极不易确定。如果我们说《诗经》是文学，《西游记》是文学，或是《日知录》不是文学，《朱子语录》不是文学，那是谁也不会反对的。如果一进到文学与非文学的边界，那么，便不易十分确定了。譬如问王充《论衡》是不是文学，《北梦琐言》《世说新语》，算不算文学，或是《陆宣公奏议》《贾子新书》是不是文学，便不易立刻回答了。至少也要把文学的性质懂得清楚，并且把这种书的价值与影响研究得详详细细，才能够无疑的回答说"这是文学"或"这不是文学"。②

见于具体论述，郑振铎将文学分为九类：（1）诗歌，包括各体诗、词、长歌、赋等；（2）杂剧、传奇，弹词附入；（3）长篇小说；（4）短篇小说；（5）笔记小说；（6）史书、传记，所举数例为《左传》《史记》《两汉书》《三国志》；（7）论文，周秦诸子及贾谊、扬雄、王充、仲长统、韩愈、苏轼、黄宗羲等所作如《论衡》《昌言》《明夷待访录》等；（8）文学批评，如《文心雕龙》《文史通义》《诗品》《唐诗纪事》等；（9）杂著，如书启、奏议、诏令、赞、铭、碑文、祭文、游记等。临末，不忘加上一句："惟文学与非文学之间，界限极严而隐。有许多奏议、

---

① 胡怀琛：《中国文学史略·序》，梁溪图书馆1926年版，第3~5页。
② 郑振铎：《整理中国文学的提议》，《文学旬刊》第51期，1922年10月。收入《郑振铎全集》第6册，花山文艺出版社1998年版，第2页。

书启是文学，有许多奏议、书启便不能算是文学。所以要定中国文学的范围，非靠研究者有极精确的文学观念不可。"①一方面显示中国"文学"复杂多致的情形，另一方面为以后"文学"范围调整预留足够的空间。

至于造成古今"文学"范围不同的原因，谭正璧认为是缘于文学观念的差异："讲到文学的体制，古人所见与今人完全不同。这种不同的原因，全在古今文学观念的转变。……总之，前人所分体制的种类，所以不为吾们所赞同者，全在观点的不同。因为前人以文章为文学，所分为'文章'的体制；吾们所要分的，则为'文学'的体制。'文章'的范围，既与'文学'不能一致；那么他们的分类，自然不是吾们所需要了。"②观念不同，分类自然会有所差异。在此基础上，谭正璧提出自己对中国"文学"分类的意见：

> 本书所分体裁，完全依照现代的分法，而斟酌中国文学的特殊情形，分为诗、赋、乐府、词、曲、小说、弹词七体。其中赋、乐府、词、弹词四体为中国所特有，其余诗、小说、曲三体则为世界各国文学所共有。然中国所有的文学体裁，除普通的散文外，可说已尽于此了。③

在此，谭正璧提出了划分中国"文学"范围的两个重要支点：一，"依照现代的分法"；二，"斟酌中国文学的特殊情形"。

谭正璧所说的上述情形，在二十年代的文学史著作中都有很好体现。如凌独见撰《新著国语文学史》将国语文学分为有韵文、有韵兼无韵文、无韵文三大类，其中有韵文包括诗、词，有韵兼无韵文指戏曲，无韵文包括散文、小说。再予细分，有韵文又分为歌谣、箴、铭、戒、祝、赞、颂、雅、辞赋、骚、操等。④ 由此可以看出，即使以"纯文学"史观作为建构中国文学历史的依据，其所谓"文

---

① 郑振铎：《整理中国文学的提议》，《郑振铎全集》第 6 册，花山文艺出版社 1998 年版，第 3~4 页。
② 谭正璧：《文学概论讲话·总论》，光明书局 1934 年初版，1936 年再版，第 17~21 页。
③ 谭正璧：《文学概论讲话·总论》，光明书局 1934 年初版，1936 年再版，第 21 页。
④ 凌独见：《新著国语文学史》第二编《本论·国语文学的分类》，商务印书馆 1923 年版，第 8 页。

学"的范围仍比今世文学史论述的内容更为广泛。而到了三十年代以后，"纯文学"史观在文学理论界占据主导地位，多数文学史书写都不可避免地呈现出受这一文学史观规限的痕迹。如陈彬龢《中国文学论略》就明确宣布以狭义文学观念作为建构中国文学的基本依据："是编所论，虽不尽从狭义，要以韵文为主体，散文则从略焉。"①所论述的内容也只有诗、楚辞、赋、骈文、词、曲、小说。

论及由文学观念的转换引起"文学"范围的变化，蒋鉴璋指出，以"纯文学"史观为标准梳理中国文学，只有少数作品具有"文学"的资格：

> 不过吾国文学，时代悠久，成就各异，文学范围漫漶特甚。若就纯粹文学严格而论，则上古作品惟有《诗经》《楚辞》，秦汉以下惟有赋、颂、诗、歌及骈文、词曲等类，方足为文学史料。②

然而，由此建构的文学史图景，能否真实反映中国文学的历史进程？中西文学历史毕竟不同，以西方"文学"观念叙述中国文学的历史，如何确定论述对象的范围，观念与历史之间如何成功对接，是摆在文学史家面前最切实的问题。浦江清曾以陆侃如、冯沅君的《中国诗史》为例，说明中西"文学"概念对接的困难，以及由此造成文学史叙述的扞格不谐：

> 名为"诗史"，何以叙述到词和曲呢？原来陆、冯两先生所用的这个"诗"字，显然不是个中国字，而是西洋 Poetry 这一个字的对译。我们中国有"诗""赋""词""曲"那些不同的玩意儿，而在西洋却圐圙地只有 Poetry 一个字；这个字实在很难译，说它是"韵文"罢，说"拜伦的韵文"，"雪莱的韵文"，似乎不甚顺口，而且西洋诗倒有一半是无韵的，"韵"，曾经被弥尔顿骂做野蛮时期的东西。没有法子，只能用"诗"或"诗歌"去译它。无意识地，我们便扩大了"诗"的概念。所以渗透了印度欧罗巴系思想的现代学者，就

---

① 陈彬龢：《中国文学论略·绪论》，商务印书馆1931年版，第5页。
② 蒋鉴璋：《中国文学史纲》第一章《文学与文学史》，亚细亚书局1930年版，第4~5页。

是讨论中国的文学，觉得非把"诗""赋""词""曲"一起都打通了，不很舒服。①

赋、词、曲等文类，在西方文学历史中都缺乏与之匹配对应的文学体裁，如何将其纳入西方"文学"框架予以叙述，显然无法脱离中国文学发展的历史实际。在此背景下，以"诗史"而叙及诗、赋、词、曲，又都在情理之中。

或许是认识到中西文学历史图景的不同，即便在"纯文学"史观盛行的二十世纪三十年代，仍有不少学者坚持以"大文学"史观建构中国文学的历史。刘永济 1934 年撰写《文学论》，将文学分为"属于学识之文""属于感化之文"两大类，其中前者属于广义文学，包括：史传、碑志、水经、地志、典制、制造，彼此告语之信札、布告群众之文字，解析玄义、辨论事理、研究物质；后者属于狭义文学，包括：纪游纪事之诗歌、辞赋、乐府、词、曲及小说，舞曲、戏剧、传奇，抒情写志之诗歌、辞赋、乐府及哀祭、颂赞、箴铭。② 即使是所谓"狭义文学"，仍非"纯文学"史观所能容纳。

三、"文学"的纯与杂及其历史形态

新旧文学观念的差异，在某种程度上来说即是"纯文学"与"杂文学"的区别。近代中国语文世界中的"纯文学"一词，较早出现于王国维 1905 年发表的《论哲学家与美术家之天职》（1905）一文：

> 更转而观诗歌之方面，则咏史、怀古、感事、赠人之题目弥满充塞于诗界，而抒情、叙事之作什佰不能得一。其有美术上之价值者，仅其写自然之美之一方面耳。甚至戏曲、小说之纯文学亦往往以惩劝为指，其有纯粹美术上之目的者，世非惟不知贵，且加贬焉。于哲学则如彼，于美术则如此，岂

---

① 浦江清：《评陆侃如、冯沅君的〈中国诗史〉》，《新月》第 4 卷第 4 期，1932 年 11 月 1 日。收入《浦江清文史杂文集》，清华大学出版社 1993 年版，第 100 页。
② 刘永济：《文学论·文学之分类》，商务印书馆 1934 年版，第 30~31 页。

独世人不具眼之罪哉，抑亦哲学家、美术家自忘其神圣之位置与独立之价值，而惢然以听命于众故也。①

在此，有两点值得注意：一、纯文学的类别包括戏曲和小说，至于诗歌，抒情叙事之作属于纯文学，以道德教化为主旨的诗则没有纯文学的资格，中国古代诗歌在王国维看来大多都追求"诗教"，因而诗并未被列入纯文学范围；二、王国维的纯文学观，主要着眼于作品的艺术性，即所谓"纯粹美术上之目的"。②"美术"，即"艺术"的早期译词。由此可以看出，王国维的"纯文学"概念，是根据作品内容所做的区分，与后世以体类作为划分依据的纯文学在精神实质上一致。③

从某种意义上来说，"纯文学"与"杂文学"的区分，是区分新旧"文学"观念的重要标志，是近代"文学"观念转换背景下产生的重要分野。论及纯、杂文学之间的差异，童行白指出：

> 文学有纯杂之别，纯文学者即美术文学，杂文学者即实用文学也。纯文学以情为主，杂文学以知为主；纯文学重辞彩，杂文学重说理；纯文学之内容为诗歌、小说、戏剧，杂文学之内容为一切科学、哲学、历史等之论著。……然中国文学，以科学之见地，而作纯杂之区分者，乃晚近之事，前此则皆为浑混暧昧，虽事实上已有纯杂文学之表现，而理论上终无明确之区

① 王国维：《静安文集》，《王国维遗书》第5册，上海古籍出版社1983年影印，第102页。王国维所说的情形，即便在晚清西方传教士的论述中也不可避免。如光绪二十二年二月(1896年3月)发行的《万国公报》曾发表傅兰雅论小说的一段话，将"劝人为善"作为小说创作的体格范式。他的这一看法，显然与王国维所谓"纯文学"观不同，而与中国传统对小说社会功能的认识一致。
② 类似看法，如鲁迅在谈到作为艺术的"纯文学"本质时说："由纯文学上言之，则以一切美术之本质，皆在使观听之人，为之兴感怡悦。"(《摩罗诗力说》，《鲁迅全集》第1卷，人民文学出版社1998年版，第71页)
③ 如李大钊1919年12月8日作《什么是新文学》(《星期日周刊》"社会问题号"，1920年1月4日。收入《李大钊全集》第3卷，人民出版社2006年版，第129页)，列举新文学建设的三个方向是：为社会写实的文学，以博爱心为基础的文学，为文学而创作的文学。其中所谓"为文学而创作的文学"，即是"五四"以后文学界提倡的"纯文学"的内在实质。

分也。①

"纯文学"以艺术性和情感性作为其基本要素，所属文类有诗歌、小说、戏剧；"杂文学"虽然具有文学性，但其范围颇为广泛，可以包括任何学科的著述，与中国传统的"文学"以及章太炎所谓"著于简帛谓之文"大体相当。对二者予以区分，"乃晚近之事"，伴随的是西方近代"文学"观念输入中国并得到广泛传播。

关于"纯文学"的特质，方孝岳认为是"美观"，而这一点，是"文学"区别于学术、"美文学"区别于"应用之作"的主要因素：

> 今日言改良文学，首当知文学以美观为主，知见之事，不当羼入。以文学概各种学术，实为大谬。物各有其所长，分功而功益精，学术犹是也。今一纳之于文学，是诸学术皆无价值，必以文学之价值为价值，学与文遂并沉滞，此为其大原因。故著手改良，当定文学之界说。凡单表感想之著作，不关他种学术者，谓之文学。故西文 Literature 之定义曰：All literary productions except those relating to positive science or art, usually, confined, however, to the belles-lettres. Belles-lettres 者，美文学也，诗、文、戏曲、小说及文学批评等是也。②

由此出发，中国的文学创作与中国文学的历史进程也将获得不同的理解："世有作者，首当从事戏曲、小说，为国人先导。而寻常诗文集，亦当大改面目。胡适君所谓不模仿、言有物、不作无病之呻吟，其义盛矣。"目的是导向一种"大改面目"的文学格局。

民国二十三年（1934），陈介白为刘经庵《中国纯文学史纲》作序，提示说：以"纯文学"作为文学史叙述的重心，是对"文学"真实面貌认识的回归：

---

① 童行白：《中国文学史纲·绪论》，大东书局 1947 年版，第 1 页。书前自序作于民国十九年（1930），大东书局有 1933 年初印本。

② 方孝岳：《我之改良文学观》，《新青年》第 3 卷 2 号，1917 年 4 月。

他侧重于纯文学之分类的叙述，这并不是偏爱，也不是趋时，只是纯文学如诗歌、词、曲、小说等，含有艺术的成分稍多，且较少传统的载道思想，正足保持其文学的真面目。除了在文学史内去说，很少有人去注意它们。而那些含有文学成分以外还有很多别的分子存在的杂文学——如《庄子》《左传》《论语》等——在哲学、历史、经学内也往往论及。①

陈介白没有提及的是，以诗歌、词、曲、小说作为论述中国文学的内容，是在近代西方"文学"观念输入以后，正是时代历史（"时"）发展的产物。以此作为文学史叙述的重心，恰恰是"趋时"（接纳新的文学观念）的表现。

刘经庵著《中国纯文学史纲》，不仅不论散文，甚至将大部分辞赋也排除在"纯文学"之外：

> 驳杂者将文学的范畴扩大，侵入了哲学、经学和史学等的领域……本编所注重的是中国的纯文学，除诗歌、词、曲及小说外，其他概付阙如。辞赋，除了汉朝及六朝的几篇，有文学价值者很少；至于散文——所谓古文——有传统的载道的思想，多失去文学的真面目，故均略而不论。②

事实上，刘经庵论述中国"纯文学"的历史而将散文、辞赋排除在外，乃是这一时期知识界的普遍做法，均是照录西方关于"文学"概念内涵的界定。如顾凤城等编《中学生文学辞典》，释"纯文学"云："纯文学（Pure literature）：专为文学的目的而写成的作品，例如小说、诗歌、戏剧等纯粹的文学。"③又在"文学的分类"条目中对之予以详细说明："文学的分类（Classification of Literature）：所谓纯文学，可包括诗歌、戏剧、小说等数种。诗歌中又可分为抒情诗与叙事诗或韵文诗及散文诗、十四行诗等；小说中又可分为短篇小说、中篇小说、长篇小说，

---

① 刘经庵：《中国纯文学史纲》，东方出版社 1996 年版，卷首序第 2 页。
② 刘经庵：《中国纯文学史纲》，东方出版社 1996 年版，编者例言第 1 页。
③ 顾凤城等编：《中学生文学辞典》，中学生书局 1932 年初版，1933 年再版，第 220 页。

或写实小说、浪漫小说等；戏剧中又可分为独幕剧、多幕剧等。"①又如章克标等编译《开明文学辞典》，解释"纯文学"说："Pure literature（纯文学）：纯粹的文学，与杂文学、应用文学等相对而言。不像政治论、教育论一般有目的文字，而是专为文学的目的而写成的作品，如戏曲、小说、诗歌等。"②

民国二十年(1931)，胡云翼为所撰《新著中国文学史》作序，将中国"文学"的历史，理解为是以诗歌、辞赋、词曲、小说等"纯粹的文学"为核心演进的历史：

> 至狭义的文学乃是专指诉之于情绪而能引起美感的作品，这才是现代的进化的正确的文学观念。本此文学观念为准则，则我们不但说经学、史学、诸子哲学、理学等，压根儿不是文学；即《左传》《史记》《资治通鉴》中的文章，都不能说是文学；甚至于韩、柳、欧、苏、方、姚一派的所谓"载道"的古文，也不是纯粹的文学。（在本书里之所以有讲到古文的地方，乃是借此以说明各时代文学的思潮及主张。）我们认定只有诗歌、辞赋、词曲、小说及一部美的散文和游记等，才是纯粹的文学。③

类似胡云翼的做法，在二三十年代以后极为普遍，大部分学者都将"纯文学"作为文学史叙述理所当然的对象。

然而，情形并非历代如此。清民之际，西方近代"文学"观念输入之初，如何从中国古代繁复的文类中清理出符合近世"文学"观念的内容？部分学者参照"纯文学"概念，提出了"杂文学"概念。周作人《论文章之意义暨其使命因及中国近时论文之失》云：

> 夫文章一语，虽总括文、诗，而其间实分两部。一为纯文章，或名之曰诗，而又分之为二：曰吟式诗，中含诗、赋、词、曲、传奇，韵文也；曰读

---

① 顾凤城等编：《中学生文学辞典》，中学生书局1932年初版，1933年再版，第38~39页。
② 章克标等编译：《开明文学辞典》，开明书店1932年版，第564页。
③ 胡云翼：《新著中国文学史·自序》，北新书局1932年初版，1933年第5版，第5页。

式诗，为说部之类，散文也。其他书、记、论、状诸属，自为一别，皆杂文章耳。①

虽然从其对"纯文章"的划分来看，其分类的理念仍是基于章太炎有韵、无韵的二分模式；但他以"纯""杂"区分文章，是知识界较早对"文章"这一复杂集合体进行现代式辨析，为"纯文学"观念在民国前后的传播与定型提供了启示。

基于对中国文学历史的认识，蒋鉴璋指出，论述中国"文学"的历程，对于历代不以"纯文学"进行文学划分的中国文学而言，难以近代以来兴起的"纯文学"观念对其予以概括：

自刘著(即刘师培《中古文学史》)问世，颇为时人所称道，而对于其他各种文学史之书，多所非难。以为近日编文学史者，将《易》、《书》、"三礼"，以及后代议论、记事散文均行采取，而为文学史料。其弊也，文学范围，漫漶特甚，如此做去，则《四库全书》尽皆中国之文学耳，宁非大谬。于是有主张中国文学，上古作品惟有《诗经》《楚辞》，秦汉以下惟有诗歌、赋、颂及骈文、词、曲等有韵之文，方足为文学史料。余意欲奉此标准而成一全部中国文学史，于势未能。②

蒋鉴璋曾著《中国文学史纲》梳理中国文学的历史进程。由此来说，其所谓"余意欲奉此标准，而成一全部中国文学史，于势未能"，是出于对"纯文学"史观的不认同。蒋鉴璋所谓文学的范围，并非是以诗、词、曲、小说为内容的"纯文学"，而是《文心雕龙》以来的"大文学"和"杂文学"观念。

方孝岳也注意到中、西"文学"概念范围的差异：

① 张枬、王忍之编：《辛亥革命前十年间时论选集》第 3 卷，生活·读书·新知三联书店 1977 年版，第 327 页。

② 蒋鉴璋：《文学范围论略》，胡适、郁达夫等《文学论集》，中国文化服务社 1936 年版，第 59 页。

　　中国文学界广，欧洲文学界狭。自昭明裒集文艺，别类至繁，下及曾国藩、吴汝纶，遂以经史百家列入文学。近人章炳麟于有字之文外，且加以无字之文。是文体不一，各极其美，乃我国所特具者。欧洲文学史皆小说、诗、曲之史，其他论著、书疏一切应用之作，皆不阑入。①

　　以"纯文学"作为文学的主体，以此衡量中国古代的正统文学观念，小说、戏曲的缺位自然极易引起注意。郑振铎《插图本中国文学史·绪论》对传统"文学"观念的批评，可以看出"纯文学"观念的实质：

　　最早的几部中国文学史简单不能说是"文学史"，只是经史子集的概论而已；而同时，他们又根据了传统的观念——这个观念最显著的表现在《四库全书总目提要》里——将纯文学的范围缩小到只剩下"诗"与"散文"两大类，而于"诗"之中，还撇开了曲——他们称之为"词余"，甚至撇开了"词"不谈，以为这是小道；有时，甚至于散文中还撇开了非"正统"的骈文等等东西不谈；于是文学史中所讲述的纯文学，便往往只剩下五七言诗、古乐府以及"古文"。②

　　可以说，将小说、诗歌、戏曲三者作为"纯文学"的主体，在 20 世纪 30 年代以后的文学史写作中已成为一种共识。而文学史应该是"纯文学"的历史，也是 30 年代后文学史的主流意识。由此造成的景象，是那些在中国文学历史进程中体类更多、具有同等重要地位的"杂文学"，在中国文学史中已难觅踪影。

　　然而，胡适认为，纯文学、杂文学的区分对于文学来说只是表面的分类："我不承认什么'纯文'与'杂文'。无论什么文(纯文与杂文、韵文与非韵文)都可分作'文学的'与'非文学的'两项。"③而一篇作品是否具有文学的资格，应该根

---

　　① 方孝岳：《我之改良文学观》，《新青年》第 3 卷 2 号，1917 年 4 月。

　　② 郑振铎：《插图本中国文学史》，朴社 1932 年版，第 10 页。

　　③ 胡适：《什么是文学》，《胡适文存》卷一，亚东图书馆 1921 年初版，1924 年 6 版，第 297~301 页。

据其内在精神予以判定。由此出发，他将文学的要素概括为三点：一、明白清楚；二、有能力动人；三、美。具备了这三点，就是文学。胡适所关注的，是作品本身的艺术特质，而并非作品的文体属性。先秦诸子散文、历史散文被纳入文学史书写范围，在一定程度上即与此有关。

四、余论

对于新文化运动以后文学史书写受西方"文学"观念支配，以及由此引发文学价值判断基准的变化，日本学者吉川幸次郎曾以文学史叙述元代以后文学重"虚构文学"而轻"非虚构文学"的倾向为例予以说明："文学史家们——无论是日本还是中国的，对于叙述元代以后的时期，都只对新兴的虚构文学——戏曲、小说有兴趣，而对这时期的诗，以及非虚构的散文，则采取轻视甚至无视的态度。"①针对这一情形，吉川幸次郎指出：

> 所有这些，都是一时性的偏向，不是正确理解中国文学发展历史之道。即使在这个时期，被意识到的文学中心，因此成为最真切的感情表现场合的，依然是诗以及非虚构的散文，尤其是诗。……因此，在元代以后文学的研究中，首先应当重视的也是诗。至少，抽掉了它，就得不到正确的认识。仅以用语的种类来判断文学的价值，作为一种轻率的政治性的判断，也应当有反省的时候吧！还有，把虚构与非虚构作为价值的基准，也是生搬西方文学史的浅薄的判断吧！②

显然，吉川氏对中国文学历史的认识，不是基于西方"纯文学"史观基础上建立起来的近代文学价值体系，以及民国以后确立的文学主流观念，而是中国文学演

---

① ［日］吉川幸次郎著，李庆等译：《宋元明诗概说·元明诗概说·序章》，中州古籍出版社1987年版，第158页。

② ［日］吉川幸次郎著，李庆等译：《宋元明诗概说·元明诗概说·序章》，中州古籍出版社1987年版，第160页。

进的真实历史实态。虽然他的论说仅限于诗歌一体，但对以近代文学观念观照中国文学历史的做法，是持保留态度的。

事实上，早在民国初期，中国的知识分子甫一接触西方近代的"文学"概念，就已深切感受到中西文化文学之间的差异。在此基础上，他们指出，中国文学历史的建构，难以西方"文学"观念作为参照。如曾毅讨论文学分类，认为以论理、记事、叙情三分文学的方法并不适用概括传统中国的文学：

> 凡一事就种种之标准，得为种种之分类，文学亦然。由形貌上言之，得别为韵文、无韵文，而无韵文中，又可分散文（一曰古文）、骈文。就实质上言之，得别为记事文、论理文、叙情文，记事、论理概属无韵，叙情之类，有韵为多。华质之分，此为表的。然孔子赞《易》，象象杂卦之属用韵，文言、系辞、说卦、序卦，及《尚书·大禹谟》、《伊训》，《礼记·曲礼》、《礼运》之文，亦间有用韵者，然非不质也。《诗经·周颂》如《清庙》《维天之命》《昊天有成命》《时迈》诸篇，无韵，而汉人乐府亦有不用韵者，然非不华也。至于论理、记事、叙情三者，尤相错综，难可犁别，不过自大体上观之，为近是矣。①

曾毅编写《中国文学史》时身在日本。其时的日本，西方"文学"观念已在文学史写作中占据主导地位。② 然而在他看来，中西文学分类有着各自的传统，难以西方标准对中国传统文学予以规限。讨论中国文学的历史，仍须立足中国文学自身传统。

基于对传统中国文学历史面貌的认识，蒋鉴璋指出，概论中国文学的范围，须建立一套符合中国文学历史实际的分类体系：

> 晚近西洋文学思潮流入中土，嗜文之士常以西洋文学界说，用以范围中国文学。夫西洋文学，小说、诗歌、戏剧三者乃其最大主干，故其成就者为

---

① 曾毅：《中国文学史·绪论》，泰东图书局 1915 年初版，1918 年再版，第 17 页。
② 参见［日］铃木贞美：《日本的"文学"概念》，（东京）作品社 1998 年版，第 211～260 页。

独多。我国则诗学成就亦足自豪，而小说、戏剧诚有难言。近数年来，以受西洋思潮，始认小说、戏剧为文学，前此而直视为猥丛之邪道耳，亦何有于文学之正宗乎？今虽此等谬见渐即捐除，然而中国文学范围较广，历史之沿革如此，社会之倾向如此，若必以为如西洋所指之纯文学，方足称为文学，外此则尽摈弃之，是又不可。①

西洋文学与中国文学各有自身发展的历史实际，生搬西洋"文学"定义作为衡量中国文学的标准，不可能获得对中国文学的正确认识。由此出发，蒋氏认为："至于诗词、小说、戏剧，以及不朽之散文，取其有关情感者，皆应列入文学范围之中。"以是否有关情感作为判断"文学"的标准，体现了这一时期部分知识分子在传统与近代"文学"观之间寻找契合点的努力。然而类似意见在新文化运动时期很快为新文学浪潮所吞没，被当作"落后"的文学史观抛弃。

回顾历史不难发现，作为最早接触西方近代"文学"概念的学者，从黄人到谢无量、顾实等人，对西方"文学"概念的历史变迁都有清楚认识。然而在文学史书写中，这些学者并没有选择照搬西方近代"文学"观念，而是在接受西方文学史意识的同时，尽可能地以中国的"文"的概念作为文学史建构的基础。在此情况下，民国初期文学史著作所呈现的中国文学历史自然比后世文学史著作的范围更为宽泛，因此也受到了诸如郑振铎、胡怀琛等学者的批评。然而民国二三十年代以后以"纯文学"史观建构的中国文学史，是否能反映中国文学的历史呢？唐君毅批评说："近人以习于西方纯文学之名，欲自中国书籍中觅所谓纯文学，于是只得专以三代辞赋、唐宋诗歌、元明剧曲、明清小说为文学，如时下流行之文学史是。其不足以概中国文学之全，实为有识者所共知。"②二十年代以后，随着西方文学史观的流行，文学史涉及的作品对象日渐狭窄，从而使文学史著作无法全面真切反映中国文学的历史进程，一部分在中国古代知识系

---

① 蒋鉴璋：《文学范围论略》，胡适、郁达夫等《文学论集》，中国文化服务社 1936 年版，第60~61 页。

② 唐君毅：《中国哲学与中国文学之关系》，《中西哲学思想之比较研究集》，《民国丛书》第 1 编第 5 册影印正中书局 1947 年版，第 195 页。

统中属于"文"的作品，因为"文学"观念的转换，被排除在了作为"学"的文学史之外。

在经过了此后半个多世纪的文学史写作实践之后，类似方孝岳、蒋鉴璋等人的诘责，又重新浮现在文学史书写者面前，对于曾经不加质疑的文学史书写轨范，似乎又不再像前贤那样奉信不疑。究竟哪些作品该被我们纳入文学史？文学史既然作为历史之一种，应该如何反映"史"之品格？时至今日，经过文学史书写的不断操练，观念和技巧的不断纯熟，再去思考民国前期各种"文学"观念的交锋，对于其时文学史书写实践的理解或许会更为深刻。中国传统自有其独特的"文学"观念，这种观念的形成缘自中国传统文化自身的历史积淀，而以西方近世"文学"观念为基础描述中国文学历史进程，不免存在"削足适履"之弊。从中国文学发展的历史轨迹来看，中国古代的多数文章体类（如命、令、制、诏、敕、策、书、谕等），并不在今世文学史叙述范围。书写中国文学史而将这些体类的作品排除在外，由此建构的文学史，能否真实、全面反映中国文学的历史进程，不免受到质疑。这也是不断有学者提出"重写文学史"的内在因由。

第五章

"文学批评"如何成史：中国文学批评史观念的
形成及其早期实践

今天我们所称的"文学批评"或者"文学理论""文艺学"，并非中国所固有，而是近代以降中西学术交汇的产物。在此背景下，中国传统文学评论（包括评点）如何转化为现代形式的文学批评/文学理论叙述，便成为研究者关心的重要议题之一。尤其在 20 世纪 90 年代以降的百年学术史总结和反思中，中国传统文论的现代转型问题开始进入学术界讨论的中心，相关研究成果十分丰富。① 总体来说，已有研究理论色彩鲜明，多关注与现代文学理论直接相关的内容。在研究中频繁出现的是带有现代意味的概念，如"方法""范式""范畴""当代性""科学意识"等。这一状况，一定程度上表明研究者更关注现代视域中古代文论如何被表述，而较少聚焦于现代学术观念与中国传统文论资源遇合过程中出现的复杂状况，以及现代场域中古代文论叙述被规训的过程。究其原因，主要在于研究者除了面对"原生态"的古代文论之外，"还面对着'被重新建构的'古代文论，也即还

---

① 已出版著作有：陆海明《古代文论的现代思考》（北岳文艺出版社，1998 年），杨玉华《文化转型与中国古代文论的嬗变》（巴蜀书社，2000 年），代迅《断裂与延续：中国古代文论现代转换的历史回顾》（西南师范大学出版社，2002 年），邓新华《中国传统文论的现代观照》（巴蜀书社，2004年），顾祖钊《中西文艺理论融合的尝试——兼及中国古代文论的现代转换研究》（人民文学出版社，2005 年），庄桂成《中国文学批评现代转型发生论：1897—1917 年间的中国文学批评生态研究》（中国社会科学出版社，2007 年），党圣元《在传统与现代之间——古代文论的现代遭际》（山东教育出版社，2009 年），付建舟、黄念然、刘再华《近现代中国文论的转型》（上海古籍出版社，2015 年），王一川《中国现代文论传统》（北京师范大学出版社，2019 年），陈雪虎《由过渡而树立：中国现代文论的发生》（北京师范大学出版社，2019 年）等。

131

面对古代文论近一个世纪的现代研究史"①。由此造成的结果，现代学术体系中对中国古代文学批评的叙述，从一开始就会带有某种建构性的特征。这样的情形，伴随着现代学术形成、发展的始终。本章以 20 世纪 20 年代中国文学批评史观念兴起及早期批评史书写实践为考察对象，探讨在中国文学批评史作为一种知识系统形成过程中，现代"文学批评"观念如何建构中国文学批评历史形态的真实图景，目的是为当下建构基于中国文学实践和批评的文学批评史知识体系提供历史借鉴。

一、20 世纪早期作为外来观念的"文学批评"

中国文学批评史作为一种现代知识体系，是中国传统文论对接西方"文学批评"观念的产物。朱自清在《评郭绍虞〈中国文学史〉上卷》一文中曾以批评的姿态指出："'文学批评'一语不用说是舶来的。现在学术界的趋势，往往以西方观念（如'文学批评'）为范围去选择中国的问题。"②以文学批评之"名"框定中国传统文论之"实"的学术研究理路，在中国现代学术研究中已成常识，后世诸种以"中国文学批评史/理论史"为名的著述不断问世，体现出这一著述方式所形成的话语权力。追索其生成过程，背后蕴含着一个知识史研究的重要问题，即西方"文学批评"术语在何种背景下被纳入中国文学的研究视野，又是如何成为中国传统文论的对应词？对此一生成过程进行厘析，可以更深入地理解西方"文学批评"观念本土化过程及其与中国文论的遇合与疏离。

"文学批评"在西方作为一种知识类型的形成，至晚在 1894 年克罗齐撰写《文学批评》时即已成为通则。而在中国，"文学批评"作为著述形式则要到"五四"前后才开始被关注。当时，中国文学正处于现代转型的关键期，在摈弃旧文学的基础上建设新文学成为学界的主要动向。一些深受西方学术思潮影响的学者，敏锐地体察到文学批评能够给予新文学建设以指导，故而呼吁"文学批评"

① 党圣元：《在传统与现代之间——古代文论的现代遭际》，山东教育出版社 2009 年版，第 8 页。

② 朱自清：《朱自清书评集》，古吉轩出版社 2018 年版，第 108 页。

的到来。胡愈之指出:"近年新文学运动一日胜似一日,文艺创作也一日多似一日,但同时要是没有批评文学来做向导,那便像船没有了舵,恐怕进行很困难罢。"①张友仁也表示:"若欲使我们文学不歇地向前发展、进步,臻于精善,非有文学批评与之相辅而行不可。"②文学批评对于文学研究的重要性已被学者充分认识,只是中国在文学批评方面研究的欠缺是不争的事实。王受命说:"近几年来,国人对于文学的兴趣已逐渐增高,但文学批评一事,却无人去努力,这实在是一件抱憾的事。"③冰夏也颇有针对性地指出:"在中国现在的文学界内,批评创作真是万分要紧的事。"④郭绍虞直截了当地强调批评家的重要性:"只有批评家能别有创见,脱去旧式的批评,以从事于新运动,才可使艺术一换新面目。所以批评家应得站在艺术思潮的前面作适当的指导,切不可使其思想为旧形式所束缚,使艺术永陷于蹈袭的境地。"⑤在民国前期中国现代学术转型的大势之下,出于对接西方学术、观念的需要,同时源于学科建设的迫切需要,作为独立学科形态和知识框架的"文学批评"呼之欲出。

"文学批评"作为现代知识和观念最初进入中国学者视野,主要缘于介绍和翻译西方文学批评文献浪潮的兴起。华林一《安诺德文学批评原理》、沈雁冰《海外文坛消息:(四十三)梅莱(Murry)的文学批评》、梁实秋《西塞罗的文学批评》、冠生《法国人之法国现代文学批评》等文章,都对西方文学批评观念予以介绍。与此同时,大量的译文和译著也开始涌现,如圣麟《文学批评史上的七大谬见》、贺自昭《文学批评》、黄仲苏《法兰西文学批评与文学史之概略》、方光熹《近代英国文学批评的精神》等译文,张资平《文艺新论》、章锡琛《文学批评论》、傅东华《社会的文学批评论》等译著。某种程度上讲,这些介绍和翻译只是让学界知道中国之外所存在的西方文学批评观念,并非开展真正意义的研究。然而从它们被连载于传播特性较强的报纸,且多被刊登在显要位置,显示出作为一种域外知识,中国学界对"文学批评"的重视程度,一定程度上也为"文学批评"这一知识

---

① 愈之:《文学批评:其意义及方法》,《东方杂志》1921年第1期,第70页。
② 张友仁:《杂谈:文学批评》,《文学旬刊》1921年第16期,第3页。
③ 王受命:《文学批评论》,《群大旬刊》1926年第1期,第2页。
④ 冰夏:《文学批评的效力》,《民国日报》1921年7月11日第1版。
⑤ 郭绍虞:《照隅室杂著》,上海古籍出版社1986年版,第80页。

类型成为中国文学研究重要一脉提供了理论准备。

此外值得特别关注的是，与介绍和翻译西方文学批评文献并行的另一条研究路径——以西方术语"文学批评"观照中国传统文论。文学批评不仅关涉中国新文学建设，而且还与中国传统文论资源产生了联系。姚志鸿专门撰写《〈中国文学批评〉之批评》一文，指出："我国文学批评之专书，始自刘氏之《文心雕龙》，降级后代，如诗评、诗话、词评、词话、曲评、曲话等。其他笔记中亦有关于诗—词—曲之评语者，汗牛充栋，几不胜举。虽穷年累月，亦不能窥其堂奥，而为之深论焉。"①段熙仲也表示："中国文学批评之作，源起盖晚，转注如《文心》《诗品》者殊少；藉有所述，亦东鳞西爪的文学批评之意见而已。"②由此可以看出，他们已经认识到中国也有自己的文学批评传统，其中尤以《文心雕龙》《诗品》为代表，只是除了《文心雕龙》《诗品》等专书之外，能够"窥其堂奥，而为之深论"的不多，多为"东鳞西爪"的意见，无足轻重。即便如此，他们将西方"文学批评"观念与中国传统文论相连接的认识，成了该时期中国文学批评史书写兴起的思想开端。

当然，彼时的学术界同样不乏与姚志鸿和段熙仲观点相反的学者。王统照就认为，中国传统文论资源中几乎没有所谓的"文学批评"意识："中国以前的文章，偶尔有几片沙砾中的珠矶，说到批评，也多是些微末无足轻重的话，如同'四始彪炳，六义深环'（《文心雕龙·明诗篇》）这一类的话，只是批评者自己去堆砌词藻，于批评二字实难说到。"③茅盾也说："中国一向没有正式的什么文学批评论，有的几部古书如《诗品》《文心雕龙》之类，其实不是文学批评论，只是诗、赋、词、赞……等等文体的主观的定义罢了。"④这种声音的存在，也从另一个侧面提醒读者，西方术语"文学批评"与中国传统文论之间的对接，并不如后世"中国文学批评史"书写所显示的那样，具有毋庸置疑的合法性与合理性。中国古代文学评论历史的建构，在现代学术早期展开过程中，实际上也存在着多种

---

① 姚志鸿：《〈中国文学批评〉之批评》，《孟晋》1924年第1期，第48页。
② 段熙仲：《杜诗中之文学批评》，《金陵光》1926年第1期，第55页。
③ 王统照：《文学批评的我见》，《晨报副刊·文学旬刊》1923年6月11日第2号，第1页。
④ 茅盾：《"文学批评"管见（一）》，《小说月报》1922年第8期，第3页。

可能的途径，只是由于后来以"文学批评"观念作为建构的主流意识，类似看法才逐渐退出研究者关注的视野。

二、范祎：以人为纲勾勒中国文学批评史雏形

相比姚志鸿和段熙仲在西方"文学批评"术语与中国传统文论资源进行对接的尝试，范祎则更进一步，以人物为纲，以历史叙述为经线，将零散、无序、破碎的中国文学批评勾连成篇。谈到中国文学批评的历史叙述，研究者最容易想到陈钟凡 1927 年编撰的第一部《中国文学批评史》。比如黄卓越就认为，陈钟凡的《中国文学批评史》是"学界使用西方'批评'概念梳理中国相应对象的最初设想"①。事实上，早于陈钟凡《中国文学批评史》的《中国的文学批评家》一文，已经大致地勾勒出中国文学批评史的雏形。范祎的这篇八千字长文，在以往对中国文学批评史生成的研究中较少被注意，目前相关研究只有发表于《古典文学知识》2022 年第 4 期上的《中国文学批评史的发轫之作——范祎的〈中国的文学批评家〉》一文。该文聚焦于总结范祎叙述中国传统文论的方法策略，揭示范祎批评史观的形成原因，以及他在中国文学批评史知识建构中如何容纳中西观念的具体做法。

《中国的文学批评家》于 1922 年 5 月发表在《进步青年》第 23 期上，作者署名"茚海"。"茚海"是范祎的号。范祎，1865 年出生于江苏苏州，字子美，又号古欢，清末举人，曾担任《苏报》《实学报》《中外日报》记者，也被基督教美国监理会传教士林乐知（Young J. Allen）聘为《万国公报》编辑。《万国公报》以宣传西方文化为主要宗旨，是维新派西学知识的重要来源之一。范祎的《万国公报》编辑身份，为他及时了解西学提供了便利，加之范祎具有深厚的国学功底，因而晚清以来中西思想文化的碰撞与交汇成为他关注的重点。1911 年，范祎加入青年会，同年担任《进步》月刊的主编。1917 年，《进步》与《青年》合并为《青年进步》，范祎仍为主编。在此期间，范祎发表了多篇与中西文化、新旧思想、国学国故相关

---

① 黄卓越：《批评史、文论史及其他》，《文化与诗学》2011 年第 1 期，第 87 页。

的文章，《中国的文学批评家》便是其中之一。

《中国的文学批评家》完成于西方文学批评观念传入中国之时，是范祎试图融贯、沟通中西、新旧思想的尝试。纵向地看，此文以"人"而论；横向地看，此文以"史"为纲。范祎首先把孔子奉为中国文学批评之祖，指出"中国文学的批评，从孔子以来，已经有了"①，随后罗列从先秦孔子到近代姚永概等重要文论家，爬梳历代的文学批评现象和批评话语，以此呈现中国文学批评发展历史的概貌。范文并非简单地将中国文学批评文献串联在一起，而是采取史论结合的叙述策略。例如，他断定曹丕的《典论·论文》为纯粹文学批评的开始，挚虞的《文章流别论》为第一本文学批评专书，又总体评价说："六朝时人的文学批评，不过较量古作，没有创造新体的力量。到了唐朝陈子昂、元结辈，始有改进的意思。韩愈出来大提倡文学革命，要推翻魏晋以来日趋繁缛的骈偶文字，而建设所谓古文的'新文学'。这推翻和建设的功夫，不能不从文学批评上宣传出来。"②与现在多种趋近成熟的批评史著作相比，《中国的文学批评家》史料不够全面，内容简单粗略，然而却是目前所能见到最早勾勒历代中国文学批评文献的材料。从此意义上来说，《中国的文学批评家》虽不是完整意义上的中国文学批评史著作，却可从中窥见"中国文学批评史"的雏形。

范祎批评史观的形成，深受西方现代学术理念尤其是"纯文学"观念的影响。他从《孔子》《孟子》《左传》《史记》等先秦两汉文献中摘录出与批评相关的论说后，特别强调说："到了魏文帝曹丕作《典论》，里面《论文》一篇，始为纯粹的文学批评了。"③在范祎的文论思想中，批评有"纯粹"与"非纯粹"之分。而他笔下的"纯粹的文学批评"与"纯文学"相对应，这一点可以通过他对文学类别的划分看出："编文学史，似当分为七类：（一）散文，（二）骈文，（三）韵文，（四）诗，（五）词曲，（六）小说，（七）白话。"④他将词曲和小说纳入"文学"的范畴，显然是受到了现代文学观念的支配，由此而展开的"文学批评"历史的叙述，自然也

① 丽诲：《中国的文学批评家》，《青年进步》1922年第53期，第51页。
② 丽诲：《中国的文学批评家》，《青年进步》1922年第53期，第55页。
③ 丽诲：《中国的文学批评家》，《青年进步》1922年第53期，第52页。
④ 丽诲：《论文学史》，《进步青年》1924年第70期，第72页。

是针对这一具有现代意义的"文学"的对象和内容。以小说批评为例，范祎指出："小说的有批评，自然始于张采。他把小说列于文学之内是很伟大的见解。……自从金圣叹以来，小说有批评的，日多一日。"①范祎认为，喜欢读小说的人比喜欢读圣经贤传及其他书的人多，小说批评附属于小说，所以金圣叹和他的批评著作也因此广为人知。这样的认识，与他得之于西方的文学批评观念互为呼应："西方的文学批评，也大半是对于小说和戏剧就不足为异了。"②他在叙述中国文学批评的过程中，不仅以西方"纯文学"观念为指导，同时也会借此反观西方文学批评。这种"互参"，正如有学者所指出的："有一点'接轨'的意识。"③

在对中国传统的文学批评进行巡览时，范祎尤其赞赏龚自珍和章学诚的文学批评观念，认为他们"廓清三四千年以来的脑污，可以迎受西洋文学化的根基了。"④显然是以他们与西方文学批评思想的接轨作为判断的标准。与此同时，范祎也看到"中国文学批评"历史的叙述，必然要以中国的文学批评作为叙述对象："民族的特性，及文化之遗传，皆为文学的根本。"⑤从中可以看出20世纪早期中国学人在面对西学思想时既迎且拒的矛盾态度。一方面，他们不得不以开放、包容的姿态接纳外来思潮，同时又时时担忧民族文化根基因西方思想文化的"入侵"而动摇。这一情形，乃是后发现代性国家在面对现代化世界思潮所处的真实状态，也是范祎同时代学人共同的学术心曲。在此背景下，西方现代学术思维与中国传统文论资源的对接与融合，在西学化知识建构中如何保持自身文化的地位，以及由此所产生的历史认识、时代价值的变化，都在此后很长一段时间内中国士人探讨的范围之内。正缘于此，范祎在一次演讲中指出："西方欧战后的新思潮到了我国，我国人把他重新审定评判一下！于是又有新思潮出来！这思潮，就是'复古'！……'复古'——不是叫现在人去穿古人的衣服，现在人去模仿古人样子，不过是拿古人的精神，并放进现在的思想，去融合、调和、贯彻，这实

---

① 韶海：《中国的文学批评家》，《青年进步》1922年第53期，第59页。
② 韶海：《中国的文学批评家》，《青年进步》1922年第53期，第59页。
③ 黄霖：《中国文学批评史的发轫之作——范祎的〈中国的文学批评家〉》，《古典文学知识》2022年第4期，第62页。
④ 韶海：《中国的文学批评家》，《青年进步》1922年第53期，第59页。
⑤ 韶海：《中国的文学批评家》，《青年进步》1922年第53期，第52页。

在是进化，是螺旋式的进化。"①简言之，"复古"并非固守传统，而是另一种意义上的"进化"，"进化"的目的是"古为今用"。范祎的中国文学批评研究便是如此，他将中国传统文论以西方"文学批评"术语予以系统化，明确指出"文学批评是批评过去的文学。批评过去的文学，就是要创造未来的文学"②。对中国"文学批评"的历史梳理及其建构，指向的仍是当下形态的"文学"面貌的呈现。

范祎对中国古代文学批评面貌的一般性描述，是以西方"文学批评"术语对接中国传统文论的尝试。其间也不可避免会存在各种问题：其一，他在历史叙述中未对"文学批评"的内涵作出界定或说明，由此造成概念使用时内涵缺少稳定性，往往会因人、因书而设论；其二，作为西方源头的"文学批评"术语，在被用于描述中国传统文论发展历史时，是否会如这一概念在西方有着天然的合法性和正当性，这一概念与中国古代文论的结合，必然会出现为了迁就彼此而产生的折中意见。缘于此，自"中国文学批评"作为现代知识类型形成以来，历来就不乏反对和批评之声，比如茅盾就曾指出："我们现在讲文学批评，无非是把西洋的学说搬过来，向民众宣传。"③这样的状况，直到陈钟凡《中国文学批评史》著作的出版也并未消除。从中国文学批评历史书写的状况来看，中西知识、观念对接及其本土化过程中所存在的问题和呈现的复杂状态，并未获得合理的解释，反而因为追求历史叙述的明晰而被掩藏受到遮蔽，并在历史演变的过程中被逐渐遗忘。时下探索建构中国特色的学术话语体系和理论体系，则需要将这些曾经纷繁复杂的景象从历史深处打捞出来，加以辨析，以此观测中西知识对接的多种情形，以作为时下参照。

三、中国批评史意识的自觉：朱光潜提出"成一种 中国文学批评史"

范祎《中国的文学批评家》虽然大体勾勒出了中国文学批评史的雏形，然而

---

① 丽诲：《基督教与中国化：传道人应研究中国文化——范丽诲先生在松江东吴大学圣经学校同学会演词》，《兴华》1925 年第 44 期，第 8~9 页。
② 丽诲：《中国的文学批评家》，《青年进步》1922 年第 53 期，第 60 页。
③ 茅盾：《"文学批评"管见(一)》，《小说月报》1922 年第 8 期，第 3 页。

其文章却以"批评家"而非"批评史"名之，说明范祎在叙述中国文学批评的过程中虽表露出历史意识，遵循的仍是中国传统"文苑传"的思路。朱光潜则在范祎的基础上更进一步，提出批评不仅是"学"，批评更有"史"，应该将其看作一门专门的学问。朱光潜以中国现代美学的开拓者和奠基者著称，其美学成就为人注目，而其他方面的成就有时则被美学成就的熠熠光辉所掩盖。就笔者有限的了解，在近百年的中国文学批评史研究史上，朱光潜所提出的建构中国文学批评史的主张，就很少引起学者关注。事实上，在中国第一部中国文学批评史问世之前，朱光潜就曾提出了"成一种中国文学批评史"①的主张。

朱光潜"成一种中国文学批评史"主张的提出，与他两次系统钻研西学的经历密切相关。1918年，朱光潜由北洋政府教育部选送到香港大学读书。香港大学实行全英式教育，这不仅使朱光潜直接接触到西方的科学理念和人文传统，同时还接受了基本的学科规训和思维训练。1925年，朱光潜考取安徽教育厅公费留学名额，赴英国爱丁堡大学留学，主修英国文学、哲学、心理学、欧洲艺术史和欧洲古代史等课程。毕业后，朱光潜选择到伦敦大学、巴黎大学、斯特拉斯堡大学继续学习。长达八年的欧洲留学经历，使朱光潜对西方学术理念、研究范式和治学方法有了更充分的掌握，同时也为他所期待的"在中国文学上开辟新境"②提供了新视角和新路径。《中国文学之未开辟的领土》一文，便是朱光潜学习西方文学批评后，以西方文学研究为参照对中国文学研究现状作出的总体性反思。

朱光潜在《中国文学之未开辟的领土》"题记"中写道："我对于中国文学，兴味虽很浓厚，但是没有下过研究的功夫。近几年稍涉猎西方文学，常时返观到中国文学，两相比较，觉得中国文学在创作与批评两方面，都有许多待开辟的领土。"③朱光潜自称对中国文学没有下过研究的功夫，当然只是谦虚之词。事实上，正是因为他有深厚的国学功底，才能在学习西方文学后反观中国文学。朱光潜出生于读书风盛的安徽桐城，祖父是私塾老师，父亲承袭祖父衣钵，在家里开办私塾。在浓厚学术氛围的熏陶下，朱光潜两三岁识字，四五岁背《论语》《诗

---

① 朱光潜：《中国文学之未开辟的领土》，《东方杂志》1926年第11期，第88页。
② 朱光潜：《中国文学之未开辟的领土》，《东方杂志》1926年第11期，第88页。
③ 朱光潜：《朱光潜全集》第8卷，安徽教育出版社1993年版，第134页。

经》，八九岁写记叙短文，十岁读《史记》《战国策》《国语》《水浒传》《红楼梦》《饮冰室文集》，十五岁离开私塾到桐城中学学习古文。这些学习经历为朱光潜打下了牢固的国学根基，使他在钻研西方文学、美学、心理学时，常常想到中国文学，进而将两者对照比较。《中国文学之未开辟的领土》是朱光潜运用"比较方法"对比中西文学研究后，对中国文学研究产生的新认识：中国文学在创作与批评两个领域都有待开辟。创作如何开辟，此处不予讨论，以下关注朱光潜开辟"中国文学"领土在文学批评方面的论说。

首先，朱光潜通过学习英国文学课程，发现"中国文学最难以与英国文学比肩的是文学批评研究"[①]。朱光潜通过中西对比，认为中国文学批评研究滞后、薄弱、贫乏，而西方文学批评研究深入、细密、系统，西方文学批评研究的这些特点，最值得国人了解和学习。于是，他在留学爱丁堡大学的第二年，便将研究兴趣转移至法国、英国、意大利颇负盛名的批评家身上，并写了系列论文——《欧洲近代三大批评学者(一)、(二)、(三)》。对西方文论的深入学习，使朱光潜认识到西方文论已经如此发达，而中国传统文论不但没有成为一种专门学问，而且"一失之于笼统，二失之于零乱，对于研究文学的人实没有大帮助"[②]。基于此，他提出："受西方文学洗礼以后，我国文学变化之最重要的方向当为批评研究(literary criticism)。"[③]正是出于这样的认识，朱光潜回国任教第一年就开设了文学批评课程。据听过朱光潜课的学生蒋炳贤回忆说："1933年我在北京大学西洋语言文学系念书时，朱先生教授名著……后来，朱先生又为我们开设了一门欧洲文学批评课程，讲授西方文学批评发展史及重要文论的评价，从古代到中世纪、文艺复兴、启蒙运动时期以至于浪漫主义时期的主要文艺批评家、美学家，都有所涉猎。"[④]讲述西方的文学批评，其目的是要以他山之思想来叙述本国文学批评的历史。在任教同时，朱光潜还讲授中国文学批评。据朱自清日记记载："15日，星期二，雨。……访孟实，告以'文艺心理学'拟停止事，因谈及渠或在

---

① 王攸欣：《朱光潜传》，人民出版社2011年版，第79页。
② 朱光潜：《中国文学之未开辟的领土》，《东方杂志》1926年第11期，第87页。
③ 朱光潜：《中国文学之未开辟的领土》，《东方杂志》1926年第11期，第85页。
④ 转引自商金林：《朱光潜与中国现代文学》，安徽教育出版社1955年版，第90页。

北大国文系任中文批评史事，余言果尔，当仍请其来此……"①由此可以看出，朱光潜当年确曾在北大国文系开设"中文批评史"课。总体上看，他不管是介绍欧洲文学批评理念，还是讲授中国文学批评课程，目的之一就是要对中国文学在批评方面研究存在不足的现状予以回应，以造就二者共同发展的局面。

在朱光潜看来，想要改变中国文学批评研究薄弱的实际，最为重要的是将批评从文学中独立出来，使之成为一门专门、系统的学问，形成具有较为明确学科边界和内涵的现代知识体系。在他看来，"文学应独立，而独立之后，应分门别类，作有系统的研究，例如王国维先生的《宋元戏曲史》……诗、词、散文等等应该有人照样分类研究。尤其重要的是把批评看作一种专门学问。"②这样的认识，在当时可谓是曲高和寡，在时风追崇"新文学"的背景下，鲜少引人关注。然而在朱光潜的理解中，提倡将文学批评作为专门学问，并非自我作占，而是与中国传统文学批评发展的历史实际相符。中国古代即有重批评的传统："刘彦和的《文心雕龙》，刘知几的《史通》，章学诚的《文史通义》，在批评学方面都是体大思精的杰作，不过大部分批评学说，七零八乱的散见群集。"③在今人对其进行系统整理之前，文学批评虽然存在分散、零碎的状况，但在思想和见解上却有诸多可取之处。如何将这些散见于各种文献中的思想辑录出来，朱光潜提出应当以现代"文学批评"的观念来建立一种知识门类："我们第一步工作应该是把诸家批评学说从书牍札记、诗话及其他著作中摘出——如《论语》中孔子论诗，荀子《赋篇》，《礼记·乐记》，子夏《诗序》之类——搜集起来成一种批评论文丛著。"④这样的认识，事实上已经为"中国文学批评史"的写作指定了一条必经之路：以历史的线索将各不同时期有关文学的批评意见加以呈现。这一形态，也是后世中国文学批评史著作的常见面貌。

朱光潜"成一种批评论文丛著"的设想，在当时并不缺少应和者，王伯祥《历史的"中国文学批评论著"》就与他的观点不谋而合。王文发表于1926年《文学周

---

① 朱自清：《朱自清全集》第9卷，江苏教育出版社1998年版，第292页。
② 朱光潜：《中国文学之未开辟的领土》，《东方杂志》1926年第11期，第88页。
③ 朱光潜：《中国文学之未开辟的领土》，《东方杂志》1926年第11期，第88页。
④ 朱光潜：《中国文学之未开辟的领土》，《东方杂志》1926年第11期，第88页。

报》第 224 期，前半部分简要概述中国文学批评的发生与发展，即从单篇零什到成为专书，后半部分按照朝代先后顺序列举大量官私书目，并在书目下面注明有无著录文学批评论著。其学术方法虽不脱中国传统目录学、文献学痕迹，但试图通过书目考索以梳理中国古代文学批评知识的目的仍十分明显："中国文学批评论著的地位，在历来的书目著录上确渐渐地由无至有，由茫昧而即于清晰。"①由此可以看出，朱光潜提出的"成一种批评论文丛著"和王伯祥叙述的"历史的'中国文学批评论著'"，都提示了早期中国文学批评历史书写的一般方式，即将中国文学批评材料从浩瀚如烟的古典文献中摘出，并以时间为序加以汇编。这样的方式看似简单，却体现了在"中国文学批评史"知识类型形成早期，中国知识分子对其知识谱系建构的最初思考。

在朱光潜的设想中，"成一种批评论文丛著"只是一项基础性工作，在此基础上还应该"研究各时代各作者对于文学见解之重要倾向如何，其影响创作如何，成一种中国文学批评史"②。由此看来，朱光潜所谓的"中国文学批评史"，既包含了各不同时期作者对文学的批评意见，也包括这种批评观念对文学创作的影响。两方面的内容相互结合，体现出朱光潜认识中的文学批评史，不仅具有"史"的性质，还具有"学"的特征，除了对于文学批评观念历史的叙述之外，还要关注其作为一种理论形态与文学创作之间的关联。类似朱光潜所说"中国文学批评史"的部分特征，在中国古代某些带有汇编性质的批评史著作那里也有体现，如明代的《诗源辩体》，晚清具有汇编性质的词话。这类著述虽然带有某些历史叙述的性质，然而与现代意义的文学批评史仍有较大差别。后者不仅更具系统性、完整性，同时也更加注重在不同时期的批评观念之间建立联系，以此显示批评史观念的演进和发展。从这一点来说，朱光潜由"成一种批评论文丛著"到"成一种中国文学批评史"观念上的演变，正是体现了他由传统的文学批评资料汇编之存史意识，向现代文学批评历史建构观念的转变，同时也体现了他对"中国文学批评史"作为一种知识类型、著述方式所应包含内容的初步理解。

朱光潜所提出的"成一种中国文学批评史"的看法，体现了在中国现代学术

---

① 王伯祥：《历史的"中国文学批评论著"》，《文学周报》1926 年第 224 期，第 446 页。

② 朱光潜：《中国文学之未开辟的领土》，《东方杂志》1926 年第 11 期，第 88 页。

建立早期中国学人以西学观念表述中国知识的思考。在彼时中国文学史著述已有较多展开的背景下，以现代历史叙述方式讲述中国古代文学批评，建立中国文学批评的知识谱系，也成为中国文学研究不断推进的内在要求。20 世纪 20 年代的中国文学研究，已经逐步从传统的点评式和考据式研究轨道挣脱出来，初步建立了以文学史著述为基本形态的研究方式。作为与之相并而行的中国文学批评，其历史演进过程应当如何被叙述，其理论形态和思想观念呈现为怎样的状貌，彼此之间存在怎样的联系，都需要在新的学术理论体系和话语体系中得到更清晰的描述。朱光潜虽然长期致力于西方美学、文学思想的译介与研究，但其关注点始终不离中国自身美学、文学思想的发展与研究。他对"中国文学批评史"知识形态建立的呼唤，与他置身中国现代学术场域以及作为现代学术体系建立参与者的局中人身份有密切关系。

四、文学批评可以成史：陈钟凡以现代意识书写中国文学批评史

朱光潜 1926 年留学英国期间提出"成一种中国文学批评史"主张，1932 年留学法国期间完成《诗论》初稿，一定程度上与他对西方现代学术的观察和理解有直接关系。事实上，在他公开发表这一见解之前，中国学界已有学者开始大规模整理中国传统文论资源，着手以现代观念撰写《中国文学批评史》。据《广东大学周刊》第 28 号（1925 年 10 月 26 日）《文科朝会记》记载"陈中凡学长报告"言："丛书预计将出版：吴敬轩《经学大纲》、《诸子哲学》、徐信符《文学史》、任中敏《词曲研究法》……拙著《中国文学批评史》等编，年内皆可成书。"①陈钟凡预计 1925 年完成《中国文学批评史》，说明他在此前已有撰写中国文学批评史的想法，并已将这一想法付诸实践。由于种种原因，他所预告的这部《中国文学批评史》直到 1927 年才得以出版。

相对朱光潜"成一种中国文学批评史"的主张主要孕育于他的欧洲留学经历，

---

① 陈中凡著、姚柯夫编：《陈中凡论文集》，上海古籍出版社 1993 年版，第 1317 页。

陈钟凡《中国文学批评史》的出炉则多少是受"整理国故"运动的影响，以及民国初年以来兴盛的中国文学史著述的启发。1919 年，在新旧文化发生激烈碰撞之际，北大保守派以传统文化的捍卫者姿态提出"昌明中国固有之学术"。新文化阵营作为北大保守派的对立面，主张以科学的态度"整理国故"。胡适强调："'国故'是'过去的'文物，是历史，是文化史；'整理'是用无成见的态度、精密的科学方法，去寻那已往的文化变迁沿革的条理线索，去组织局部的或全部的中国文化史。"①其用意是将一切过去的东西都作为历史，而以"科学方法"重新估定其价值。这种态度，影响了对盲目复古行为有所不满的陈钟凡。陈氏在为蔡尚思《中国思想史研究法》所写序言中曾指出："吾人值此危机存亡之会，犹得从容将过去思想加以结账式的整理，其目的一则应用科学方法，将前人遗留旧说，一一加以检讨，为之重新估价；一则将过去最有价值的思想及其精神重为建立，使与社会现阶段相互适应，期实现最后的目的。"②具体到陈钟凡自己的学术研究，他对中国文学批评历史的建构，即按照朱光潜所提示的两种路径展开：不仅系统地整理古文论资料，而且将西方科学方法和学理思维诉诸于文学批评史书写当中。

　　以"整理国故"思想为指引，陈钟凡对古代文论资料予以系统爬梳、整理和钩沉，并以现代"文学批评"观念作为衡量标准和叙述话语。在他看来，虽然中国文学批评的发展自刘勰、钟嵘起，有关诗文的评论逐渐增多，但是"批评"一词的意义却并未因此确立。简而言之就是，中国文学批评实践早已有之，然而对文学批评的认识却并未形成一种学理逻辑，也就意味着并未建立起有关"文学批评"的知识学观念。有鉴于此，陈钟凡借助自 20 世纪初输入的现代"文学批评"观念，以之为基础确立和规范中国传统文论的形态，并将其置于历史叙述的逻辑框架当中，写出了中国第一部具有现代学术意义的《中国文学批评史》。

　　陈钟凡以现代"文学批评"观念作为建构中国古代文学批评的基础，并不只是对西方术语的简单移用，更包含了对术语背后学理思维的思考。陈钟凡指出："考远西学者言'批评'之涵义有五：指正，一也；赞美，二也；判断，三也；比

---

　　①　胡适：《恳亲会纪事》，《北京大学研究所国学月刊》1926 年第 1 卷第 1 号。
　　②　陈中凡著、姚柯夫编：《陈中凡论文集》，上海古籍出版社 1993 年版，第 24 页。

较及分类，四也；鉴赏，五也。"①在陈钟凡看来，以专门讨论作品好坏为归宿，或从主观立场出发评论作品，都不能称其为真正意义上的"批评"；对"批评"而言，最为重要的是"比较""分类"和"判断"，其次才是"鉴赏""赞美"和"指正"。具体到"批评"的派别，陈钟凡列出近世十二种，尤为赞赏"归纳""推理""批判""历史"的批评，"拟再用此四种方式，对于古今各派文艺，略事衡量。自揆寡陋，智等掣瓶，敢标独见以示人，聊竭微明以待正己耳。"②在这四种批评当中，值得关注的是"推理的批评"。陈钟凡将其解释为："借归纳所得之结论，建立文学上之原则及其原理也。"③就内容而言，其中已经关涉到文学批评原理方面的建设，同时也在一定程度上表明，"批评"所反映的乃是科学思维的具体体现。陈钟凡对"批评"之涵义的援引和"批评"之派别的标举，既彰显了他借镜西方现代学术研究思维建构中国文学批评史的方法论眼光，也从一个侧面表明，《中国文学批评史》无论是从理论基点，还是历史叙述的方式，抑或是作为知识类型的学术名称，都具有明显的"西式"色彩。虽然在具体内容上有着中国文学批评的独特类型，如注疏、评点等，都包含有文学批评史关注的内容，但就总体的构建逻辑、叙述范围和话语来说，其源头都与西方观念、学术有着不可分割的联系。

从中国文学批评史作为知识类型的确立及其演变来看，以"文学批评"为叙述对象的中国文学批评史著作，将原本散布于中国传统典籍中的文学理论叙述，按照"批评"概念所规定的范围组织起来，本身就包含了对这一知识类型所作的规训，甚至还会存在一定的切割、遮蔽、扭曲等情形。由此而言，陈钟凡以"西式"的"中国文学批评史"称谓冠名其著，用以统摄庞杂、零散、无序的中国传统文论资源，其合法性与有效性何在？蔡钟翔曾指出："自陈钟凡先生的著作开始，'中国文学批评史'的名称一直沿用至今。但'文学批评'一语来自西方，与中国传统文论的实际并不吻合。"④杜书瀛也曾发出质疑："以'文学批评'称谓中国古

---

① 陈钟凡：《中国文学批评史》，中华书局 1928 年版，第 6 页。
② 陈钟凡：《中国文学批评史》，中华书局 1928 年版，第 8 页。
③ 陈钟凡：《中国文学批评史》，中华书局 1928 年版，第 7 页。
④ 蔡钟翔、黄保真、成复旺：《中国文学理论史》，北京出版社 1991 年版，第 36 页。

代诗学文论是否得当?"①这样的疑问，在陈钟凡最初撰写《中国文学批评史》时就已经存在，他在自己的著作中也曾从不同侧面给出了自己的答案，对其中存在的不谐也有比较充分的认识。

陈钟凡以现代"文学批评"框架叙述中国古代文学批评的历史，其根本点在于，在他看来，中西方文学批评之间具有相通性。这种相通性，意味着中国文学研究领域存在接受和实践西方"文学批评"观念的土壤。陈钟凡表示："中国历代虽无此类专门学者，然古人对于文艺，欣赏之余，未尝不各标所见，加以量裁。"②曹丕《典论·论文》、陆机《文赋》、挚虞《文章流别论》、李充《翰林论》、刘勰《文心雕龙》、钟嵘《诗品》等作品，都具有文学批评的性质。在此认识之下，中国历代虽然没有像西方那样专门以"文学批评家"自称的学者，但不乏"各标所见，加以量裁"的论文之书。由此出发，以现代"文学批评"观念叙述中国古代文学批评的历史，不仅存在理论上的可能，同时在书写实践中也是可行的。

陈氏选择以著史的方式叙述中国古代文学批评的演进历程，从另一个方面来说也是基于对中国传统批评缺乏系统性、完整性的不满。在新文学建设逐渐展开并成为新趋势的背景下，新的文学批评应当如何展开，需要在反顾中国文学批评历史的前提下建构起与之相适应的理论体系和话语体系。在此义下，以西方"文学批评"观念叙述中国的文学批评，同时也可以有助于拓宽中国传统文论的研究视野，更新中国传统文论的研究方法。陈钟凡表示，中国传统文论中除了《文心雕龙》《诗品》等专书之外，其他或为短篇，或已散佚；至于历代诗话、词话、曲话，更是"零星破碎，概无系统可寻"。③ 这样的情形，很难让研究者从中发掘出有关中国文学的一般性规律以及理论性阐释和总结。对于这一点，是现代接受西方系统性理论训练所有的共识，如叶嘉莹也曾指出："反映在著述形态中，便是多从经验、印象出发，以诗话、序跋、评点、笔记、札记等相对零碎的形式呈

① 杜书瀛：《努力说新话——在中国社会科学院研究生院讲〈从"诗文评"到"文艺学"〉》，《文艺争鸣》2020年第3期，第115页。
② 陈钟凡：《中国文学批评史》，中华书局1928年版，第9页。
③ 陈钟凡：《中国文学批评史》，中华书局1928年版，第9页。

现，带有笼统性和随意性，缺乏实证性和系统性。"①正是在此认识基础上，陈钟凡提出"捃摭宏纲，觇其辜较，著之于篇，并考其评论之准的焉"②的研究旨归。

正是由于其所要建构的"中国文学批评"历史，是建立在与传统"文学"或者"批评"有着极大不同的概念基础之上，陈钟凡在书中对今天看来已没有讨论必要的"文学""文学批评"概念做出界义和说明，即他所说的"必先陈其义界，方能识其旨归"③。一方面显示了他面向世界讲述中国古代"文学批评"发展历程的意识，因为无论是他所说的"文学"或者"文学批评"，都是在现代西方学术体系下有较为清晰内涵和所指对象的概念；同时又可以看到他不可避免会存在以现代概念处理中国古代命题所带有的选择性，他所要叙述的"中国文学批评"的历史，是对概念特定指涉对象进行选择的结果，有凸显和遮蔽等历史叙述的困境和特征。这样的情形，在此后百余年的中国文学史、中国文学批评史书写中也都始终存在，而这也是直到今天仍不断展开文学史、文学批评史书写的意义所在。

陈钟凡的《中国文学批评史》是中国学人所著的第一本中国文学批评史著作，由他所建立的"必先陈其义界，方能识其旨归"的叙述方式，深刻影响了郭绍虞、罗根泽、傅庚生等文学批评史家。显见的是，他们在编撰批评史著时，仍十分注重对学科本身定义的讨论，并以此为基础界定中国文学批评史的范围和对象，赋予"中国文学批评史"这一知识类型的叙述以正当性和合理性，使之成为一种为研究者所共同接受的知识系统，并通过一代代中国文学批评史家的书写实践而成为中国文学历史建构的重要一支。

五、余论

20世纪初，缘于西方学术思潮的涌入，新文学建设的需要，以及"整理国故"运动的兴起，中西知识、观念的对接多表现为以西方观念解释中国实践，现

---

① 叶嘉莹、陈斐：《总序》，载傅庚生编《中国文学批评通论》，文化艺术出版社2017年版，第5页。
② 陈钟凡：《中国文学批评史》，中华书局1928年版，第9页。
③ 陈钟凡：《中国文学批评史》，中华书局1928年版，第6~7页。

代知识体系的建构也多带有西学色彩。经过百余年的研究，同时也缘于对中国现代化进程的反思，研究者对于中国现代知识体系建构的深层次问题有了更深入的思考，对中国文学批评现代转型、民族文学批评理论体系建构等问题的认识也更为多元，反对派坚持"历史还原"，支持派坚持"现代阐释"，调和派坚持"历史还原"与"现代阐释"相结合。从总体上看，当下提倡建构民族文学批评话语体系和知识体系，用西方文学批评理论阐释中国传统文论，或者以西方文学批评理念建构中国文学批评体系，这一学术运作本身不应该成为讨论的重点，重点应该是：研究中国传统文论，究竟是应把西方文学批评视为一种目的，还是一种工具？前者意味着是为了批评而批评，将中国传统文论当作证明西方文学批评理论的注脚，最终导致中国文论的"失语"；后者意味着学习的是批评方法，将它当作阐释并发掘中国传统文论当代价值的工具。然而从某种程度上来说，二者很难被严格分区，这也在一定程度上造成了近百年来中国文学批评史叙述的困境。

第六章

古典再评价：清末民初文学观念更新与
古典小说新释

20世纪初，经过严复、梁启超、王国维等人的大力倡导和积极实践，中国古典通俗小说研究在清末以降的学术发展中占据了重要地位。随着"五四"新文化运动的深入，新方法、新思想得到广泛传播，中国古典通俗小说尤其是小说名著(以《三国演义》《水浒传》《西游记》《儒林外史》《红楼梦》《金瓶梅》等六大名著为代表)研究取得了很大进展，被赋予了新的时代内涵，成为建构现代学术体系的重要内容。从某个角度来说，百余年学术进程中以不同观念解读明清小说名著，与该时期学术思潮的演变有密切的关系。本章关注20世纪初年现代学术建立过程中古典小说解释体系的形成，目的之一是提供反思现代小说研究路径的历史基础。

一、科学方法的应用与中国古典通俗小说研究体系的建立

1905年，王国维在《论新学语之输入》一文中，有感于西方思想源源不断输入中国，概述前后情势的变化说："十年以前，西洋学术之输入，限于形而下学之方面，故虽有新字新语，于文学上尚未有显著之影响也。数年以来，形而上学渐入于中国，而又有一日本焉，为之中间之驿骑，于是日本所造译西语之汉文，以混混之势，而侵入我国之文学界。"①新语不断涌现背后，反映的是清民之际思

---

① 王国维：《论新学语之输入》，《王国维学术经典集》(上)，江西人民出版社1997年版，第102页。原载《教育世界》第96期。

想观念和中国文化结构的变化。随着"五四"新文化运动的推进，中西文化互动进一步深入，以新思想、新方法进行学术研究开始成为普遍趋势，发展为影响中国20世纪学术格局的主要方向。其中，胡适的大力倡导功不可没。对此，熊十力概述说："在五四运动前后，适之先生提倡科学方法，此甚要紧。又陵先生虽首译《名学》，而其文字未能普遍。适之锐意宣扬，而后青年皆知注重逻辑，视清末民初文章之习，显然大变。但提倡之效，似仅及于考核之业，而在哲学方面，其真知慎思明辨者，曾得几何。"①熊十力对"五四"时期方法论"仅及于考核之业"的批驳，主要基于他与胡适学术趣味的不同：熊氏关注哲学理论层面的方法论，胡适注重应用于具体研究的方法论。尽管如此，"五四"以来学术风气的变化，却是显而易见的。

对研究方法的强调是胡适治学的显著特点。在《清代学者的治学方法》一文中，胡适认为清代学者治学方法的核心内容是："（1）大胆的假设，（2）小心的求证。假设不大胆，不能有新发明。证据不充分，不能使人信仰。"②以"大胆的假设，小心的求证"概括清代学者的治学方法，其义不一定贴切，然而比照此后胡适的相关论述，却代表了胡适治学方法的核心观念。在《胡适文存》第一集《叙例》中，胡适曾明确表示："我这几年做的讲学的文章，范围好像很杂乱——从《墨子·小取篇》到《红楼梦》——目的却很简单。我的唯一的目的，是注重学问思想的方法。故这些文章，无论是讲实验主义，是考证小说，是研究一个字的文法，都可说是方法论的文章。"③胡适所说的"注重学问思想的方法"，指的即是"注重事实，服从证验的思想方法"，"细心搜求事实，大胆提出假设，再细心求证实"。④

胡适所提倡"科学方法"的要义，除了"大胆的假设，小心的求证"之外，另一重要观念是"历史演进的方法"。"历史演进的方法"，是胡适关于古史研究的

---

①　熊十力：《纪念北大五十周年并为林宰平先生祝嘏》，《国立北京大学五十周年纪念一览》，北京大学出版部1948年版。
②　胡适：《胡适文存》卷二，上海亚东图书馆1921年版，第242页。
③　胡适：《胡适文存》卷首，上海亚东图书馆1921年版，第2页。
④　胡适：《我的歧路》（四）《我的自述》，《胡适文存二集》卷三，上海亚东图书馆1924年版，第100页、99页。

理论总结，同样也适用于文学史的研究。在《古史讨论的读后感》一文中，胡适提出："古史上的故事没有一件不曾经过这样的演进，也没有一件不可用这个历史演进的（evolutionary）方法去研究。"①具体到小说研究，胡适将小说作者、版本研究置于大的历史演进的框架中展开，通过对历史进程中小说故事、版本的演变建构对小说史演进的认识。这种认识，在他为孙楷第《日本东京所见中国小说书目提要》作序（1932）时，也有明确的表达："他的成就之大，都由于他的方法之细密。他的方法，无他巧妙，只是用目录之学作基础而已。""孙先生本意不过是要编一部小说书目，而结果却是建立了科学的中国小说史学。"②在胡适看来，小说版本目录的考订，既是建立"科学的中国小说史学"的基础，更是其得以成立的核心内容。小说版本、目录的厘定，隐藏的是对于小说历史演化进程的揭示。

从内在精神来说，"大胆的假设，小心的求证"和"历史演进的方法"二者都以文献资料的考订为核心内容。落实到具体研究实践，又以其中国古典通俗小说研究最为引人瞩目。对此，胡适曾不止一次地作过提示："《红楼梦考证》诸篇，只是考证方法的一个实例"，"不过是赫胥黎、杜威的思想方法的实际应用"。③"我所有的小说考证，都是用人人都知道的材料，用偷关漏税的方法，来讲做学问的方法的。譬如讲《红楼梦》"，"我对它的态度的谨严，自己批判的严格，方法的自觉，同我考据、研究《水经注》是一样的。我对于小说材料，看做同化学问题的药品材料一样，都是材料。我拿《水浒传》《醒世姻缘》《水经注》等书做学问的材料……要人间不自觉的养成一种'大胆的假设，小心的求证'的方法"。④1920年至1927年间，胡适先后撰写了关于《水浒传》《水浒续集》《红楼梦》《西游记》《三国志演义》《三侠五义》《官场现形记》《儿女英雄传》《海上花列传》和《镜花

---

① 胡适：《古史讨论的读后感》，《古史辨》第一册，上海古籍出版社1982年版，第194页。原载《读书杂志》第18期。

② 孙楷第：《日本东京大连图书馆所见中国小说书目提要》卷首，中国大辞典编纂处1932年版，第1页。

③ 胡适：《介绍我自己的思想》，《胡适论学近著第一集》卷五，商务印书馆1935年版，第643页。

④ 胡适：《治学方法》，陈平原选编《胡适论治学》，安徽教育出版社2006年版。

缘》等 10 种通俗小说的序文或考证文章。在这些考证论文中，胡适以具体研究实践充分演绎了"注重事实，服从实证"和"历史演进的方法"的治学方法。

在胡适的中国古典通俗小说研究历程中，写于 1920 年的《〈水浒传〉考证》是其小说考证研究的发端之作。在这篇论文中，胡适第一次将其科学的研究方法具体运用到中国古典通俗小说研究当中。在对金圣叹评改《水浒传》的做法予以批驳之后，胡适提出了自己研究《水浒传》的学术理念：

> 我想《水浒传》是一部奇书，在中国文学占的地位比《左传》《史记》还要重大的多；这部书很当得起一个阎若璩来替他做一番考证的工夫，很当得起一个王念孙来替他做一番训诂的工夫。我虽然够不上做这种大事业——只好让将来的学者去做——但我也想努一努力，替将来"《水浒传》专门家"开辟一个新方向，打开一条新道路。
>
> 简单一句话，我想替《水浒传》做一点历史的考据。①

虽然胡适谦称"够不上做这种大事业"，但其内心实是将自己当作中国古典通俗小说研究领域的"阎若璩"和"王念孙"。他试图通过以考证、训诂的方法"替《水浒传》做一点历史的考据"，为今后的《水浒传》研究确立基本思路，这也是胡适对自己"大胆的假设，小心的求证"治学方法贡献于新时期学术研究的期待。

而将胡适对《水浒传》所作"历史的考据"连缀成文的，是他关于《水浒传》成书是历史演进的基本看法："《水浒传》不是青天白日里从半空中掉下来的，《水浒传》乃是从南宋初年(西历十二世纪初年)到明朝中叶(十五世纪末年)这四百年的'梁山泊故事'的结晶。"对于南宋以降各种历史、文学文献中"水浒故事"演变轨迹的勾勒，是构成胡适《〈水浒传〉考证》的核心内容。以此为基础，胡适提出展开《〈水浒传〉考证》"历史的考据"的基旨：

> 这种种不同的时代发生种种不同的文学见解，也发生种种不同的文学作

① 胡适：《〈水浒传〉考证》，《中国章回小说考证》，安徽教育出版社 1999 年版，第 9 页。

物——这便是我要贡献给大家的一个根本的文学观念。《水浒传》上下七八百年的历史便是这个观念的具体例证。……这叫做历史进化的文学观念。①

所谓"历史进化的文学观念"，就是在历史演进的不同情境中理解小说故事的变迁。其对小说故事演变的理解，建立在相关事实考订的基础之上。《〈水浒传〉考证》之外，胡适关于《水浒传》的考证文章尚有《〈水浒传〉后考》(1921)、《百二十回本〈忠义水浒传〉序》(1929)和《〈水浒续集两种〉序》(1923)。在《〈水浒传〉后考》中，胡适进一步强调："如果我们能打破遗传的成见，能放弃主观的成见，能处处尊重物观的证据，我们一定可以得到相同的结论。"并且认为，即便其考证的结论并不一定正确，"但我自信我这一点研究的态度是决不会错的"②。对于自己的研究方法，胡适抱着乐观、积极的态度。此后他关于中国古典通俗小说的一系列考证文章，都在这一思路的基础上展开。

胡适《〈水浒传〉考证》的发表，"引起了一些学者的注意，遂开了搜求《水浒传》版本的风气"③。到胡适作《百二十回本〈忠义水浒传〉序》为止，学术界值得注意的关于《水浒传》版本、故事源流的研究有：鲁迅《中国小说史略》中的相关论述，俞平伯《论〈水浒传〉七十回古本的有无》(《小说月报》1928 年第 19 卷第 4 号)，以及李玄伯《读〈水浒传〉记》(北京燕京印书局 1925 年重印百回本《水浒传》卷首)等。1929 年 6 月，胡适作《百二十回本〈忠义水浒传〉序》，从学术史的角度出发，对三人的相关考证作了评述，并在此基础上对《水浒传》版本研究作了进一步推进。

尽管胡适一再强调自己研究中国古典通俗小说是为了倡导"大胆假设，小心求证"的研究方法，但就对中国古典通俗小说研究的影响来看，其理论与方法相结合的研究实践，实是确立了"五四"以后中国古典通俗小说研究的学术体系和基本方向。用郑振铎的话说，即中国古典通俗小说研究开始由评点、鉴赏式的漫

---

① 胡适：《〈水浒传〉考证》，《中国章回小说考证》，安徽教育出版社 1999 年版，第 45 页。

② 胡适：《〈水浒传〉后考》，《中国章回小说考证》，安徽教育出版社 1999 年版，第 67~68 页。

③ 胡适：《百二十回本〈忠义水浒传〉序》，《中国章回小说考证》，安徽教育出版社 1999 年版，第 74 页。

谈，走向方法严谨、逻辑严密的学术研究。①

"五四"时期，胡适强调以"大胆的假设，小心的求证"和"历史演进的方法"开展中国古典通俗小说研究，在学术界产生了很大影响。沿此思路，这一时期的中国古典通俗小说名著研究，在作者、版本等问题的考证和小说故事演进轨迹的描述两方面，取得了重要突破。其中，以郑振铎的研究最为突出。

1922年，郑振铎在《新文学的建设与国故的新研究》一文中，认为要建设新的文学，需要对"国故"进行"一种新的研究"，具体思路，即胡适的"整理国故"精神和"注重事实，服从实证"的治学方法：

> 这种工作，都需要一种新的研究。我们现在的整理国故的呼声，所要做的便是这种事。总之，我的整理国故的新精神便是"无征不信"，以科学的方法来研究前人未开发的文学园地。②

1927年，郑振铎撰写《研究中国文学的新途径》一文，进一步提出，中国文学研究要走上"新路"，开辟新的途径，须经过连接新旧路之间的"两段大路"，确立新的研究方法和研究观念：

> 一段路叫做"归纳的考察"，一段路叫做"进化的观念"。这两段大路无论什么人，只要他是一个研究者，都要走的"必由之路"，没有捷径，也没有旁道、支径可以跨越过他们的，所谓垦殖的耙犁与镰刀，也便是他们。原来这两个主要的观念，归纳的考察与进化，乃是近代思想发达之主因，虽然以前文学上很少的应用到他们，然而现在却已成为文学研究者所必须具有的观念了。③

---

① 郑振铎：《研究中国文学的新途径》，《中国文学研究》（上），上海书店1981年据商务印书馆1927年复印本，第1~3页。

② 郑振铎：《新文学的将建设与国故的新研究》，《小说月报》第14卷第1号。

③ 郑振铎：《研究中国文学的新途径》，《中国文学研究》（上），上海书店1981年据商务印书馆1927年复印本，第7页。

在郑氏看来，中国文学研究只有在确立了"归纳的考察"和"进化的观念"两种观念以后，才能开辟新的研究途径和研究领域，为中国文学研究势带来新的面貌。

接下来，郑氏具体论述了"归纳的考察"和"进化的观念"对于开辟中国文学研究新途径的重要意义。郑振铎所谓的"归纳的考察"和"进化的观念"，是直承胡适"注重事实，服从证据"和"历史演进"的科学方法。以此为基础，郑氏总结了三条研究中国文学的新途径：（1）中国文学的外化考，研究中国文学究竟在历代以来受到外来的影响有多少，或其影响是如何样子；（2）新材料的发见，如佛曲、弹词、鼓词、皮黄戏等；（3）中国文学的整理，围绕不同文体和主题进行的各种资料整理工作。① 方法、观念不同，研究的侧重点自然也就有所差异。

郑振铎写于上世纪二三十年代的《〈水浒传〉的演化》《〈三国演义〉的演化》《〈西游记〉的演化》《〈岳传〉的演化》等文，鲜明体现以"历史演进的方法"展开文学研究的观念。

《〈水浒传〉的演化》一文分九个部分，可以说是一篇关于《水浒传》的故事、版本源流考。作者从"水浒故事"源头说起，以时间先后为序，依次对《宋史》、《大宋宣和遗事》、龚圣与《宋江等三十六人赞》进行对比分析，对元明戏曲中的"水浒故事"进行系统梳理，对《水浒传》原本进行推断性考证，比较嘉靖本与施耐庵原本间的差异，对嘉靖本以后的各种《水浒传》版本作了版本目录学的比较分析，讨论《水浒传》的繁本、简本问题，比较杨定见本一百二十回《水浒传》与嘉靖本《水浒传》的差别，讨论金圣叹对《水浒传》的评改。文章末尾，作者对全文内容作了简单概述，由此读者也可以看出该文论述的侧重点。文中，郑振铎充分发挥了"大胆假设，小心求证"的科学精神，其对《水浒传》故事、版本源流演变的考证，虽有部分事实作为依据，但更多的结论仍属推测性的判断，缺乏必然直接的证据作为支撑，其中（四）、（五）、（六）等部分关于《水浒传》各种版本间演变情况的论证，假设多而求证少。②

《〈水浒传〉的演化》之外，郑振铎还作有《〈三国志演义〉的演化》《〈西游记〉

---

① 郑振铎：《研究中国文学的新途径》，《中国文学研究》（上），上海书店 1981 年据商务印书馆 1927 年复印本，第 12~19 页。

② 郑振铎：《郑振铎文集》第五卷，人民文学出版社 1988 年版，第 144~146 页。

的演化》《〈岳传〉的演化》等文，遵循的都是"历史演进法"的研究思路。1932 年 8 月 15 日，鲁迅在给台静农的信中，概括郑振铎的治学方法说："盖用胡适之法，往往恃孤本秘笈，为惊人之具。"①从个人研究的趣味和学识来说，鲁迅与胡适所展开的是中国小说研究的两种不同路数，其间差别，正如陈平原在《作为文学史家的鲁迅》一文中所说："以一位小说大家的艺术眼光，来阅读、品味、评价以往时代的小说，自然会有许多精到之处。或许是鲁迅的古小说钩沉太出色了，人们往往忘了其独到的批评，而专注于其考据实绩。其实史料的甄别与积累必然后来居上，鲁迅《中国小说史略》之难以逾越，在其史识及其艺术感觉。胡适是最早高度评价这部'开山的创作'的，可所谓'搜集甚勤，取材甚精，断制也甚谨严'，基本仍限于考据。这与胡适本人的学术趣味有关。在本世纪中国学者中，对中国小说研究贡献最大的莫过于鲁迅和胡适，前者长于古小说钩沉，后者长于章回小说考证。不过在小说史的总体描述以及具体作家作品的评价上，胡适远不如鲁迅，其中一个重要原因是文学修养及创作经验的差别。像鲁迅这样'学''文'兼备的学者，无疑是文学史研究的最佳人选。这点鲁迅心里明白，屡次提及撰写文学史计划，正是认准'可以说出一点别人没有见到的话'。"②史料的钩沉、辨别，版本的排比，是胡适小说研究的根本兴趣。而在鲁迅，小说文献的辨析并非小说研究的最终目的，其学术趣味在于小说批评。郑振铎沿袭胡适的学术路径，虽然相关研究不乏精彩的考辨，其研究旨趣却不能完全得到鲁迅的欣赏。③

"五四"时期中国古典通俗小说名著研究成果的取得，有很大一部分是在胡适"注重事实，服从证据"和"历史演进的方法"的治学路径影响下取得的。其中如马廉《旧本〈三国演义〉板本的调查》（《中山大学图书馆报》1929 年第 7 卷第 5 期），蒋瑞藻《小说考证续编》（商务印书馆 1924 年版），胡瑞亭《施耐庵世籍考》（《新闻报》1928 年 11 月 8 日），吴晗（署名辰伯）《清明上河图与〈金瓶梅〉的故事

---

① 鲁迅：《鲁迅全集》第十二卷，人民文学出版社 1981 年版，第 102 页。

② 陈平原：《文学史的形成与建构》，广西教育出版社 1999 年版，第 30 页。

③ 作为证据，鲁迅在 1935 年为《中国小说史略》日译本作序，提及十年来小说史研究的进展，"郑振铎之考证《西游记》"（指《〈西游记〉的演化》一文）即其中之一。参见《鲁迅全集》第六卷，人民文学出版社 1981 年版，第 347 页。

及其衍变》(《清华周刊》第 36 卷第 4、5 合刊，1931 年)，吴晗《清明上河图
与〈金瓶梅〉的故事及其衍变·补记》(《清华周刊》第 37 卷第 9、10 期合刊)等，
是其中具有代表性的著述。

　　胡适以"大胆的假设，小心的考证"和"历史演进的方法"为核心的治学方法，
因为中国小说文献所具有的极大拓展空间而成为中国小说研究最为有效的研究路
数：任何关于某部小说的文献钩稽，都能成为该领域带有原创性和开拓性的研
究。作为新开拓的研究领域，在 20 世纪的中国古典通俗小说研究中，从事小说
作者、版本实证研究的群体规模更大，取得的成就也相应更高。注重中国古典通
俗小说作者、版本等的考证，注重故事演变历史脉络的梳理，成为了此后数十年
中国古典文学研究的基本思路。

二、新思想的流行与中国古典通俗小说现代解读方式的形成

　　清民之际，随着中西文化互动的进一步展开，西方的新思想、新观念开始涌
入中国，对传统的思想文化观念产生了巨大冲击。具体到中国小说研究领域，以
新思想、新观念对中国古典通俗小说进行现代解读的论述开始成为新的研究趋
势。以黄人《中国文学史》中"明清章回小说"节为例。黄人对于明清章回小说的
解读，大多是以清民之际新思想进行比附。如他认为《金瓶梅》是"家庭小说"之
"最著者"；认为《水浒传》是宣扬"社会主义"的小说；等等。此外，如平子《小说
丛话》认为《金瓶梅》是"描写当时社会情状"的"社会小说"；浴血生将《镜花缘》
视作提倡女权主义的小说；阿阁老人《说小说》把《西游记》将西游故事比附为出
洋留学以图强国保种的维新运动；定一《小说丛话》认为《水浒传》是一部表现"民
主、民权之萌芽"的小说；王钟麒《论小说与改良社会主义之关系》认为《水浒传》
是一部"社会主义之小说"；燕南尚生《水浒传命名释义》认为《水浒传》的创作，
是因为施耐庵"生在专制国里，俯仰社会情状，抱一肚子不平之气，想着发明公
理，主张宪政，使全国统有施治权，统居于被治的一方面，平等自由，成一个永
治无乱的国家"。等等论述，显然都已经超越了明清章回小说产生的时代背景，
而带有浓厚的近代思想意识。

　　"五四"运动前后，随着西学东渐的进一步深入，以新的思想观念进行学术研究开始受到越来越多学者的注意。胡适在《逼上梁山——文学革命的开始》（1933年12月）一文中，总结"五四"以来文学发展的道路说："我曾彻底想过：一部中国文学史只是部文字形式（工具）新陈代谢的历史，只是'活文学'随时起来代替了'死文学'的历史。文学的生命全靠能用一个时代的活的工具来表现一个时代的情感与思想。工具僵化了，必须另换新的、活的，这就是'文学革命'。"①一方面，"五四"学者积极引进西方文学观念，以此作为中国新文学发展的指引；另一方面，他们又将这种新的思想观念、文学理论"历史化"，以之作为重新建构中国古典文学研究的学术体系和阐释系统的基本观念。以至于郑振铎1929年作《且慢谈所谓"国学"》一文，提出："我们如要求中国的生存、建设与发展，则除了全盘的输入与容纳西方的文化之外，简直没有第二条可走，在思想上是如此，在文艺上是如此，在社会上也是如此，我们要求生存，要求新的生活，要求新的生命力，我们便应当毫不迟疑的去接受西方文化与思想，便应当毫不迟疑的抛弃中古期的迷恋心理与古代的书本，而去取得西方的科学与文明。"②

　　就中国古典通俗小说名著研究而言，新方法应用产生的研究著述，多与作者、版本的考证或者故事的演进有关；而新的社会文化思潮的流行，则赋予了古老的小说命题以新的时代内涵，对小说主题、情节、人物的解析随之也带上了新文化的色彩。

　　"写实主义"的批评思路，是"五四"时期小说批评最常见的路数。将现代社会生活内容与中国文学所描写的生活场景对应起来，是"五四"学者展开中国小说研究的普遍做法。这一时期的中国古典通俗小说研究，也不可避免地带有浓厚的时代特色。其中，以对《水浒传》《金瓶梅》《红楼梦》等小说的解读最为突出。

　　胡适、陈独秀等人提倡"文学革命"，在中国古典文学中发掘白话文学的源流，以现代眼光讨论中国古典通俗小说，成为新文学建设的重要内容。1917年6月，陈独秀在给胡适的信中，从现实性层面对《金瓶梅》进行阐释，并第一次提

---

　　①　胡适：《逼上梁山——文学革命的开始》，《中国新文学大系》第一集《建设理论集》，上海良友图书印刷公司1935年版，第9页。原载《东方杂志》1934年第31卷第1期。
　　②　郑振铎：《且慢谈所谓"国学"》，《小说月报》第20卷第1号，1929年1月，第12页。

出了《红楼梦》脱胎于《金瓶梅》的看法：

> 足下(指胡适)及玄同先生盛称《水浒传》《红楼梦》等为古今说部第一，而均不及《金瓶梅》，何耶？此书描写恶社会，真如禹鼎铸奸，无微不至。《红楼梦》全脱胎于《金瓶梅》，而文章清健自然，远不及也。乃以描写淫态而弃之耶？则《水浒》《红楼》又焉能免？①

明清以降的《金瓶梅》评论中，"诲淫"说一直是主流。1908 年，王钟麒发表《中国三大小说家论赞》(《月月小说》2 卷 2 期)一文，肯定《金瓶梅》在揭露社会黑暗现实方面的思想意义，较早以现代小说观念否定传统的"淫书说"。"五四"前后，随着西方文学观念的引入，传统的"诲淫"说尽管仍然存在于《金瓶梅》的研究当中，但小说的现实主义倾向得到了充分的发掘。② 1924 年，鲁迅在《中国小说史略》和《中国小说的历史的变迁》两书中，从小说的现实性立论，将《金瓶梅》称作"世情书"，第一次全面系统地从"世情"的角度对《金瓶梅》加以论述，大大提高了《金瓶梅》在中国古典通俗小说中的地位。

1927 年，郑振铎出版《文学大纲》一书，明确提出《金瓶梅》是一部"很伟大的写实小说"：

> 《金瓶梅》的出现，可谓中国小说发展的极峰。在文学成就上来说，《金瓶梅》实较《水浒传》《西游记》《封神传》为尤伟大。……在始终未尽超脱过古旧的中世纪传奇式的许多小说中，《金瓶梅》实是一部可诧异的伟大的写实小说。③

后来在《插图本中国文学史》中，郑氏对此又作了一步的发挥："它(即《金瓶梅》)不是一部传奇，实是一部名不愧实的最合于现代意义的小说。……它是一

---

① 陈独秀：《答胡适之》，《新青年》第 3 卷第 4 号，1917 年 6 月。

② "五四"以后仍然将《金瓶梅》视作"诲淫"之作的，如谢无量《明清小说论》(郑振铎编《中国文学研究》)认为，《金瓶梅》是"古来房中书的变相。那种单纯无意识的兽欲的描写，可见作者胸襟煞是卑俗，说不上有何等文学的意义"。

③ 郑振铎：《中国小说的第二期》，《文学大纲》，商务印书馆 1927 年版。

部纯粹写实主义的小说。"①并于 1933 年写成《谈〈金瓶梅词话〉》一文，以现代社会学家的眼光，赋予《金瓶梅》描写的社会生活以时代新意。② 影响所及，20 世纪 30 年代以后，社会现实反映说成为《金瓶梅》研究中的主流观念，并一直影响到当下的《金瓶梅》研究。③

　　"五四"时期，以新的思想观念应用于小说研究，《金瓶梅》之外，《水浒传》是其中较为突出的例子。究其原因，部分在于《水浒传》以一群英雄人物为反抗社会不平而聚义为核心内容，与"五四"时期的社会现实有颇多契合之处。其中，陈独秀《水浒传序》（上海亚东图书馆 1924 年第 3 版卷首）、谢无量《平民文学之两大文豪》（商务印书馆 1923 年，1930 年商务印书馆再版时，改题《罗贯中与马致远》）是典型代表。潘力山《水浒传之研究》概括陈、谢二人的研究认为，陈、谢二人的评述，"主观的色采太浓重了"，并具体论述说：

　　　　续七十回以后的作者和《水浒》批评家金圣叹想把《水浒》挪来"忠义化"。陈独秀和谢无量想把《水浒》挪来"社会主义化""平民革命化"。古今的办法虽然相反，然而他们主观的色采之重，却是一样。陈独秀自己是个社会党人，碰见书中偶然有一首诗，好像扯得到他的主义上去，便顺手拈来，作为全书的骨干。其实书中的诗，岂只这一首，拿别一首来好不好呢？谢说也未免时髦一点，甚么"武力的政治结社"，甚么"平民阶级和中等阶级联合起来办革命的事业"，这些想法，他们梦也未梦见过，恐怕连几年前的谢先生，也未必作如此想。④

潘氏的看法，是颇具眼光的。分析一部小说的主题思想，显然不能像陈独秀、谢

---

　　① 郑振铎：《长篇小说的进展》，《插图本中国文学史》，朴社 1932 年版。

　　② 郑振铎：《谈〈金瓶梅词话〉》，《文学》创刊号，1933 年。收入《郑振铎文集》第五卷。

　　③ 30 年代较为重要的成果，有吴晗（署名辰伯）的《清明上河图与〈金瓶梅〉的故事及其演变》（《清华周刊》1931 年第 36 卷第 4、5 卷）、阿丁的《〈金瓶梅〉之意识及其技巧》（《天地人》半月刊 1936 年第 4 期）等。

　　④ 潘力山：《水浒传之研究》，郑振铎编《中国文学研究》（下），上海书店 1981 年据商务印书馆 1927 年复印本。

无量那样仅根据小说中的一两首诗词来加以概括。对于陈、谢二人以现代观念附会水浒起义的做法，潘力山所作的辩驳是具有说服力的。然而，作为"五四"时代的学者，潘氏的批驳，其立足点仍是基于对"五四"新文化、新思想的理解。所不同的是，谢、陈二人由宋江等人行为得出的看法是一种新的社会革命思想；而在潘力山看来，宋江等人的行为，离真正意义上的革命党人、社会党人的革命事业相去甚远。

"五四"时期，以新的思想观念和理论方法对明清小说作整体上解读的论著中，谢无量的《明清小说论》具有代表性。谢文借用美国实验主义哲学家哲姆斯（William James）关于哲学的分类，将明清小说分为硬心肠的（tough-minded）和软心肠的（tender-minded）。按此分类，谢氏将元末罗贯中创作的《三国演义》等作品归入前者；而将明清以来的小说归入后者。并概括二者的区别说："甲、硬心肠小说是：（一）悲剧的；（二）否认道德的；（三）否认法律的；（四）打破现状的；（五）创造未来的。乙、软心肠的小说，全然与硬心肠相反，是：（一）喜剧的；（二）粉饰道德的；（三）服从法律的；（四）维持现状的；（五）非创造的。"其立论的基础，明显带有现代色彩，体现了"五四"以来研究者以新思想、新学说解读中国古典通俗小说的普遍倾向：

> 文学是人心的鼓吹。小说尤其是人生社会的写真，占文学的重要部分。……必要等到人心觉得非常不安，及社会的危险不可忍耐的时候，才往往有一种文学革命，为社会革命的先锋。

具体论及《三国演义》，谢氏说道：

> 就是元朝罗贯中的小说，也因为那时异族入住中国，全社会受了非常的刺激。罗贯中出来讲些历史故事，提倡武力的政治结社。他极力描摹那种好汉勇士的侠义行为和浑仑气象，实际煽动平民阶级起来革命。他那副硬心肠，至今犹跃跃纸上。确是应时势而生的小说家。①

---

① 谢无量：《明清小说论》，郑振铎编《中国文学研究》（下），上海书店 1981 年据商务印书馆 1927 年复印本。

认为罗贯中是"应时势而生的小说家"，或许不无道理；但认为《三国演义》写历史发展进程中的那些英雄人物，目的是"煽动平民阶级起来革命"，则很难说是反映了罗贯中主观写作的目的，而更大程度上只是作为"五四"时期学者谢无量以自身时代的历史状况对《三国演义》作出的现代解读。"平民阶级""革命"用语，也从一个侧面反映了谢氏解读具有很大的时代印迹，由此也就可能存在"过度诠释"的弊误。

谢文以"五四"新思想对明清小说展开论述，与其指导当下小说创作的出发点密不可分：

> 现在冥顽不灵的中国，那轻描淡写的讽刺，是用不着的了。所以新小说家，简直要笔则笔，削则削。由消极的态度变为积极的态度，由描写个人生活的变为描写社会生活的，由沉静幽黯的变为热烈光明的，——无非是由软心肠的变为硬心肠的。这才能起明清小说之衰，这才能承继硬心肠小说之元祖罗贯中哩。

其评论的立足点，是要通过发掘中国古典通俗小说中具有现代意义的精神内涵，引导当下的小说创作为正在展开的社会政治革命服务，反映社会政治中存在的种种不合理现象，唤醒一般社会民众反抗黑暗、压迫的觉悟，进而揭示中国社会历史发展的方向。这一做法，也是"五四"时期中国古典通俗小说研究的主要倾向之一。

以上从两个方面对"五四"时期中国通俗小说研究状况所作的概述，虽没有囊括其时关于中国小说的所有研究成果，却基本反映了"五四"以来中国小说研究的主要趋势。在新旧两种文化交汇的历史时期，中国小说研究不可避免地体现出社会文化转型的历史特征，或以新的方法梳理中国古典通俗小说的历史文献和演进轨迹，或以新的思想观念对中国小说文本进行解读，由此确立了中国古典通俗小说研究的基本范式。

第七章

旧学新境：孙楷第与中国古典小说文献学之创立

经过胡适、鲁迅等人的大力倡导和开掘，中国古典小说研究在 20 世纪三四十年代取得了长足进展。具体可以概括为以下几个方面：（1）考证研究进一步推进和扩展；（2）小说史著作大大丰富；（3）文本研究进一步深入；（4）研究对象范围进一步扩大；（5）中国古典小说文献学初步建立。其中诸如阿英的晚清小说研究，赵景深的考证研究，胡怀琛、谭正璧、郭箴一、郭祖怡等人的小说史研究，李辰冬、王昆仑的《红楼梦》研究，在 20 世纪中国古典小说研究史上都具有重要地位。而其中成绩卓著、自成体系者，当属孙楷第先生。孙氏对中国古典小说研究最为突出的贡献，在于他从史学层面对中国古典小说展开研究，开创了中国古典小说研究的新境界，使文献研究成为了中国古典小说研究的重要内容。他以自己切实的研究实践，为中国古典小说文献学奠定了坚实的基础，并由此成为构筑现代小说研究学术体系和话语体系的重要因子。

一、孙楷第的学术理路

孙楷第（1898—1986），字子书，河北沧县王寺镇人。生于 1898 年 1 月，卒于 1986 年 6 月 23 日。早年就读于王寺镇小学。民国初年，在沧县中学读书。1922 年，考入北平高等师范（今北京师范大学）国文系。1928 年大学毕业，留校任助教。1929 年，任《中国大辞典》编纂处编辑。1930 年秋，到北平图书馆工作，其后又兼任北京师范大学等几所高等院校中文系讲师。1931 年 9 月，受北平图书馆委派，前往日本访书，同年 11 月回国，途经大连，又往大连满铁图书馆访书，先后写成《日本东京所见小说书目提要》六卷和《大连图书馆所见小说书目提要》一卷。翌年，写成《中国通俗小说书目》十二卷。1941 年，由于北平图书馆被日军接管，孙楷第去职家居，生活窘迫。1942 年，经陈垣介绍，前往私立辅仁大学任讲师。抗战胜利，北京大学由云南迁回北京，孙楷第任北京大学国文系教授。1948 年，转任燕京大学国文系教授。1952 年，燕京大学并入北京大学。1953 年，北京大学成立文学研究所（中国社会科学院文学研究所前身），孙楷第进入研究所专门从事古典文学研究，直至去世。①

在孙楷第的学术生涯中，曾有两位师长对他的学术成长产生过重要影响：一位是他就读北平高等师范期间的老师杨树达（1885—1956），一位是与他亦师亦友的陈垣（1880—1971）。杨树达是著名的语言文字学家，尤以汉语语法学和文字训诂学见长。据孙楷第《高等国文法序》，孙氏喜欢阅读古书的嗜好，就是受了杨树达的影响。② 陈垣则是近现代著名的史学大师，一生治学严谨，著述丰赡，尤其在宗教史、元史、考据学、校勘学方面成绩卓著。孙楷第在北京师范大学任讲师期间，曾经常去听陈垣讲课，并因此结下了深厚的情谊。③ 此外，如袁同礼（1895—1965，字守和）、黎锦熙（1890—1978，字劭西）等人，对孙楷第的学术成长都曾有过一定的影响。20 世纪二十年代后期，孙楷第接受了文献学、校勘学等多方面的系统训练，在学术志趣上私淑清代乾嘉学者段玉裁、赵翼、钱大昕及王念孙、王引之父子，偏长考据之学，养成了良好的学术素养，为以后从事小说文献研究打下了坚实的基础。

以文献学方面的学术积累为背景，孙氏在进入学术领域之初，选择以古籍训诂、校勘作为自己的研究方向。较早撰写的《刘子〈新论〉校释》（发表于 1929 年

① 孙楷第先生生平，部分参考了杨镰《孙楷第传略》（《文献》1988 年第 2 期，第 160~170 页）和孙楷第《中国通俗小说书目序》等文。
② 孙楷第：《高等国文法序》，《沧州后集》第五卷，中华书局 1985 年版，第 351~352 页。
③ 据刘乃和《我所认识的孙楷第先生》云："孙先生是在二十年代后期和援庵老师认识的。这时援庵师在北平师大历史系任教，兼系主任工作，孙先生刚在师大中文系毕业不久，留校做助教。他景仰援庵师道德学问，经常去历史系听课，得识援师，以后常到励耘书屋请教。当时援师住地安门米粮库，孙先生每周必到，谈诗说史，有时遇到其他同学在座，更是谈笑风生，论学竟日。"（《文学遗产》1991 年第 3 期）

《国立北平图书馆月刊》第 3 卷第 5 号）、《王先慎〈韩非子集解〉补正》（前半部分发表于 1929 年 12 月《北平图书馆月刊》第 3 卷第 6 期，后半部分发表于 1935 年 4 月《北平图书馆馆刊》第 9 卷第 2 期）等文，曾受到杨树达等人的肯定，体现了孙氏在文献研究方面深厚的学术功力。① 又如写于 1939 年的《吴昌龄与杂剧西游记》一文，驳证了日本学者盐谷温等人认为杨东来评《西游记》杂剧是吴昌龄所作的看法，旁征博引，通过大量的文献资料说明日本宫内省图书寮所藏《传奇四十种》本杨东来评本《西游记》杂剧的作者是杨景贤而不是吴昌龄。他的这一看法，在学术界已成定论。此外，发表在 1947 年《辅仁学志》（第 15 卷第 1、2 期合刊本）上的《唐章怀太子贤所生母稽疑》一文，经常被论者引用作为标举孙氏考据功力的例证。文中，孙氏通过博考唐代文献，订正了新、旧《唐书》关于李贤享年的讹误，前者记其卒年 34 岁，后者记其卒年 32 岁。而根据孙氏考证，李贤自杀身亡时年 31 岁。25 年后，1972 年 2 月，陕西省乾县乾陵公社发现章怀太子李贤墓碑，两方墓志铭上都清楚地记载李贤享年"三十有一""春秋三十有一"，印证了孙氏在此问题上所作的考证。②

孙氏的学术研究范围颇为广泛，从先秦诸子到《楚辞》、乐府、变文，他都曾深入钻研，但他最突出的成就还是在小说史和戏曲史研究方面：在中国古典小说方面，他的《中国通俗小说书目》《日本东京所见中国小说书目提要》和《大连图书馆所见中国小说书目提要》是古典小说研究的必备参考书目；在戏曲方面，他的《元曲家考略》和《也是园古今杂剧考》是研究的必读之作；《戏曲小说书录解题》尽管直到 1990 年才整理出版，却早已在学界广为流传；专著之外，他还写了大量关于中国小说和戏曲的研究论文。小说和戏曲方面的研究成果，确立了孙氏在中国古典文学研究领域的地位。

---

① 据杨镰《孙楷第传略》云："孙楷第在校学习期间，受到老师杨树达的赏识。杨树达先生在讲授《韩非子》时，曾数次引述孙楷第所写的札记《王先慎〈韩非子集解〉补正》里的话，并亲笔在孙楷第另一篇文章上加批道：'作得好。可喜也！'"（《文献》1988 年第 2 期）据王重民《敦煌古籍校录》，王重民 1935 年在法国巴黎研究整理敦煌文献，曾以敦煌藏本《刘子》与孙楷第《刘子〈新论〉校释》互相比勘，发现"符合者十之八九"。

② 孙楷第：《唐章怀太子贤所生母稽疑》，《沧州后集》第四卷，中华书局 1985 年版，第 304~312 页。

孙氏转入小说文献研究，一方面与自己幼年以来形成的阅读兴趣有关，另一方面则是受当时学术风气的影响，为了更全面深入地探求中国古典通俗小说的"真面目"，补《四库全书总目》等书不录通俗小说之不足。在 1933 年 1 月所作《中国通俗小说书目序》中，孙楷第叙述了自己进行小说文献研究的心路历程：

> 楷第幼耽异闻，长嗜说部。及入北平师范大学，学目录学于守和先生，习而悦之，遂有志于撰作。于时劭西先生亦在师大讲贯，间以谈谦，语及斯旨。先生因谓："清修《四库提要》，去取未公。其存目之中，即多佳著；正书所录，亦有具臣。又不能收南北曲，仅以《顾曲杂言》《钦定曲谱》《中原音韵》三书附诸集部。小说则贵古而贱今，唐以后俗文概不甄录。虚争阀阅，祗示褊窄。今欲补其缺略，宜增通俗小说及戏曲二部。戏曲如静安《曲录》，搜采略备，唯通俗小说仍无人过问。此可为也。"当时悦怿，深味斯言。惜不久离平，未及著手。民国十八年，服务中国大辞典编纂处，遂奉命纂辑……十九年秋，入北平图书馆服务，遂得专心从事于此，因旧目而扩充之。①

在同时所作《辑雍熙乐府本西厢记曲文序》一文中，孙氏又一次强调了自己创立小说"版本之学"的学术追求：

> 自从王实甫《西厢记》出世以来，元以后所刻的本子真是不知有多少。可是二十年前看《西厢记》的，翻来覆去只是拿金圣叹改定本作为唯一的读物。在随便看看的人们，固无心追求元曲的真面目，就是外行如金圣叹所改的本子，已经满意了。至于穷经稽古之流，则根本不屑用其心思于淫词猥曲。校勘训诂之学，可施之于经，施之于史，施之于杂史说部，而不可施之于俗文戏曲，过去几十年前的人是这样想的，丝毫不足惊异。可是这样见解，居然在近十年间解放了。有名的学者王静安，以纯然史家的态度作了一部不朽的《宋元戏曲史》，又作了一部有价值的六卷的《曲录》，并且意思说

---

① 孙楷第：《中国通俗小说书目》卷首，国立北平图书馆中国大辞典编纂处 1933 年版，第 6~7 页。

"要补三朝之志"，已经把事情看得太郑重了。而且，更有好事之人，专门收藏珍玩小说戏曲，而小说戏曲，也居然有了所谓版本之学。①

19 世纪末、20 世纪初，过去"不入流"的小说和戏曲成为古典文学研究的显学，一些著名学者如王国维、梁启超、胡适、鲁迅等，发表了一系列有影响的专著和论文。王国维瞩目俗文学作品，撰有《宋元戏曲史》和《红楼梦评论》；梁启超提倡"小说界革命"，投身小说创作实践，努力提高小说在文学和社会生活领域的地位；胡适和鲁迅开创了现代中国古典通俗小说研究的先河，随着小说研究的进一步深入和拓展，《章回小说考证》(由胡氏为诸多名著所作序汇编而成)和《中国小说史略》成为中国古典小说研究的经典之作。既有王国维、胡适、鲁迅等著名学者发戏曲、小说研究之先端，孙氏由治校勘训诂之学转入小说版本目录研究也就是顺应潮流的事。

在孙楷第的学术成长过程中，胡适是一个不可忽略的人物。作为"五四"以来最著名的学者之一，胡适提倡以考据方法研究中国古典小说对后世的小说研究产生了很大影响。1930 年 9 月，孙楷第与胡适就清代小说《醒世姻缘传》相互通信展开讨论。在《与胡适之论醒世姻缘书》中，孙楷第以小说为本证，钩稽线索，比勘文献，对《醒世姻缘传》的作者、时代作了深入细致的考析，初步显露了他以后进行中国小说研究的基本学术理路。其考证围绕四个方面展开：(1)小说中涉及的地名和风俗与山东章丘吻合；(2)小说中的事实与人物，乃捏合明成化至康熙中叶间事迹；(3)书中所叙情节，均发生在章丘、淄川等地；(4)小说作者，极有可能为蒲松龄，否则亦当为明清间章丘或淄川人。具体论述，均以事实的考证和比对为主。胡适之后，孙楷第是最重要的以考据方法研究中国古典通俗小说的学者之一。

孙楷第 20 世纪 30 年代的小说研究，侧重于小说版本、作者和故事来源的考订，文本分析也大多建立在文献排比的基础之上。这一研究理路，一直贯穿孙氏学术生涯始终，并以此奠定了他在中国小说研究领域的地位。论及于此，程毅中

---

① 孙楷第：《辑雍熙乐府本西厢记曲文序》，《沧州集》第四卷，中华书局 1965 年版，第 406 页。

认为："孙楷第博览群书，精通训诂，保持了朴学家文献研究的传统风格，因此
对小说作者、版本以至文字训诂的考证极为精审。他还有一些考证变文和戏曲的
论文，也是俗文学研究的佳作。以朴学家的方法来研究文学，孙楷第是最有代表
性的学者。"①具体例证，如发表在 1930 年《国立北平图书馆馆刊》第 4 卷第 6 号
上的《关于儿女英雄传》，1931 年 3 月 9 日《大公报文学副刊》第 165 期上的《夏二
铭与野叟曝言》，1935 年 12 月《图书馆学季刊》第 3、4 合期上的《李笠翁与十二
楼》等文，都是极为精彩的小说考证文章。郑振铎《俗讲、说话与白话小说·序》
中的一段话，颇能概括孙氏中国古典小说研究的学术个性：

> 孙先生又由目录之学而更深入的研究小说的流变与发展。他从古代的许
> 多文献材料里，细心而正确的找出有关小说的资料来，而加以整理、研究。
> 像沙里淘金似的，那工作是辛苦的、勤劳的，但对于后来的人说来，他的工
> 作是有益的、有用的。②

孙氏对中国古典小说的探讨和研究，是以文献学的研究方法为指导的。以考
据为主而将考据、辞章、义理三者结合，是孙氏中国古典小说文献学研究的基本
理路。以此为基础，孙氏在中国古典小说研究的理论与实践两方面都取得了重要
成绩。

二、《三言二拍源流考》及其他

1931 年，孙氏在《北平图书馆馆刊》第 5 卷第 2 号上发表了题为《三言二拍源
流考》的长文，这是孙氏关于中国古典小说文献学的第一篇重要论文。文前缘起
详细记述了撰文始末，可以看作孙氏从事中国古典小说文献研究的宣言：

---

① 程毅中：《简述"五四"以来中国通俗小说的研究》，《南京师范大学文学院学报》2003 年第 1
期。
② 孙楷第：《俗讲、说话与白话小说》卷首，作家出版社 1956 年版，第 2 页。

　　昔余读鲁迅先生《小说史略》，始知有所谓《三言》及《拍案惊奇》者。闻高阆仙(即高步瀛)师有《醒世恒言》，因即假观，以一周读完，甚善之。嗣又为师范大学购得《拍案惊奇》一部，于是冯、凌著书，粗得浏览，而《通言》终未得寓目。一九二九年，因奉中国大辞典编纂处之命编辑小说书目，识马隅卿(即马廉)先生，尽读平妖堂藏书，则中有所谓《通言》者焉。马先生为斯学专家，收藏极富，于"三言""二拍"之学尤为研究有素。余工作之暇，辄就款谈，聆其议论，有所启发，默而识之，因得细心校理，识其途径。三〇年夏，调查既竟，爰即旧稿加以排比，读书有得，兼附鄙见，撰为解题。成《宋元小说部》一卷，《明清小说部》上二卷……其中板刻及诸本同异，皆夙昔闻之马先生相与讲求讨论者，此所谓"三言""二拍"学仍当属之先生，余不得掠美也。①

　　鲁迅在撰写《中国小说史略》之前，曾经广泛搜辑与中国古典小说相关的史料文献，编辑有《小说旧闻钞》《古小说钩沉》和《唐宋传奇集》等集。在此基础上写成的《中国小说史略》，全面系统地梳理了中国小说发展的历史脉络，尽管存在"阙略""不备"之处，却为读者提供了不少新发现的小说作品。孙楷第受其影响，在二十年代末期逐渐开始关注传统学者不甚关注的"三言""二拍"等通俗小说，加上工作上的安排，着手对通俗小说及其相关文献展开广泛的调查。《三言二拍源流考》即是对"三言""二拍"版本、故事源流等内容进行调查后取得的初期成果。

　　《三言二拍源流考》在孙楷第学术生涯中的重要地位，体现在该文确立了此后孙氏研究中国古典小说的基本思路：小说研究首先是文献研究，通过考述作品版本及其源流，考证小说故事的本事来源，厘析小说形成、演进中出现的问题，进而完成对小说发展史的诠释和建构。如对冯梦龙所编《古今小说》与《喻世明言》间关系的辨析，就典型反映了孙氏治小说史的学术个性：对于小说史发展具体问题和整体进程的理解，须建立在对小说文献进行考辨的基础之上。文章对相关问题所作的考析，其意义已不只是文献学范围内的版本校勘、文词比对，所要

---

① 孙楷第：《三言二拍源流考》，《沧州集》第二卷，中华书局 1965 年版，第 149 页。

解决的是更深层次的理论问题及小说史演进历程的重新建构。版本目录的记载，虽只是事实的陈列排比，但对小说研究者来说，却可借以窥测小说史演进的历程。胡适在《日本东京所见中国小说书目提要序》中，曾以《隋唐演义》为例，说明孙氏的小说目录学对于理解小说史的重要意义。

《三言二拍源流考》一文包含了孙楷第古典小说文献研究两方面的重要内容：一是对于小说版本源流的考辨，包括各种版本之间的异同、源流以及相互之间的演化关系；一是对小说本事的探索，搜辑小说故事在历史演进中的不同形态。能比较典型反映后一种研究路数的，有《包公案与包公案故事》等文。这种研究理路，后来被孙楷第称之为小说"旁证"。其基本形态，在 1930 年 9 月写成的《重印〈今古奇观〉序》中已初现端倪。

《重印〈今古奇观〉序》是孙楷第为亚东图书馆刊印的《今古奇观》所作的介绍文章。序的前半部分，对于"三言""二拍"的基本情况和《今古奇观》与"三言""二拍"之间的关系等问题作了简要而系统的考证，对于《今古奇观》收录篇则的出处也作了细致的考索；序的后半部分，附录了作者对《今古奇观》四十则故事所作的解题，简单介绍故事所演之事、在"三言"或"二拍"中的出处、故事的本事来源，亦时作简短评论。这些内容，已初具后来孙氏撰写小说提要的基本格局。姑略举三则：

三孝廉让产立高名（卷一）　演东汉许武故事。武举孝廉后，欲令二弟晏、普成名，乃析产，以薄产予二弟。弟等皆无怨言，乡里称善，悉得举孝廉。出《恒言》卷二。事见《后汉书》卷一〇六《许荆传》。

杜十娘怒沉百宝箱（卷五）　演明万历间绍兴李生与杜十娘事。出《通言》卷三十二。杜十娘事，明人盛传，宋幼清为作《负情侬传》，见《九籥别集》卷四。明潘之恒《亘史内纪》卷十一、朝鲜刊本《文苑楂橘》卷一、《情史》卷十四皆转载之。以李生之愚，而十娘误事之，江涛沦没，同屈子之冤，较之李益薄情，尤增愤慨。小说据实敷演，差足动人；后人本小说为《百宝箱》传奇，为团圆之说，甚觉无谓耳。

看财奴刁买冤家主（卷十）　演宋时曹州周荣祖，家贫，以子与人。而其人即因拾周氏藏镪致富者；死后，子归宗，物归故主。出《初拍》卷三十五，原题"诉穷汉暂掌别人钱，看财奴刁买冤家主"。此篇正传及入话张善友事，全取元郑庭玉《冤家债主》《看钱奴》两剧，第略其词曲，取科白联缀之。文字情节，尽出抄袭，不得目以创作。学者试勘之，可知小说、戏曲体裁之异。

由以上三则可以看出，在为"三言""二拍"中话本作品撰写解题时，孙氏要传达的信息大体包括以下几个方面：（1）话本所述故事的基本内容；（2）话本中涉及故事（包括入话和正话）的本事来源；（3）话本所述故事在后世文学中的流衍。这三方面的内容，加上之前所述的"三言""二拍"的版本源流，构成了《日本东京所见中国小说书目提要》《大连图书馆所见中国小说书目提要》和《中国通俗小说书目》等书具体小说条目的基本内容。这种以文献研究带动文学研究的理路，对于研究中国古典小说史有着重要的启示意义，在一定程度上改变了中国小说史研究的进程和面貌："必须先知道了《古今小说》、"三言"、"二拍"的内容，然后可以知道《今古奇观》所收的各篇都是从这几部短篇小说丛书里选出来的。必须先知道褚人获以前的隋唐故事旧本，然后可以了解褚本《隋唐演义》的真正历史地位。《水浒》《西游》《封神》《说岳》《英烈传》《平妖传》等书的历史的考证，必须重新建筑在孙先生现在开始建立的小说目录学的新基础之上。"①胡适的这一看法，在今后数十年的小说史研究实践中得到了进一步的印证。

由考析小说本事来源进而探讨小说史相关问题的研究路数，是孙楷第中国古典小说研究的显著特征。如写于1934年的《三国志平话与三国志传通俗演义》，考证元至治刊本《三国志平话》与嘉靖刊本《三国志传通俗演义》之间的关系，就是以文献的梳理和排比作为论述主体：

其实演说三国故事的书，早已有之。元时有至治刊《三国志平话》三卷，虽文章作得不好，传录又多讹误，但其中事迹太半都从史书中来，三国大事

---

① 孙楷第：《日本东京所见中国小说书目提要》卷首胡适序，《日本东京及大连图书馆所见中国小说书目提要》，国立北平图书馆中国大辞典编纂处1932年版，第8页。

也大致具备，根柢不浅，未可厚非。罗氏的《志传》，长至二百四十节，文字较《平话》多了数倍，可是仔细一考查，《志传》的间架结构，仍和《平话》一样。近来有人说《平话》采俗说，《志传》采史实，是真的讲史。我以为说这类话的人，至少对于这两部书没有深刻的研究过。①

孙氏这一看法的形成，是在对元明杂剧所演三国故事、《三国志平话》和《三国志传通俗演义》进行比较的基础上获得的。《三国志传通俗演义》和《三国志平话》在文字、篇幅上的区别，并不能掩盖二者情节结构上的联系：《三国志传通俗演义》所演故事大半取资于《三国志平话》，《三国志通俗演义》中所有重要的情节关目，在《三国志平话》中已经初具规模。《三国志平话与三国志传通俗演义》一文就三国故事的流衍及《三国演义》在前人基础上所作的加细、删订、增补等工作所作的考证，虽然尚显简略，却是《三国演义》成书研究的重要成果。后人沿此方法，对三国故事的流变和《三国演义》的成书进行了更加深入的探讨。

1935 年，孙氏在《国立北平图书馆馆刊》第 9 卷第 1 号上刊出《小说旁证序》和关于 8 篇话本小说的本事渊源材料，正式提出以"旁证"方式研究中国古典小说。这 8 篇话本分别是《灯花婆婆》《紫罗盖头》《碾玉观音》《西山一窟鬼》《冯玉梅团圆》《简帖和尚》《阴骘积善》和《孔淑芳双鱼扇坠传》。孙楷第关于话本小说所作的旁证研究，在 20 世纪三十年代已具有相当规模，此后仍读书不辍，屡有补入。② 其中少数篇则，后来曾分别在《文献》《文学评论》等刊物上陆续发表，而《小说旁证》作为整体直到 2000 年才由人民文学出版社出版。在《小说旁证序》中，孙楷第概括"旁证"式小说研究的必要性说：

> 宋人说话有小说一门，敷衍古今杂事，如烟粉、灵怪、公案等色目不同，当时谓之舌辨……及文人代兴，效其体而为书，浸开以俚言著述小说之

---

① 孙楷第：《三国志平话与三国志传通俗演义》，《沧州集》第二卷，中华书局 1965 年版，第 110~111 页。

② 如《警世通言》中的《拗相公饮恨半山堂》话本，孙氏引明宣德间赵弼《效颦集》中的《钟离叟妪传》作为故事本源，后附按语云："此文犀利，章法谨严。然刻露已甚，必元祐党家所作也。"并注明写于"一九七二年六月十七日"。可见在此后数十年中，孙氏每于读书中有所闻见，即予以记录。

风。如明冯梦龙"三言"、凌濛初《拍案惊奇》二集、清李渔《无声戏》、《十二楼》等不下数百卷，为世人传诵。于是通俗小说骎骎乎为文艺之别枝，与丙部小说抗衡。盖其纪事不涉政理，头绪清斯无讲史书之繁；用事而以意裁制，词由己出，故无讲史之拘；以俚言道恒情，易览而可亲，则无文言小说隔断世语之弊……然则征其故实，考其原委，以见文章变化斟酌损益之所在，虽雕虫篆刻几于无用，顾非文人之末事欤？……因就暇日流览所及，上起六朝，下逮清初杂书小记传奇记异之编，凡所载事为通俗小说所本或可以互证者，辄行抄录。积久成帙，厘为七卷。姑以付之手民，排印问世。非云博识，聊为讲求谈论之资云尔。①

《三言二拍源流考》《重印〈今古奇观〉序》等文及《小说旁证》，或讨论版刻源流，或探析名物制度，或征其故实，或考其原委，或辑录与小说可以相互参证的故事，形成了具有孙氏特色的中国古典小说研究路数。

孙楷第开创的"旁证"式的古典小说文献研究路数，直接启发了后来的许多小说研究者。数十年后，谭正璧在孙氏研究的基础上，积数十年之功，通过广泛查阅文献，编纂了60余万字的《三言两拍资料》，将"旁证"式的小说研究路数作了进一步发挥。小说本事研究，成为20世纪中国古典小说研究的重要内容。

三、"中国小说三目"：中国古典小说文献学的奠基之作

孙楷第在中国古典小说研究领域最令人瞩目的成就，是完成于20世纪三十年代初的"中国小说三目"——《中国通俗小说书目》《日本东京所见中国小说书目提要》和《大连图书馆所见中国小说书目提要》(后二书人民文学出版社1958年出版时合题为《日本东京所见小说书目》)，成为奠定孙氏在中国古典小说文献学研究领域重要地位的扛鼎之作。

在孙楷第的"中国小说三目"中，最先完成的是《日本东京所见中国小说书目

---

① 孙楷第：《小说旁证序》，国立北平图书馆馆刊编辑部编《国立北平图书馆馆刊》第9卷第1号，1935年1—2月，第11页。

提要》。在任《中国大辞典》编纂处编辑期间，孙氏获接编辑小说书目的工作。1930 年前后，孙楷第开始着手编纂小说书目。1931 年 9 月，在征得北平图书馆及中国大辞典编纂处同意后，孙氏东渡日本访书。对于此次日本访书的原委及大致经过，孙氏在《日本东京所见中国小说书目提要序》中作了明确交代：

> 余以民国十九年（1930）间，辑录《中国小说书目》，所据者为国立北平图书馆藏书，孔德学校图书馆藏书，马隅卿先生藏书，以及故家之所收藏。厂肆流连，随时注意，一二年间，搜集略备。嗣见日友长泽规矩也先生所记日本小说板刻，益以古今人之所征引著录，都八百余种。于去岁三月写成初稿，粗可观览。而东邻所存中国小说若干种，仅据长泽先生所记，未得目睹。或名称歧异，或内容不详，非读原书，无从定其异同……乃商之中国大辞典编纂处及国立北平图书馆当局，以去岁九月，扬舲东渡。十九日，抵东京驿，遽闻辽东之变，悲愤填膺，欲归复止……居东京月余，公家藏书，如宫内省图书寮、内阁文库、帝国图书馆，私家如尊经阁、静嘉堂、成篑堂以及盐谷温博士、神山闰次先生、长泽规矩也先生、文求堂主人田中氏、村口书店主人某君，所藏小说部分，皆次第阅过。以归心甚急，乃罢京都之行，迂道大连返平。抵塘沽之夕，为十一月十五日，时则津变犹未已也。越冬至春，公余多暇，乃发旅篋所携，重加整理，排比次第，厘为六卷。亦复评校得失，详其异同。①

《日本东京所见中国小说书目提要》是对日本东京各主要图书馆及私人所藏中国通俗小说书目的一次总调查，其中著录的许多孤本、秘本，成为后来研究中国小说的重要依据。在书前《缘起》中，孙氏以文献学家的眼光，对日本东京公私所藏中国小说版本予以简评说：

> 日本官府藏书，以宫内省图书寮为最精……所藏四部书外，小说、戏曲

---

① 孙楷第：《日本东京所见中国小说书目提要》卷首自序，《日本东京及大连图书馆所见中国小说书目提要》，国立北平图书馆中国大辞典编纂处 1932 年版，第 1~2 页。

间有旧本，然为数无多。故欲搜求此等书籍，自不得不以内阁文库为渊海。内阁所庋小说，如元至治刊本平话，明崇祯本《二刻拍案惊奇》，已为唯一无二之孤本。《封神演义》有万历原本，《古今小说》有昌、启间原本，初、二刻《新平妖传》有泰昌、崇祯原本。《唐书演义》《大宋中兴通俗演义》有嘉靖本，又有万历本。《西游》《水浒》，万历以来刊本俱有数种之多。其他明清旧本尚数十种……

　　私家静嘉堂岩崎氏既得吾国归安陆氏藏书，鉴其精华，年来搜集亦颇注意旧本，藏书之富，在槫桑顿占重要地位。小说除万历本《唐书演义》外，无重要明本。尊经阁前田氏夙以藏书著名，小说有罗贯中《隋唐两朝志传》，某氏《征播奏捷传》，并万历本；李笠翁《无声戏》为清初刊本：俱是孤本。亦藏《古今小说》一部，与内阁文库本争霸京国，同为天壤间秘笈。德富苏峰氏成篑堂有宋板《唐三藏取经记》，世所习知，宏（弘）治本《钟情丽集》亦不多得之书。盐谷温博士、神山闰次先生、长泽规矩也先生俱研究中国小说，架上所庋，时足补簿录之所未备。文求堂田中氏博闻多识，亦有板本之好，所藏嘉靖本《三国志》最为秘笈，即上海商务印书馆所据以影印者。设北平不出此书而登于国立北平图书馆，则此本者不将睊眤一世乎？村口书店有万历本朱鼎臣编《西游记》，及某氏《续三国志》：并是孤本。①

孙氏此次东行，前后仅有两月。所阅藏书，也都集中在日本东京一地。虽然并不是对日本所藏中国通俗小说的全面调查（后来大塚秀高等人对日本藏中国通俗小说作了进一步的调查，在孙楷第的基础上有所补益），但作为第一次对日本所藏中国通俗小说所作的调查，在建立中国古典小说目录学的过程中却十分重要，为他后来完善并最终编定《中国通俗小说书目》做了必要的准备。

　　《日本东京所见中国小说书目提要》按类分为六卷，著录小说 66 种：卷一为宋元部，著录小说 5 种：《新雕大唐三藏法师取经记》《新刊全相平话武王伐纣书》《新刊全相平话乐毅图齐七国春秋后集》《新刊全相秦并六国平话》《新刊全相

---

　　① 孙楷第：《日本东京所见中国小说书目提要·缘起》，国立北平图书馆中国大辞典编纂处 1932 年版，第 1~3 页。

平话前汉书续集》，其中后 4 种与《三国志平话》合称《元至治刊平话五种》，因为《三国志平话》此前曾由上海商务印书馆据日本东京帝大所藏影印本缩印，故不再著录。卷二为明清部一，著录明清时期的短篇小说，凡 12 种：熊龙峰刊小说四种(《冯伯玉风月相思小说》《孔淑芳双鱼扇坠传》《苏长公章台柳传》《张生彩鸾灯传》)、《古今小说》、《二刻拍案惊奇》(附《宋公明闹元宵杂剧》)、《鼓掌绝尘》、《无声戏》、《八洞天》、《警世奇观》、《人中画》、《再团圆》。卷三为明清部二，著录明清时期的长篇讲史小说，凡 19 种：《三国演义》《唐书演义》《隋唐两朝志传》《宋传》《新刻续编三国志后传》《英烈传》《承运传》《新刻全像音注征播奏捷传通俗演义》《东西汉》《春秋列国志传》《新镌全像孙庞斗志演义》《盘古至唐虞传》《有夏志传》《皇明中兴圣烈传》《辽海丹忠录》《平虏传》《新编剿闯通俗小说》《精绣通俗全像梁武帝西来演义》《大明正德皇游江南传》。卷四为明清部三，著录明清时期以烟粉、灵怪为题材的长篇小说，其中烟粉类 7 种：《飞花咏》《金云翘传》《引凤箫》《幻中真》《鸳鸯配》《绣榻野史》《浪史》；灵怪类 11 种：《钱塘渔隐济颠禅师语录》《济公传》《西游记》《新刊八仙出处东游记》《吕仙飞剑记》《萨真人咒枣记》《新刻全相二十四尊得道罗汉传》《新刻全像牛郎织女传》《封神演义》《平妖传》《飞跎全传》。卷五为明清部四，著录明清时期以公案和劝戒为题材的长篇小说，并附录神山闺次所藏清道光十四年坊间所刻的一部通俗小说丛书《怡园五种》，其中公案类著录 6 种不同版本的《水浒传》，劝戒类著录《醋葫芦》《疗妒缘》2 种，《怡园五种》则收录了 5 部小说：《玉支矶传》、《双奇梦》(即《金云翘传》)、《情梦柝》、《蝴蝶媒》、《麟儿报》。卷六为附录部分，收录传奇、通俗类书及子部小说。其中传奇 6 种：《效颦集》《广艳异编》《删补文苑楂橘》《痴婆子传》《新刻钟情丽集》《风流十传》；通俗类书 4 种：《国色天香》《万锦情林》《重刻增补燕居笔记》《增补批点图像燕居笔记》；子部小说 5 种：《新刻皇明诸司公案传》《皇明诸司廉明奇判公案传》《新刻名公神断明镜公案》《新镌国朝名公神断□□详情公案》《东坡居士佛印禅师语录问答》。

古代书坊刻书，同一小说经常出现异名现象，随意篡改书名尤其是名著书名的现象颇为普遍，甚至卷次、情节都存在不小的差异，给小说目录的编纂带来了诸多不便。针对这一情况，孙楷第的做法是：

今于此等悉存原名，而立总名于上。庶观一书而知其诸本，并知诸本之异名。①

以《水浒传》为例。《日本东京所见小说书目提要》著录的《水浒传》版本有 6 种：内阁文库藏明余氏双峰堂刊《京本增补校正全像忠义水浒志传评林》二十五卷残存十八卷，内阁文库藏明容与堂刊《李卓吾先生批评忠义水浒传》一百卷一百回，神山闰次藏明刊本《钟伯敬先生评忠义水浒传》一百卷一百回，东京帝大研究所藏金阊映雪草堂刊《水浒全传》三十卷，内阁文库藏明雄飞馆刊《精镌合刻三国水浒全传》，长泽规矩也藏明崇祯刊《第五才子书施耐庵水浒传》七十五卷。类似情况，在《中国通俗小说书目》的编纂中更为普遍。

《日本东京所见中国小说书目提要》在著录小说版本信息的同时，还从目录学角度对相关问题进行细致的比勘考证。在孙氏看来，"板本之学"与"目录之学"二者相辅相成，殊途同归：

自向、歆校书，总群书而为《七略》，班固因之作《艺文志》，爰有簿录之学。自此而降，荀、王之俦递有造作；《隋志》以下以至《四库提要》，益臻繁密。要以辨彰学术，考镜得失。此目录之学也。雕板之业，自赵宋而始盛，其时士夫雅嗜校书，如尤氏《遂初堂目》所记，已颇注重板本。明清以来藏书大家，竞以宋元本相尚，诸所为藏书目及题跋记等，记一书之行款形式，期于详尽靡遗，意在鉴古。此为板本之学。此二者意趣不同，似非一涂。然目录之于板本，关系至为密切。昔陆元朗作《释文》，于每字之下，即详列某本作某，盖所以明授受之源流，证诸本之同异，不得不如是也。《四库提要》于考证为详，虽不记板刻，而根据板本立论者实不一而足。以是言之，则学者离开板本而言簿录，未见其可也。②

---

① 孙楷第：《日本东京所见中国小说书目提要·缘起》，国立北平图书馆中国大辞典编纂处 1932 年版，第 6 页。

② 孙楷第：《日本东京所见中国小说书目提要·缘起》，国立北平图书馆中国大辞典编纂处 1932 年版，第 3~4 页。

目录学立足于书籍分类，由《七略》的简单分类，发展到《四库全书总目》在分类基础上的书目提要，其根本意义，正如近代著名学者余嘉锡在《目录学发微》中所说，在于"辨章学术，考镜源流"。而版本学以书籍版本为主要研究对象，辨别版本优劣，考较版本源流。二者意趣明显不同。然而正如孙氏所说，考辨学术发展的源流，离不开对版本的辨别；而版本辨别只有为考辨学术服务，才能进一步凸显版本之学的意义。《四库全书总目》将"板本之学"与"目录之学"二者紧密结合，成为了版本目录学的经典之作。

出于这一认识，孙楷第在编撰《日本东京所见小说书目提要》时，将小说版本学与小说目录学合二为一：

今兹书中所记，于板本内容为详。兴之所至，亦颇搜采旧闻，畅论得失。其意使鉴古者得据其书，谈艺者有取其言。博雅之士，谅不以糅杂为嫌也。①

版本、目录，二者既不偏废，又有所侧重，是孙氏编撰小说书目的基本原则。而其中某些"兴之所至"写成的考辨文字，因为有对版本的细致比勘为基础，往往能透见问题的根本。如对余氏双峰堂刊本《京本增补校正全像忠义水浒志传评林》（即通常所谓的"简本"系统）与容与堂刊本《李卓吾先生批评忠义水浒传》（即通常所谓的"繁本"系统）二者间差异的论述，集中在四个方面：（1）诗词之删略；（2）正文之删略；（3）节目之省并；（4）增加部分。虽然篇幅不长，难称研究《水浒传》繁本、简本异同的专论，却因建立在丰富的版本信息基础之上，成为后来关于这一论题的经典论述。②

在由日本回国途中，孙楷第途经大连，又以五天的时间，尽阅大连图书馆所藏中国通俗小说，撰成《大连图书馆所见中国小说书目提要》一卷。他在《题记》

---

① 孙楷第：《日本东京所见中国小说书目提要·缘起》，国立北平图书馆中国大辞典编纂处1932年版，第4页。

② 孙楷第：《日本东京所见中国小说书目提要》第五卷，国立北平图书馆中国大辞典编纂处1932年版，第179~200页。

中对于此次访书原委作了简要交代：

> 余既于民国十九年(1930)十月阅日本东京公私所藏小说讫，闻大连满铁图书馆藏日本大谷氏捐赠小说多种，中颇有旧本为内地所不易见者，乃决意往访。先由人友长泽先生函馆中松崎鹤雄氏，为余先容，托其照拂。十一月八日抵大连后，复识馆长柿沼氏，知余来意，引余入专门研究室，与以方便，供待甚厚。该馆阅览时间，自上午九时起，至下午九时以后，犹许留止。如此办法，乃大惠于余。每日晨九时入馆，晚十时步行回寓。凡五日阅讫。在此一日工作，几等于在日京之二日也。时民国二十一年五月二十八日孙楷第记。①

《大连图书馆所见中国小说书目提要》在编撰体例上与《日本东京所见中国小说书目提要》一致，因为小说数量有限，仅分"短篇总集"和"长篇"两目："短篇总集"下录短篇小说总集 12 种：《二刻增补警世通言》《醒世恒言》《鸳鸯针》《一枕奇》《双剑雪》《连城璧全集》《外编》《珍珠舶》《幻缘奇遇小说》《海内奇谈》《西湖文言》《人中画》《古今小说》。"长篇"下根据所存小说内容、题材分"讲史类""烟粉类""灵怪类"三类，共录小说 14 种。其中"讲史类"4 种：《新刊京本春秋五霸七雄全像列国志传》《新镌绣像批评隋史遗文》《警世阴阳梦》《钟伯敬先生评定东西汉传》；"烟粉类"9 种：《合浦珠》《赛花铃》《女开科传》《新编飞花艳想》《醒风流》《墨憨斋新编绣像醒名花》《新编清平话史炎凉岸》《世无匹》《梧桐影》；"灵怪类"1 种：《济公全传》。最后附子部小说 1 种：《鼎锲国朝名公神断详刑公案》。

孙楷第的第三部也是分量最重的一部小说书目作品是十二卷本《中国通俗小说书目》。该书初步完成于 1932 年上半年，经过半年多的修订，1933 年 3 月出

---

① 孙楷第：《大连图书馆所见中国小说书目提要》卷首，《日本东京及大连图书馆所见中国小说书目提要》，国立北平图书馆中国大辞典编纂处 1932 年版，第 1 页。孙氏作于 1932 年之《日本东京所见中国小说书目提要》序言称，"以去岁九月，扬舲东渡"，据此，"民国十九年"当作"民国二十年"。

版，是孙氏在综合《日本东京所见中国小说书目提要》《大连图书馆所见中国小说书目提要》及自 1930 年以后在国内收集到的中国小说目录基础上的一次系统性总结。据郑振铎《中国通俗小说书目序》所说，孙氏着手编录的是《中国通俗小说提要》，先行出版的《中国通俗小说书目》是简编本。① 因此，《中国通俗小说书目》与《日本东京所见中国小说书目提要》和《大连图书馆所见中国小说书目提要》在编撰旨趣上各有侧重：《东京》《大连》二书目录与版本并重，著录版本资料之外，对各书的具体内容都予详细介绍，做了大量的考证工作；《中国通俗小说书目》则偏重版本之学，以记录版刻资料为主，而较少就具体问题作"辨章学术，考镜源流"。二者互相补益，并行不悖。他在《重印日本东京所见小说书目提要序》中说：

> 《中国通俗小说书目》是包括现存和已佚未见书的专门书目，在这部书目里，可以知道宋、元、明、清四朝有多少作家，有多少不同色类的作品。作家有小传，作品间有评论介绍。而为体裁所限，苦不能详。《东京》《大连》两书目则不然。这两部书，对于读过的每一种小说，皆撰有提要，详细地记录了板本的形式，故事的原委；必要时照抄原书的题跋目录；并且，考校异同，批评文字。为读者提出了若干问题，也相当的解决了若干问题。以此《东京》《大连》两书目与《通俗小说书目》相辅而行，对于初研究小说的人是有益的。②

《中国通俗小说书目》的材料来源，除了《日本东京所见中国小说书目提要》和《大连图书馆所见中国小说书目提要》中的材料之外，国内的小说材料主要是当时的北平图书馆、孔德学校图书馆、燕京图书馆等处和马廉等私人所藏的中国通俗小说。此外，还有一些见诸友人所藏的中国通俗小说，如书中注明来自郑西

---

① 郑振铎序作于"民国二十一年(1932)十二月十七日"，其中说《中国通俗小说书目》为九卷本，而 1933 年出版时已增订为十二卷本。据小说卷次编排，增加部分，当为附录部分第 10、11、12 卷"日本训译中国小说书目""西译中国小说简目"和"满文译本小说简目"。
② 孙楷第：《日本东京所见小说书目》卷首，人民文学出版社 1958 年版，第 1 页。

谛（即郑振铎）的小说。

编录小说书目，自然要涉及小说分类问题。从文献学的角度对中国通俗小说进行分类，孙楷第有开拓之功。在《日本东京所见中国小说书目提要·缘起》中，孙氏通过对鲁迅《中国小说史略》中关于小说分类的批判性理解，建立了比较明确的小说分类和辨体意识：

> 簿书分类，自《七略》以来，诸家咸出己见以意离析合并，至于今日，去取从违，殆非易事。若小说、戏曲，源出于唐宋之伎乐，素为士夫所不齿，自来史书亦无登此等书于目而为之论列者。鲁迅先生作《小说史略》，于宋明通俗小说记述为详，分门别类，秩序井然，学者于此始稍稍有门径可寻。以今论之，目《五代史》《京本通俗小说》为话本，而话本固与流别无关；即以话本言，亦不限此二书。目冯梦龙"三言"为拟宋市人小说，然其中原不少宋元话本。入《水浒》于讲史，入《七侠五义》于侠义，然《水浒》自明时已有忠义书之目。其分类名称，未为允惬矣。然天下事草创实难，批评最易，今之为此学者，宜就已成之书分别加细，发挥而光大之，固不得挟一二私见以拟议前辈也。窃谓吾国小说书，直接源于宋之说话人，分门别类，取当时说话之色目为称，于小说之源流系统，已足表示明了。观《梦梁录》诸书所记，则讲史与小说实为对峙之局：一缘讲史事而较长，一记琐闻而稍短。小说之中又有烟粉、灵怪、公案、传奇诸子目。其后文人造作稍变其例，乃有演小说而与讲史书抗衡者。是则中国小说只有讲史、小说二派，即短篇、长篇之名，亦只足以示篇幅，不足以明性质，不必强用。余作小说书目首宋元部，以书少不分类。次明清讲史部。次明清小说部甲，以单行旧本及诸总集所收小说体例不背于古者隶之。次明清小说部乙，以文人变古诸小说隶之。今此书所记，略以时代次第之，分类稍与书目不同。①

在此，孙楷第确立了关于中国通俗小说分类的基本思路：将通俗小说分为讲史和

---

① 孙楷第：《日本东京所见中国小说书目提要·缘起》，国立北平图书馆中国大辞典编纂处1932年版，第5~6页。

小说两类，然后在此基础上再按时代、题材进行分类。宋元部作为讲史和小说的正体；明清部分作三类，一类为模仿宋元小说正体而作的短篇小说，一类为宋元小说的变体，其分类与宋元说话色目近似，一类为宋元讲史的变体长篇历史演义。

在《中国通俗小说书目》中，孙楷第沿袭了自己在《日本东京所见中国小说书目提要》中以四分法划分通俗小说的做法。为了进一步明确自己在通俗小说分类方面的认识，在后来修订出版的《中国通俗小说书目》中，孙氏单列《分类说明》一目，对自己的小说分类进行理论上的总结和提升。在《分类说明》中，孙楷第又一次以评述鲁迅《中国小说史略》关于通俗小说的五分法立论，概括《中国通俗小说书目》的小说分类原则说：

> 此五目皆属于清人书，品题殆无不当。唯此乃文学史之分类，若以图书学分类言之，则仍有不必尽从者。《史略》"讲史"二字，用宋人说话名目。考宋人说话，小说有"灵怪"，实即"神魔"；有"烟粉"，实即人情及狭邪小说；有"公案"，实即"侠义"。①

基于这一认识，孙氏在对通俗小说进行分类时，遵循以下思路："故余此书小说分类，其子目虽依《小说史略》，而大目则沿宋人之旧。此非以旧称为雅，实因意义本无差别，称谓即不妨照旧耳。"接下来，孙氏从图书分类学的角度出发，在辨析宋人"说话"分类的基础上，立足于小说史发展历程，对通俗小说的分类作了详尽深入的厘析：

> 簿录分类，宜以性质画分，不得以形式为判，故余此书不用长篇短篇之名，略因时代先后立四部以统之：曰宋元部，以宋元讲史小说书隶之。曰明清讲史部，以讲史书隶之。曰明清小说部甲，以小说短篇合了最初体制者隶之。曰明清小说部乙，因古今之宜立四目：曰烟粉、灵怪、公案、讽谕，以

---

① 孙楷第：《中国通俗小说书目·分类说明》，人民文学出版社1982年版，第1页。

长篇小说之变古者隶之。其因书未见致书之性质文体不明者，另为存疑目一卷附于后。①

孙氏对于中国通俗小说的分类包含三条线索：其一，以时间顺序先后作为划分依据，将中国古典通俗小说分为宋元和明清两个段落；其二，以内容题材为划分依据，将数量占优的讲史小说从其他题材的小说中独立出来，其他小说又以题材的不同做进一步的划分；其三，尽管孙氏声明小说分类应该"以性质区分，不得以形式为判，故余此书不用长篇短篇之名"，但事实上他仍然沿袭了自己在《日本东京所见中国小说书目提要》中的做法，以篇幅的长短作为分类的依据。对于这一划分的科学性和局限性，孙氏有清楚的认识："若通俗小说，其界限初虽明显，自明以降，则杂糅实甚。本书所分，不过略示限断，而其间往往有相似不同，骤难爬梳，仅以意断之。虽史家有互见之例，事涉反复，今不沿用。"②中国古典通俗小说的分类，涉及中国小说研究的各个方面，诸如具体作品创作时间的判定，小说文体的独特个性，小说题材的涵摄多样，等等，都会影响对小说类别归属的划分。其中反复多致的情形，出现"仁者见仁，智者见智"的认识实属必然。

孙氏对于宋元小说和明清小说的划分，看似线索丛错，实则有着内在一致的标准，他所遵循的依据，仍是宋人将说话分为讲史和小说的基本分类。鲁迅《中国小说史略》袭宋人分类而易以近代新名，孙氏《中国通俗小说书目》则因袭了宋人小说分类的旧名。只是考虑到明清小说错落多致的情况，"后来文人撰作，乃有言家庭社会杂事，而鸿文潇洒，篇章与讲史书抗衡者。是故语其朔则讲史为长篇，而小说为短篇；语其变则小说有短篇亦有长篇，其长者且与讲数百年之史事者等"③，才在"明清讲史部"之外另立"明清小说甲部""明清小说乙部"以统之。甲部主要著录明清两代的短篇白话小说，乙部则主要著录明清两代讲史小说之外的长篇章回小说：

---

① 孙楷第：《中国通俗小说书目·分类说明》，人民文学出版社 1982 年版，第 2~3 页。
② 孙楷第：《中国通俗小说书目·分类说明》，人民文学出版社 1982 年版，第 3 页。
③ 孙楷第：《中国通俗小说书目·分类说明》，人民文学出版社 1982 年版，第 2 页。

　　　　小说甲部乙部之分，有时颇费斟酌。如上所说，宋说话人之讲史，其词意较繁，后之讲史书是其苗裔。小说者其词寡，后之宋明短篇即出于此，本书目以小说甲部。又后而小说亦出巨制，同于讲史，斯为变体，本书目以小说乙部。①

这一分类的基本思想，在《日本东京所见中国小说书目提要》中已经确立。

明清两代的小说作品，从大类上说，可以分为"讲史"和"小说"两类。其中，"小说"又因篇幅的长短，可分为短篇小说（即甲部）和长篇小说（即乙部）。而在确定具体小说的部类归属时，孙氏又对其中的两类特殊情况作了详细说明。

其一，分回与否不能作为区分短篇小说和长篇小说的主要依据：

　　　　而小说甲部中有每篇分为若干回者，如《鼓掌绝尘》《鸳鸯针》《载花船》《十二楼》《弁而钗》《宜春香质》《珍珠舶》等是，其多者每篇分十回，少亦三四回五六回不等。有演一故事自始至终为一篇，中不分节段者，如宋元旧本及"三言""二拍"等是。前者因后来小说多分章回习而用之，后者乃最初话本形式也。然书标回数，固是后来刻书人所为，而自昔说唱，中间即有休歇（间歇处伎艺人谓之务头）。讲史固非多次莫办，小说亦不能限于一场，如宋明旧本虽只是一篇，施之说唱，则非一时所能尽也。（宋人《西山一窟鬼》小说云：因来临安取选，变做十数回小说。元无名氏《货郎旦》剧，其第四折为说唱《货郎儿》，演李姓琐事，而云：编了二十四回小说。即小说说唱时分回之证。）故分回与否，绝非小说甲乙部区别所在。②

其二，短篇小说、长篇小说的划分依据，在篇幅长短之外，小说的流派归属同样应作为判定的标准，孙氏将明末清初兴起的才子佳人小说和清代兴起的猥亵类、劝诫类小说划归乙部即出于类似考虑：

---

① 孙楷第：《中国通俗小说书目·分类说明》，人民文学出版社1982年版，第3页。
② 孙楷第：《中国通俗小说书目·分类说明》，人民文学出版社1982年版，第3~4页。

唯坊肆间书，往往有短拙之本，尤以乙部烟粉类为多。凡此等书，其大剂不过二三十回，其少者仅十余回乃至八回。论其文固诚是短篇，而其说佳人才子，性质与《鼓掌绝尘》《五色石》《珍珠舶》等正同。《鼓掌绝尘》等既属甲部总集，则即目此为甲部单行本，似亦合于事理。唯余此编，仍以此类书入乙部。其意以为此类书，明清之际，始见繁多，稍著者如《玉娇梨》《平山冷燕》《情梦柝》，虽皆只二十回，而语其局度分量，固犹是小说乙部之书，特其波澜气魄较为狭小耳。然作者稍具小才，文能通顺，即非佳著，亦差可观览。而其娇揉关目，却为世俗人所喜。书既风行，效之者多，虽琐琐不足道，仅成短书，要其意固自附于《玉娇梨》《平山冷燕》者流，非真有意于耳犹、初成之作也。若《珍珠舶》等，特以才子佳人作风施于总集，其有意效甲部小说之体，与其书之应隶甲部小说，则至显然。故于此断入甲部。其短拙之才子佳人书，则附乙部《玉娇梨》等书之后，以见其末流有若是而已。（乙部猥亵类、劝诫类亦多短书，其不入甲部之故与此同。）①

《中国通俗小说书目》正文7卷，所收小说，体裁"以语体旧小说为主"，时间从宋朝至辛亥革命之前，不仅著录存留下来的通俗小说，对于古代各类书目载记在册而到孙氏辑录小说书目时已散佚不存的小说一并著录，总录小说800余种。② 正文7卷按四部分类：宋元部、明清讲史部、明清小说甲部（即明清短篇小说）、明清小说乙部（即明清长篇小说）；明清小说乙部中又分四类：烟粉、灵怪、说公案、讽谕。既兼顾作品的时代先后，又充分考虑到作品的篇幅、题材和内容，力求清晰通明。附录3卷分别为存疑目、丛书目和日本训译中国小说目录。

第一卷为宋元部。宋元小说多已遗佚，此卷著录，主要是孙氏从各类书目文献中辑录而成。作者按照《梦华录》《都城纪胜》《梦粱录》及《武林旧事》等书对宋元"说话"的分类，目下分宋元小说为两类：讲史和小说；其中小说又分灵怪、烟粉、传奇、公案、朴刀局段、捍棒、神仙、妖术等类。其中，讲史类录小说8种，小说类录小说134种，均标示小说的存佚情况。卷末附小说总集2种：《京

---

① 孙楷第：《中国通俗小说书目·分类说明》，人民文学出版社1982年版，第4页。

② 参见孙楷第：《中国通俗小说书目·凡例》，人民文学出版社1982年版。

本通俗小说》《烟粉小说》。

第二卷为明清讲史部。孙氏在明清小说中单立讲史一目，一方面是受鲁迅《中国小说史略》的影响；另一方面，也出于以下几方面的考虑：（1）与其他题材相比，明清两代以演绎历史故事为题材的小说数量庞大，"通俗小说中讲史一派，流品至杂。自宋元以至于清，作者如林"；（2）明清两代历史演义小说体式繁复，作者层次各异，将其作为一类处理，可以对有关问题作比较详细的厘析，"以体例言之，有演一代史事而近于断代为史者；有以一人一家事为主而近于外传、别传及家人传者；有以一事为主而近于纪事本末者；亦有通演古今事与通史同者……大抵虚实各半，不以记诵见长。亦有过实而直同史抄，凭虚而全无根据者，而亦自托于讲史"。鉴于上述情形，孙氏在排列历史演义小说时，采取了两条线索：（1）不以小说作者时代先后为序，而以故事所演朝代先后为序；（2）以故事的演化为纲领，每一朝代讲史目中，则以作者时代先后为序，故事属于同一系统的小说作品，均系于最初演绎该故事的小说之后。"其同演某一代史事者，虽巧拙不同，虚实异趣，体例攸分，苟其上系下属，在此系统之内，悉目以讲史。而在此一系统之中，更以书成先后依次排比之。"①在讲史部中，除了收录《三国演义》这样的讲史小说"正体"，还收入了如《隋唐演义》这类受英雄传奇小说影响较深的作品。

第三卷为明清小说甲部。明清两代，短篇小说作品数量丰富，单篇作品之外，还出现了不少短篇小说集，其中既有像《六十家小说》、《清平山堂话本》、"三言"这样汇集他人作品编选而成的总集，也有像《石点头》《鼓掌绝尘》《十二楼》这样的自著短篇小说集。本卷共著录小说172部，其中单篇作品95部，总集14种，自著总集63种。

第四、五、六、七卷为明清小说乙部。此部小说除了以类相从之外，"皆以作者时代先后为次"。而一旦遇到共同演绎同一故事或者故事同属同一系统的小说作品，则又采取如同《四库全书总目》"笺释旧文则从所注之书"的编纂体例，依类系书，"不论著者之人，悉附于最初演此故事书之后"。在这四卷中，孙氏

---

① 孙楷第：《中国通俗小说书目·分类说明》，人民文学出版社1982年版，第4~5页。

将明清两代讲史之外的长篇小说分为四类：第四卷为烟粉类，这类小说在明清两代作品数量最多，孙氏按照题材差异，又分其为人情小说、狭邪小说、才子佳人小说、英雄儿女小说和猥亵小说等五个子类；第五卷收录灵怪小说；第六卷为明清两代"说公案"小说，分为侠义和精察两类；第七卷著录明清两代讽谕主题的小说，一类为讽刺，一类为劝诫。

第八卷以下至第十二卷为附录部分，其中第八卷为"存疑目"，"以书之已佚未见不能知其文体内容者入之"；第九卷为"丛书目"，"以汇刻书为限，其总集与一人自著总集，不入丛书目"；第十卷附录"日本训译中国小说书目"，抄录日本仓石武四郎所编《训译支那小说目录》；第十一卷附录"西译中国小说简目"；第十二卷附录"满文译本小说简目"。

孙楷第在编纂《中国通俗小说书目》时，尽可能广泛地汲取了版本目录学史上具有重要影响的目录学著作如朱彝尊《经义考》、谢启昆《小学考》、《四库全书总目》和王国维《曲录》等书的优点，确立了小说目录学的基本体式：

四　静安先生《曲录》于剧本后，时附注关于此剧之轶闻掌故，既便参考，亦博趣味。本编于书名后亦摘录有关斯书之笔记琐闻，但取切要与他书所未曾载者，若繁文考证之语，一概不录。

五　朱竹垞《经义考》、谢蕴山《小学考》，每书后皆有题记。题记于此书序跋外，兼录前人考证论列之语，搜辑甚备，虽便参考，颇为凌杂。本编见存各书，其题记力求简要，不多征引。偶有说明本书之处，亦随意及之，不为定例。至各书序跋有时可供参考，则存序作者姓名及作序年月于记中，但亦不涉及文字。至已佚及未见之本，则视本人力之所及，于其掌故内容，详加考校，不以繁琐为嫌。盖前人苦心著书，不幸散佚，若并其崖略而不存，则负前人；且使留心小说文献者无所考稽，或旧闻因此日就湮没，则又负来者，故于此则加详也。

六　朱氏《经义考》、谢氏《小学考》，并注存佚，用意至善。但存者不记板本，作者盖以史家著录，无注板本之例，事近琐碎，故不为此。缪荃荪氏《书目答问》记板本特详，虽自谓便初学之书，而今虽鸿儒硕学亦莫能废焉，则其体之善也。本书除已佚及未见外，并注明某某本，其旧本、善本且及于行款图相，以云琐碎，此实难免。①

孙氏在确立《日本东京所见中国小说书目提要》《中国通俗小说书目》等书的编纂体例时，以"供俭学者一瓻之求"为宗旨，充分吸取了前代在目录编纂方面所做的探索，博取众长，自成一家，为小说目录学的发展奠定了可资借鉴的典范。1932 年，胡适在评价孙楷第的治学特点和学术成就时说："沧县孙子书先生是今日研究中国小说史最用功又最有成绩的学者。他的成绩之大，都由于他的方法之细密。他的方法，无他巧妙，只是用目录之学做基础而已。他在这几年之中，编纂中国小说书目，著录的小说有八百余种之多。他每记载一种书，总要设法访求借观，依据亲身的考察，详细记载板刻的形式与内容的异同。这种记载便是为中国小说史立下目录学的根基。这是最稳固可靠的根基，因为七八百年中的小说发达史都可以在这些板本变迁沿革的痕迹上看出来。所以孙先生本意不过是要编一部小说书目，而结果却是建立了科学的中国小说史学，而他自己也因此成为中国研究小说史的专门学者……我们看这一部小说的历史，就可以知道孙先生的小说目录学在小说史学上的绝大重要了。"②22 年后，郑振铎为孙楷第《俗讲、说话与白话小说》一书作序，也认为："孙先生的《中国通俗小说书目》是最好的一部小说文献，给我们开启了一个招书的门径。二十多年的小说研究者们，对于这部书是重视的，对于孙先生的这个工作是感激的。"③胡、郑的评价背后，透视的正是孙楷第在中国小说文献学领域的杰出贡献和重要地位。孙氏《日本东京所见中国小说书目提要》《大连图书馆所见中国小说书目提要》和《中国通俗小说书目》等著述，堪称中国古典小说文献学和目录学的奠基之作。

孙氏治小说史虽是出于偶然的机缘，但他所以能取得重大成就却属必然。他

---

① 此段文字，出自人民文学出版社 1982 年版《中国通俗小说书目·凡例》（第 2 页），1933 年所刊《中国通俗小说》无凡例。此处加以引用，实可视作孙氏对于《中国通俗小说》具体小说分类实践的理论总结。其中所论小说分类思想，在《中国通俗小说书目》中均可找到实例予以印证。

② 孙楷第：《日本东京所见中国小说书目提要》卷首，国立北平图书馆中国大辞典编纂处 1932 年版，第 1~8 页。

③ 孙楷第：《俗讲、说话与白话小说》卷首，作家出版社 1956 年版，第 2 页。

在《评明季滇黔佛教考》一文中，曾援引陈寅恪先生的话评述陈垣的治学成就说："中国乙部中几无完善之宗教史。其有之，实自近岁陈援庵（即陈垣）先生之著述始……是书征引资料，余所未见者殆十之七八。其搜罗之勤，闻见之博若是。至识断之精，体制之善，亦同先生前此考释宗教诸文。"①孙氏之于中国古典小说文献学、目录学研究的贡献，实足与陈垣氏之于中国宗教史的贡献相埒。以孙氏对陈寅恪先生"搜罗之勤""闻见之博""识断之精""体制之善"的评语，用于评价孙氏的中国古典小说研究，同样当之无愧。

20世纪三四十年代的中国古典小说研究，是在继承"五四"学者研究理路基础上的进一步深入和细化。除了孙楷第的小说文献学研究蔚为大观之外，其他学者在小说研究方面也取得了多样的成就。小说考证研究方面，如赵景深《〈西游记〉作者吴承恩年谱》（1935年）在新发现材料基础上对《西游记》及其作者所作的考证，在一定程度上订正了胡适《西游记》考证的某些臆断。此外，赵景深还相继发表了《八仙传说》（1933年）、《三宝太监西洋记》（1935年）、《〈品花宝鉴〉的考证》（1936年）、《〈野叟曝言〉作者夏二铭年谱》（1937年）、《〈英烈传〉本事考证》（1943年）、《〈七国春秋后集〉与〈前七国志〉》（1945年）等文，将考证的范围推及名著之外的其他中国古典通俗小说。小说史研究方面，如胡怀琛的《中国小说的起源及其演变》（1934年）、《中国小说概论》（1934年），将中国古典小说的演变概括为从文言到白话、从短篇到长篇、从说到写，线索清楚，不失为有见之论。又如谭正璧的《中国小说发达史》（1935年）、郭箴一的《中国小说史》（1939年）、蒋祖怡的《小说纂要》（1948年）等，都能在鲁迅《中国小说史略》之外自著特色。通史之外，断代小说史、分体小说史也开始兴盛。这一时期较为重要的断代小说史有阿英的《晚清小说史》（1937年），分体小说史有陈汝衡的《说书小史》（1936年）、刘开荣的《唐代小说研究》（1947年），标志着小说史研究开始朝着专、深的方向发展。文本研究方面，名著的研究仍为多数研究者所关注，如李辰冬的《红楼梦研究》（1942年）、王昆仑的《红楼梦人物论》（1948年）等，开始摆脱小说文献研究的束缚，而专以文本鉴赏分析作为小说研究的内容。

---

① 孙楷第：《评明季滇黔佛教考》，《沧州后集》第五卷，中华书局1985年版，第361页。

第八章

作为中国文学史建构思想资源和概念工具的
古代文学批评——以明清诗话为讨论对象

诗话作为中国古代文学批评的一种重要形式，虽与近代以来兴起的文学史有明显差别，却为文学史研究提供了重要的思想资源。在明诗研究中，由明清诗话形成的文学史观念和批评话语有着潜在而深远的影响。就明初诗史而言，至少在以下两点上深受明清诗话的批评的影响：（1）关于明初诗坛格局的建构，由胡应麟总其成的"五派说"，至今仍为多数学者所赞同；（2）关于明初诗歌在明代诗史的地位，自明代中期提出明诗"盛于国初"的看法，这一认识长期以来居于主流。而在后世的文学史书写中，针对这两种说法，论者较为注重理论辨析而忽略事实的考辨，或者注重"考据"而未与作为"义理"的文学史建构相联系。上述观念的形成，是历史建构和想象的结果，与明初"文学的历史"并不完全相符。下文以瑙曼所说的两种文学史视野中的明初诗歌为例，对明清诗话中上述两种具有广泛影响的看法形成的历史进行考辨，试图展现在现代文学史书写过程中文学批评是如何发挥影响的，并由此对如何运用古代文学批评资源建构文学历史提出自己的思考。

一、以当代意识建构历史：流派意识下的明初诗史图像

明代诗话著作的兴起，大致在明代中期以后，并由此带动了诗学批评的兴盛。而特点之一，即体现出鲜明的流派意识，对此学界多有研究，已成共识。①

---

① 代表性成果，如业师陈文新《中国文学流派意识的发生和发展》（武汉大学出版社 2003 年版），及诸多学者关于明代各文学流派的研究。

影响所及，后人探讨明代诗歌，大多引述其中看法而少加辨析，又往往以其为明代诗歌的"历史"，而较少考虑其中掺杂的"当代意识"：一种包含了流派意识的明代诗史图像。其中尤以对明初诗史的认识最显突出。近人王国维(1877—1927)在与日本汉学家林泰辅(1854—1922)讨论学术研究时曾提醒说："吾侪当以事实决事实，而不当以后世之理论决事实，此又今日为学者之所当然也。"①明初诗史的认识，亦当注重"事实"的考辨，廓清后世流派意识所造成的影响。

明清诗话中关于明初诗史建构最具影响的看法，出自胡应麟的《诗薮》。他在谈到"国初"诗坛的格局时说：

> 国初吴诗派昉高季迪，越诗派昉刘伯温，闽诗派昉林子羽，岭南诗派昉于孙蕡仲衍，江右诗派昉于刘崧子高。五家才力，咸足雄据一方，先驱当代，第格不甚高，体不甚大耳。②

同时又曾列举其时的诗坛闻人说：

> 国初称高、杨、张、徐。季迪风华颖迈，特过诸人。同时若刘诚意之清新，汪忠勤之开爽，袁海叟之峭拔，皆自成一家，足相羽翼。刘崧、贝琼、林鸿、孙蕡，抑其次也。③

所列诸人，除汪广洋、贝琼、袁凯等之外，其余高启、刘基、刘崧、林鸿、孙蕡等即为上述吴中、越、闽、岭南、江右五诗派的代表人物，而杨基、张羽、徐贲则是所谓"吴中四杰"的另外三人。

胡应麟以五派综括明初诗坛，一方面是出于艺术批评视野的选择，按照他的

---

① 王国维：《再与林(浩卿)博士论洛诰书》，《观堂集林》卷一，《王国维遗书》第1册，上海古籍书店1983年版，第16页。

② 胡应麟：《诗薮》续编卷一，周维德集校《全明诗话》第3册，齐鲁书社2005年版，第2732页。

③ 胡应麟：《诗薮》续编卷一，周维德集校《全明诗话》第3册，齐鲁书社2005年版，第2732页。

论诗标准，这五派诗人在当时居于主流，其领袖为当时处于第一层次的诗人，其中也包含了审美判断在内。另一方面则反映出他对明初诗史的建构，受到了自身诗学观念和批评视野的影响。胡应麟关于明初诗史图像的描述虽然只是略具轮廓，却对后世的明代诗史建构产生了影响深远，历来各家论及明初诗坛面貌，大体遵循以五派为基本框架的格局。而对于各派的成员构成，胡应麟虽未作更多提示，但从明代诗话的相关论述及《列朝诗集》《明诗综》等明诗选本中，仍能略窥一二。而除了群体性质比较明显的吴中、闽中、岭南，其他属于越地和江右的诗人，则多被归入越派与江右诗派当中，由此明初诗坛的面目逐渐变得清晰，形成了颇为整饬的格局。

　　然而胡应麟的五派之说，对明初诗坛来说仍有需要解答的疑惑：其一，如果他所说的"昉"是"起始""开创"的意思，那么是否意味着高启、刘基等五人开创了这五个诗派，或者在当时的诗坛存在以五人为代表的五个诗派？"派"的内涵又是什么？其二，将五派都定格在"国初"，他们在年代上是否一致？是否能反映明初诗坛的整体面貌？其三，明初诗人的分布与群体活动，是否都具有如此明显的地域特征？类似问题的回答，自然离不开文献史料的支撑，但同时也可能需要放宽视野，跳出由明清诗学批评所构建的明初诗史图像，将元末与明初诗坛联系起来作整体观照。

　　具体到胡应麟所说的各个诗派，相互间情形并不一致，有的属于在当时即初具形态，然而也并没有十分明显的"派"的特征；有的甚至只是出于后人的想象与建构，并非真有其派存在。其中吴诗派虽并不是严格意义上的文学流派，但可以算是一个有着集体活动的诗人群体，而高启则是其中最有影响的一个。"北郭十子""吴中四杰"虽然都是后起的称呼，其成员也有多种不同的说法，不过高启等人确曾以诗唱和，只是时间主要是在元末，入明以后相互间尽管仍偶有唱和，却并无固定的诗社活动，各人也因为遭际的不同而星散各地，少有聚会，不复群体之称。① 岭南诗派活动的跨度相对较长，然而也是元末较为活跃，入明以后相

①　参见王忠阁《元末吴中派论考》（广西师范大学出版社 1998 年版），欧阳光、史洪权《北郭结社考论》（《文学遗产》2004 年第 1 期）等。

对沉寂。① 关于闽中派和江右诗派，钱谦益曾说："国初诗派，西江则刘泰和，闽中则张古田。"②刘泰和即刘崧，张古田即张以宁。而一般认为闽中派即以林鸿为代表的"闽中十子"，其渊源则追溯至杜本及蓝仁、蓝智兄弟。诸派当中，以林鸿为代表的闽诗派算是略具规模的明初诗派。周亮工在《闽小纪》中曾说："前朝林鸿子羽诗文，一洗元人纤弱之习，为开国宗派第一。"③邵铜《鸣盛集后序》也称："子羽林先生，吾闽善赋者之巨擘也，国朝诗派起于先生。"④虽然可能都不免乡里之私，但若将时间限定在明初，却也有一定道理。与吴中、岭南的群体活动主要在元末不同，闽中派成员之间的唱和则是在洪武年间。诸人之间既曾结社倡和，兼且又有高棅编选《唐诗品汇》，算是有较为统一的理论主张，因而也往往被视作诗歌流派。而至万历年间，闽人袁表、马荧编选《闽中十子诗》，则可说是对这一流派的"最终认定"。而所谓刘基为代表的"越派"，却并不具备"派"的性质。刘基虽是元末明初重要的诗人，但他并无任何曾开创诗派的迹象，而相互间交往密切、唱酬应和的宋濂、王祎、胡翰等婺州文人，在元末和明初都主要是以理学和文章知名。因而将其视为"明初"五个诗派之一，略显名不副实。而与吴中、岭南等诗人群体形成映照的，则是以杨维桢为中心的玉山雅集、铁崖派等诗人群体。由此两端综合起来看待元末诗坛，对元末—明初诗史的认识或能更为真切。

二、明诗"盛于国初"：历史实迹抑或想象的神话？

明清诗话中关于明初诗歌的另一个重要看法，是徐泰（正德、嘉靖时人）提出的明诗"盛于国初"之说。他在谈论明初以来诗歌的发展脉络时指出："我朝诗

---

① 参见陈恩维《南园五先生结社考论》，《广东社会科学》2010 年第 5 期；唐朝晖《南园诗社新探》，《湖南城市学院学报》2010 年第 1 期；左东岭《南园诗社与南园五先生之构成及其诗学史意义》，《西北大学学报》2013 年第 1 期；李艳《明代岭南文人结社研究》，2014 年西南大学硕士学位论文。

② 钱谦益：《列朝诗集小传》甲集《刘司业崧》，上海古籍出版社 1983 年版，第 89 页。

③ 周亮工：《闽小纪》卷三《林子羽遗句》，《续修四库全书》第 734 册，上海古籍出版社 2002 年版，第 160 页。

④ 林鸿：《鸣盛集》卷首，文渊阁《四库全书》本。

莫盛国初，莫衰宣、正间。至宏（弘）治，西涯倡之，空同、大复继之，自是作者森起，虽格调不同，于今为烈。"①其中又具体反映在对高启、刘基等人的推举上。此说对后世影响较大，尤以清人的论述为甚。王士禛（1634—1711）视高启为"明三百年诗人之冠冕"②，赵翼也认为"有明一代诗人，终莫有能及之者"③。朱庭珍（1841—1903）将高启视为明代诗史第一人，"明人惟青丘雄视一代"④，认为他是继元好问后元、明诗史最杰出的诗人，在整个中国诗歌史也可当名家之选："自遗山后，青丘最为名家，可遥继遗山之绪。盖在明代，为一朝大家，合古今统论，则为名家。"⑤"前明一代诗家，以高青丘为第一，自元遗山后，无及青丘者，不止一变元风，为明诗冠冕已也。"⑥李重华认为高启、刘基二人"地位不同，诗笔不妨并举"，但相比之下高启"骨性秀出，最近唐风，惜其中路摧折，未入于室"，而刘基"不以诗人自命，由其本领雄杰，故才气轶群"，故而更受推重，"当为一代之冠"。⑦潘德舆（1785—1839）一方面将刘基、高启并称为"一代之宗工"，同时认为刘基"岂惟明一代之开山，实可跨宋、元上矣"，赋予其超越明代诗史之上的地位。⑧陈田（1850—1922）《明诗纪事》在综合考察明代诗史流变的基础上，提出应以明初作为明代诗史巅峰："凡论明诗者，莫不谓盛于弘、正，极于嘉、隆，衰于公安、竟陵。余谓莫盛明初。"他提出两点理由：第一，诗人之众不输前后七子时期，"若犁眉、海叟、子高、翠屏、朝宗、一山、吴四杰、粤五子、闽十子、会稽二肃、崇安二蓝，以及草阁、南村、子英、子宜、虚白、子宪之流，以视弘、正、嘉、隆时，孰多孰少也？"第二，相比前后七子复古运动的模拟之风，明初诗歌更合诗义宗旨，"明初诗家各抒心得，隽旨名篇，自在流出，

① 徐泰：《诗谈》，《四库全书存目丛书》集部第 417 册，齐鲁书社 1997 年版，第 4 页。
② 王士禛：《香祖笔记》卷一，上海古籍出版社 1982 年版，第 10 页。
③ 赵翼：《瓯北诗话》卷八，人民文学出版社 1963 年版，第 125 页。
④ 朱庭珍：《筱园诗话》卷一，《清诗话续编》（四），上海古籍出版社 1983 年版，第 2330 页。
⑤ 朱庭珍：《筱园诗话》卷二，《清诗话续编》（四），上海古籍出版社 1983 年版，第 2371 页。
⑥ 朱庭珍：《筱园诗话》卷一，《清诗话续编》（四），上海古籍出版社 1983 年版，卷二第 2359 页。
⑦ 李重华：《贞一斋诗说·诗谈杂录》，《清诗话》下册，上海古籍出版社 1978 年版，第 927 页。
⑧ 潘德舆：《养一斋诗话》卷六，中华书局 2010 年版，第 99~100 页。

无前后七子相矜相轧之习，温柔敦厚，诗教固如是也"①。陈田的看法，对近世文学史研究有深远影响。

通过将元明之际诗人区隔为元末和明初两个文学史时间序列，评论者逐渐在元末与明初诗坛之间建立了线索清晰的承递关系：元末诗歌纤秾缛丽，明初诗歌虽仍留有元诗弊陋的痕迹，但总体来说格调高洁，后者在对前者进行反拨的基础上展开，并在此基础上开启了明初诗歌兴盛的格局。由此生发，明诗"盛于国初"遂成为一种普遍认识。明清时人树立明初诗歌的诗史地位，其逻辑大体依此。杨慎（1488—1559）《升庵诗话》引唐元荐之说云："洪武初，高季迪、袁可潜一变元风，首开大雅，卓乎冠矣。"②顾起纶（1517—1587）认为："高侍郎季迪始变元季之体，首倡明初之音。"③沈德潜（1673—1769）虽对高启诗歌有所批评，但也肯定他对元末诗风的扭转作用："侍郎诗……特才调有余，蹊径未化，故一变元风，未能直追大雅。"④李调元（1734—1803）也从变革宋元诗歌弊端角度出发推举高启为明诗第一："明诗一洗宋元纤腐之习，逼近唐人。高、杨、张、徐四杰始开其风，而季迪究为有明冠冕。"⑤四库提要对于明初诗歌成就的肯认，关键之一也是认为明初诗歌对元末诗风有规正作用："明之诗派，始终三变。洪武开国之初，人心浑朴，一洗元季之绮靡，作者各抒所长，无门户异同之见。"⑥无论"一变元风""一洗宋元纤腐之习""一洗元季之绮靡"，还是"首开大雅""首倡明初之音"等说法，看重的都是高启等明初诗人对元末诗坛弊习的革新，及对明初诗风的引导和表率作用。

与此同时，也有不少论者看到，"明初"诗人的创作并未完全摆脱元末诗风影响。如王世贞（1526—1590）评高启诗云："悲哉乎，元格下也。太史因沿浸

---

①　陈田：《明诗纪事》甲签序，上海古籍出版社1993年版，第1页。

②　杨慎：《升庵诗话》卷七"胡唐论诗"条，《历代诗话续编》中册，中华书局1983年版，第774页。

③　顾起纶：《国雅品·士品一》，《历代诗话续编》下册，中华书局1983年版，第1090页。

④　沈德潜、周准编：《明诗别裁集》卷一，上海古籍出版社1979年版，第14页。

⑤　李调元：《雨村诗话》卷下，《清诗话续编》（三），上海古籍出版社1983年版，第1535页。

⑥　永瑢等：《四库全书总目》卷一九〇《明诗综》提要，中华书局1965年版，第1730页。

淫，虽忽忽未振，而弘博凌厉，殆骎骎正始。"①类似看法，在明清批评家的论述中并不少见。陈束说："洪武初，沿袭元体，颇存纤词，时则季迪为之冠。"②何白(1562—1642)指出："季迪矩矱全唐，独运胸臆，近体不无中、晚纤弱之调，尚沿元季余风。"③胡应麟(1551—1602)也说："高太史诸集，格调、体裁不甚逾胜国。"④在格调、体裁方面，高启诗歌所具仍为元人风范。清人乔亿也注意到高启诗中保留的"元代痕迹"："明初高季迪乐府五言，始刻意六朝，才情兼赡，而元习未除，骨稍轻，气稍薄也。"⑤高启诗歌之所以存在"元习未除"的情形，当然有可能是他仍留有前朝余习的缘故，但也不排除他的许多诗作本就作于元末的原因，"元习未除"与"变季元之陋"可能只是高启元末诗歌创作的不同面相。一如游潜(弘治十四年举人)谈到刘基诗歌每有"忧时痛国"之辞时所说："伯温生元世，岂能超出天地外，不为元人也哉？忧时痛国，每形于辞。"⑥一个身历元末乱世的诗人，写出"悲愤愁激"的诗赋，不过只是内心情感的自然表达，读者只有将其置于元末的时代背景中加以理解，才能有更深刻的体会。若因为将刘基作为明初诗人而在明初的时代语境中进行解读，就难免会犯年代颠倒的错误。而从元末、明初诗史演变的角度来说，高启、刘基虽然在元末诗坛独标一格，但在铁崖体盛行的背景下并未引起时人关注。入明以后，才逐渐在明代诗史建构过程中被"发现"并确立历史地位。

三、批评的镜像与文学的现场：明清诗歌批评与明代诗史建构

中国古代没有现代意义的文学史，诗文评、文论、文苑传等从某种意义上来

---

① 王世贞：《明诗评》卷一《高太史启》，丛书集成初编本。
② 朱彝尊：《明诗综》卷八引，中华书局2007年版，第296页。
③ 朱彝尊：《明诗综》卷八引，中华书局2007年版，第297页。
④ 胡应麟：《诗薮》续编卷一，《全明诗话》第3册，齐鲁书社2005年版，第2732页。
⑤ 乔亿：《剑谿说诗》卷下，《清诗话续编》(二)，上海古籍出版社1983年版，第1105页。
⑥ 游潜：《梦蕉诗话》卷上，四库全书存目丛书集部第416册，第695页。

说承担了部分文学史的功能。① 从文学演变的历史进程来看，文学批评并不是独立于文学历史之外的自足体系，而是与文学史演进并生共存，这一点在明清时期表现得尤为明显。文学思潮的变迁，往往通过文学批评与创作来共同表现。文学史上某些看法的形成，即与文学批评密切相关。在中国文学历史进程的建构中，文学批评往往起到重要作用，诸如作家作品地位的确立，文学现象的解析，文学思潮的更替，等等，多经由文学批评而得以完成。

明清诗话建构明初诗史形成的上述认识，从某种程度上来说是缘于对元明易代之际诗人时代归属的不同理解所造成的。从文学史书写的角度来说，所谓易代作家是指那些创作生涯跨越两个朝代的作家。以本章讨论的"明初"诗人来说，他们在元末（元代，1279—1368）和明初（明代，1368—1644）两个时期都有创作活动，事实上属于元明易代之际诗人；然而由于后世的文苑传、诗文评、诗文选本以及文学史书写中将其视作"明初"诗人，其易代作家的身份进而被遮蔽，在文学史叙述中被作为明初作家看待。

一般来看，以朝代为序的文学通史或者断代文学史在处理易代作家的时代归属时，往往是以其政治身份作为基本依据，而其中是否曾在新朝出仕为官通常被作为一个标准。如同为泰定四年进士的杨维桢（1296—1370）和张以宁（1301—1370），二人均在入明以后三年去世，但在文学史上却常被视为元、明不同两代的作家。原因之一，则是与二人在明初的"政治选择"免不了干系：杨在明初虽曾应诏至京，议订礼法，却坚予辞官，因而只是被视作前朝遗老；而张入明以后曾接受翰林侍讲学士的职位，虽然为时甚短，但在身份上已属新朝臣子。政治身份的不同，使两人出现在了元、明两个不同时期的文苑传、诗文评和诗选当中，并由此进入了不同的文学史书写单元。

对于元明易代之际诗人的时代归属，前人已有所关注。胡应麟曾说："国初三张：以宁、光弼、仲简。以宁气骨豪上，国初寡俦，藻绘略让耳；光弼、仲简亦有佳处，然率与元人唱酬。故明风当断自高、杨作始。若廉夫、太朴辈，俱鼎

---

① 胡怀琛在《中国文学史略》自序中曾说："文学史，古所未有也。所有者，为文苑传、图书目录以及诗话、文谈之类，体例皆近乎文学史，而非文学史也。"（梁溪图书馆 1926 年第 3 版）民国前期的诸多文学史在讲到文学史的材料时，也都将诗话、文论、文苑传等作为重要的知识来源。

盛前朝，无闻当代，掠其余剩，尤匪所宜。"①张以宁、张昱、张简、杨维桢、危素等均由元入明，但在诗史上的时代归属却应当归入元代，胡应麟给出了两条标准：（1）"率与元人唱酬"，诗歌唱和交往的对象多为元代作家；（2）"俱鼎盛前朝，无闻当代"，创作的高峰和诗坛影响都在元代。在此，他试图将诗人政治身份和诗史地位区分开来：前者决定了他们被视为"国初"诗人，后者则决定了他们仍是元代诗人，而并非"明风"的开启者。而被他视为明诗开端的，是在元末和明初俱"有闻"的高启、杨基等人。然而若是由此只是将高启、杨基等人定位于明初，而忽视其在元末诗史建构中的地位，于诗史演进的历史实际则不免有悖。

或许是认识到将易代之际诗人归入某一时代会给诗歌的理解造成困难，钱谦益在编选《列朝诗集》时，将刘基的诗分别编在了以收录易代诗人为主的"甲集前编"和收录明初诗人的"甲集"，并提示说："余故录《覆瓿集》列诸前编，而以《犁眉集》冠本朝之首。百世之下，必有论世而知公之心者。"②多少反映出在处理易代之际诗人创作时的审慎态度。陈田对刘基的处理，同样显示了明清时期批评家处理相关问题的时代意识："文成为开国文臣，故录其入明应制之作，以为压卷。"③在陈田看来，刘基元末之作虽然胜过明初，但那些作品毕竟写于"前朝"，不应进入纪明诗之事的《明诗纪事》之中，而作为"明初"诗人的刘基，只能收录他的"入明应制之作"。如此区别对待，显然也是注意到了元明易代诗人的创作应从时代上进行区分。然而这只是他们在面对个别诗人时所持的态度，其时并没有现代意义的文学史观念，并非在面对所有诗人时都具有如此清晰的历史意识。

处理易代之际作家时代归属上出现的诸多问题，同样反映在近代以来的文学史写作当中。文学史的写作虽然始于现代西方学术分科体系和学术研究观念传入中国之后，但中国古代的诗文评在性质上与文学史有类似之处。诗文评、断代诗选、诗文总集等在处理元明易代之际诗人时的做法，在很大程度上影响了后世以朝代为断的中国文学史在作家归属上的处理，以及由此形成的文学史认识。一百

---

① 胡应麟：《诗薮》续编卷一，《全明诗话》第3册，齐鲁书社2005年版，第2733页。
② 钱谦益：《列朝诗集》甲集前编第一，中华书局2007年版，第87页。
③ 陈田辑：《明诗纪事》甲签卷三，上海古籍出版社1993年版，第89页。

多年来围绕文学史书写展开的理论探讨与写作实践，在取得丰硕成果的同时，依然存在诸多问题，如文学史阶段划分与文学演进的关系、文学的历史形态与文学史书写的关系等。元末明初诗人的时代归属，从某一方面来说与文学史阶段划分以朝代为界限的定型密切相关。而在文学史演进的具体形态中重建文学历史的图像，或许能开拓文学史书写的新格局。在此过程中，明清诗话既能为明代诗史建构提供思想资源，同时也可以看作明代诗坛景观的一种映照，为明代诗史的演进提供历史的注解。

四、余论

文学史叙述应当以何面目得到呈现？刘师培曾提示说："文学史者，所以考历代文学之变迁也。"而他据以参照的古代文本，是晋代挚虞的《文章志》和《文章流别志》，前者以人为纲，后者以文体为纲。由此出发，他进而提出编写"文学史"的思路："宜仿挚氏之例编纂文章志、文章流别二书，以为全国文学史课本，兼为通史文学传之资。"①过去百余年的文学史书写尽管姿态各异，竟大体不出刘氏所概括的这两种路径，从中也可以看出传统诗文批评对文学史建构的影响。

史家眼中的文学史又当如何呢？陈寅恪曾设想过一种类似史料长编的文学史："苟今世之编著文学史者，能尽取当时诸文人之作品，考定时间先后，空间离合，而总汇于一书，如史家之长编之所为，则其间必有启发，而得以知当时诸文士之各竭其才智，竞造胜境。"②其说尽管自有其立论的出发点，而对文学史研究来说仍有能够启人思考之处。对于文学研究来说，如此做法虽难于实现，但就对文学历史演进的描述来说，对某一作家及其作品的讨论，显然不宜被定格在某一时间点上，其人、其文、其思想观念都有一个发生、演变的过程。被作为"明初"的诗人，并不只是凝固于明初的文学史时间和空间当中，在元末诗坛同样演

---

① 刘师培：《搜集文章志材料方法》，《左盦外集》卷十三，《刘申叔遗书》下册，江苏古籍出版社1997年版，第1655页。
② 陈寅恪：《元白诗笺证稿》第一章《长恨歌》，《陈寅恪集》，生活·读书·新知三联书店2001年版，第9页。

绎了丰富多彩的篇章。然而由于在历代文苑传、诗话、诗选中被作为明人看待，由此进入了明代文学史书写单元，他们作为元末诗人的面相因此受到遮蔽，部分改变了元末和明初诗史的面貌。

　　文学史既作为历史的一支，对"文学的历史"的探求就应被作为文学史叙述的方向之一。由此，在元、明诗史演进历程的叙述中，也可以不妨遵循文学创作时序上的历史性，对于元明易代之际作家的创作，在文献辨析的基础上考察其具体的创作年代，而不是以时代身份为依据简单地将其归入某一个朝代，在文学史叙述中不割裂文学演变的历史进程，展现文学历史的多面性和复杂性，努力避免在文学现象和作家认识上出现误读，展现一种不同形态的文学的历史。

第九章

文学何以曾"自觉"：20 世纪中国"文学自觉说"的检讨与反思

　　自 1920 年代鲁迅援引日本学者铃木虎雄之说提出"魏晋为文学的自觉时代"，之后便不断有研究者就中国的"文学自觉"问题展开研究，并进而对中国魏晋以前文学的特征、面貌等展开深入探讨。相关成果在观念层面反映为以下三个方面：(1)继承"魏晋文学自觉"观念并作更进一步深入研究；(2)基于"魏晋文学自觉"的其他时代"文学自觉"说；(3)否认中国古代存在所谓"文学自觉"，认为这一说法本身就是一个伪命题。三类观点有着相对明确的发展脉络：由鲁迅一直到 20 世纪 90 年代，"魏晋文学自觉"的观点一直贯穿于中国文学史研究始终。第二类观点则是魏晋说的延续，始于 20 世纪 80 年代，并在此后的二十余年中不断展开，成为学界具有广泛影响的文学史认识。第三类观点兴起于 21 世纪之后，面对各代"文学自觉"说陷入"各自自圆其说，各种说法对立"的僵局，研究者对中国古典时期是否存在"文学自觉"提出质疑，并对古今文学观念演变之下文学史认识的形成作根本性反思。三说之外，也有学者试图回避"文学"概念的古今差异，将"文学自觉"转换为"文体自觉"或"作者自觉"，从而避免缘于"文学"认识不同而形成的"自觉"观念争论。

一、"魏晋文学自觉说"的提出及其展开

　　魏晋作为"文学自觉时代"的提出及其在中国文学研究领域的流行，与日本

学者铃木虎雄以及鲁迅直接相关。1920年，铃木虎雄发表《魏晋南北朝时代的文学论》，提出中国文学从曹丕开始脱离了道德论，实现了文学的自觉，认为"魏的时代是中国文学的自觉时代"。① 1927年，鲁迅发表题为《魏晋风度及文章与药及酒之关系》的演讲，称"用近代的文学眼光来看"，"为艺术而艺术"的"曹丕的一个时代"是文学自觉的时代。除了已知鲁迅曾经购买过铃木虎雄的《中国诗论史》之外，他有关"文学自觉"的提法有多少是来自于铃木虎雄的影响，现代学者各有不同说法。对此，赵敏俐指出，二者的核心论点存在一致性：一是魏晋时期文学真正脱离了道德政教需要，实现了"为艺术而艺术"的纯文学创作；二是文学自觉的核心人物是曹丕，标志性作品是《典论·论文》。此外，二人对曹植的看法也近似。②

无论铃木虎雄还是鲁迅的论点，都是以西方19世纪以来的文艺观念作为基础，遵循的是"为艺术而艺术"的纯文学观。鲁迅在他的那篇讲演中，就直接采用了王尔德"Art for Art's Sake"的艺术至上主义观点，认为文学应当完全摆脱道德政教和社会意义，按照文学自身和审美规律发展。类似看法，是"文学自觉说"提出的理论基础。后来发展形成的对魏晋说进行修正的西汉说、宋齐说等看法，或认为"文学自觉"是伪命题的观点，事实上都围绕这一核心观念展开，争论的焦点在于中国古代是否存在"纯文学"（以审美为基础）观念。前者肯定"纯文学"的存在并加以拓展，后者则是对铃木虎雄和鲁迅不加考辨地借鉴西方现代文艺思想提出质疑。值得注意的是，鲁迅文中使用了带有限定意义的说法——"用近代的文学眼光来看"，一定程度上表明他对"文学自觉"的理论前提有着明确认识，点明这一观念是基于当代文学史观念的理解和阐释，而不是古人自有的提法。不过这一点在后来学者的研究中时常被忽略。

在铃木虎雄、鲁迅论说的基础上，相继有学者发展完善了"魏晋文学自觉说"。罗根泽在《中国文学批评史》中认为曹丕时代"甫乃以情纬文，以文披质，才造成文学的自觉时代"③。刘大杰强调魏晋文学的浪漫精神，认为"文学也就乘

---

① ［日］铃木虎雄著，许总译：《中国诗论史》，广西人民出版社1989年版，第37页。
② 参看赵敏俐《"魏晋文学自觉说"反思》，《中国社会科学》2005年第2期，第155-167页。
③ 罗根泽：《中国文学批评史1》，上海古籍出版社1984年版，第123页。

着这个解放自由的好机会，同儒学宣告独立了。由汉代的伦理主义，变为魏晋的个人主义，再变为南朝时代的唯美主义了"①。方孝岳则指出，曹氏父子和建安七子"大家都有点儿把文学当作纯艺术了"，曹丕《典论·论文》一文是"为文学而谈文学了"。② 几种观点从本质上来说都是对鲁迅论点的重述，体现出明显的艺术至上主义倾向，并且都未作深入展开。只有郭绍虞对此提出异议，他认为魏晋确有"文学自觉"，然而《典论·论文》并非"文学自觉"的号召，"(曹丕的)这种论调，虽则肯定了文章的价值，但是依旧不脱离儒家的见地"③。钱穆也有近似看法，他从文化学立场出发，认为建安时期在道家思想影响下，崇尚个体的自我觉醒，从而开启了文学观念自觉的趋势，但儒家思想并没有因纯文学的兴起而失去影响。④ 他们的观点与铃木虎雄、鲁迅一脉相承，都是基于"纯文学"观念展开的论述。

作为 20 世纪具有广泛影响的文学史著作，游国恩主编《中国文学史》同样认可魏晋文学自觉说，在作者看来，曹丕时期的文学创作之所以被称为"文学的自觉"，主要在于其抒情化、个性化特质。⑤ 该书同时指出，在社会环境急剧变化的乱世中，文人(特别是贵族文人及依附于贵族的文人团体)和文学创作的地位提高，加之人物品评的清谈风气，促使文学批评和文学理论蓬勃发展，表现出文学自觉的精神。该书通过彰显曹丕时代文学的一部分特征，承认"魏晋文学自觉"命题的合理性，其方法是向社会存在中探索社会文化意识变迁的根源，体现鲜明的马克思主义精神，而对艺术至上主义持明显回避或否定态度，与铃木虎雄、鲁迅在理论基点上明显不同。从某个方面来说，游国恩主编《中国文学史》的观点似乎更像是在当时的政治文化环境下，为尊重鲁迅地位而提出的折中之论。与之类似，王运熙、杨明从突破儒家思想束缚的角度，论述审美趣味和文艺观点的发展，将"文学自觉"从"曹丕的时代"扩展至整个魏晋南北朝，同样回避

---

① 刘大杰：《中国文学发展史》上卷，百花文艺出版社 1999 年版，第 134 页。

② 方孝岳：《中国文学批评》，生活·读书·新知三联书店 1988 年版，第 53 页。

③ 郭绍虞：《中国文学批评史》，上海古籍出版 1979 年版，第 43 页。

④ 参见芮宏明《"这是我讲文学史的最大观点"——试述钱穆关于魏晋文学观念自觉的阐释》，《江西社会科学》2004 年第 6 期。

⑤ 游国恩等：《中国文学史》，人民文学出版社 1963 年版，第 226、227 页。

了"文学自觉"的基础理论。① 虽然各人均采录其说，但在这一时期，"魏晋文学自觉说"并未得到充分讨论和展开。

20世纪80年代，美学家李泽厚出版《美的历程》，将人的觉醒与文学觉醒联系起来，对"魏晋文学自觉说"进行专门论述。他一反当时的通行说法，认为魏晋玄学——门阀地主阶级的世界观和人生观——是哲学的重新解放，促进了人的觉醒。他认为这种思想是"真正思辨的、理性的'纯'哲学"，反应在文艺和审美心理上，则是"真正抒情的、感性的'纯'文艺"。他特别强调，这种思想是"对人生的执着"，深藏着"对人生、生命、命运、生活的强烈的欲求和留恋"，是在"对原来占据统治地位的奴隶制意识形态——从经术到宿命，从鬼神迷信到道德节操的怀疑和否定基础上产生出来的"。李泽厚为"文学自觉"论提出了新的理论基础，他从"人的觉醒"出发，把"文的自觉"放在"人的主题"的具体审美表现之下，认为"文的自觉"是觉醒的人对纯粹的美和艺术的追求的体现。这一观点几乎是对西方文艺复兴时期文艺理论的重述，将"人的觉醒"解释为个体的自由，片面夸大个体的情感和审美因素，执其一端，不及其余。在具体论述中，完全以西方文艺和美学理论为依据来解释中国历史发展的实际情况，把西方中世纪封建神学的桎梏简单替换成伦理道德和繁琐经学的桎梏，把乱世中以门阀贵族士人为代表的个体的人对基于大一统国家的伦理道德、家国观念的反叛描述为"觉醒"。在80年代的西化思潮之下，社会和学界都对李泽厚推崇备至。"魏晋文学自觉说"也乘着李泽厚的东风，成为了主流学术观点。②

铃木虎雄、鲁迅、李泽厚等人的论说奠定了"魏晋文学自觉说"的理论基础，袁行霈主编的《中国文学史》则以权威文本的形式，将前人关于"魏晋文学自觉说"片段式、提点式的观点发展成了全面、系统的文学理论叙述。该书以"把文学当成文学来研究"的文学本位主义立场，对"魏晋文学自觉说"进行了系统化的梳理。在写作者看来，"文学自觉"贯穿于整个魏晋南北朝，经过大约三百年才实现。该书同时提出了"文学自觉"的三个标准：第一，"文学从广义的学术中分

---

① 王运熙、杨明：《魏晋南北朝文学批评史》，上海古籍出版社1989年版，第6~7页。
② 李泽厚：《美的历程》，生活·读书·新知三联书店2009年版，第88~103页。

化出来，成为独立的一个门类"；第二，"对文学的各种体裁有了比较细致的区分，更重要的是对各种体裁的体制和风格特点有了比较明确的认识"；第三，"对文学的审美特性有了自觉的追求"。① 该书还着眼于中国文学本身的发展历程，提出三古七段论，将魏晋南北朝的文学觉醒作为中国文学进入中古期的标志，从文学史角度确立魏晋文学觉醒的位置。随着袁版《中国文学史》教材的广泛使用，这种观点的影响力越来越大。需要注意的是，该书将影响文学发展变迁的因素分为内部因素和外部因素，其文学本位观点虽然承认文学外部规律的影响，却主张重点关注内部因素。在魏晋文学自觉的问题上，他提出的三点标准，第一点即是强调文学独立性，淡化文学外部因素的影响，第二、三点均属于文学内部规律。可见袁版《中国文学史》的观点同样与铃木虎雄、鲁迅一脉相承，有强烈的艺术至上主义倾向。

总体来看，"魏晋文学自觉说"的发展经历了三个重要节点：一是铃木虎雄、鲁迅提出其说，二是李泽厚强化理论基础并推而广之，三是袁行霈主编《中国文学史》予以进一步完善并加以普及。在此过程中，逐渐确立了这一学说的三个明显特征：一是带有明显的西方文艺思想色彩，特别是艺术至上主义；二是就魏晋谈魏晋，较少进行纵向的对比研究；三是理论先行，先规定一个理论标准，再根据这个标准谈论魏晋的文学。时至今日，"魏晋文学自觉"的看法仍具有普遍的影响。

二、"文学自觉"非从魏晋始

随着"魏晋文学自觉"观念的广泛传播，并始逐渐有学者针对其"就魏晋谈魏晋"的特点，拓展研究的范围，用"魏晋文学自觉"的标准去衡量其他时代的文学，由此得出"文学自觉"开始于其他时代的看法。

龚克昌较早提出不同意见。他认为汉代已经出现了文学的自觉，表现为在以汉赋为代表的文学创作中，创作目的是供人欣赏，创作客体是客观事物，创作手

---

① 袁行霈主编：《中国文学史》第二卷，高等教育出版社 1999 年版，第 3~4 页。

法上大幅运用浪漫手法，有意追求华丽辞藻、骈偶等形式美，以及提出系统的文学理论。他说："文学艺术发展规律的堂奥已为人们所窥见；文学艺术基本特征的内核，已为人们所掌握。儒家老祖宗孔子所强调的'不语怪力神'（《论语·述而》）、'辞达而已矣'（《论语·卫灵公》），早已被抛在一边。以司马相如为代表的这些新的文艺理论的提出，并在创作中得到了充分的贯彻，这是有里程碑意义的事。"同时，他指出造成这种现象的原因是"文学艺术的进步和创作经验的积累"。① 在龚的叙述中，汉赋的创作已经完全具备了铃木虎雄等人提出的"文学自觉"的表现。他虽不认同"魏晋文学自觉"的观点，却赞同"文学自觉"命题的基本理论。龚依照"魏晋文学自觉说"的理论框架，将汉赋创作的实例和理论进行分析比附，把"文学自觉"的时间提早到西汉，这是对魏晋说的延伸发展，而不是反对。

与龚说相呼应，张少康也指出，刘向在《别录》中将诗赋专门列为一类，说明在西汉中期以前，"文学自觉"已经完成。② 詹福瑞从作家观念、文学创作和文学批评的角度，指出汉代已经出现了文学自觉。他特别从汉人对屈原的批评上，强调汉人已经明确认识到文学创作的抒情性、个人性等特征，以及对艺术特征的探求。③ 李炳海认为从宋玉到枚乘、司马相如等赋家，已经觉醒了生命意识，开始追求个人价值，张扬文学的独立且在创作中体现出唯美崇尚，故而汉赋的生成是文学独立和自觉的标志。④ 赵敏俐运用袁行霈《中国文学史》中关于魏晋文学自觉的三个标准去衡量汉代文学，指出汉代文学已经完全具备了"文学自觉"的表现。⑤ 苏勇强认为"文学自觉"在魏晋以前已经出现，到曹丕才正式从理论上提出来。他们的观点与龚克昌类似，依然认同"文学自觉"的基本前提，与魏晋说并无本质区别。⑥ 詹福瑞提出的"文学自觉"的三个标准，更加明显表现出这一特

---

① 龚克昌：《汉赋——文学自觉时代的起点》，《文史哲》1988年第5期。

② 张少康：《论文学的独立和自觉非自魏晋始》，《北京大学学报》（哲学社会科学版）1996年第2期。

③ 詹福瑞：《文士、经生的文士化与文学的自觉》，《河北学刊》1998年第4期；詹福瑞：《从汉代人对屈原的批评看汉代文学的自觉》，《文艺理论研究》2000年第5期。

④ 李炳海：《黄钟大吕之音——古代辞赋的文本阐释》，吉林人民出版社2001年版，第16页。

⑤ 赵敏俐：《"魏晋文学自觉说"反思》，《中国社会科学》2005年第2期。

⑥ 苏勇强：《"魏晋文学自觉"辨》，《江汉论坛》2007年第7期。

点。在他看来，"文学自觉"一是观念自觉，辨清文学与非文学；二是创作的自觉，追求文学作品的艺术特征；三是作家的自觉，把著文作为一种生活的目标或人生的理想。① 这与袁编《中国文学史》提出的标准大致相同。赵敏俐在"魏晋文学自觉说"反思基础上进一步提出了中国文学和文章观念的问题。② 从詹福瑞分析的汉人对屈原评论看，先秦已经出现了作家文学，赵敏俐则以文学必然有共同因素为由，认为"不宜将文学自觉的时间过度提前"。这是汉代说没有解决的问题。

除汉代说之外，刘跃进提出的宋齐说也产生了较大影响。他认为，"南朝作家从刘宋初年开始，到南齐永明前后，经过几代人数十年的不懈努力，终于将中国古代文学从封建政治的附庸地位中解放出来，并真正深入到文学内部，探索其发展规律，使之走上了独立发展的道路"。宋齐说主要依据有二：一是刘宋于元嘉十六年(439 年)在儒学、玄学与史学之外别立文学之馆，二是"文笔之辨"的深入是我国文学走上独立、自觉发展的重要标志。③

与此同时，魏晋说、汉代说、宋齐说之间引发了相关论争。李文初坚持魏晋说，对汉代说和宋齐说进行驳斥。针对汉代说，他认为汉人仍然采用儒家观点评判辞赋，"诗教"理论依然占据统治地位。针对宋齐说，他考辨"文学"词意，指出汉魏六朝时，"文章"相对于"文学"更接近今天我们对"文学"的理解，且提出"文笔之辨"是文学自觉的结果，而不是开始。④ 范卫平认同李文初的观点，他另外指出，"我们研究文学问题，应当以我们对文学的理解为基点"，他认为，情感性、形象性和审美性是文学的"根性"，"本质上是表现人的精神、情感、心灵、人性，由综合而'纯粹'"。范卫平还试图弥合魏晋说与汉代说，提出魏晋说侧重对文学的价值评估，而汉代说偏重对文学自觉源起过程的思考。⑤ 范卫平之

① 詹福瑞：《从汉代人对屈原的批评看汉代文学的自觉》，《文艺理论研究》2000 年第 5 期。

② 赵敏俐：《"魏晋文学自觉说"反思》，《中国社会科学》2005 年第 2 期。

③ 刘跃进：《门阀士族与永明文学》，生活·读书·新知三联书店 1996 年版，第 16 页。

④ 李文初：《再论我国"文学的自觉时代"——"宋齐说"质疑》，《学术研究》1997 年第 11 期；李文初《从人的觉醒到"文学的自觉"》，《文艺理论研究》1997 年第 2 期。

⑤ 范卫平：《文学自觉问题争论评述》，《第一届全国高校中国古代文学科研与教学研讨会论文集》，未刊稿，第 447~457 页。

说肯定了这些论争都建立在"纯文学"观的前提之上。

另一个争论焦点是《典论·论文》。魏晋说的支持者通常将此文作为"文学自觉"的标志，认为曹丕在文中专门强调了文学的自身价值。但反对魏晋说者则指出，此文依然是在经世致用的道德政教观点之下讨论文学，并不真正符合"纯文学"的要求。这一看法，得到了部分魏晋说支持者如郭绍虞、游国恩等的认同。其中，"文以气为主"的"文"，是被理解成"文学"，还是文体、文风，成为影响不同解读的关键点。从全文来看，曹丕在总结了文学批评和创作的经验之后，得出了文章是"经国之大业、不朽之盛事"的结论，归于政教。故将"文以气为主"的"文"理解成文体、文风，似乎更容易为人所接受。如影响甚广的游国恩《中国文学史》就说："气的概念虽然不确切，但他所探索的问题却接近我们所说的作家个性和风格的问题。"①至于说将"文"理解成现代意义的"文学"，从根本上说就犯了年代误植的错误，现代的"文学"概念要到近代以后经历古今中西涵化的演变之后才得以生成。

此外，还有先秦说、唐代说、明代说等不同看法，总体上都是沿用魏晋说的理论结构对作家作品和文学批评观念展开分析。有学者对此类研究进行分析，认为这些研究基本可以归入一个五部曲模式：认定时代—确立标准—搜罗现象—寻找依据—阐释原因。② 无一例外，上述种种不同看法，都将"文学自觉"视作中国文学内部结构所发生的变化。

三、"文学自觉"别解

除对"魏晋文学自觉说"的展开研究和理论质疑外，也有学者回避核心观念上的争论，从不同角度对"自觉"之义提出新的解释，试图突破以不同时代进行界定的局限，努力包容众说，进而从整体上对"文学自觉"的看法做出解释。具体来说，又大致有以下三种表现：

---

① 游国恩等：《中国文学史》，人民文学出版社 1963 年版，第 356 页。
② 陈文忠：《论"文学自觉"的多元历史进程——30 年"鲁迅问题"论争的回顾与思考》，《陕西师范大学学报》(哲学社会科学版)2012 年第 5 期。

其一,文体自觉说。王澍基于中国传统文学创作和文学评论实际情况,同时兼顾学理的可行性,提出以"文体自觉"取代"文学自觉"。他认为中国古代文体自觉主要是诗歌自觉、文章(古文)自觉、戏剧自觉和小说自觉等,分别定在魏初、中唐、元代和中唐。① 孙敏强也提出类似看法,把诗歌与其他文体分开来讨论,"鲁迅对汉末魏初文学时代的变化及其重要性的强调,并不等于说……诗赋方面自觉了,其他所有的文学种类就都自觉了"②。从二人的论述来看,他们将"文学自觉"的横向切割化为文体发展的纵向解析,将研究对象锁定在更具体、单一的区间,方法和观念更加细化,由此也产生了各种不同的"文体自觉"看法,例如陈亦桥认为《楚辞》的时代就已经出现了文体自觉意识,刘师健认为宋代笔记反映了文体自觉,成玮称宋代行记体现了文体自觉,刘明华认为唐朝谏官型《新乐府》具有文体自觉意识,等等。③ 此外,吴周文从国粹性、教化性、典艺性角度,认为散文自觉于先秦,进而阐释散文这种文学体裁所蕴含的文化自信意义,为当下"国学热"摇旗呐喊。④

其二,多阶段自觉说。木斋认为中国文学伴随社会文化的变迁经历了三次自觉,"都是针对一个漫长时代的不自觉而发生的文学飞跃":建安时期通脱的社会思想解构了儒家经学,形成了审美为主的诗学观念,实现第一次文学自觉;盛唐时期新兴士人走出宫廷,扬弃了贵族、宫体文学,以昂扬的精神发出时代呼喊,实现第二次文学自觉;盛宋仁宗时期士大夫精英作家群体正式形成,基于士大夫群体品格和文化的第三次文学自觉于是发生。⑤ 温庆新认为,中国传统文学在达情、审美因素的"自觉"与儒家社会伦理需求的"解经"之间反复拉锯、相互

---

① 王澍:《中国古代文体自觉论》,《西华大学学报》(哲学社会科学版)2017年第2期
② 孙敏强:《律动与辉光——中国古代文学结构生成背景与个案研究》,浙江大学出版社2008版,第232页。
③ 各人论说,分别见陈亦桥《楚辞的文体自觉意识研究》,《语文建设》2015年第9期;刘师健《宋代笔记的文体自觉与定型》,《云南师范大学学报》(哲学社会科学版)2018年第2期;成玮《百代之中:宋代行记的文体自觉与定型》,《文学遗产》2016年第4期;刘明华《文体选择与文体自觉——白居易新乐府创作之再认识》,《唐代文学研究》2002年。
④ 吴周文:《散文特有的文化自信与文体自觉》,《上海师范大学学报》(哲学社会科学版),2019年第2期。
⑤ 木斋:《论中国文学的三次自觉——以建安曹魏文学自觉为中心》,《学术研究》2010年第7期。

消长，作家个体创作表达的自觉意识在国家社会意识形态的变化中或隐或显，并行不悖，从而表现出渐进的、反复的"自觉"现象，这种"自觉"与"纯文学"视野下的"自觉"本质上完全不同。① 姚爱斌认为，中国传统文学的自觉是一个长期的、持续的过程，先秦两汉的"文学自觉"主要表现为"文用"的自觉，汉末魏晋的"文学自觉"则主要表现为"文体"的自觉，而南朝时期的"文学自觉"主要表现为"审美"的自觉。② 此类观点借鉴了"文学自觉"问题的理论结构，但对原本的"纯文学"观念进行了解构，试图用中国传统"文学"观替换"文学自觉"命题下的纯文学概念，从而把原命题下一次性的"自觉"转化成了构成文学的多种因素的发展历程。然而类似看法无法解决的是，在各不同时期的"文学自觉"之间，中国的"文学"到底处于怎样的状态，是否又回到了"非自觉"状态？"文学自觉"是一种连续的状态，还是断裂性的存在？

其三，假象说。吴寒、吕明烜认为魏晋文学之所以被认为"自觉"，是在当代视角回顾之下的现象。这种历史呈现给当代的现象不仅基于文学创作实际情况，更受到文学作品创作、传播与保存条件的影响。他指出，随着造纸术的改进与普及，不仅作家、作品数量大幅增长，作品传播的速度与范围也远超前代，也让更多的社会中下层士人能够参与到文学接受与创作中来，从而使得文学创作呈现出繁荣的现象。此外，由于社会的大分裂、大动乱，"载道"的文艺要求已经无法在实际上主导文学创作，一直存在但潜藏着的抒情、言志的文学创作便展现出来。这两个因素共同让魏晋文学现象在当代"纯文学观"的回顾之下产生出"自觉"的假象。③

四、对"文学自觉"观念的挑战

纵观"文学自觉"观念的发展和争议历程，源于唯艺术论，又归于唯艺术论，

---

① 温庆新：《"文学自觉"只能是一种渐进反复的历史》，《古代文学理论研究（第三十辑）——中国文论的直与曲》，华东师范大学出版社2010年版，第8~44页。

② 姚爱斌：《文学的自觉抑或文体的自觉——文体论视野中的汉末魏晋文学观》，《文化与诗学》2009年第1期。

③ 吴寒、吕明烜：《"文学自觉说"反思》，《文艺研究》2012年第12期。

体现了鲜明的西方现代文艺思想特征。从时间上看，这一观念兴起于 20 世纪二十年代，风靡于八九十年代，均为受西方文艺思想影响最强烈的时期，并对中国文学史的建构产生了深远影响。进入新世纪以来，随着对"文学自觉"及其相关问题研究的推进，中国古典时期的"文学"是否曾经"自觉"也得到更加深入的探讨。

孙明君较早对"文学自觉"这一观念本身进行反思。他将基于李泽厚观点而认可"文学自觉"命题的学者称为"觉醒派"。他肯定了"觉醒派"的学术史地位，认为"觉醒派"的出现是中国大陆知识分子的觉醒与文学研究自觉的折射。同时他也指出"觉醒派"的缺陷，一是"过犹不及"，将"人的觉醒"与"文的自觉"这种一家之言走向极端，忽略了建安时期在魏晋时代的特殊性，忽略了建安士风与魏晋士风的差异性，忽略了建安文学的个性；二是"觉醒派"中个别学者淡化政治，不讲政治与文学的关系，不讲作家的历史使命感、责任感，并不切合魏晋文学的实际；三是所谓"人的觉醒"的负面因素被"觉醒"论者有意无意地忽略。① 孙明君对《典论·论文》的看法与郭绍虞相似，认为曹丕恰恰是主张回归儒家原始的文学观。《典论·论文》所宣扬的并非文学的独立，而是文学与经纶国事的联结，努力使文章成为经治国家的工具，劝导邺下文士改变文人相轻的陋俗，用文章为曹魏统一大业服务。② 孙明君虽然没有直接否定"文学自觉"命题，但他就这一论题所作的反思性讨论，一定程度上启发了后来者从观念层面对"文学自觉"进行辩驳。

李光摩回顾"魏晋文学自觉论"的发展历程，厘清了"文学自觉"说法的理论基础：一是"为艺术而艺术"的"纯文学"观点；二是"人的觉醒"说；三是"审美"概念。他指出，这三个理论前提都是"西方现代性的体现"，"在中国的传统文化土壤里是产生不出来的"。因此，他认为魏晋文学与其说是"自觉"，不如说是"他觉"，是"用西方近代的文学观念来观照魏晋的产物"。③ 李光摩通过对学术

---

① 孙明君：《建安时代"文的自觉"说再审视》，《北京大学学报》(哲学社会科学版) 1996 年第 6 期。

② 孙明君：《曹丕〈典论·论文〉甄微》，《清华大学学报》(哲学社会科学版) 1998 年第 1 期。

③ 李光摩：《"魏晋文学自觉论"的迷思》，《汕头大学学报》(人文社会科学版) 2008 年第 3 期。

史的梳理，分析"文学自觉"的前提，将一直以来被默认为"常识"的基本概念挖掘出来，进行甄别分析，揭示"文学自觉"观念的现代性本质，率先指出"文学自觉"是一个"自觉不自觉使用西方观念改造中国传统的伪命题"。与此同时，李光摩对"人的觉醒"看法的分析值得关注，在他看来，"人的觉醒"观念的基础是西方的"有对"文化，与中国传统思想观念完全不同，因而"人的觉醒"完全无从谈起。此说可与孙明君关于魏晋"士风"的研究互为印证。

程水金同样认为"文学觉醒"观念是一个伪命题。在他看来，"中国文学史的研究和阐释基本上是在不断地向西方靠拢，用中国古代的文学现象和文学资料来阐释西方的一些概念"，但"西方文艺观念和思想能不能够满足或者适合中国的文学实际，却是值得思考的"。另外，程水金从各种"自觉说"出发，指出"每个时代都有'自觉'，那就无所谓'自觉'了"。他进一步提出，"只要是文学言说，本身就是自觉言说"，只是有不同的场合和动机，而"魏晋六朝文学之所以被称作'文学的自觉'，实际是误把文学动机的变化认作是'文学自觉'"。①

近些年来，对"文学自觉"观念进行反思的论述越来越多。陈文忠指出："鲁迅问题"的根本在于审美主义文学观，但"文学作为语言的艺术是最具心灵性的艺术，也是'审美性'和'伦理性'高度融合的艺术。"②项璇认为"魏晋文学自觉说""只是在西学东渐中借用西方'纯文学''人的觉醒'以及'审美'等理论的结果"，"是现代性概念支撑下的一个虚构③。刘娟认为"文学自觉"的命题"限制了学者研究的范围，破坏了中国文学历时三千年的完整性和包容道统价值的深刻性。这种典型的西方中心主义的文学观是对中国古代文学及其价值的否定"。④曾蒙评述相关看法，认为部分提法近于极端化反思，存在误用中西横向对比的情况，即将中国传统文学的整条线与西方"纯文学"观念的点相对比。⑤

---

① 詹福瑞：《"文学的自觉"是不是一个伪命题》，《光明日报》2015 年 11 月 26 日。
② 陈文忠：《论"文学自觉"的多元历史进程——30 年"鲁迅问题"论争的回顾与思考》，《陕西师范大学学报》(哲学社会科学版)2012 年第 5 期。
③ 项璇：《试论"魏晋文学自觉说"的不可靠性》，《文学界(理论版)》2012 年第 6 期。
④ 刘娟：《中国文学史的本与末》，《光明日报》2015 年 12 月 31 日。
⑤ 曾蒙：《忽视自觉概念与误用中西比较——魏晋文学自觉说再反思》，《长春理工大学学报》(社会科学版)2020 年第 3 期。

　　总体来看，经过正反双方的讨论，学者对于"文学自觉"观念赖以成立的理论基础已有清楚认识，并对其进行较为深入的辨析，同时指出了其中不合事实与牵强附会之处。从"文学自觉"看法提出的时代背景来看，在中国现代学术建立过程中，西方学术思想及其本土化发挥了重要影响。由此形成的学术观念，在理解中国文学现象时既有积极的一面，同时也不可避免地使中国现代学术带有浓厚的西方学术色彩。"文学自觉"观念即是其中之一。需要指出的是，即便在文艺复兴以来的西方文学作品中，"纯文学"同样并非唯一标准。而对于中国古代同时兼具各种身份的文学写作者来说，文学创作从来都不是单一面相的书写，"自觉"的论述也就不能仅仅基于现代的"纯文学"观念。

五、余论

　　"文学自觉"的讨论从本质上来说是文学观念的问题，即"文学是什么"的问题。只有先确立这个基础，才能去讨论"文学"是否存在"自觉"的现象。因此，是从中国传统的"文学"观出发，还是从基于西方文艺理论的当代"文学"观出发，就成了产生分歧的根本所在。正如方铭所说，中国自有文学传统，自有创作、研究体系，我们应该立足中国文化本位，从中国的"文学"观念出发，采用中国自己的立场、自己的方法、自己的视角和自己的价值判断，来复原中国古代文学的全貌。① 这样的看法，从某个方面来说回避了"文学自觉"的讨论，而将叙述视野转向中国文学历史的建构，试图对现代文学学术体系受西方话语影响的状况进行全面的检讨与反思。

　　中国文学源远流长，对文学的认识也在不断地变化、丰富。先秦时期，《尚书·尧典》说"诗言志"，孔子说"不学诗，无以言"，文学与政治制度、社会生活紧密联系，已经具备有意对言说进行修饰的艺术性表达行为，即程水金所说的"文学言说"已经成熟。孔子又说"诗，可以兴，可以观，可以群，可以怨。迩之事父，远之事君；多识于鸟兽草木之名"，强调文学在社会认知、知识训练等方

---

　　① 参看《我们该不该回去——"文学史研究是否应该回归中国文学本位立场"对话实录》，《光明日报》2015 年 6 月 25 日。

面的重要作用。这样的文学观念当然不同于现代的"纯文学"史观,但正是这种基于"功利性"的杂文学奠定了中国传统文学的基调和主线。这种通过强调"文""道"关系而形成的多面文学观,贯穿着整个中国传统文学的发展历程。与此同时,强调情感表达特征的文学观念也并行其间。上博简《诗论》中,孔子多次以情或性论诗,归结于"诗无隐志,乐无隐情,文无隐意",视志与情为人"性"的一体两面,认为所言之志就是诗人从社会普遍情感中凝练出的理想追求,是个体情感的升华,是更高层次的情感表现形式。《诗大序》在"在心为志,发言为诗"之后又有"吟咏情性"之论,其义也是如此。中国传统对文艺情感性的深刻认识,蕴含于对文艺社会引导和教化功能的强调之中,二者虽有侧重,却不可偏废,孔子所说的"言之无文,行之不远",也正是这个意思。与此同时,墨子提出"非乐"之说,也正是缘于"乐"等注重艺术性、抒情性的品质,已经发展到了影响"道"的地步。创作中的抒情与接受中的感受是情感性的两面,任一方都不可能脱离另一方而单独存在。

除了文与道的关系、情感性等因素以外,还有对文学内部规律的探究,例如文体、修辞、音韵等。这些方面的研究,在魏晋南北朝时期取得了突出成就。但需要注意的是,对文学技巧的探索是文学创作积累发展的必然结果,并不意味着否定"道"的内涵,也可能是为了更好地明道致用,例如曹丕《典论·论文》、刘勰《文心雕龙》均是如此。陆机《文赋》没有谈及道与文的关系,却也并不意味着他忽视"道"的重要性。因此需要对各家论述进行具体分析,洞察写作者的出发点和落脚点。从注重个体性和抒情性的"纯文学"观点看,魏晋时期的"文笔之辨"发展到后期,已经具有某些"文学自觉"因素。如萧绎在《金楼子·立言》中将文的个体抒情作为第一标准,认为"至如文者,惟须绮縠纷披,宫徵靡曼,唇吻遒会,情灵摇荡"。萧纲把"为人"与"为文"对立起来,揭示创作目的和评判标准的根本性差异。然而也需要看到,由这种思想产生的宫体诗,在中国传统的文学创作实践常被作为批评的对象。"文学自觉"并不能代表整个魏晋时期文学的总体特征,其他时期的文学写作也同样如此。

纵观中国古代几千年文明历程,不排除在特殊历史时期,文学"载道"的一面被淡化,"抒情性""艺术性"的一面被突出,表现出与部分现代文艺观念相似的特征。由此出发，研究者从现代"文学"观念追溯中国文学历史，进而得出"文学自觉"的论断，也就是鲁迅所说的"从近代的文学眼光来看"。循此发展，现代论者也不排除会以"从近代的文学眼光来看"作为唯一视角，并以此选择中国传统符合这一标准的文学内容，建构"文学自觉"论述。

在"文学自觉"相关讨论中，研究者对中国传统文学的诸多构成因素进行细致剖析，促进文学史认识和研究更加深入。概括来说包括以下几点：一是文学与社会，即文学创作的出发点和目的；二是文学与作家，即作家是不是有意识地进行文艺创作；三是文学的分类，即看文学作品是否独立为一类；四是文学创作的形式与技巧，包括文体、音韵、修辞、对仗等因素。"魏晋文学自觉"论者所强调的"抒情性"属于第一类。从根本上说，"抒情性"问题是个体情感抒发与社会情感表达的取舍。在中国文学传统中，二者并非对立关系，如杜甫、白居易等，个体情感与社会认识具有同一性。由此而言，在中国传统文学语境中，有关"文学自觉"的理论探讨要与文学实践的考察相结合。应立足中国传统文学自身特质，梳理中国传统文学各种因素的发展脉络，跳出"文学自觉"的概念陷阱，由中国文学实践出发建构文学史叙述话语，构建基于中国文学历史的文学史观念和思想体系。

第三编　他山之玉

第十章

制造"美人图"：汤姆斯译《百美新咏》建构的
中国审美趣味和诗歌世界

英国汉学家汤姆斯(Peter Perring Thoms，1790—1855)是 19 世纪前期颇为重要的中国文化翻译者和传播者，创造了中西翻译史上的多个第一：他第一个将《三国演义》翻译到西方，第一个翻译长篇诗歌，第一个翻译女性传记文学，第一个翻译中国金石学著作。《百美新咏》是汤氏所译中国女性传记文学的典型代表，但汤译本只从原本"百美"中选取了 31 位，此外，最后一位 Queen Tang(邓后)节译自《后汉书》。通过对人物的选择以及对原文本的增删与改编，汤氏制造了一幅审美旨趣迥异的"美人图"：原本中的前 10 位美人李夫人、陈后、杨贵妃、西施等，无一人入选汤译本；其他在中国历史上影响较大的知名美人，如武则天、王昭君、赵飞燕、大乔、小乔、才女卓文君等，也都无缘于汤氏"美人图"。相反，一些中国历史上知名度和影响力不大的女性，如张红红、任氏、开元宫人等，却反而榜上有名。汤姆斯作为译者，经由此选，向读者传递其不同寻常的审美趣味和关注焦点。由他所重新编制的这幅中国"美人图"，不仅体现了他独具一格的女性观，也从一个侧面反映了 19 世纪早期西士对中国社会及文化的兴趣所在。本章着眼 19 世纪早期"中学西译"的一般状况，以此为基础理解汤氏在翻译中国女性传记时所体现的审美趣味及翻译目的，分析汤氏"美人图"的生成原因和背景，并由此探测早期英国来华人士中国诗歌观对西方世界的影响。

一、晚清"中学西译"视野下的汤氏"美人图"

目前国内外学界关于汤译《百美新咏》的研究不多，主要集中于《梅妃》《冯小怜》《薛瑶英》《开元宫人》四篇，这四篇被认为对德国浪漫主义文学代表人物歌德（Johann Wolfgang von Goethe，1749—1832）产生了较大影响。近几年，在前人对以上四篇研究的基础上，郑锦怀《彼得·佩林·汤姆斯：由印刷工而汉学家——以〈中国求爱诗〉为中心的考察》（2015）进一步考察了汤译《百美新咏》中31位女子的真实姓名，确定了最后一位 Queen Tang 的内容节译自《后汉书·邓皇后纪》；赵厚均《〈百美新咏图传〉考论——兼与刘精民、王英志先生商榷》（2016）论及汤译《百美新咏》对歌德的影响，并认为汤氏翻译的原本不是其自言的乾隆三十二年本，通过颜希源的自序考证《百美新咏》的成书时间应不早于乾隆五十二年。在以往研究中，有学者虽已注意到汤译《百美新咏》存在对原文本作增删及改编的现象，但未对原文的具体改编细节，以及汤氏文本处理背后体现的时代特征和审美趣味展开讨论。

汤姆斯作为19世纪早期重要的来华西士之一，在推动中国文化西传方面有重要贡献。他本是一名英国印刷工人，1814年被东印度公司雇佣负责印刷马礼逊（Robert Morrison）的《华英字典》（*A Dictionary of The Chinese Language*），因而得以来华，且一呆就是11年，马礼逊的很多作品都由他负责印刷。11年间，他在专业领域发扬"工匠精神"，克服中国政府、东印度公司制造的种种麻烦，创造性地采用铅合金印刷技术攻克字母文字和汉字同时排版的难题，圆满完成《华英字典》的印刷工作。他虽未受过正规汉语教育，却因印刷字典的需要，在马礼逊和中国印刷工人的帮助下，以惊人的自学能力较为熟练地掌握了汉语，在中国小说、诗歌、文物研究等方面都有所造诣。在英国宪章运动之前，汤氏曾被誉为"英国有史以来最好的汉学家"①。

正如杜赫德（Du Halde）曾指出的："如果要了解中国，那么除了通过中国文

---

① Patricia Sieber, "Universal Brotherhood Revisited: Peter Perring Thoms (1790—1855), Artisan Practices, and the Genesis of a Chinacentric Sinology", Representations Vol. 130, Spring, 2015, p. 28.

学作品之外没有更好的办法了,因为这样在认识该国的精神和各种习俗时肯定不致失误。"①晚清早期,西方来华传教士出于传教需要,将中国文学作品译介到西方,以此作为了解中国这个遥远而神秘东方古国思想文化和道德传统的窗口。因而在选择翻译的作品方面,大多为能够反映中国人思想和宗教信仰的儒释道经典,后逐渐扩展至小说、诗歌等文学作品。到了鸦片战争前后,那些既能了解中国人的文化和日常生活,同时更具可读性和趣味性的小说等文学作品,成为吸引众多西方读者眼球的异域趣闻。阅读早期来华传教士翻译的中国文学作品或撰写的游记,便成了西方人了解中国的途径之一。在此影响下,"让译本成为西方人了解中国人生活的一面镜子"成了很多译者翻译中国文学作品的主要动机。他们在翻译过程中,在尊重原文的基础上,往往根据西人的阅读习惯、写作规范和技巧,以及他们对中国文化的理解能力等,对原作品进行一定的改编和处理。

翻译不仅包括不同语言之间的转述,同时也包含了跨文化的理解。早期来华西士在翻译中国作品时,为了便于西方读者的理解,往往会对那些具有中国特色的文化现象或事物添加注释或说明性语言,以此来减少因中西方文化和习俗的巨大差异而引起的"不解"。有些译者甚至"极尽所能地在故事中添加与中国人生活相关的各方面内容"②,以迎合当时西方社会对中国文化的猎奇心和窥探欲。例如帕西(Thomas Percy)编译的《好逑传》(1761),就包含有大量的注释,译者不遗余力地对中国的风俗习惯、宗教信仰、社会政治等进行详细的阐释。马礼逊也有强烈的文化比较意识,不仅在译作中常以注释或增译的方式,对文化词进行解释说明,在工具书《华英字典》中,也不断通过关联词汇或表述对相关文化进行阐释,所引例句和释义包含有大量的小说、戏曲、谚语、俗语、谜语乃至日常口语。

译文中存在较多对中国文化习俗的注释或解释性语言,成了这一时期"中学西译"的一大特点,这些注释因迎合了19世纪西方世界对中国的好奇心与窥探

---

① Jean-Baptistce Du Halde, *Description geographique*, *historique*, *chronologique*, *politique*, et physique de l'empire de la Chine et de la Tartarie chinoise, Vol. 2, Paris: Chez P. G. Le Mercier, 1735, p. 258.

② 宋丽娟:《"中学西传"与中国古典小说的早期翻译(1735—1911)——以英语世界为中心》,上海古籍出版社2017年版,第587页。

欲，而受到西方读者的普遍关注，也得到了西方社会的较高评价。帕西《好逑传》中丰富的注释被认为是"书里最有价值的东西"，在相当长一段时间里，该书一直是西方了解中国文学与社会文化百科全书式的文本。

在此背景下，汤氏翻译的作品，添加的注释或增译的补充说明性文字也较庞杂详尽，大部分为对中国特色词语、传统风俗、制度等做出的解释说明，涉及中国传统社会生活的方方面面。他翻译的《百美新咏》主要通过增译的方式对原本文化词的内涵进行解释。如"班婕妤"篇，在译完班婕妤被飞燕姊娣谮其诅咒成帝，面对成帝质问时的回答"妾闻死生有命，富贵在天，修身尚未蒙福，为邪欲以何望？使鬼神有知，不受不臣之诉；如其无知，诉之何益"之后，汤氏对其回答进行解释："It is implied, where is the utility of seeking your clemency."（此句暗示，求您宽恕又有何用？）以方便西方读者理解班婕妤回答的睿智。"宣华夫人"篇，汤氏将"夫人……发之，乃同心结也，恚而却坐，不肯拜"译为："On opening the box, it contained three characters or words, which imply, 'both hearts united.' She, displeased, sat down, and refused to receive the usual presents previous to marriage."此处汤氏虽误以为"同心结"是三个汉字，但他知晓这是男女定情之物，并解释其"常作为婚前礼物"，便于西方读者理解为何宣华夫人看到"同心结"后会"恚而却坐，不肯拜"。"薛瑶英"篇中有诗句"笑疑桃花开"，汤氏专门加以注释，说明中国人习惯将美人比喻成桃花，就好比英国人用粉红玫瑰、月见草等比喻美人，并解释说："中国人形容美人的方式与英国人不一样，因为英国这些花在中国并不常见或长得并不好，而中国的桃花却有很多品种，且花色不同，中国人一看到桃花，就会想到无法言说的优雅美丽。"①

另一方面，早期译者还常常有意对原本进行一定的编排、删节和省略，使译作成为西方人眼中的"标准文体"，以便更符合他们的传统阅读习惯。因中国传统小说与西方小说的形式差别较大，晚清有些西方译者为了迎合西方小说惯例和语言表达规范，也为了使译文流畅、故事情节更加紧凑，而将小说的章节回目、"套语"（如"话说""欲知后事如何，且听下回分解"等）以及其中穿插的与故事情

---

① Peter Perring Thoms, *Chinese Courtship*, *in Verse*, London: published by Parbury, Allen, and Kingsbury, Leadenuall-street, 1824, p. 263.

节关系不大的诗词歌赋等尽数删去。帕西的《好逑传》，德庇时（John Francis Davis）的《中国小说》（1822 年，收有《合影楼》《夺锦楼》《三与楼》三篇译文）等，在这方面都有明显表现。经由汤姆斯翻译而重新编制的"美人图"，有 31 位出自《百美新咏图传》，1 位（邓后）出自《后汉书》。他对原文本进行了改编和处理，使其中不符合传记文体的描述变得以所传女子为中心，成为更典型的传记文体，同时将传记中同一女子的名、字、号等多个身份符号删去仅留其一，以使文本更为简洁易懂。

受中国古代男尊女卑思想的影响，很多有才学的女子并无传记，她们常以"配角"的身份出现于他人传记或文学作品中。颜希源《百美新咏》中的女子传记均出自经史诗传，但很多并不是专门为该女子所作。如"秦国夫人"篇出自《唐书》，"朝云"篇出自《苏东坡传》，"浔阳妓"篇出自白居易所作《琵琶行》序，"开元宫人"篇出自《本事诗》等。颜希源编撰《百美新咏图传》时强调内容忠实于经史诗传，不仅于每篇开头先列其出处，同时尽量不对内容作改动，这就导致有些女子在"传记"中处于从属地位。汤氏在翻译过程中，对原本不合传记体的叙述进行改动，使行文更符合传记文体，突出所传主人翁。如"秦国夫人"篇，首句为"明皇梦十仙子，乃制《紫云曲》，又梦龙女，制《凌波曲》"。汤译本以"Lady Tsin-kwo, lived during the Tang dynasty. Ming-wang, her sovereign, …… "（秦国夫人，唐朝人。明皇是她的君王……）开头，叙述以秦国夫人为主，就连唐明皇也只是以"her sovereign"的身份出现。《苏东坡传》原文叙述以苏东坡为主，汤氏将其改为以所传美人"朝云"为主，开头即写"Lady Chaou-yun, was an attendant to Tung-po, who resided at Hwey-chow"（朝云为东坡侍女，居于惠州）。"浔阳妓"篇因出自白居易所作《琵琶行》序，因此叙述以白居易为主，以"元和十年，余左迁九江郡司马……"开头。汤氏略过白居易关于江上遇琵琶女的背景介绍，直接以后一句"Tsin-yang-ke, was a native of chang-gan. She was a skillful on the Pe-pa, or guitar……"（浔阳妓，本长安人，善弹琵琶）开头。"任氏"篇本以"蜀侯继图，本儒士……"开头，汤氏改为"Lady Jin-she, became the wife of How-ke-too, who was a literary gentleman"（任氏，为儒士侯继图妻）。

除了使原文叙述以所传女子为主，以更符合传记文体外，汤氏还将中国传统人物传记中不可或缺的名、字、号等过多的身份符号予以省略，而以女子与某个大人物之间的关系来进行介绍，如"梅妃"篇原文为"妃，姓江氏，年九能诵'二南'"，汤氏则以"Lady Mei-fe, concubine to the emperor Ming, of the Tang dynasty"（梅妃，唐明皇妃子）开头，省略了"姓江氏"这一身份符号。"苏蕙"篇原文首句为："窦滔妻苏氏，名蕙，字若兰，善属文。"汤氏不仅未译"名蕙，字若兰"一句，且将文中处于从属地位的"窦滔妻苏氏"改译为"Soo-Hwuy, was the wife of Tow-taou, who lived during the Viceroyship of Ho-keen"（苏蕙，窦滔妻，生活于苻坚当政时期。），以此突出苏蕙的独立地位。汤氏对名、字、号的处理在当时中学西译中颇为常见。面对一个异国文化中的陌生人物，相比于繁复的字、号等，西方读者通过其与知名人物的关系，更容易快速在头脑中构建该人物的形象与社会关系网。过多的身份符号，不仅增加了西方读者的阅读负担，也会干扰他们对原文的理解。

作为 19 世纪早期来华西士，汤姆斯对中国语言、文化的理解仍有很多缺漏，不免"于风土人情之不谙，语言文字之隔膜"，在翻译时经常出现各种误译甚至低级错误。事实上，这一点连汉语水平极高，且对待汉英翻译工作十分认真的马礼逊也没能避免。他的译作中诸如将"多事的人"译作"A busy body"（忙碌之人），将"行伍出身"译为"To go forth with the army"（随军而行），将"伯仲之间"译成"Amongst brothers"（兄弟之间）之类的错误不在少数。根据笔者所见，汤姆斯的每部译作中几乎都会出现各种错误，甚至还包括英语拼写、语法方面的错误。以致有评论家认为汤氏"所用的语言并不是英语，所有的语法规则都被摒弃了，字都被他拼写错了"[1]。甚至有人怀疑他"因长居中国，对其母语的遣词用句和拼写似乎有点忘了"[2]。

汤氏所译《百美新咏》也存在多处错误，最大的问题在于他误将原本第 38 位"懿德后"的传记当作为 Lady San-tang（单登，是宫中一位婢女）所作。这一"误译"，或是汤氏粗心所致，只将目光集中在《百美新咏图传》两卷的传记上，而对

---

① Quarterly Review, 36, June, 1827, pp. 504-505.

② The Monthly Review: from January to April Inclusive, London: Printed for Hurst, Robinson, And CO., 1826. Vol. 1, p. 544.

其他卷中的内容及前序后跋等却未甚在意。事实上，在第一卷颜希源所作自序中，就有"列宫闱于前，臣庶于后，列色艺才学者于前，淫乱流离者于后"等语，而"懿德后"一篇前后都是帝王之妃，不可能插入一个身份低微的婢女。假如汤氏认真阅读颜希源的自序，可能就不会犯这一错误。同时，他的这一误译，可能还与原本的编排方式有关。《百美新咏图传》的排版方式是：女子画像与传记位于同一张纸的正反面，正面为女子画像及姓名，反面为传记。篇名与传记不在同面，汤氏在阅读该篇时可能没有注意篇名，而是据传文考定传主。《百美新咏图传》中的传记皆出自"经史诗传"，颜希源于每篇传记前先列其出处，再记录其中对所传女子的记录，且大部分以对传记主人的介绍开头，如"苏蕙"篇以"《晋书》：窦滔妻苏氏，名蕙，字若兰，善属文"开头；"梅妃"篇以"《梅妃传》：妃，姓江氏，年九能诵二南"开头。读者从传记内容轻易就能知道所传者姓名。而"懿德后"篇却以"《辽史》：宫婢单登欲诬懿德后与伶官赵惟一私通"开头，以致汤氏误以"单登"为传主。除篇名有误外，该篇具体内容与原文基本一致。

二、汤氏"美人图"创造的中国审美趣味

颜希源编《百美新咏》成书于清乾、嘉年间，共四卷：《百美新咏》一卷，有袁枚等人所作序7篇以及颜希源自序1篇，他人所作题词20篇，颜希源作歌咏"百美"七言诗100首；《百美新咏图传》两卷，有颜希源《题王钵池画图并序》1篇以及王翙(字钵池)所作美人图100幅，每幅图后有美人传记一篇；《百美新咏集咏》一卷，收袁枚等歌咏"百美"七言诗近200首，诗后有跋3篇。

虽名为"百美"，所录女子实为103人（飞鸾轻凤、娥皇女英、大乔小乔三组，各有两人）。据颜希源自序，他选录美人的原则是"俱经史诗传所习见者，稗官野史所撰概不收入"，且美人出场顺序为"列宫闱于前，臣庶于后，列色艺才学者于前，淫乱流离者于后。贞淫贤否之中，微寓抑扬褒贬之意，终以神仙作

结，为其归于虚无杳渺而已"①。《百美新咏图传》两卷中第一卷为 50 位"宫闱"女子，第二卷 50 位分别为"臣庶"和神仙女子，遵从了中国传统人物传记先君后臣的惯例。同时，颜希源比较偏重女子的美貌与德行，在"贞淫贤否之中，微寓抑扬褒贬之意"。

汤氏的"美人图"，有 31 位出自《百美新咏图传》，1 位（邓后）出自《后汉书》。汤氏为何会选取以下 31 位女子，而舍弃在中国历史上更知名的西施、武则天、王昭君等人。由他所重新编制的"美人图"，选录的标准又是什么？以下为汤译本美人及其在原本中的顺序：

汤译本人物及顺序	对应原本人物	原本人物顺序
1. Soo-Hwuy	苏蕙	61
2. Lady Mei-fe	梅妃	21
3. Lady Pan-tse-yu	班婕好	22
4. Queen Yin	阴后	27
5. Lady Shang-kwan	上官昭容	28
6. Lady Mang	孟才人	33
7. Lady Hwa-juy	花蕊夫人	34
8. Lady Hea	夏姬	37
9. Mo-keuen-shoo	莫琼树	15
10. Lady San-tang	单登	38 原本名"懿德后"
11. Lady Fung-seang-lin	冯小怜	39
12. Queen Yang	羊后	40
13. Lady Seuen-hwa	宣华夫人	45
14. The Princess Shan-yin	山阴公主	46
15. Paou-sze	褒姒	47

---

① 颜希源：《百美新咏图传》(集腋轩藏版)，清乾隆五十七年刊本，序十五。

续表

汤译本人物及顺序	对应原本人物	原本人物顺序
16. Lady Tsin-kwo	秦国夫人	50
17. Lady Le-she	李势女	51
18. LadySee-yaou-hing	薛瑶英	57
19. Lady Chung-tseay	宠姐	58
20. Tsae-wan-ke	蔡文姬	65
21. Muh-Lan	木兰	66
22. Kin-tsaou	琴操	67
23. Lady Chang-fung-hung	张红红	68
24. Choo-shuh-ching	朱淑真	73
25. Tsin-yang-ke	浔阳妓	82
26. Lady Kea-gae-ying	贾爱卿	83
27. Lady Kwan-pun-pun	关盼盼	84
28. Lady Luh-choo	绿珠	88
29. Lady Jin-she	任氏	89
30. Lady Chaou-yun	朝云	90
31. Kae-yuen	开元宫人	91
32. Queen Tang	邓后	《后汉书·邓皇后纪》

不难发现，原本《百美新咏》中前10位女子，无一人入选汤氏"美人图"，前20位，只有第15位(莫琼树)入选，并且其出场顺序有所后调，同时汤氏将原本排名较后的苏蕙放在第一。可见他的"美人图"并未过多考虑女子的地位、影响力或知名度，这一点异于原作者颜希源。经过认真对比分析汤译本与原本的不同，可以看出，汤氏选录美人的原则重在才学与智慧而非美貌、地位或德行。

原本《百美新咏》前10位美人的传记都着重突出女子的美貌，无关才学，这很可能是她们无人入选汤氏"美人图"的原因。以首位美人李夫人的传记为例。《汉书外戚传》云：

李延年侍上，起舞歌曰："北方有佳人，绝世而独立。一顾倾人城，再顾倾人国。宁不知倾城与倾国？佳人难再得！"上叹息曰："善！世岂有此人乎？"平阳主因言延年有女弟。上乃召见之，实妙丽善舞，由是得幸。

该传主要突出李夫人"倾城倾国"之貌，而无关其睿智与才学，因而不被汤氏看重。

至于历史上的名才女卓文君（位列《百美新咏》第 71 位）未选入汤译本的原因，据笔者考察，首先，应与汤氏不了解卓文君有关。他在翻译《花笺记》时，将原文中"谁人肯学卓文君"译成："Who is able to imitate the conduct of the prince Cho-wan" ①。这是《誓表真情》一回中，在面对梁亦沧"乞把团圆照学生"的进一步要求时，瑶仙的回答。这里汤氏将"卓文君"译成 prince Cho-wan，说明他不知卓文君是位女性，以为这里的"君"是对"卓文"这个人的尊称。其次，可能也与《百美新咏》中卓文君传记的内容有关，原文为：

《史记》：司马相如素与临卯令王吉善。临卯富人卓王孙闻令有贵客，为具召之。是时，卓王孙有女文君新寡，好音，相如以琴心挑之。文君窃从户窥之，心悦，夜亡奔相如。

葛洪《西京杂记》：卓文君姣好，眉色如望远山，脸际常若芙蓉，肌肤柔滑如脂。十七而寡，为人放诞风流，故悦长卿之才，而越礼焉。后相如将聘茂陵人女为妻，卓文君作《白头吟》以自绝相如乃止。

该传记主要突出了卓文君的美貌及其与司马相如私奔之事，并未突出其才学。最后虽提到其作《白头吟》，但仅凭题目似乎并未引起汤氏的注意。

汤氏对美人才学的重视亦可从他置于首位的美人传记，以及他对该篇传记的改编看出。汤氏置于首位的苏蕙在原本中位于第 61 位，身份地位并不算高，但因其所作回文诗《璇玑图》而享有盛誉，也因此受到汤氏推崇。32 位女子中，汤

---

① Peter Perring Thoms, *Chinese Courtship*, in Verse, p. 111.

氏唯在"苏蕙"一篇末高度赞美其才华，特别指出她在回文诗的每个方块中填一个字，并把"天子"二字放入最中心的方块，显示了其才思非凡（a person of no ordinary mind）。[1] 可见，汤氏对苏蕙表现出浓厚兴趣很大程度上在于其所作回文诗。因此，他不仅在译文中增加了原本并没有的"苏蕙回文诗"图，还饶有兴致地介绍了其解读方法，并将解读结果译成十首英文诗。汤氏所附苏蕙诗如下图：

苏蕙的传记摘自《晋书》，原文为：

> 窦滔妻苏氏，名蕙，字若兰，善属文。符坚时，滔为秦州刺史，被徙流沙，苏氏思之，织锦为回文旋图诗以赠滔。宛转循环以读之，词甚凄惋。一说窦滔镇襄阳，携宠姬赵阳台往。苏氏织锦成回文寄滔，情好如初。回文广八寸，五彩相宣，凡八百四十字，得诗三百余首。

---

[1] Peter Perring Thoms, *Chinese Courtship*, *in Verse*, p. 253.

汤译本与原本主要有以下几点不同：第一，原本将苏蕙作回文璇玑诗的两种可能原因悉数列出（"思夫而作"或"因赵阳台缘故，苏蕙为挽回丈夫而作"），而汤氏却只取前者。第二，关于寄诗的对象，汤氏将原本所载"寄给其丈夫窦滔"改为"呈给天子"（she waves and presented to his majesty）。第三，关于回文璇玑诗的字数，原本为840字，汤译本改为280字。第四，原本并未放入苏蕙的《璇玑图》，也未讲解如何解读，汤译本不仅附上了280字的回文图，并对解读方法进行了简单的说明，且将解读所得十首诗悉数译出。第五，译出《璇玑图》后，汤氏增加了一段他对苏蕙及其《璇玑图》的评价：

> 天子收到《璇玑图》后，非常同情苏蕙，于是召回了她的丈夫。《古文类苑》的编撰者认为以上诗由丝织而成，但是考虑到字数，应该不太可能。然而在回文诗的每个方块中填一个字，并把"天子"二字放入最中心的方块，说明苏蕙有着非凡的才思。①

能将原文只字未提的"织图献天子"这一说法增加到译文中，说明汤氏或者知晓一些民间流传的苏蕙和《璇玑图》故事，或者因对其回文诗特别感兴趣，查阅了相关资料或求教过他人。

苏蕙所作《璇玑图》早已佚失，民间流传版本大多为后世文人托苏蕙之名而作。且唐宋以后，苏蕙与《璇玑图》的故事，不断被改编成戏剧或创作成小说、传奇等在民间广为流传，如元代戏曲家关汉卿的杂剧《苏氏织锦回文》（现已佚失），明代无名氏的传奇《织锦回文》，清代戏曲家洪升的传奇《回文锦》等都对苏蕙《璇玑图》的故事进行了再创作。为了更突出人物的形象，增加戏剧冲突以吸引大众，文人们在创作中恣意挥洒笔墨，极尽渲染。经过他们改编或重新创作的《璇玑图》故事，不断以各种面貌在民间流传。其中就包括苏蕙作《璇玑图》献天子，以赎夫罪之说。

---

① Peter Perring Thoms, *Chinese Courtship*, *in Verse*, p. 253.

汤氏声称其所录苏蕙诗来自《古诗类苑》（Koo-sze-tsin-yuen），但他或未亲自翻阅此书，因该书第九十六卷《人部·闺情》所载《璇玑图》为840字，字数与《百美新咏》原本所记一致。至于汤氏为何在译文中将其换成280字的回文诗，具体原因，汤氏并未说明。但在该篇最后，汤氏提到"《古文类苑》的编撰者认为以上诗由丝织而成，但是考虑到字数，应不大可能。"①汤氏认为以丝线编织280字几乎不可能，更何况840字！因此他应不太相信苏蕙《璇玑图》有840字。加之汤氏所录《璇玑图》，最后一句为"织将一幅送天子"，与民间所传"献给天子"这一说法刚好吻合，两者互相印证，使他更愿意相信280字的《璇玑图》。

据本书考察，汤译280字"苏蕙诗"是后代文人效仿苏蕙所作，在中国古代流传甚广。宋人桑世昌所编《回文类聚》有收录，题为《拟织锦图》，作者为宋代孙明复，查今存孙明复诗集，未见此诗。宋元间《事林广记·辞章类》收录该图，题为《织锦璇玑图》，图下方有苏蕙作该诗原因的简单介绍：窦滔镇守襄阳后，苏氏"悔恨自伤，因织锦为回文"，已将280字《璇玑图》纳入苏蕙名下。明程君房《墨苑·第五卷》最后一篇《织锦图》亦为该诗，除简单说明解读该诗应"从'君'字起至'还'字止"外，并无其他内容，亦默认此图为苏蕙所作。就这样，此图被越来越多的人认为系苏蕙所作《璇玑图》，在民间广为流传，也就造成了汤氏的"人云亦云"。

节译自《后汉书》的邓后，也是一位才学过人的聪慧女子，她本为汉和帝皇后，和帝死后，以太后身分先后在殇帝、安帝统治期间临朝听政，在政治上有所建树。汤氏翻译《邓后纪》时则着力突出其才华，直接从"（邓后）六岁能史书，十二通《诗》《论语》"开始，略过邓后五岁时，奶奶为其剪头发误伤前额，而邓后因"难伤老人意"故忍痛不言一事。此外，中间还大量省略与邓后睿智和才学无关的片段。

从汤氏对"美人图"所录美人的取舍，以及将"苏蕙"调至篇首并增加回文诗，且在翻译时将与女子才学有关的内容悉数译出，与女子才学无关的语句常省去不译，不难发现，汤氏"美人图"的选录旨趣主要在于女子的诗歌才学。据笔者统

---

① Peter Perring Thoms, *Chinese Courtship*, *in Verse*, p. 253.

计，汤译本《百美新咏》，有十多篇含有诗歌，另有十篇左右直接以所传美人的
睿智语言展示其个性和聪慧。可知除才学外，汤氏非常重视女子个性化的语言所
展现出的智慧。

　　汤氏对"秦国夫人"篇的选择和处理尤能体现他对睿智女性的偏爱。《百美新
咏》收录有杨贵妃与两个姐姐虢国夫人、秦国夫人三人的传记，分别位于第6、
8、50位。但汤氏只选译了第50位秦国夫人，名位更高的的杨贵妃却并未入选。
这是因为《百美新咏》原本中杨贵妃与虢国夫人的传记主要突出她们的美貌。虽
然分别有白居易和张祜的诗歌，但其主要内容是赞美两人的美貌，加上汤氏并不
十分清楚白居易和张祜在中国诗歌史中的地位，[①] 所以没有收录。秦国夫人篇汤
氏对于原文着重墨描写的众人于宫中演奏唐明皇《紫云曲》《凌波曲》的盛况(宁王
吹玉笛，上羯鼓，贵妃琵琶，马仙期方响，李龟年觱篥，张野狐箜篌，贺怀智拍
板)略去未译，而将秦国夫人与唐明皇的对话详细译出。两人的对话更能反映秦
国夫人的个性和智慧。

　　汤氏对有其他才华的女子也较感兴趣。如"莫琼树"篇原文为：

　　　　崔豹《古今注》：魏文帝宫人，绝所爱者有莫琼树、薛夜来、田尚衣、
　　段巧笑四人，日夕在侧。琼树乃制蝉鬓，望之缥缈如蝉翼；巧笑始以锦衣丝
　　缕作紫粉拂面；尚衣能歌舞；夜来善为衣裳。一时冠绝。

　　《百美新咏图传》第31篇为"薛夜来"传，汤译本"莫琼树"篇在原文的基础上
将"薛夜来"传中"薛夜来被称为'针神'"(the divine Seamstress)一句嫁接过来，
置于文末，合两篇为一。"莫琼树"篇所记四人虽不以才学见长，但均有绝技，
一时冠绝，吸引了汤氏的注意。但因不涉及才学，故汤氏将本应第一位出场的
"莫琼树"调到中间。除莫琼树外，以笙歌见长的孟才人、"记曲娘子"张红红、

---

　　① "浔阳妓"篇原文为《白乐天序》：元和十年，余左迁九江郡司马。但汤氏并不知此传记或
《琵琶行》为白居易所写，将传记中"因为长歌以赠之，凡六百一十六言，命曰《琵琶行》"，翻译为
"Yu-tso-tseen inscribed an ode to her memory, which he named the Pe-pa-hing, 'The rise of the Pe-pa'"。
误认为《琵琶行》是"余左迁"所写，即缘于对第一句"余左迁九江郡司马"的误读。

擅弹琵琶的浔阳妓等也都入选汤氏"美人图"。可见，除诗歌才学外，汤氏还倾向于欣赏睿智和有各种才华的女子。

三、汤氏"美人图"建构的中国诗歌世界

翻译是一项复杂的活动，译本的最终形态是译者综合考虑语言、翻译目的、译入语社会与文化背景后的体现，而翻译目的是决定翻泽过程的最高准则，对译者翻译策略和翻译方法的选择起决定性作用。汤译《百美新咏》附录于《花笺记》之后，他翻译《花笺记》的最大特点是"以诗译诗"，力求忠实于原文，却为何对附于其后的《百美新咏》进行大刀阔斧的增删与整合再编，努力创制异于原作者的"美人图"？又为何将两部书，采用一主一附的形式合编成一部书，却采用完全不同的翻译策略？要弄清背后原因，还需从汤氏翻译两本书的目的入手。汤氏在《花笺记》译本的前言中写道：

> 虽然跟中国有关的书我们已经写了很多，但他们的诗歌几乎一直不被关注。这主要是汉语带来的困难，除了偶尔翻译的一个诗节或一些短的应景诗，汉语让所有人不敢再进一步尝试。我认为这些翻译都不足以让一个欧洲人形成关于中国诗歌的正确认识。大多数中国诗歌只有几行，他们大多是诗人为了抒发一时之情而创作，而《花笺记》篇幅较长，所以我在此尝试把《花笺记》这部"中国第八才子书"译成英语。①

这段文字清楚表明汤氏翻译《花笺记》的初衷是把中国长篇诗歌介绍给西人，以弥补他们对中国诗歌了解的不足。而采用"以诗译诗"的翻译策略，以及每页上半部竖排中文，下半部横排英文，以一句英文对应一句中文逐行翻译，底部间夹注释说明的形式，就是为了更加忠实地展现中国长篇诗歌的风貌。

《百美新咏》与《花笺记》之间有一些汤氏非常看重的共性：首先，它们都属

---

① Peter Perring Thoms, *Chinese Courtship*, *in Verse*, Preface, p. 3.

于女性文学，汤氏似乎特别钟情于与女性有关的文学。这可能与他成长的年代——英国正处于欧洲文学浪漫主义时期有关："这一时期的英国同中国特别是广东等比较开放的地区在文化上有着一些共同的变化和趋势：两国民谣兴起，浪漫主义复兴……女性文学开始复苏。"① 才子佳人类小说在这一时期"中学西译"的作品中占有很大分量。汤氏在华期间的三部译作（《宋金郎团圆破毡笠》英文名 *The Affectionate Pair or The History of Sung-kin：A Chinese Tale*，《著名丞相董卓之死》英文名 *Death of the Celebrated Minister Tung-cho*，《花笺记》英文名 *Chinese Courtship，in Verse*），不管是小说还是诗歌，均与女性、爱情有关。其中，《著名丞相董卓之死》是《三国演义》中唯一涉及女性与爱情的内容，附于《花笺记》后的《百美新咏》更是一部对女性的赞歌。其次，两者都与诗歌有关，《花笺记》本就具有"诗歌"的文体特点，每句字数虽不尽相同，但以七言为主，讲究韵律和节奏。《百美新咏》也有大量诗歌，汤译本不仅含有原本中十多首诗，还增译了苏蕙回文诗，并通过内容的增删有意突出传记中与女子诗歌才学和智慧相关的部分。

众所周知，在中西翻译文学中，诗歌特别是中国古代诗歌被认为是最难翻译的文体。小斯当东早就提出中国诗歌"美且难"的观点，并认为造成中国诗歌"美且难"的原因与西方诗歌一样，主要在于其中的"意象、隐喻、暗示以及个别的字词"②，而不是诗歌结构上的不同，因为"中国诗歌的结构规则和我们的非常相似"。③ 英国《评论季刊》（*Quarterly Review*）也曾指出："事实上，以散文书写的中文作品或许被认为是极其简单的，并且也是容易读懂的，难懂的主要是他们的诗歌。"④ 有鉴于此，中国诗歌的西传一直滞后于小说与戏曲。虽然第一部诗歌总集《诗经》很早就受到西人关注，并在 17 世纪就已西传，但其最初并不是作为诗歌

---

① Patricia Sieber, "Universal Brotherhood Revisited：Peter Perring Thoms（1790—1855），Artisan Practices, and the Genesis of a Chinacentric Sinology", p. 29.

② George Thomas Staunton, *Miscellaneous Notices Relating to China, and Our Commercial Intercourse with That Country*, London：John MuiTay, Albemable-street, 1822. p. 68.

③ George Thomas Staunton, *Miscellaneous Notices Relating to China, and Our Commercial Intercourse with That Country*, London：John MuiTay, Albemable-street, 1822. p. 67.

④ The Quarterly Review, Vol. XXXVI, London：John Murray, Albemarle Street, Published in June & October, 1827, p. 498.

经典被欣赏，而是作为经书被传教士用于学习中国儒家传统，了解中国人的思想和风俗，以便于传教。虽肇始较早，但在汤氏之前，西方一直没有完整的《诗经》①翻译本流行于世，大多尝试翻译其中的个别篇章，译文也常常"散文"化，更少有人专门著文谈论中国诗歌，以致西方长期不能形成正确的中国诗歌观。而对于"以散文译诗"的方式，汤氏认为"不管翻译得再怎么准确，它没有保留原文的形式，可能会让欧洲读者产生中国诗歌结构不完善的看法"②。他甚至批评杜赫德《中华帝国全志》(Description De La Chine)所辑录的几首《诗经》作品，因"文体过于散漫而不能反映原作的生机"③。

学界普遍认为，在中国诗歌西传史上，德庇时 1829 年在英国《皇家亚洲学会会刊》(Transactions of the Royal Asiatic Society of Great Britain and Ireland)发表的《汉文诗解》(On the Poetry of Chinese)"是第一部全面、系统地介绍中国古典诗歌的著述"④。殊不知，汤氏在 1824 年《花笺记》的前言部分，已用十几页的篇幅，较系统地介绍了中国诗歌。他不仅全译了朱熹的《诗集传序》，详细介绍了我国第一部诗歌总集《诗经》的由来、思想，以及《风》《雅》《颂》的特点等，还翻译了《古唐诗合解》(Tang-she-hǒ-keae)序文中记录中国诗歌发展历程的一段文字，将中国诗歌从《典谟》到《诗经》再到《离骚》以至三国时期诗人群起，陈、隋时诗歌衰落以及盛唐诗歌兴盛展现给西方读者，使他们能够从宏观上认识中国诗歌的发展脉络。为使说明形象生动，汤氏还将该书《凡例》中关于中国诗歌兴衰"譬之于木"的经典比喻进行了翻译："《三百篇》根也，苏、李发萌芽，建安成拱把，六朝生枝叶，至唐而枝叶垂荫，始花始实矣。"⑤此喻本源自叶燮《原诗·内篇》，王

① 据称《诗经》的西传始于法国耶稣会士金民阁(N. Trigault)1626 年的拉丁文译本，但此译本未见流传。现存最早的译本为法国传教士孙璋(Alexader dela Charme)的拉丁文译本，但此书在成书一百年后的 1830 年(汤姆斯作此书之后)才在巴黎出版。因此，虽然在汤姆斯之前已有完整的《诗经》译本出现，但在此之前均未流传于世。

② Peter Perring Thoms, *Chinese Courtship, in Verse*, p. 7.

③ Peter Perring Thoms, *Chinese Courtship, in Verse*, pp. 7-8.

④ 王燕、房燕：《〈汉文诗解〉与中国古典诗歌的早期海外传播》，《文艺理论研究》2012 年第 3 期，第 45 页。

⑤ 王尧衢：《古唐诗合解·凡例》，武汉市古籍书店复印，湖北省黄冈县新华印刷厂印刷，出版日期不详。汤姆斯笔下的(Tang-she-hǒ-keae)实为《古唐诗合解》，且该比喻在"凡例"，而不在"序文"中。

尧衢在《古唐诗合解·凡例》中予以沿用，马礼逊首次将其英译，汤姆斯加以引用，德庇时于 1870 年再次出版《汉文诗解》时，亦将其增入，并说明这几句话来自"一位中国作家为一本诗集所作的序文"（A writer of their own, in his preface to a collection of poems）①。

汤氏还系统论述了中国诗歌的基本特点，包括篇幅（四行或八行，每行五言或七言）、四声与平仄、押韵（隔行押韵或隔字押韵）、对仗等，他认为有一种八行诗很受中国人推崇，但同时也最难，因为它们"在隔行押韵的基础上，经常使中间的四行更一致；也就是说，如果第三行首两个字表达同一个意思或两个完全不同的意思，那么第四行首两个字也必须传达一个或两个意思。这同样适用于中间行每行的后三字，即如果它们包含一、二、三种意思，第三行（the third line）也必须包含相同数量的不同意思，其他两行也如此。"②"中国古典诗词格律有三大要素：平仄、押韵和对仗，基础是四声。"③汤氏的论述围绕这四项展开，表明他对中国诗歌的主要特征有较准确的把握。之后，德庇时的《汉文诗解》第一部分（part one）对中国诗歌的描述也在此基础上展开并作了深化，该部分主要探讨中国诗歌的韵律（versification），分为六小节：（1）汉语的发音特点及其对韵文创作的适用；（2）声调变化（包括四声和平仄）；（3）中国诗歌的字数和行数；（4）诗歌中间的停顿；（5）押韵；（6）对仗。其中（2）（3）（5）（6）可以看作是对汤氏论述的细化。另外，第（1）小节分析汉字单音节的发音特点，并论述该特点对韵律诗创作的好处；第（4）小节详细描写中国诗歌的停顿规律。德庇时在听中国本土人吟诵诗歌时，感受到"诗歌的每行，中间都有明显的停顿"④。经过反复验证，他发现"七言诗的停顿在第四字之后，五言诗的停顿在第二字之后"⑤。作为这一发现的第一人，德庇时颇为自得。

---

① John Francis Davis, *Poeseos Sinicae Commentarii*: *The Poetry of the Chinese*, London: Asher and co., Bedford Street, 1870, p. 10.

② 根据前后文，"第三行"应为（the fourth line）"第四行"。

③ 王燕、房燕：《〈汉文诗解〉与中国古典诗歌的早期海外传播》，《文艺理论研究》2012 年第 3 期，第 48 页。

④ John Francis Davis, *Poeseos Sinicae Commentarii*, p. 403.

⑤ John Francis Davis, *Poeseos Sinicae Commentarii*, p. 403.

如果说汤氏的论述把握了中国诗歌的基本要素，那么德庇时的论述则比汤氏更全面系统，且广泛搜罗例证，力求真实客观。如他在发现中国诗歌的停顿规律后，向一位文化修养较高的中国士绅求证，并成功说服该人认同这一规律，两人还一同找来一位秀才（Sewtsae）缓慢大声朗读较长的诗歌进行验证。此外，在论述方法上，《汉文诗解》也因自觉运用中西比较的方法而超越汤氏的单一性描述。德庇时将中西语言、诗歌的异同进行关联、比较，把中国诗歌纳入西方诗歌研究的分类体系中进行论述。中西比较方法的使用，使得德庇时的论述更易让西方读者深入理解中国诗歌，因而其书也流传更广，在西方汉学界的认可度也较高，以至多次再版，不断被后人引用。

汤氏还是较早提出"中国无史诗"观念并形诸文字的西人之一。他在《花笺记》前言写道："虽然中国人很喜欢诗歌，但他们没有史诗。"（Though the Chinese are fond of poetry, they have no Epic poems.）①认为中国无史诗的原因是"没有像古罗马和古希腊神话中那么众多的上帝和女神"②。汤氏认为"诗艺（art of poetry）在中国被认为是一种很高的修养，几乎所有文人都沉湎于写诗"，且"中国人在诗歌方面并不缺乏创造力和想象力"，只不过"被古代已有的诗歌创作定法所束缚了"。他还进一步指出传统定法的根源很可能就在《诗经》。因为"《诗经》通常篇幅较短，一行只有四字，是中国古老的民族诗歌。它对中国统治者、伟大的政治家以及其它事物的颂扬都深受尊崇。"③"中国无史诗"的观点随着黑格尔《美学》的广泛流传而成为西方普遍认识，该作是他"十九世纪二三十年代在海德堡大学和柏林大学授课时的讲义，1835年由其门徒霍托等人整理出版"④。黑格尔认为"中国人却没有民族史诗，因为他们的观照方式基本上是散文性的，从有史以来最早的时期就已形成一种以散文形式安排的井井有条的历史实际情况，他们的宗教观点也不适宜于艺术表现，这对史诗的发展也是一个大障碍"⑤。这与汤氏将

① Peter Perring Thoms, *Chinese Courtship*, *in Verse*, Preface. p. 3.
② Peter Perring Thoms, *Chinese Courtship*, *in Verse*, Preface. p. 3.
③ Peter Perring Thoms, *Chinese Courtship*, *in Verse*, Preface. p. 4.
④ 王燕、房燕：《〈汉文诗解〉与中国古典诗歌的早期海外传播》，《文艺理论研究》2022年第3期，第49~50页。
⑤ [德]黑格尔著，朱光潜译：《美学》第三卷下，商务印书馆1981年版，第170页。

"中国无史诗"原因归于缺乏"上帝和女神"有相似之处。

汤姆斯"中国无史诗"的认识，可能来自于英国来华传教士马礼逊。马礼逊曾经指出："中国人没有可以称之为史诗的作品（The Chinese, we believe, have nothing that can be called Epic Poetry）。"①德庇时在《汉文诗解》中也提到这一观点，认为主要原因有二：一是中国诗歌的转折和结构（turn and construction）不适合史诗这种长篇创作；二是书写材料的昂贵限制了诗歌的规模。② 作为西方开启中华事业的先锋之一，汤姆斯同马礼逊、德庇时等早期来华传教士和官员之间都有交往。他们在 19 世纪 20 年代，先后基于对中西诗歌传统的认识，提出并具体解析"中国无史诗"的观点，说明早在黑格尔《美学》问世之前，这个观点在来华西方人士间已颇为流行。黑格尔没有来过中国，也不会汉语，他对中国诗歌的看法应是来源于像汤氏一样的早期来华西士。

四、余论

作为英国汉学草创时期的人物之一，汤氏同马礼逊、德庇时等早期来华传教士和官员一样，对西方汉学的推进有着不可磨灭的贡献，在译、述两方面都卓有成绩。由他译介的《花笺记》《百美新咏》等作，对德国诗人歌德产生了深刻影响，促使其对《百美新咏》中《梅妃》《冯小怜》《薛瑶英》《开元宫人》四篇进行仿写，并创作出闻名中外的 14 首组诗《中德四季晨昏合咏》，为中德文学交流史乃至世界文学书写了灿烂的一笔。作为欧洲早期汉学传播者，汤姆斯因未接受过正规的汉语教育以及身份地位相对低下，加之其译作中所存在的欧洲早期汉学翻译中国著作的某些通病，在中西翻译史上的地位一直被低估。深入分析汤氏所译作者，不仅有助于我们跳出传教士研究视野，多角度了解鸦片战争前"中学西译"的复杂情况，同时也可使我们了解汤姆斯及其所代表的普通西方人的审美旨趣及他们对中国文化的兴趣所在。

---

① Robert Morrison, *Chinese miscellany*, London: printed by S. Mcdowall, Leadenhall Street, 1825, p. 35,

② Jhon Francis Davis, *Poeseos Sinicae Commentarii*, p. 432.

近现代著名翻译家傅雷曾言："唯有不同种族的艺术家，在不损害一种特殊艺术的完整性的条件之下，能灌输一部分新的血液进去，世界的文化才能愈来愈丰富，愈来愈完满，愈来愈光辉灿烂。"①汤氏以其独特的审美趣味制造了一幅"美人图"，同时创造性地将其与《花笺记》整合再编为一部著作，才有了歌德对中国诗歌的深刻感受，以至创作出轰动中外的富有中国情调的诗作，为世界文学增添精彩的一页。这一过程，反映出西方译者通过翻译中国传统文学作品认识和建构西方视域下的中国社会和中国文学的实践和努力，在一定程度上促进了中国文学在西方乃至世界的经典化进程。

---

① 傅雷：《傅雷家书》，译林出版社 2018 年版，第 127 页。

第十一章

汤姆斯译《花笺记》与 19 世纪早期欧洲的
中国诗歌想象

作为 19 世纪英国汉学草创期重要的中国文化传译者，英国汉学家汤姆斯（Peter Perring Thoms，1790—1855）率先将"第八才子书"《花笺记》译介到西方，因此得到法国著名汉学家雷慕莎（Jean Pierre Abel Rémusat，1788—1832）和德国伟大诗人歌德（Johann Wolfgang von Goethe，1749—1832）的高度评价，汤姆斯也因此被誉为英国历史上"第一个翻译中国叙事歌谣的人，第一个翻译中国方言作品的人，第一个翻译中国用韵文创作的爱情故事的人，第一个翻译中国女性诗作的人"①。

汤姆斯之后，《花笺记》又陆续被译成俄语、德语、荷兰语、丹麦语、法语等六种语言，很快引起欧洲文坛的注意。20 世纪以来，美国学者或以"信达雅"的翻译理论为标准，从汉学研究价值角度出发对汤译《花笺记》进行深入分析；或重点对汤译《花笺记》如何协调源语文化和目的语文化的关系，进行社会、文学与美学三个层面的研究。② 国内学者对汤译《花笺记》的关注，最初源于歌德

---

① Patricia Sieber, "Universal Brotherhood Revisited: Peter Perring Thoms (1790—1855), Artisan Practices, and the Genesis of a Chinacentric Sinology," *Representations* Vol. 130, Spring, 2015, p. 30.

② 梁启昌（K. C. Leung），"Chinese Courtship: The Hua jian ji in English Translation," Chinoperl Papers 20-22 (1997—1999)，汉译本题为《论木鱼书〈花笺记〉的英译》，载《逸步追风：西方学者论中国文学》，学苑出版社 2008 年版，第 256～281 页；Patricia Sieber, "Location, Location, Location: Peter Perring Thoms (1790—1855), Cantonese Localism, and the Genesis of Literary Translation from the Chinese", in Lawrence Wang-chi-Wong and Bernhard Fuehrer eds., *Asian Translation Traditions Series* - 2 (*Sinologists as Translators in the Seventeenth to Nineteenth Centuries*)，香港中文大学出版社 2015 年版。中译本题为《汤姆斯、粤语地域主义与中国文学外译的肇始》，载《翻译史研究》2016 年第 6 辑。

"中国文学观"和"世界文学理念"的研究，近十年始有学者对其展开专门研究，主要分析了汤姆斯翻译《花笺记》的缘由，何以选择"以诗译诗"文体，以及汤译本在中西文化史上的价值。① 本章在已有研究基础上，立足汤姆斯的生命成长，考察其工匠视野中的汉学审美，深入分析汤译《花笺记》的策略、目的及其对中国诗歌世界的构建，梳理中国诗歌西方之旅的历史进程，以考察汤译《花笺记》在这一过程中的意义和贡献。

一、诗意的诱惑：从印刷工到汉学家

汤姆斯从一名印刷工成长为一位汉学家，离不开 19 世纪前期世界范围内近代化进程的推进和实践，也离不开"双语"印刷工作给他学习汉语带来的压力与提供的便利，更是他自由汉学家身份及对中国通俗文学日益浓厚的兴趣使然。

法国大革命之后，欧洲工人阶级受教育程度明显提高，逐渐开始觉醒，不再仅仅只是简单从事体力劳动。他们对工人身份有了新的理解：能够在工作中找到价值，也能够为了自己的价值追求而不断学习。这一时期，很多欧洲工人开始走进不同的城市，甚至国外工作，这些经历毫无疑问既增长见识又精湛手艺。在此背景下，汤姆斯开始了他的中国之行。

汤姆斯对自己印刷工人的身份有高度的认同感，印刷工对他来说不仅是简单的谋生手段，更是一种兼有技术和博学的社会身份。② 因在新兴的多语印刷上不断追求精进，汤姆斯受到时任英国东印度公司图书管理员查尔斯·威尔金斯（Charles Wilkins）的赏识，在其推荐下，东印度公司于 1814 年雇佣其来华印刷马礼逊（Robert Morrison，1782—1834）的《华英字典》（*A Dictionary of the Chinese Language*）。作为最早来华的英国工人之一，这一旅途对汤姆斯来说注定意义非凡。

---

① 王燕：《〈花笺记〉：第一部中国"史诗"的西行之旅》，《文学评论》2014 年第 5 期；郑锦怀：《彼得·佩林·汤姆斯：由印刷工而汉学家——以〈中国求爱诗〉为中心的考察》，《国际汉学》2015 年第 4 期。

② Patricia Sieber, "Location, Location, Location: Peter Perring Thoms (1790—1855), Cantonese Localism, and the Genesis of Literary Translation from the Chinese", p. 28.

　　在中国的 11 年间，汤姆斯发扬"工匠精神"，不但克服了中国政府、英国东印度公司制造的种种麻烦，还攻克了印刷业上字母文字和汉字同时排版的难题，圆满完成《华英字典》的印刷工作。虽未受过正规的汉语教育，汤姆斯却凭着惊人的自学能力熟练掌握汉语，在中国小说、诗歌、器物研究等方面都有一定造诣，甚至被誉为"英国有史以来最好的汉学家"①。

　　在《华英字典》印刷期间，马礼逊经常不在澳门，因此汤姆斯要全权负责几乎所有的印刷工作，在《华英字典》"致辞"（Advertisement）中，马礼逊写道：

　　　　但是公允地说，在字典印刷期间的一段时间，作者远在印刷所九十英里之外。我们得注意到印刷者独自一人承担了排字工、印刷工、阅读者和校对者的所有职责，帮助他的惟有一些不懂英文的当地人。②

由此可知，汤姆斯经常身兼排字工、印刷工、阅读者和校对者数职，不得不自学汉语，除求教于马礼逊外，最简单的方法是向每天与他一起干活的中国印刷工人请教。当时清政府禁止中国民众为外国人工作，亦不允许向外国人传授汉语知识，但汤姆斯非常清楚只有识字的中国人才最了解汉字的美感和中国文化的魅力，惟有与他们合作，才有可能高质量完成《华英字典》的出版工作。于是他秘密招聘了一批识字的中国工人协助印刷工作，视他们为朋友和汉语老师。汤姆斯同这些工人几乎吃住在一起，经常向他们虚心请教汉语和中国传统印刷等方面的知识，建立起了亲密友好的关系。由于身份相似，汤姆斯对中国工人有着天然的同情、同理心，尊敬他们为"受过教育的当地人"③，而不像东印度公司其他精英或来华传教士一样，把他们当成剥削利用的对象或潜在的受感化者。

　　汤姆斯对中国工人的同情、同理心，还是传统的浪漫主义和激进主义共同作

---

　　① Patricia Sieber, "Universal Brotherhood Revisited: Peter Perring Thoms (1790—1855), Artisan Practices, and the Genesis of a Chinacentric Sinology", p. 28.

　　② Robert Morrison, "Advertisement", in Robert Morrison ed., *A Dictionary of the Chinese Language*, 大象出版社 2008 年影印本，第 1 卷，第 2 页。

　　③ Peter Perring Thoms, "Preface", *A Dissertation on the Ancient Chinese Vases of the Shang Dynasty*, London: published by the Author, 12, Warwick-square, 1851, p. 8.

用的结果。在清政府的法律暴力和英国东印度公司的经济剥削双重压迫下①，只有汤姆斯敢于挺身而出，不断寻求方法保护中国工人的利益。在中国差役搜捕为外国人工作的中国工人时，他不顾个人安危，守住工厂的大门，与当地差役斡旋，为中国工人赢得了逃走的时间；还不惜冒着丢掉饭碗的危险，向东印度公司高层据理力争，帮助中国工人争得应有的待遇。汤姆斯的真心与尊重如春风化雨般温暖了中国印刷工人，他们对于汤姆斯的"求教"也是知无不言，与汤姆斯分享了许多流行于当地的文学。在与中国工人不断打交道的过程中，汤姆斯的汉语突飞猛进。1816 年，因印刷工作量减少，东印度公司开除了全部的中国印刷工人②，他可以独自带领葡萄牙印刷工人继续工作：

> 那时，我不得不自己写汉字，教葡萄牙工人切分汉字，还要负责排版和印刷工作。这也是为什么许多不甚精致的汉字出现在《中国大观》(View of China)及《字典》部首三十的篇末和正文的开篇。③

在失去了马礼逊和中国工人帮助的情况下，刚来华两年的汤姆斯能扛起所有的印刷工作，还能教葡萄牙工人汉语，可见其掌握汉语的速度之快之精。

1823 年完成《华英字典》的印刷工作后，汤姆斯并未立即返回英国，而是不计报酬地继续逗留了一年多，以完成自己未竟的中国文学翻译事业。英国早期汉学家主要关注政治、法律、宗教等，而汤姆斯却独闯文学领域，这与他由工匠成长起来的自由汉学家身份不无关系。反观早期来华的"英国汉学之父"小斯当东（Sir George Thomas Staunton，1781—1859）和英国新教来华第一人马礼逊的中西互译活动，则往往出于英国清晰的帝国主义计划，具有较强的"实用主义"倾向。小斯当东 12 岁作为马嘎尔尼使团年龄最小的成员访华，亲身经历使团访华任务

---

① 1817 年，当地政府对东印度公司印刷所进行突然袭击，以搜捕为印刷所工作的中国人。

② 当时东印度公司想要减少中国工人的数量，但是中国工人坚持"要留一起留，要走一起走"，这一谈判技巧在当时的伦敦印刷业很流行，因此有人认为，这些工人可能受到汤姆斯的指点。但不幸的是，最后公司决定开除所有的中国工人。

③ P. P. Thoms, "M. Klaproth's attack upon Mr. Morrison", *Asiatic Journal and Miscellaneous Monthly*, Vol. 2, 1830, p. 205.

失败的他，深知中国法律、外交政策等对英国在华扩张的重要意义。因此，他在选择翻译文本时，目的性非常强：必须有利于扩大英国在华影响，为英国获取更多的政治权益和商贸利益。为此，他先后翻译了《大清律例》《异域录》①，以便了解中国的法律、政治体系，以及中国对外政策和民族关系，为英政府和来华商人所用。马礼逊作为首位来华的英国传教士，在出行之前就受到伦敦传教会的指示：编撰一本汉英字典，并把《圣经》翻译成汉语。为此，他在英国就开始做准备，不仅着手学习汉语，还专门到伦敦博物馆手抄了一份之前由天主教传教士翻译成中文的《圣经》。来华后的马礼逊也时刻不忘将耶稣带到中国，在积极传教之余，翻译了《三字经》《大学》《三教源流搜神记》等经典作品，以期从中了解中国人长久以来形成的道德教化、宗教思想、礼仪习惯等，从而将基督教教义与中国经典更好地结合在一起，以便为传教事业服务。除《华英字典》外，马礼逊还编写了《通用汉言之法》(*A grammar of the Chinese language*：*Tung-yung han-yen chih fa*)《中文会话及凡例》(*Dialogues and Detached Sentences in the Chinese Language*)等工具书，为之后到中国的传教士在语言等方面提供方便。作为虔诚的基督徒，马礼逊曾公开表示他对小说、说唱文学和其他虚构作品也有儒家式的疑虑，② 因此很少从事纯文学的翻译。

小斯当东和马礼逊在华期间均担任东印度公司的翻译，小斯当东还一度成为公司大班，马礼逊也肩负着传教的重任，他们在华的翻译活动受制于机构的需求。与他们相比，汤姆斯无需代表英国在政治、商业或军事等方面的利益，也没有培训英国官员、东印度公司职员、传教士等学习中文的责任，更不用为了传教而埋头苦读中国经典。因此，他不必为了"实用"而强迫自己进行汉学研究，他的汉学活动更多是出自于个人早期的生活背景，以及在中国的生活工作环境塑造形成的独特个人审美兴趣。

---

① 《异域录》是1712—1715年图理琛使团受康熙派遣出使土尔扈特部时，使团中的史官对这一路的记述，包括出使经过、沿途的风物民俗和水文地理等，还收录了康熙帝给使团的谕旨，谕旨主要交代出使过程中使团成员与俄国人接触时可能出现的情况、应注意的事项等，因此被外国人视为了解清政府的对外政策和民族关系等非常重要的资料。

② Patricia Sieber, "Location, Location, Location：Peter Perring Thoms（1790—1855）, Cantonese Localism, and the Genesis of Literary Translation from the Chinese", p. 137.

汤姆斯对中国文学的兴趣萌生于印刷《华英字典》的每一个日夜。对印刷事业的精益求精，促使他主动学习汉语。汤姆斯阅读了大量马礼逊图书室的藏书，他"每天早 8 点到晚 8 点在印刷间工作，其余时间都沉浸在各种文学作品中"[1]，逐渐发自内心的喜爱上中国文学。为了检验汉语学习效果，同时把令自己痴迷的文学作品介绍给西方读者，让他们感受中国文学之美的同时，也能从中了解中国人和中国文化，感受到中国人身上拥有的"同情、善良和爱这些更美好的道德情感"[2]，汤姆斯自发地开始翻译一些文学作品。他曾满带激情地写道："为了使用中国的诗意语言，我经常借助萤火虫的光学习，早上早得可以去驾驶阿波罗的战车。"[3]

19 世纪初的英国同中国特别是广东等较开放地区，在文化上有着一些共同的变化和趋势：这一时期的两国民谣兴起，浪漫主义复兴，地区文化和方言文化开始进入民族文学，古文物研究兴盛，女性文学开始复苏等。[4] 西方时代背景、整体文学氛围、同期读者口味等，直接影响着译者的审美趣味和文本选择，才子佳人类作品在这一时期中国文学西译中占有很大比重。对于真挚感情的向往，自然激起了汤姆斯对女性文学的兴趣。汤姆斯在华期间接触的大多是广东地区的印刷工人，必然会受到当时广东地区最为流行的民间娱乐形式木鱼歌的影响，而《花笺记》《背解红罗袄》《琵琶上路》《楼台会》等都是以才子佳人为主题的曲目，符合女性文学的审美旨趣。汤姆斯整日与中国工人生活在一起，耳闻目见，选择翻译其中最有名的"第八才子书"《花笺记》也便在情理之中。

二、以《花笺记》想象中国诗歌世界

《花笺记》从文体属性上看属于说唱文学——木鱼歌，融诗歌与小说于一体，

---

[1] P. P. Thoms, *The Emperor of China v. The Queen of England*, London: Warwick-square, 1853, p. 29.

[2] P. P. Thoms, "Preface," *The Affectionate Pair, or The History of Song-Kin*, London: Black, Kingsbury, Parbury, and Allen, 1820, p. 4.

[3] P. P. Thoms, *The Emperor of China v. the Queen of England*, London: Warwick-square, 1853, p. 28.

[4] Patricia Sieber, "Universal Brotherhood Revisited: Peter Perring Thoms (1790—1855), Artisan Practices, and the Genesis of a Chinacentric Sinology", p. 29.

有表演本、点评本等多种版本。有学者认为汤姆斯至少参照了其中两种以上的版本。① 汤译本后有两个附录和一则出书预告。附录一为 32 位中国古代女子的小传，其中 31 位来自《百美新咏》，最后一位邓皇后（Queen Tang）译自《后汉书·和熹邓后纪》。附录二为《中国税收》（on the Revenue of China），是关于一份中国政府税收的详细英译，有学者认为原稿由广西进士王贵兴（Wang-kwei-shing）编订。② 最后一页是一则关于《三国演义》出书预告，汤姆斯于 1819—1821 年在《亚洲杂志》上连载了《著名丞相董卓之死》（*The Death of the Celebrated Minister Tung-cho*），该文译自《三国演义》第 8～9 回。虽然目前并未见汤姆斯《三国演义》的全译本，他关于此书的最终翻译进度也不为人知，但附于《花笺记》后的出书预告可以让我们看到汤姆斯对全译《三国演义》的满满雄心。

《花笺记》是汤姆斯的第三部中文译作，也是其文学翻译方面的代表作，较之前两部译作受到的评价和关注更多，影响更大。在翻译中，汤姆斯大胆挑战"以诗译诗"，采取"异化"的翻译策略，力图保持原作风貌，向西方知识界展示中国诗歌的精气神。

众所周知，在中西翻译文学中，因为汉语表意文字体系与西方表音文字体系存在难以逾越的鸿沟，且诗歌中暗含的典故、意象、隐喻等，中国诗歌一直被认为是最难翻译的文体，以至西方长期盛行"诗不可译"的观点。虽然第一部诗歌总集《诗经》很早就受到西人关注，并在 17 世纪就已西传，但其最初并不是作为诗歌经典被欣赏，而是作为经书被传教士用于研究中国儒家传统，以了解中国人思想、礼仪和风俗，便于传教。因此，早期《诗经》的译文常因"散文"化而失去了"诗意"之美，且大多译者只敢尝试其中的个别篇章，导致汤氏之前一直没有完整的《诗经》译本流行于西方，更少有人专门著文谈论中国诗歌。有鉴于此，中国诗歌的西传相比小说与戏曲一直略显滞后。

《花笺记》体裁具有双重属性，既有诗歌的文体特点，讲究韵律和节奏，以

---

① 参见徐巧越：《〈花笺记〉在英国的收藏与接受》，《图书馆论坛》2019 年第 4 期；Patricia Sieber, "Location, Location, Location: Peter Perring Thoms (1790—1855), Cantonese Localism, and the Genesis of Literary Translation from the Chinese".

② 易永谊：《野蛮的修辞：作为译者的汉学家汤姆斯》，《中国比较文学》2016 年第 2 期。

七言为主，又仿效章回小说，以梁亦沧与杨瑶仙、刘玉卿的爱情故事贯穿全文，分为六十回(有的版本为五十九回)，每回均以四字作目。清代评论家钟戴苍定义《花笺记》的体裁为"歌本小说"，兼顾了其融诗歌与小说于一体的属性。马礼逊也认为《花笺记》是一部用"诗体"创作的"中国小说"。① 体裁的双重属性给《花笺记》译者提供了不同的翻译可能。汤姆斯将题目译为《中国式求爱，诗体》(*Chinese Courtship*, in Verse)，以诗歌体进行翻译，而其后的包令(John Bowring)则将题目译为《花笺，一部中文小说》(*The flowery Scroll*, a Chinese Novel)，以小说的形式进行翻译。

汤姆斯何以敢于选择被西方众人视为畏途的中国诗歌，并且是三万多字的长篇诗歌进行翻译，而且还敢于以难度最大的诗体进行翻译？这首先与其翻译《花笺记》的目的密不可分。汤姆斯在前言中写道：

> 虽然跟中国有关的书我们已经写了很多，但他们的诗歌一直几乎不被关注。这主要是汉语带来的困难，除了偶尔翻译的一个诗节或一些短的应景诗，汉语让所有人不敢再进一步尝试。我认为这些翻译都不足以让一个欧洲人形成关于中国诗歌的正确认识，所以我在此尝试把《花笺记》这部"中国第八才子书"译成英语。《花笺记》篇幅较长，因为大多数中国诗歌只有几行，他们大多是诗人为了抒发一时之情而创作。②

这段文字清楚表明汤姆斯翻译《花笺记》的初衷是做一个中国长篇诗歌西译的开创者，把中国长篇诗歌介绍到西方，以弥补欧洲人对中国诗歌了解的不足，矫正因了解不足而形成的偏见。

当时西方社会更加欣赏鸿篇巨制的史诗，认为西方式的史诗在创作手法、意象使用、编排构思、造势铺陈等方面均优于中国的短篇诗歌，甚至有人断言中国

---

① Robert Morrison, *A Dictionary of the Chinese Language*, Vol. Ⅲ. Part 1, London: Published and Sold by Kingsbury, Parbury, and Allen, Leadenhall Street; Macao, China: Printed at the Honorable East India Company's Press, By P. P. Thoms, 1823, p. 152.

② P. P. Thoms, "Preface," *Chinese Courtship*, in Verse, Macao, China: printed at the honorable East India Company's Press, p. 3. 本书所引《花笺记》原文皆出自此版。

没有值得翻译的诗歌，以致中国诗歌在西方长期受到忽视。

汤姆斯对此有不同的看法，他认为中国人在诗歌方面并不缺乏创造力和想象力，"诗艺"（art of poetry）在中国非常受重视，被认为是一种很高的修养，诗歌是科举考试的科目之一，几乎所有文人都沉湎于写诗，并且具有极高的创造力和想象力。针对西方对中国诗歌普遍较短的批评，他解释道"是因为被古代已有的诗歌创作定法所束缚了"①，并进一步指出根源在孔子整理编辑而成的《诗经》，因为"《诗经》通常篇幅较短，一行只有四字，是中国古老的民族诗歌，对中国统治者、伟大的政治家以及其它事物的颂扬都深受尊崇"②。

汤姆斯虽然认为中国没有西方式的史诗，赞同大部分中国诗歌只有几行，是诗人的一时抒情之作，但他同时也注意到中国诗歌中叙事诗这一体例的独特之处，叙事诗的篇幅可以很长，为诗人展示才华提供了更大的空间。③ 他认为中国诗歌中律诗最难驾驭，很多中国诗人也不擅长。《花笺记》不仅是长篇叙事诗，其中的若干诗歌还采用了律诗的形式，且并没有因为形式上的严苛而影响故事情节。因此，在汤姆斯看来，《花笺记》比《西厢记》更能体现中国诗歌的特点。④他在十分清楚同为爱情题材的《西厢记》，因天才般的文笔和更契合中国人情感的故事情节，在"才子书"中排名位于《花笺记》之前的情况下，仍然选择了《花笺记》进行翻译。同时，他也坚信充满趣味且富有诗意的《花笺记》，一定会让那些对中国文学感兴趣的人，在细细品读的过程中感受到乐趣。⑤

为了尽可能保留《花笺记》这部东方文学作品的诗歌韵味和"原文精神"（the spirit of the original），汤姆斯最终选择了"以诗译诗"的文体来翻译《花笺记》，并

---

① P. P. Thoms, "Preface," *Chinese Courtship*, *in Verse*, Macao, China: printed at the honorable East India Company's Press, p. 4.

② P. P. Thoms, "Preface," *Chinese Courtship*, *in Verse*, Macao, China: printed at the honorable East India Company's Press, p. 4.

③ P. P. Thoms, "Preface," *Chinese Courtship*, *in Verse*, Macao, China: printed at the honorable East India Company's Press, p. 5.

④ 汤姆斯认为《西厢记》的行文风格颇为简单，类似于对话体形式，且每句中的字数从 1~15 不等，相差太多，因而不能很好地展示中国诗歌的特点。参见 Peter Perring Thoms, "Preface," *Chinese Courtship*, *in Verse*, p. 7.

⑤ Peter Perring Thoms, "Preface," *Chinese Courtship*, *in Verse*, p. 6.

开创性地采用每页上半部竖排中文，下半部横排英文，底部间夹注释说明的形式，以一句英文对应一句中文诗句逐行翻译。对于汤姆斯"双语"印刷的创举，法国汉学家雷慕莎及后世学者给予了高度赞赏。

除了"双语"排版外，为了尽可能展现《花笺记》文本的诗歌性，汤姆斯还将中文原文竖行七字排列，对于字数较多的诗句，往往缩小最后的几个汉字，并将缩小的字两两并行排版，只占一个字的位置，这样编排使得版面十分规整，将诗歌的韵律性延伸到了视觉。

在翻译过程中，汤姆斯深知"以诗译诗"的难度，以及完全的直译存在使译文生硬、拗口，甚至不符合英文文法的弊端，也担心这样处理会损失很多原诗中的柔和之风和内容间的紧密联系。①但同时他也明白，前人惯常的"以散文译诗"的方式，无法充分展示中国诗歌的韵律美，给中国诗歌在西方的形象带来了很多负面影响。杜赫德（Du Halde，1674—1743）的《中华帝国全志》（*Description De La Chine*，1735 年）是欧洲汉学史上的奠基之作，影响深远。它最早为西方接受中国诗歌提供框架，但对于其中辑录的几个《诗经》篇章，汤姆斯批评道"文体过于散漫而不能反映原作的生机"②。法国耶稣会士钱德明（P. Jean Joseph-Marie Amiot，1718—1793）以散文体翻译的乾隆诗歌《御制盛京赋》（1770 年）被誉为"欧洲人拥有的最完美的中国诗歌译本"，但散文式的翻译仍然受到了小斯当东、汤姆斯等人的批评。③

为了弥补西方世界对中国诗歌了解的不足，并反驳其因"不了解"而形成的偏见，汤姆斯在前言、注释中试图建立系统的中国诗歌世界。他不仅全译了朱熹的《诗集传序》，详细介绍了我国第一部诗歌总集《诗经》的由来、思想，以及风、雅、颂的特点等，还翻译了《古唐诗合解》（Tang-she-hǒ-keae）序文中记录中国诗歌发展历程的一段文字，将中国诗歌从《典谟》到《诗经》再到《离骚》以至三国时期诗人群起，陈、隋时诗歌衰落以及盛唐诗歌兴盛展现给西方读者，使他们能够

① P. P. Thoms, *Chinese Courtship*, in Verse, p. 6.
② P. P. Thoms, *Chinese Courtship*, in Verse, p. 7-8. 小斯当东批评阿米奥的译文"（以散文译诗）哪怕是在最有利的条件下，也会被认为极不恰当且不尽如人意"。汤姆斯认为"不管翻译得再怎么准确，它没有保留原文的形式，可能会让欧洲读者产生中国诗歌结构不完善的看法"。
③ P. P. Thoms, *Chinese Courtship*, in Verse, p. 12.

从宏观上认识中国诗歌的发展脉络。在此基础上，他进一步论述中国诗歌的基本特点，包括篇幅（四行或八行，每行五言或七言）、四声与平仄、押韵（隔行押韵或隔字押韵）、对仗等。"中国古典诗词格律有三大要素：平仄、押韵和对仗，基础是四声。"①汤氏的论述围绕这四项展开，说明他把握了中国诗歌的主要特征。对之后德庇时的《汉文诗解》（1829 年）产生了一定的影响。

在汤姆斯之前，很多西方汉学家认识到在中西翻译中，诗歌是最大的挑战，因此不轻易涉足。汤姆斯大胆挑战"以诗译诗"，除了尽可能地保持原诗的风貌外，一定程度上来说，也是为了突破前辈汉学家诗歌翻译的局限。他本人深知"诗体"翻译存在很多问题，但仍然迎难而上，这种勇往直前的精神值得钦佩。汤姆斯之后，理雅各、帕尔克、翟里斯等越来越多的西方汉学家开始以诗体翻译中国诗歌，发展到今日，"以诗译诗"早已成为诗歌翻译的主流，而作为首倡者的汤姆斯，虽受时代限制，翻译存在诸多问题和纰漏，但我们不能因为这些问题而忽视或贬低他在中英文化交流上的创举和贡献。

三、《花笺记》译本批评的知见与偏见

汤姆斯十分欣赏并着力翻译的《花笺记》，在中国文学史上虽被誉为"第八才子书"，却并非公认的杰出作品。尽管清代评论家钟戴苍将《花笺记》与《西厢记》相提并论，认为曲本有《西厢》，歌本有《花笺》，强调其文笔声调皆一样绝世。②郑振铎也只是认为《花笺记》在粤曲中算是很好的，颇脱出一般言情小说之窠臼。③虽然陈汝衡称赞《花笺记》"是说唱文学的一部佳作"④，现代学者对《花笺记》的评价却普遍不高。如陈铨认为《花笺记》不足以跻身"十才子书"之列，较

---

① 王燕、房燕：《〈汉文诗解〉与中国古典诗歌的早期海外传播》，《文艺理论研究》2012 年第 3 期，第 45 页。

② ［美］梁培炽：《〈花笺记〉会校会评本》，暨南大学出版社 1998 年版，第 67 页。

③ 郑振铎：《中国文学研究（下）》，作家出版社 1957 年版，第 1311 页。

④ 《中国大百科全书》总编辑委员会：《中国大百科全书·戏曲曲艺》，中国大百科全书出版社 2002 年版，第 128 页。

《三国志演义》《水浒传》《西厢记》《琵琶记》相差太远。① 王燕认为《花笺记》内容乏善可陈，近现代以来罕为人知，实属正常。②

　　然而在西方汉学界，自汤姆斯将《花笺记》译介到欧洲后，引发了一个有趣的现象：欧洲文坛对《花笺记》文本给予很高的评价，却对汤姆斯的翻译水平褒少贬多。歌德称《花笺记》为"一部伟大的诗篇"，由此奠定了其在世界文学中的地位。法国汉学家雷慕莎不仅多次高度赞赏，更在一场关于中国诗歌的报告中专门谈及汤姆斯翻译的《花笺记》。③ 但两位大学者的高度赞扬并未改变汤译《花笺记》在西方备受批评的命运，其中译本错误较多、缺乏诗意和韵律等弊漏受到的指责最多。

　　英国《东方先驱》(*The Oriental Herald and Journal of General Literature*，1826年)虽然高度肯定了《花笺记》的文学价值，将其与拜伦的《唐璜》相提并论，但对汤姆斯的翻译颇有微词，批评他的译本采用了最野蛮的用语，缺少美与柔和，并列出其中 19 个英语拼写和语法错误以质疑他的母语水平，认为汤姆斯中英双语均不过关，以致在很多方面歪曲了原作，甚至妨碍了《花笺记》本来可以在欧洲产生的影响。④ 《评论月刊》(*The Monthly Review*，1826 年)同样对汤姆斯的英语水平提出质疑，批评他长期生活在中国，似乎已经忘掉了英语母语的语法结构和正字法。该文虽肯定汤姆斯以诗歌翻译《花笺记》的努力，认为这是一个逐字翻译的可读的(literal and readable)版本，但批评其译本虽有诗歌的形式，却没有体现原作诗歌上的优点，缺少生动的叙述，只能算一般的散文水平。⑤

　　不可否认，较多的英语拼写和语法错误确实是汤译《花笺记》的一大硬伤。除《东方先驱》外，德庇时、旅美学者梁启昌等亦先后列出其中的一些错误。作

---

① 陈铨：《中德文学研究》，商务印书馆 1936 年版，第 19~20 页。

② 王燕：《〈花笺记〉：第一部中国"史诗"的西行之旅》，《文学评论》2014 年第 5 期。

③ 雷慕沙将这场报告内容形成了一篇关于中国诗歌的述评，收录于 1826 年的《学者学刊》(Journal des Savans)。

④ "Chinese Courtship"，*The Oriental Herald and Journal of General Literature*，Vol. ix. April to June，1826, pp. 17-25.

⑤ The Monthly Review, from January to April Inclusive, London：Printed for Hurst, Robinson, and CO., 1826, Vol. 1, pp. 540-544.

为英国人，却在英语的使用上犯了如此多的低级错误，难怪《评论季刊》（*Quarterly Review*，1827 年）会说："汤姆斯所用的语言并不是英语，所有的语法规则都被摒弃了，字都被他拼写错了。"①

人们往往对文人在语言上的错误忍受度较低，汤译《花笺记》中一眼可见的语言错误，当然会让西方读者先入为主地怀疑他的文化水平和翻译水准，带着审视的眼光进行阅读，批评自然也会毫不客气。比如，《评论月刊》在严厉批评完汤译本中的翻译问题后，又指责他将与《花笺记》毫无关系的中国税务资料附于最后不伦不类。② 事实上，汤姆斯的这种安排在当时非常普遍：小斯当东翻译的《异域录》，其后就附有 100 多页内容迥异的其他中国作品的翻译，包括中国小说《玉娇梨》前四章的摘要，四部元曲的剧情简介，③ 中国植物学著作《群芳谱》的翻译，以及约 40 份清政府公文。

虽然汤姆斯在选词上尽量贴近原文，并且选择以较难的诗体进行翻译，是为了尽量保持原作的风貌，减少翻译的烙印。但讽刺的是，除语言错误外，他的译本受指责最多的就是表面上是诗，却用词野蛮，不讲究韵律之美。美国传教士卫三畏（Samuel Wells Williams，1812—1884）在 1883 年再版的《中国总论》（*The Middle Kingdom*）中评论道："被译成英文的最长的（中文）诗歌是汤姆斯翻译的《花笺记》，该诗采用七步格的文体，译文相当乏味。"④

"乏味"的翻译甚至影响了《花笺记》在西方的评价。如《亚洲杂志》（*The Asiatic Journal and Monthly Register*，1825 年）批评《花笺记》缺少艺术性和趣味性，意象贫乏，所有的修饰比喻几乎是桃树、柳树、花园、月亮，以及很少的神话和历史典故。⑤ 该文对《花笺记》的批评建立在汤译本的基础上，并不能真实反映《花笺记》本身的艺术水准。因为汤姆斯对汉语中一些富有意象的特色词语理解

---

① *Quarterly Review*，36，June，1827，pp.504-505.

② *The Monthly Review*，from January to April Inclusive. 1826，Vol. 1，p.542.

③ 四部元曲为《窦娥冤》《两军师隔江斗智》《王月英元夜留鞋记》《望江亭中秋切鲙》，皆取自《元人百种》。

④ Samuel Wells Williams，*The Middle Kingdom*. London：W. H. Allen，1883，p.704.

⑤ "Chinese Poetry-Hwa-tseen，or The Flower's Leaf"，*The Asiatic Journal and Monthly Register*. London：Parbury & Allen，Leadenhall Street，January to June，1825，pp.402-408.

不够透彻，经常只作字面上的翻译，导致译作缺少意象美。举两个例子：

1. 得快乐时须快乐，何妨窃玉共偷香。(p. 1)

At seasons of joy and mirth, he should be sprightly and merry;

What should hinder his coveting a pearl, or robbing a flower of its fragrance?

这是原文第一页描写主人翁梁亦沧对爱情和美女渴望的内心。"香"在中国文学中经常作为"美女"的意象，这里的"偷香"一词表达了梁亦沧内心对美人的渴望。汤译文未作任何注解说明。

2. 山水无情能聚会，多情唔信肯相忘。(p. 2)

Though mountain springs are insensible of love, yet they revolve within themselves;

Why, when so much esteemed, should you believe you are forgotten?

"山""水"是中国诗歌常见的意象。原诗用山水无情也能相聚，来反衬梁亦沧"我对美人多情，相信她一定不会相忘于我"的内心。汤姆斯将"山水"误译为"山上的泉水"，使得原诗的意象之美和韵味全无。

同时，汤姆斯对一些中国历史典故不甚了解，在翻译的过程中，经常简单处理，导致有些历史典故及其涵义未能得到准确传达。如下例：

1. 风流好似骑鲸客，雅致犹如跨凤郎。(p. 3)

As for vivacity and mirth, he greatly resembled ke-king,

While his decorous and genteel manners surpassed those of Fung-lang.

从译文可以明显看出，汤姆斯并不知晓"骑鲸客"和"跨凤郎"两个历史典故。

2. 瑶仙羞愧回言道，谁人肯学卓文君？(p. 111)

Yaou-seen, confounded, blushing thus replied,

"Who is able to imitate the conduct of the prince Cho-wan?"

这是《誓表真情》一回中，在面对梁亦沧"乞把团圆照学生"的进一步要求时，瑶仙的回答。这里汤姆斯对卓文君与人私定终身的典故一无所知，甚至不知道卓文君是位女性，以为这里的"君"是对"卓文"这个人的尊称，所以将其译为 prince Cho-wan。

除以上例子以外，汤译《花笺记》中，还有很多原作的意象及典故未能准确传译，以致给《亚洲杂志》评论员造成《花笺记》缺乏意象和历史典故的不好印象。

正是因为汤译本受到了如此多的关注和批评，包令（John Bowring，《花笺记》英译第二人）才萌生了重译《花笺记》的想法。他表示一个表达更自由、行文更流畅的版本，可能对英国读者更有吸引力。① 虽然没有直接批评汤姆斯的诗体译文，却以实际行动——以散文体重译《花笺记》表明了自己的立场。

汤姆斯以从未接受过正规汉语教育的印刷工身份，染指高雅的文学，在有些人看来，颇有些自视过高，因此也招来一些非议。他在东印度公司的一些同事常常在私下和公开场合揶揄他在中国文学领域的学术抱负。尤其是德庇时，他的《汉文诗解》虽受惠于汤姆斯构建的中国诗歌基础，却从不提及。他们均与马礼逊交往密切，德庇时翻译的《三与楼》也由汤姆斯印刷。然而德庇时却对汤姆斯那种激进的、在智识上的精进进行了毫不客气的批评：

> 对于中国诗歌在英国读者中的声誉来说，遇到这样一位不称职的译者是相当不幸的；为了他（汤姆斯）本人的声誉着想，我们应当严肃地建议他放弃中文研究，至少等到他更好地掌握自己的语言之后再说。在那之前，我们劝他专心印刷，做好雕刻和排列字符的工作，安分守己，别再冒险从事翻译。尽管这样的建议可能被认为有悖于这个时代的自由精神，以及"向智慧进军"，即把我们的鞋匠和裁缝变成哲学家和政治家，但我们仍坚信这是能

---

① John Bowring, "preface," *Hwa Tsien Ki-The Flowery Scroll*, *A Chinese Novel*, London: WM. H. Allen & Co., 13, Waterloo Place, Pall Mall, S. W., 1868.

够提供给汤姆斯先生的最好建议。①

在西方，汤译《花笺记》虽然受到了法国汉学家雷慕莎和德国伟大诗人歌德的高度赞扬，但因汤姆斯未接受过正规的汉语教育，且译作中确实存在一些问题，以及印刷工身份带来的偏见，导致受到的批评远远多于褒扬。

反观国内学者对汤译《花笺记》的评价，整体显得比较包容，或淡化其不足，或找理由为其分辨。王燕在《〈花笺记〉：第一部中国"史诗"的西行之旅》一文中就指出了这一现象，认为国内学者对《花笺记》艺术成就的评价"不是引述郑振铎的赞词，就是借用歌德的嘉奖，对于该作在英语世界的真实处境，尤其是汤译本遭遇的种种尴尬，却始终没人提及"②。易永谊曾对《东方先驱》关于汤译《花笺记》"用词野蛮"的批评作出回应，在分析汤译《花笺记》原文一些句子的基础上，表明个人对汤姆斯翻译策略及其在英语世界中处境的理解。"事实上，汤姆斯之所以这样翻译，是为了既要传递诗歌的基本意思，又力求准确地传递中国人的特有审美特质。而对英国读者而言，这种异域的审美特质是陌生的，不符合英国文学的语言感知习惯与文学表现模式，所以被讽刺为'野蛮的修辞'在所难免。"③梁启昌一方面指出汤姆斯中国语言文化掌握得不够好，致使其译文有较多错误疏漏之处，同时又对其汉语水平不高表示理解，"虽然我花了不少篇幅讨论汤姆斯作为翻译者的弱点，但是我总觉得我们应该以他所处的那个时代的眼光去衡量他的译作"，认为"中国官员有点怨恨外国人学习中文，并且将怨恨发泄在任何他们可以抓到的中国老师身上"，总结汤译本"虽然错误斑斑，整体而言成功地捕捉了一对年轻才子佳人相恋的浪漫情调，……这个故事的浪漫情调恰好正是《花笺记》原文的精髓。"④对于梁启昌的观点，郑锦怀表示认同，并且指出汤姆斯汉语水平不高的另一原因是要忙于印刷工作，"无时间和精力去提高自己对中国语言

---

① John Francis Davis, "Chinese Novels and Poetry", *Quarterly Review*, 36, June, 1827, p. 511.

② 王燕：《〈花笺记〉：第一部中国"史诗"的西行之旅》，《文学评论》2014 年第 5 期，第 205页。

③ 易永谊：《野蛮的修辞：作为译者的汉学家汤姆斯》，《中国比较文学》2016 年第 2 期。

④ ［美］梁启昌：《论木鱼书《花笺记》的英译》，载《逸步追风：西方学者论中国文学》，学苑出版社 2008 年版，第 279~280 页。

与文化的理解与把握"①。

虽然汤译《花笺记》在西方受到的批评多于褒扬，但若是将其与前两部译作进行对比，就会发现汤姆斯在汉学研究上的不断进步。首先在翻译对象的选择上，从《今古奇观》中的故事《宋金郎团圆破毡笠》到《三国演义》的 8~9 回，再到长篇诗歌《花笺记》，难度不断提高，对译者的汉语水平和中国文化素养要求也越来越高。《花笺记》中有非常多的文化特色词，汤姆斯没能完全掌握，而当时几乎没有任何汉学家可以完全避免这类错误。错误的出现并不能否认汤姆斯翻译《花笺记》时对中国文化研究做过的努力，诸如"萱堂""椿萱""金莲""《西厢记》""鸳鸯""才高八斗""巫山云雨""嫦娥""凤求凰""状元""牛郎织女""阎王""瓜田李下""媒人""俞伯牙"等文化词的正确解读，都显示了其丰厚的中国文化知识。其次，翻译《花笺记》时，汤姆斯不仅有了一些关于中国诗歌的理论知识和见解，还能引经据典来论证自己的观点以达到说理目的，如引用《诗集传序》《诗经》《古唐诗合解》等，均能从一个侧面反映汤姆斯的汉学修养和文学造诣。

四、《花笺记》与中国诗歌的西行之旅

"诗体小说"《花笺记》以梁亦沧与杨瑶仙的"才子佳人"爱情故事为载体，宣扬中国的传统礼仪和美德，其内含的道德教化契合西方启蒙运动所宣扬的理性精神。男女主角之间"发乎情，止乎礼"的爱情所蕴含的中国礼教传统，以及原作华丽诗意和众多"中国式"的诗歌意象，是其长久不衰、被西方读者所认可的重要缘由。汤姆斯慧眼独具，跳出"官员汉学家"的政治眼光和"传教士汉学家"的宗教眼光，率先将目光放在文本的故事性和文学性上，从而较早进入文学领域的翻译，第一个将中国长篇诗歌译介到西方。汤姆斯翻译《花笺记》虽然存在诸多不足，但在中国诗歌早期西传过程中却扮演了重要角色，具有重要意义。

中国诗歌和西方世界的第一次正式邂逅可以追溯到 1589 年英国作家兼批评

---

① 郑锦怀：《彼得·佩林·汤姆斯：由印刷工而汉学家——以〈中国求爱诗〉为中心的考察》，《国际汉学》2015 年第 4 期。

家乔治·普腾汉（George Puttenham，1529—1590）的《英国诗歌艺术》（*The Arte of English Poesie*）（现存最早版本为 1869 年重印本）。该书在第十一章介绍图形诗时，援引了两首鞑靼诗歌译文。① 普腾汉本人没有到过中国，也不会汉语，但从一位意大利人那里得知中国有图形诗，在其帮助下逐字翻译了据说是中国皇帝和情人之间的两首菱形诗，并按原诗图形排列。虽然有所援引，但普腾汉认为这两首诗显得"粗劣"，因而对中国诗歌的评价并不高。他在文中简单提及中国诗歌有一定的诗法和韵律，创作十分灵活，但不像西方人那样喜爱长篇大作，并认为中国的图形诗是诗人有感而发按一定的韵脚创作，且以菱形等图形呈现的短诗，雕刻在金、银、象牙之上，或用一些彩色宝石组成汉字，镶在项链、腰带等配饰上，送给情人以作纪念。普腾汉对中国诗歌的发现带有偶然性，且只是作为例证服务于其对图形诗歌的论述，因此并未引起过多关注。他对中国诗歌简短而片面的论述，不仅反映了西方世界对中国诗歌的最初印象，同时也因最早将这种"最初印象"形诸文字，为后来西方世界的中国诗歌形象打下了底色。加之较早传到西方且产生较大影响的《诗经》，篇幅较短，且长期被当作儒家经典解读，翻译也散文化，以致西方一直误以为中国只有短篇诗歌，且诗歌艺术不高，偏见也就由此产生。

早在 1626 年，法国耶稣会士金尼阁就将《诗经》翻译成拉丁语并刊印，但此版未见流传。② 最先让《诗经》在西方社会产生影响的是 1687 年柏应理等耶稣会传教士在沈福宗③的帮助下编译的《中国哲学家孔子》。虽然该书主要为《大学》《中庸》《论语》的翻译，目的是向西方介绍孔子思想，沟通儒耶，然而其中孔子论述中散见的带有诗歌性的《诗经》片段，引起了后世学者对中国诗歌的关注。将近一个世纪后的 1770 年，英国东方学家威廉·琼斯（William Jones）就是因为读

---

① "鞑靼"为早期西方对中国的称呼。

② 西方公认的《诗经》最早西译本是法国传教士孙璋（Alexader dela Charme）1730 年的拉丁文译本，但该译本直到 1830 年才被法国著名汉学家朱尔斯·莫尔发现并编辑出版，书名为《孔夫子的诗经》。1735 年杜赫德《中华帝国全志》当作儒家经典辑录的十余篇《诗经》的散文体翻译，与《中国哲学家孔子》中散见的《诗经》片段，共同构建了早期西方世界的《诗经》形象。受其影响，西方世界长期只关注《诗经》中的道德教化和礼仪风俗，而忽略了其诗歌性。

③ 华人传教士，1681 年随柏应理到欧洲，随身携带中国儒家经典和诸子书籍四十多部，所交多为欧洲宫廷皇室、社会名流，是目前所知早期到达欧洲并在中国文化西传上贡献最大的华人。

到此书，深受孔子论述语言的哲理性和诗歌性感动，专门研读并翻译《诗经》中的一些诗歌，并因此认识到"诗在任何民族、任何时代都被重视，而且在任何地域都采用同样的意象"①。

作为 18 世纪欧洲汉学中心，法国学术界早在 1714 年就注意到了中国诗歌，尼古拉·弗莱雷（Nicolas Fréret）这一年做了一场关于中国诗歌的报告，简单介绍了汉语的单音节特征和音乐性，并对《诗经》进行论说，还用汉语和法语分别诵读、翻译了两首中国诗，其中一首来自黄嘉略翻译的小说《玉娇梨》。② 弗莱雷的演说虽十分简略，且存在一些错误，但学术意义重大，首次让中国诗歌进入了法国学术界的视野。此后，杜赫德在巴黎出版的《中华帝国全志》（1735 年）中辑录了一些《诗经》篇章，不仅为法国，更为欧洲接受中国诗歌提供了基础。如帕西在 1761 年整理编辑并出版詹姆斯·威尔金森翻译的《好逑传》时，增加的附录三《中国诗歌》（Fragment of Chinese Poetry）中的诗歌几乎都来自《中华帝国全志》。

除《诗经》外，钱德明为了歌颂路易十五和乾隆两位君主的友谊而翻译的《御制盛京赋》（1770 年），是早期为数不多在欧洲广泛流行的非《诗经》诗歌，获得小斯当东等人的称誉。几年后，开始在法国刊行的百科全书《北京传教士回忆录》（1776 年），收录了约 30 首诗歌，除《诗经》外，也有几篇民间诗歌。

总体来看，19 世纪前中国诗歌的西传以《诗经》为主，虽偶有其他诗歌被译介到西方，但尚未形成蓬勃发展的态势。这一时期，诗歌的翻译往往是出于其他目的，几乎都以散文体进行，很少有人从文学角度进行赏析。《诗经》的翻译尤其具有明显的导向性，有意无意地想要从中读出基督教真理，这与 17—18 世纪盛行于基督教内部的中国礼仪之争不无关系，耶稣会士们这么做的根本原因在于"说服欧洲人，孔夫子思想具有合法性，耶稣会士在中国传播福音的行为是合法

---

①　Garland Cannon ed., *The collected works of Sir William Jones*, New York University Press, 1993, vol. 1, pp. 142-143. 转自范存忠《中国文化在启蒙时期的英国》，上海外语教育出版社 1991 年版，第 190~191 页。

②　黄是最早旅居巴黎并在中法文化交流史作出重要贡献的华人，是尼古拉·弗莱雷的中文老师。

的"①。

进入 19 世纪，随着东西方贸易的进一步加深，越来越多传教士以外的西方人士来到中国，加之礼仪之争的影响渐渐淡去，18 世纪耶稣会士对中国典籍（包括《诗经》）"捕风捉影"的索引式翻译越来越受到批评，雷慕沙、儒莲、汤姆斯、德庇时等新一批汉学家努力摆脱耶稣会士影响，提倡翻译需回归经典本身。此外，随着中西交流的加深，西人可以通过多种方式接触更多的文学作品，越来越多《诗经》以外的诗歌进入他们的视野。

英国著名语言学家韦斯顿（Stephen Weston，1747—1830）虽未曾到过中国，但他通过时任英国皇家学会主席约瑟夫・班克斯爵士（Joseph Banks）的妻子班克斯夫人（Lady Dorothea Banks）接触到一批制作精美的中国瓷器，并分别于 19 世纪初翻译了几首瓷器上的诗歌，其中最早的一首为 1809 年翻译的乾隆御题诗《咏鸡缸杯》②。乾隆皇帝因在位时间长、诗歌天赋和出身之谜在欧洲享有很高的知名度，③ 韦斯顿因此对乾隆及其诗歌特别感兴趣。他翻译《咏鸡缸杯》的主要原因就是该诗为乾隆帝所作，不仅如此，第二年（1810 年）他又翻译了一组乾隆晚期征服苗族时创作的诗歌。在 1810 年译本的序言中，他简短介绍了汉语的四声和平仄，以及诗歌中的平仄规则。擅长波斯语和阿拉伯语的韦斯顿，汉语水平并不理想，但他却有着语言学家的自信，认为只要有勇气去攀爬上围绕汉语的高墙，哪怕是没到过中国的欧洲人也能掌该门语言。他翻译的中国诗歌，一般附有原文，且往往是边翻查字典，边揣摩语义整理笔记，试图弄清其中每一个字的读音和意思。他总是将诗中汉字的拉丁文注音按照中文的书写习惯自上而下列出，并相应列出每个字的英文意思，再给出字字对应的直译，最后再整理出相对顺畅的意译本，形象展示了一个汉语初学者试图理解欣赏中国诗歌的整个过程。虽然有着难能可贵的自信和勇气，韦斯顿翻译的结果却不尽如人意。译文中每个字对应的英

① ［法］包世潭著，郭丽娜译注：《涵化与本土化：18—19 世纪法国文学界对中国诗歌艺术的诠释》，《中山大学学报》2021 年第 6 期。

② Stephen Weston, *Ly-Tang, an Imperial Poem, in Chinese*, by Kien Lung, London：printed and sold by C, and Baldwin, New Bridge-street, Black-friars, 1809.

③ Stephen Weston, *Ly-Tang, an Imperial Poem, in Chinese*, by Kien Lung, London：printed and sold by C, and Baldwin, New Bridge-street, Black-friars, 1809, "Preface", p. 1.

文意思都从字典而来，并未作进一步考察，因此错漏百出，且有些错误十分离谱，充其量是个人在字典式阅读的基础上，通过灵活解释改写而来的诗歌，与原文差别非常大。以《咏鸡缸杯》首句"李唐越器人间无"为例，韦斯顿将七字读音竖行排列，右边对应英文解释：

1 Ly	Ly
2 Tang	Tang
3 Yue	said Ly Tang, idle and
4 Ky	tool
5 jin	Man
6 hien	idle
7 vu	not

该句被译为"李唐，闲散无业，空虚无趣的时候，如是说："（Ly Tang, idle and unemployed, in a vacant and joyless hour, spake thus:）。韦斯顿不仅误将"李唐"当作人名，错把"间"认作"闲"字，还因"器"与他翻译的句子意思格格不入而略去。

韦斯顿的翻译虽不成功，却被几种重要的西方汉学书目汇编所收录，[①] 这应与他的名人身份不无关系，同时也反映瓷器等具有鲜明中国特征的物品，很早就在中西文化交流中发挥重要作用。相比之下，汤姆斯翻译的《花笺记》无论翻译水准还是文学性均高于韦斯顿，却长期被西方主流汉学著作所忽视，其中与二人身份上的差异不无关系。

很少从事文学作品翻译的马礼逊其实也译介过一些诗歌，只不过他的关注点并不在诗歌本身，而是服务于其他目的。《华英字典》就散布着很多《诗经》中的诗句，它们的存在是为了更好地理解汉字词义，因而数量虽多，却没有一首完整的《诗经》篇章。此外他在《中文原文英译附注》（*Translations from the Original*

---

① 如英国东方学家马斯登（William Marsden）的《东方学与哲学书目》（*Marsdeniana Bibliotheca, Philologica et Orientalis*, 1827）、法国著名汉学家考狄（Henri Cordier）的《中国学书目》（*Bibliotheca Sinica*, 1904）。

Chinese, *with Notes*，1815 年）中翻译了两首唐诗，分别为杜牧的《九日齐山登高》和许浑的《村舍》。《中文原文英译附注》主要是对嘉庆皇帝诏书的翻译，两首诗置于嘉庆《遇变罪己诏》之后，这是嘉庆为"癸酉之变"（嘉庆十八年九月十五日）而作的罪己诏书，据说当时因庆祝重阳节仪式，嘉庆回京的行程被推迟而幸免于祸乱。马礼逊因此事专门对中国九月初九的登高习俗作了介绍，并附上杜牧诗的英译和原文，以让读者进一步了解这一习俗。《村舍》紧随杜牧诗歌之后，除题目、诗人、译文外，没有其他任何说明。两首诗都采用直译的方式，译文与原作字句基本对应，虽存在一些典故和文化内涵上的误解，但整体基本达意。马礼逊翻译二诗的目的并不是向西方介绍中国诗歌，也丝毫不关心其中的文学性，但译文还是引起了一些评论者从诗歌角度进行赏析。这是目前已知最早被译介到西方的唐诗，在中国诗歌的西传史上意义重大。

汤姆斯翻译《花笺记》的创举使其成为西方翻译中国长篇诗歌和女性诗歌的第一人，且翻译有着文学的自觉。他在前言中对中国诗歌的系统论述，尽管存在一些不足，但把握住了中国诗歌的基本特征，且能引经据典，上承 18 世纪零星、片面的评论，下启雷慕莎、德庇时等专业的研究。正如前文所述，雷慕莎在汤译《花笺记》出版两年后，做了一场关于中国诗歌的报告；之后三年，德庇时的《汉文诗解》问世，随后被翻译成多种文字在西方广为流传。《汉文诗解》被认为是西方论述中国诗歌的第一本专著，为理雅各、翟里斯等将中国诗歌研究推向高潮打下了基础。

鸦片战争后，随着国门被逐渐打开，西方人士不断涌向中国，他们把西方文化和先进科技带来中国的同时，也为中国文学走出去打开了通道。中国人教外人学习汉语不再犯法，外国人学习中文也不必再掩藏，各种文本的获得也较以前容易；印刷业的发展推动了报刊杂志的出现和流行，为西人学习与交流中国文学作品提供了新的媒介；汉学教席在法国率先设立，欧洲其他国家也先后开始效仿，促进了欧洲汉学的学院化发展。多种助力下，中国文学作品包括诗歌，迎来了的西传春天。

到 19 世纪末，《诗经》全译本已分别在德、法、英等国出现，且多次被重译出版。其中，理雅各 1871 年的英译本因有中国士人王韬的参与，行文流畅而准确，影响最大，至今仍被使用。《离骚》先后被翻译成德、法、英等欧洲语言，《九歌》《天问》等屈原诗作也陆续被译介到欧洲。各种中国诗歌选集开始涌现：法国有《唐诗选》(1862 年)、《玉书》(1867 年，后转译为德、英、葡萄牙等近十种语言)、① 《14 至 19 世纪中国诗》(1886 年)；② 英国有《中国抒情诗》(1872 年，于 1875 年转译成德文)、《古今诗选》(1898 年)；德国除转译其他国家翻译的中国诗集外，也翻译出版了《汉六朝中国诗精华》(1899 年)。

　　西方世界与中国诗歌从 16 世纪末的偶然邂逅，到 17、18 世纪由零散的《诗经》篇章和几首短诗形成的大致印象和偏见，再到 19 世纪初汤姆斯引入中国长诗和女性诗歌，初步从文学角度较系统地介绍中国诗歌，以至鸦片战争后中国诗歌西译的全面开花。经过两个多世纪的发展，中国诗歌在西方的形象逐渐丰满多彩起来。到了 20 世纪，中国诗歌通过庞德等催生欧洲诗歌意象派，推动了欧美现代主义诗歌特别是象征主义诗歌的发展。中国诗歌的西行之旅及其在西方世界产生的影响，从一个侧面显示了中国文学与世界文学进程之间的联系。译者们通过翻译中国诗歌等文学作品来认识和建构西方视域下的中国社会文化的实践和努力，在一定程度上促进了中国文学在西方乃至世界的经典化进程。

---

① 《玉书》近四分之一的内容来自 1862 年法译诗集《唐诗选》。
② 该诗歌集主要选译了明清两代历史和政治上风云人物所作的诗歌 21 首。

第十二章

19、20 世纪之交上海圣约翰大学的英语
文学教育与现代中国新文学

探讨现代中国新旧文学变革与知识转型，西方文学知识、观念的输入与新文学的产生息息相关，其中晚清教会学校在此过程中扮演了重要角色。与近代早期官办新式学堂重视实学与语言教育，轻视西方文学教育、禁止宗教教育不同，教会学校往往将传播宗教思想作为最终目标，注重西方人文思想的输入，将西方文学、语言教育放在同等重要的地位。享有"东方哈佛"美誉的上海圣约翰大学（1879—1951）是我国第一所全英文授课的教会学校，不仅课堂上重视西方文学、语言教学，课外丰富的英语文学活动，如文学辩论会、莎士比亚研究会、戏剧社以及学校刊物等，也给学生学习和使用英文提供了很好的环境和平台，让学生在创作实践中不断加深对西方文学思想与文艺理论的理解，从而为现代中国新文学的形成提供丰富的思想资源和文学实践。

从近代新式学堂国文教育的改革入手，研究新文学诞生与发展的复杂面貌，一直是新文学研究的重要路径。以往国内关于圣约翰大学（下称"约大"）的研究主要集中于校史钩沉、英语教育等方面。近几年随着对教会学校研究的深入，始有学者将目光转到近代教会大学在新文学产生与发展中的作用，主要从国文教育的课程结构和分科体系等方面展开。至于新文学思想的重要来源——西方文学作品和文艺理论——的输入与新文学形成的关系则较少学者涉及，季剑青、凤媛分别关注 20 世纪二三十年代北大清华外文系、燕京大学外文系的西方文学教育在

新文学发展中的重要作用。① 对于以西式教育闻名国内外的约大的西方文学教育
对近代文学观念的塑造和文学创作的影响，及其与新文学的关系等，尚未有学者
展开研究。讨论以英语教育闻名的圣约翰大学西方文学相关课程的教学，以考察
近代新文学在中国大学教育中的演进之路，看似剑走偏锋，实则因西方文学思想
与文艺理论是新文学思想的重要借鉴而意义重大。本章以约大英文课中的西方文
学相关课程为研究对象，从该校的英语教育理念，西方文学相关课程的教材，英
语入学考试形成的"倒逼"机制，以及"五四"新文化运动前校刊上的学生文章、
学生戏剧创作与表演等方面切入，探讨该校英语教育尤其是西方文学相关课程对
学生文学观念及创作的影响，以有别于通常由国文课的课程设置与教学分析近代
新文学形成的研究路径，从而为透视新文学思想形成的复杂性提供另一种视角。
从建构中国文学话语的历史脉络来看，近现代大学的西方语言文学教育有着不容
忽视的作用。

一、约大教育宗旨指引下的全英文教学

教育目的和宗旨决定着学校的教学重点、课程设置，甚至教学内容、教材编
纂等各个方面。从根本上来说，所有教会学校的最终目的都是传播宗教思想，并
为教会培养本地宣道者，而教育只不过是达到宣教目的的手段，圣约翰大学也不
例外。该校创办者施约瑟认为："如果不以教育为工具，在这个把文化与民族意
识视为共同体的异教国度中进行的传教努力将一筹莫展，鲜有作为。"②他强调，

---

① 季剑青《大学视野中的新文学——1930 年代北平的大学教育与文学生产》最先关注到 20 世
纪二三十年代北大、清华外文系的西方文学教育在新文学发展中的重要作用，但未展开充分论述。
凤媛《新文学如何成为一种知识？——对 1920—1930 年代燕京大学英文系文学教育考察的另一种视
角》从燕京大学英文系的文学教育特别是戏剧课堂入手，分析了包贵思的戏剧教育对学生凌叔华小说
创作的影响，谢迪克、瑞恰慈等追求理想文学批评范式对萧乾的新文学创作，及当时我国文学批评
界科学化转向的影响，吴宓翻译课对学生形成融贯中西、博雅中正的文学趣味和文学知识的影响等，
以此说明新文学确实借力西洋文学进行发展，燕京大学英文系文学教育切实参与到了新文学的发展
当中。

② 施约瑟，*The rev. dr. schereschewsky's appeal for funds to establish a missionary college in china*，载
The spirit of Missions，Volume XLII, for MDCCCLXXVII, 1877, pp. 307-312.

在中国建立大学，"所产生的（传教）影响力必将会远远超过我们最为乐观的期望"①。但正如顾长声所言："传教士从事文化教育活动所产生的客观效果，在很大程度上与他们的主观动机不相一致。"②事实上，从中国教育的现代化进程来看，晚清教会学校起到了很大的推动作用：它们的出现打破了中国传统书院教育的垄断地位，不仅在教育体系、教学内容、人才培养等方面为新式学堂、学校教育提供有章可循的办学模式，更为各新式学堂培养了一批教育人才，进而使西方现代教育理念普被中华大地，极大促进了近代教育思想的转变和学校体制的改革。约大正是在中西文化冲突与交融的背景下逐步发展起来的③，它不断进行的教育改革，以及最终确定的全英文教学模式，都是在其教育宗旨指引下，长期与彼时的中国社会环境互动磨合、调整适应的结果。在校长卜舫济的带领下，约大最终形成了以西学为中心，以英文为媒介，全面引进美国自由教育理念和体制的办学模式。④

卜舫济在 1896 年基督教"中华教育会"第二届年会上提出"教会学校除国文外的所有课程，应尽量使用外语教材，用外语进行教学"，并立志要把约大建成一所"设在中国的西点军校"，成为培养具有宗教信仰的领袖人物的摇篮。他将约大校训定为"光与真理"，并在校刊《约翰声》上阐述该校办学宗旨为："使学生有广博之自由教育，先使学生对于英文文学有彻底之研究，然后授以科学，使之明了真理，以增进人类之幸福，而尤要者，则在于养成学生之优良品格。基督教对于此点贡献最大，将来对于中国教育之发展贡献亦必甚多。欧洲近世文明起于学校，吾侪愿中国亦有此种情形。"⑤不难看出，卜舫济将英语与英语文学教育置于教学之首要地位，并将其视为进一步接受西方科学及思想的媒介。他对中国的传统教育持批评态度，认为"熟读经典与会写很好的八股文，对于政府候选人来说远远不够，他们还需学习其他很多知识。教育应该注重实用，教给学生有用的

① 徐以骅：《上海圣约翰大学（1879—1952）》，上海人民出版社 2009 年版，第 79 页。

② 顾长声：《从马礼逊到司徒雷登》，上海人民出版社 1985 年版，第 2 页。

③ 熊月之、周武主编：《圣约翰大学史》，上海人民出版社 2006 年版，序言第 2 页。

④ 徐以骅：《上海圣约翰大学（1879—1952）》，上海人民出版社 2009 年版，主编序第 2 页。

⑤ 引自熊月之、周武主编：《圣约翰大学史》，上海人民出版社 2006 年版，第 418 页。

知识"①。约大的教学措施很大程度上正是卜舫济教育理念的践行。他一上任就把英语教育列为各科之首，并通过三次重要的教学改革——1892 年成立"正馆"（大学部），1896 年全面推行英语教育，以及 1905 年引进美国哥伦比亚大学课程设置及原版英文教材，并于年底在美国成功注册——不断将约大的英语教育及办学层次推向更高的水平。

在美成功注册不仅使约大得到美国政府的承认和保护，也为后来美国多所知名高校认可约大文凭做了铺垫，打开了约大学子出国留学的大门。此后，"圣约翰的知名度进一步提高，求学者纷至沓来，这反过来促使圣约翰扩大办学规模，提升办学层次和水平，以扩大在中国社会的影响力，从而把圣约翰推入了良性循环、节节攀升的轨道"②。如果说此前约大英语教育的推行是学校单方面的决策，学生只是被动接受学习的话，那么 1905 年美国注册成功后，求学约大的学生，有很多为了出国留学，对英文和西方文学等课程的学习非常主动。如曾任民国交通部长的俞大维，因上海交通大学的英语科目没有圣约翰高深而转学到约大。他在转学之前就已有出国留学的目标，所以"在学校攻读的时候，就格外比人用功，造诣极深"③。与英文学习热相对的是，"国文"在约大遭受冷遇，以致西学斋的部分学生对西方文化的了解远胜本国文化。如林语堂（1911 年入学约大）在约大读书时，"学习英文的热情持久不衰，对英文之热衷如鹅鸭之趋水，对中文之研读竟全部停止"。他在国文课上，像大多数约大学生一样，常常偷看英文书，以至于连"使巴勒斯坦的古都哲瑞克陷落的约书亚的使者"都知道，却不知"孟姜女的眼泪冲倒了一段万里长城"。林语堂在晚年回忆中反思自己"因为我上教会学校，把国文忽略了，结果是中文弄得仅仅半通"，并说"圣约翰大学的毕业生大都如此"。④

卜舫济认为教育不应该只重视专业知识的传授，而应综合培养学生各方面的

---

① F.L.H.P.（卜舫济）："社论"，the St. John's Echo（《约翰声》），1914 年 6 月第 25 卷第 5 期，第 2 页。

② 徐以骅：《上海圣约翰大学(1879—1952)》，上海人民出版社 2009 年版，第 25 页。

③ 《俞大维在圣约翰掮大旗》，《东南风》，1946 年，第 2 页。

④ 林语堂：《在圣约翰的生活》，《上海圣约翰大学 1879—1952》，上海人民出版社 2009 年版，第 200~202 页。

素质，使他们德、智、体全面发展。因此除全英文教学外，约大另一重要特点是实行通识教育。所有学生，不论何专业，头两年必须修满一定通识课程学分。周有光曾于1923—1925年就读于约大，他详细记录了当时的通识教育情况："学校实行学分制，班级可以略有伸缩。大学一年级不分专业，二年级开始分专业，专业可以更换。每人选两个专业，一个主专业和一个副专业。专业只分文科和理科，分得极粗。学校手册上说，大学培养完备的人格、宽广的知识，在这个基础上自己去选择专业。"①1930—1932年就读于约大的郑朝强对此也有记载："学生头两年都必修中文和英文各共16学分和体育共四学分。文、理、工学院的学生第一年都必修6学分的数学，第二年都必修6学分的历史。此外，学生每一学期都必修一学分（即每星期上一课）的宗教和伦理学。"②另外，学生还可根据个人兴趣选修其他院系的课程，只要获得学校规定的毕业最低学分即可毕业。

全英文授课和通识教育培养模式，使圣约翰的学生不仅英语水平很好，并且都受过西方文学的熏陶。如医学专业的姚金澜回忆其大一时必须修英语课，且课本是著名的文学作品 *The Bridge of St. Louis Bay*。③ 此外，为了营造良好的英语学习氛围，约大所有的规则、通告等都用英文书写。卜舫济还规定校内学生必须学习西方礼仪和习俗，在校内必须使用英文交流。全英文的校园氛围，使得初入约大校园的人，"不由开始疑惑自己是否进入到了伦敦或纽约"④。而常年浸润其中的约大学子，也于无形中染上了西方习气，习得西方文明和价值观并加以践行。1929年11月22日发行的《约翰周刊》（*The St. John's Dial*）有如下描述：

> 圣约翰学生与众不同的最大标志是他们地道的英语。本校因此而远近闻名，令人羡慕；圣约翰学生也因此趾高气扬，不可一世……毫不夸张地说，

---

① 周有光：《圣约翰大学的依稀杂忆》，《上海圣约翰大学1879—1952》，上海人民出版社2009年版，第220页。

② 郑朝强：《我所知道的圣约翰大学》，《文史资料精选》第5册，中国文史出版社1990年版，第421页。

③ 参见姚金澜：《回忆圣约翰高中》，《圣约翰大学附属中小学回忆集》，同济大学出版社2020年版，第135页。

④ 苏公隽：《我所了解的圣约翰大学》，《纵横》1996年第11期，第49页。

一些学生甚至发展到对中文书刊不屑一顾的地步。在本校，中文演讲往往令人厌倦，中文告示也常常无人注意。在谈话时，学生们认为他们用英语更加轻松自如，即便用中文交谈，如果不夹杂几句英文，那将是不可思议的事。

在19世纪末20世纪初，中国社会对西学不断开放的背景下，卜舫济通过三次重要的改革践行自己的教育理念，推进了约大英文与西方文学教育发展，使得每一位约大学子或多或少都受到西方文学与文化的熏陶。受其影响，当时"中国之聘教习，延译士，必取材于本学堂(即圣约翰大学)"①，西方文学新思想因而得以迅速扎根生长，进而对晚清民国文学转型时期新文学观的形成起到推进作用。

二、以元典阅读为主要内容的西方文学课

卜舫济非常重视培养学生阅读英文原著的习惯。他曾在1915年6月的《约翰声》上列出75本约大学子必读西方文学书目，涉及宗教、小说、散文、诗歌、游记、名人传记、历史、科学等，并于当年11月专门于《约翰声》撰"社论"一篇，论说阅读英文名著的重要性，同时给学生提供读书建议。在圣约翰，不管大学部还是中学部，西方文学相关课程都以西方名著为教材，教师带领学生直接通过阅读英文经典著作，来学习英语及学会欣赏西方文学作品。

从中学部来看，约大西学斋备馆(后成为约大附中，简称"约中"，相当于高中)的英语课一直注重语言和文学共同发展。根据1912—1920年的章程以及《圣约翰大学附属中小学回忆集》，可见常用于约中课堂教学的英文名著有狄更斯(Dickens)、史蒂文森(Stevenson)、司各特(Scott)等人的小说共20多种。虽然不同教师对名著的选择不完全一样，但通过对比后文1925年约大入学考试西方文学试卷，可以发现1925年考试涉及的文学作品与学生们上课经常用作教材的作品有很多重合(如《威克斐牧师传》《艾凡赫》《双城记》等)，因此可推断约大入学

---

① 刁信德：《圣约翰大学堂建造思孟堂恭行立基石礼演说稿》，《约翰声》1908年第19卷第6期，第1~2页。

常考书目应该是约中文学课的教学重点。另外，据校友徐展农(1944届)回忆，约中英语课不仅一个学期必须学完一本原著，而且还要"课外指定读一至两本原著，做大意报告交给任课老师"①。

约中教授文学作品的特点是注重学生自主预习。老师主要负责"上课时对学生不断提问，回答课文中挑出的问题，包括单词、短语、情节等，这样迫使学生必须预习，并用英语回答，回答不出，老师再讲解。这样，首先必须熟记课文内容，同时又用英语准备答案，熟悉了词汇，锻炼了口语"②。除此之外，"有的老师会让大家轮流走上讲台，向大家叙述阅读心得体会"③。学生对这些文学作品不仅需要熟读，还需熟记，同时在此基础上学会欣赏，能够用英文熟练输出。

值得一提的是，翻译课也让学生在中西互译中体会两种语言写作的特点与不同。约中早期翻译课教材为该校教师颜惠庆所编《华英翻译捷诀》，内有从各种书报上选取的适合翻译课的短文100篇(中英各50篇；后增加到120篇，中英文各60篇)，按一篇英文一篇中文的顺序混排，每篇约200字。选材的原则是："人物积极向上，话题有趣，风格实用典雅，既不粗俗，也不学究气。"④就英文文章而言，有5篇出自《伊索寓言》，还有一些文章出自托尔斯泰寓言、西方古谚等，其他文章也都摘自英文书报，含有大量西方俗语，不仅文学性强，还是学生了解西方智慧和写作技巧的绝佳素材。

重视阅读英文原著在教学上的效果，很快就在学生们的创作中有所体现。约中学生鲁平记录有一次作文课，题目为"Myself Portrait"，他模拟了"Rebecca"(《蝴蝶梦》)的开头："Last night, I dreamt I went to heaven."⑤接着写他如何被守天堂的门神拦住，要通报身份，然后自我介绍一番，结果被门神训斥一通，说他

① 徐展农：《圣约翰高中生活点滴》，《圣约翰大学附属中小学回忆集》，同济大学出版社2020年版，第171页。

② 倪庆饩：《约中心影》，《圣约翰大学附属中小学回忆集》，同济大学出版社2020年版，第174~175页。

③ 许志立：《关于圣约翰中学的点滴回忆》，《圣约翰大学附属中小学回忆集》，同济大学出版社2020年版，第179页。

④ 颜惠庆：《华英翻译捷诀》(第19版)"序言"，商务印书馆1927年版。

⑤ 鲁平：《开明的学风》，《圣约翰大学附属中小学回忆集》，同济大学出版社2020年版，第101页。

不够资格进天堂，把他一脚踢下地狱。这个故事不仅形式上模仿《蝴蝶梦》的首句"Last night, I dreamt I went to Manderley again"，而且充斥着基督教文化的影子。另一位曾为约中学生的吴宓，曾于1912年3—5月短暂就读于约中。根据他的日记，当时每周三有一次写作课，题目分别为 The First Snow（《第一场雪》），Jiuriksha（《人力车》），The Usefulness of the Horses（《马的功用》），Write a description of your favorite games（《最喜欢的游戏》），The Value of Money（《金钱的价值》），The Importance of Physical Exercises（《健身的重要性》）。三次课后，会有一次课誊录前三次所作。可见在写作完成后，老师会有批改讲解，学生再根据老师意见进行修改、誊录。以上题目与我国传统"文以载道"观念下的写作主题完全不同，主要关注生活中的小事，注重个人对事物的观察和感受，带有美国新人文主义尊重人性，关注人的潜能、感官和感情的欢乐和痛苦的味道。

约中学生安淇生曾于1922年9月创办"圣约翰中学小说研究会"，顾问为国文部教师洪北平。洪北平极力提倡新文学教学，1920年发表《新文谈》一文，该文结尾写道："新文学在现今还是萌芽时代，还要加以培养灌溉，将来才可以开花结果。我们研究文学的人，从事文学的人，都应当尽一点培养灌溉的力量呀。"①这也许是他愿意担任约中小说研究会顾问的原因之一。该会"每二星期开会一次，对于小说及关于增长小智识之事，均讨论无遗"②，且拟于1923年暑假前"发行一种出版物，命名《文素》，以练习小说，助长兴趣"③。研究会总干事即创办者安淇生，于1925—1929年在杂志《洪水》以及《白露》上发表多篇现代诗歌，他的诗歌感情炽烈，常夹杂有英文，且诗歌素材不再局限于国内，而是放眼于世界，明显受到西方浪漫主义文学思想的影响。如《失了心的人》一诗：

莱茵的水徐徐地流着，天天徐徐地流着……
Forget-me-not 可怜地长着，天天可怜地长着……
唉！这于我又有什么关系呢？

---

① 洪北平：《新文谈》，《教育杂志》1920年第12卷第2期，第1~5页；第4期，第1~6页。
② 《约翰年刊》，1923年，第166页。
③ 《约翰年刊》，1923年，第166页。《文素》是否曾刊行，尚需通过查找资料予以佐证。

心啊—心啊！找我失了的心啊！

我的心——或者已被莱茵河的水冲去？

Forget-me-not 的小花或者已被我的心之血来渲染？

富士的山顶，一年到底覆着可爱的白雪，

我的心或者埋在那里？

金字塔已经开掘了不少，但是我的心也没着落！

或者还在那未开的里面伴着沉寂的 Mummy？

宇宙的大神啊！

我对你已经没有别的要求，

除了我那失了的心！

莱茵河的水你你地流着，天天你你地流着……

Forget-me-not 可怜地长着，天天可怜地长着……

宇宙的大神只是默默地不语……①

诗中 forget-me-not(勿忘我)反复出现，贯穿全诗，它不仅是一种花名，也给全诗营造了悲伤的基调。该诗完全用西化的自由句式和素材写就，不讲究字数与押韵，属于白话自由体新诗。

圣约翰大学部的课程设置，被认为"是美国哥伦比亚大学的'翻版'，教学内容多为英美文学和史学"②。其文学教育的目的在于，"使学者于英文一科通晓其中之美思妙意，并中所发之悲乐感情，俾渐得升堂入室。此陶冶性情教育，即大学之目的也"③。大学部在发展过程中对英语文学的重视不断加深，不仅体现在入学考试不断增加英语文学作品的考察范围和深度，更在于文学部所设课程的不断增多和细化。具体参见以下 1912—1920 年文学部开课情况表：

① 安淇生：《失了心的人》，《洪水》1926 年第 2 卷第 17 期，第 245 页。

② 朱红梅：《社会变革与语言教育：民国时期学校英语教育研究》，华中科技大学出版社 2011 年版，第 111 页。

③ 《圣约翰大学章程总目(1919—1920 年)》第七章《文理二科教授法大意·文学科》，《圣约翰大学章程汇录》，上海美华书馆 1912—1920 年版，第 83 页。后文凡引《圣约翰大学章程汇录》，均为上海美华书馆分年刊印。

1912—1913 学年	英文小说，英学文萃，英国文苑(上学期学习诗歌，下学期学习英国文学历史)，莎士比亚剧本
1913—1914 学年	英文小说，英学文萃，英文诗歌(上学期学习诗歌，下学期学习英国文学历史)，英文散体文，莎士比亚剧本
1914—1915 学年	英文小说，英学文萃，英文诗歌(上学期学习诗歌，下学期学习英国文学历史)，英文散体文，莎士比亚剧本，作史记文，注解
1915—1916 学年	英文小说，英学文萃，英文诗歌(上学期学习诗歌，下学期学习英国文学历史)，英文散体文，莎士比亚剧本，作史记文，注解，作文总类
1916—1917 学年	英文小说，英学文萃，英文诗歌，英文散体文，莎士比亚剧本，作史记文，注解，作文总类，英国文学史(戏曲小说不在其内)
1917—1918 学年	英文小说，英学文萃，英文诗歌，英文散体文，莎士比亚剧本，作文，注解，作文总类(开了两门，文科生、理科生各一门)，英文文学史，英文论说，美国文学 大学院生(研究生)开设有：弥尔登诗集，以利沙伯时之剧本，新文学发达史
1918—1919 学年	英文小说，英学文萃，英文诗歌，英文散体文，莎士比亚剧本，作文，注解，作文总类(开了两门，文科生、理科生各一门)，英文文学史，英文论说，美国文学 大学院生开设有：以利沙伯时之剧本，十九世纪之文学
1919—1920 学年	英文小说，英文萃，英文诗歌，英文散体文，近代英文散体文，莎士比亚剧本，注解，英文文学史 大学院生开设有：弥尔登著作、以利沙伯时之剧本，十九世纪之文学

　　由上表不难看出，约大文学部的课程已经具备现代文学教育体系的诸多特征，如注重文体分类、文学史知识等。1912—1913 学年文学部开设有四门课程，诗歌和文学史统称为英国文苑课(上学期为诗歌，下学期为文学史)。课程虽不多，但仍兼顾到小说、散文(英学文萃课课本选自名家文集，多为论说散文)、诗歌、戏剧、文学史等方面。1917 年后，文学部的课程划分较细，已超过十门。不仅诗歌和文学史分为两科，还增加了美国文学、散文、写作等课程。以 1917—

1918 学年为例，理科生的文学课程设置为：美国文学（初级①）、作文（初级）、英文散体文（中级）、作文总类（中级）、英文散体文（上级）；文科生为：英语小说（初级生）、英文论说（初级）、文萃（中级）、作文总类（中级）、英文诗歌（上级）、英文文学史（上级）、注解（上级）、莎士比亚剧本（高级）。其中"美国文学"所选课本有富兰克林传、林肯演说稿、司密斯的新旧短篇小说等，目的在于"使学生读之增进写作英文之能，及读书时眼快心细之才"②。"英文散体文"要求理科中级生"领悟读书之要旨，晓明背诵之法"，课本"选自 1917—1918 年名人所著，如波斯威尔《约翰逊》，加拉而《今古论》，伊满生文集，麦考莱的文章，又自时下出版之杂志上选出若干篇"，该课要求理科上级生学习散体文中义理稍深者，其中"上学期读 18—19 世纪之文，其中有曼莱德散文，下学期读现世之文……"③。

以上课程显示，约大对于理科生也很重视英语文学教育。只不过理科生的文学课程相对较少，且都是基础课程，主要为作品欣赏和写作，用意是拓展学生的文学知识，增加阅读量，提高写作能力；而文科生的课程不但数量多且划分细，小说、诗歌、戏剧、文学史等都有专门教学，目的是使学生对英语文学形成系统认知，并能够以此为基础进行深入研究。

从 1912—2020 年章程来看，约大"文学部"的主要课程，为文艺复兴以来欧美重要作家作品的研读，以及相关文学史知识的讲授。其中"英文小说"课涉及的作家作品有：奥斯汀的《傲慢与偏见》（Jane Austen：*Pride and Prejudice*），威廉·萨克雷的《亨利·埃斯蒙德》《纽克姆一家》（Thackeray：*The History of Henry Esmond*，*The Newcomes*），哥尔特司密斯的《威克斐牧师传》（Goldsmith：*the Vicar of Wakefield*），司各特的《肯纳尔沃尔思堡》（Scott：*Kenilworth*），狄更斯的《大卫科波菲尔》《双城记》《雾都孤儿》（Dickens：*David Copperfield*，*A Tale Of Two*

---

① 约大除医学部外，学制一般为四年，分为：初级、中级、上级、高级，分别对应大一至大四。

② 《圣约翰大学章程总目（1917—1918 年）》第十二章《文理道学三科教法大意·文学部》，《圣约翰大学章程汇录》，第 85 页。

③ 《圣约翰大学章程总目（1917—1918 年）》第十二章《文理道学三科教法大意·文学部》，《圣约翰大学章程汇录》，第 86 页。

Cities, *Oliver Twist*），史蒂文森的《金银岛》（Stevenson：*Treasure Island*），查尔斯·里德的《回廊与壁炉》（Charles Reade：*The Cloister and the Hearth*），艾略特《维冒拉》（Eliot：*Romola*），顾伯的《马希根末王记》（Cooper：*The Last of the Mohicans*）等。① 章程还强调在英文小说课上，学生"须细读各种模范及其所分之段落，暗指之议论。定书之外，尚须附读各书，要旨在令学者能读文学，并能吸其精华，描摹尽致，不至枯而无味"②。根据课程安排，每年不但需要教授 4 本左右小说，在此基础上，学生还须"附读各书"。

"英文文萃"课主要研读欧美名家论说散文文选，有林肯的演讲，麦考莱的《论弥尔顿》《阿狄生文萃》《印度总督克莱武论》《印度总督华伦海司汀论》（Macaulay：*Macaulay Milton*，*The Life and Writings of Addison*，*Lord Clive*，*Warren Hastings*），卡莱尔的《英雄与崇拜英雄》（Thomas Carlyle：*On Heroes*，*Hero-Worship*，*and The Heroic in History*），罗斯金的《芝麻与莲花》（John Ruskin：*Sesame and Lilies*），埃德蒙·柏克的《法国革命论》《与殖民地讲和》（Edmund Burke：*Reflections on the Revolution in France*，*Conciliation with the Colonies*），马修·阿诺德的《评论集》（Matthew Arnold：*Essays in Criticism*），兰姆的《伊利亚论》（Charles Lamb：*The Essays of Elia*），纽曼的《大学教育之范围与本性》（John Henry Newman：The Idea of a University）等。根据课程安排，学生每学年需要学习其中的 4 本（1912—1913 学年为 3 本），不但要求熟读各种文选，并且"每学期须作长篇英文论一篇"③，要旨则在于"扩充学者之眼界，练就思力之精密"④。

"英文诗歌"课主要研习丁尼生（Tennyson）、华兹华斯（Wordsworth）、弥尔顿（John Milton）、戈尔德司密斯（Goldsmith）、托马斯·格雷（Thomas Gray）等人的诗集。根据课程要求，学生须"吟咏英文诗选，及考察文体结构"，且每学期"须

---

① 因章程上使用的中译作者及书名不太规范，经常有同一作者同一作品在不同学年翻译不一致的情况，因此笔者统一用现代较通行翻译。以下采用同样处理方法。

② 《圣约翰大学章程总目（1912—1913 年）》第五章《文艺格致两科课程教法大略·文学部》，《圣约翰大学章程汇录》，第 53 页。

③ 《圣约翰大学章程总目（1912—1913 年）》第五章《文艺格致两科课程教法大略·文学部》，《圣约翰大学章程汇录》，第 53 页。

④ 《圣约翰大学章程总目（1912—1913 年）》第五章《文艺格致两科课程教法大略·文学部》，《圣约翰大学章程汇录》，第 53 页。

作短篇诗歌一首"，旨在使学生"油然生爱文学之心"①。

文科高年级还专门开设有"英文文学史"和"莎士比亚剧本"课。文学史课上，教员须讲授"文学变迁之要点，及文学大家生平历史及其著作"②，学生须留心听课，自行研究，"并须各自专读一家，著为论说"③。该门课程的要旨在于"将文学各部依类汇集，使学生于文学一道更形晓畅而爱玩不释，以鼓励其益好自修文学之心"④。"莎士比亚剧本"课则要求每年学习 7 部左右莎士比亚剧本，包括《李尔王》《哈姆雷特》《罗密欧与朱丽叶》《麦克白》《仲夏夜之梦》《亨利五世》《威尼斯商人》《驯悍记》等，此外还需附读他种剧本，如希腊文、法文译本，并须作文以自抒各自意见。该门课程的主旨在于"使学者洞察人类之本性，生活之问题"⑤。

除了规定学习的教材之外，约大几乎所有课程都会另外指定阅读书目，文学部教师在罗列课外阅读书目上（尤其对于文科生）可谓毫不吝啬。例如，1948 年毕业于约大英文系（早期为西学斋文科）的陆榕就认为，约大英文系教学的最大特色是"大量读、大量听、大量用"。她回忆约大当时英文系的教学情况说：

> 一年级上学期就学狄更斯的《大卫·考柏菲尔》，九百多页，每周学两章，即四五十页。对新生来说，学习相当吃力。二年级小说课要求读英译世界名著，如《安娜·卡列尼娜》《战争与和平》《包法利夫人》等。小说都很长，低年级学生看得又慢，必须十分努力。学生不得不学会使用英文原文词典，掌握直接用英语思考，才能跟得上要求。三、四年级都学专业课，如英国诗歌、戏剧、小说、莎士比亚作品、英美文学史、文学背景、文学评论、应用

---

① 《圣约翰大学章程总目（1912—1913 年）》第五章《文艺格致两科课程教法大略·文学部》，《圣约翰大学章程汇录》，第 53 页。

② 《圣约翰大学章程总目（1917—1918 年）》第十二章《文理道学三科教法大意·文学部》，《圣约翰大学章程汇录》，第 87 页。

③ 《圣约翰大学章程总目（1917—1918 年）》第十二章《文理道学三科教法大意·文学部》，《圣约翰大学章程汇录》，第 87 页。

④ 《圣约翰大学章程总目（1917—1918 年）》第十二章《文理道学三科教法大意·文学部》，《圣约翰大学章程汇录》，第 87 页。

⑤ 《圣约翰大学章程总目（1917—1918 年）》第十二章《文理道学三科教法大意·文学部》，第 88 页。

文写作等。四年级除课程外，还要写一篇论文。高年级必修课指定的课外阅读更多。例如"西方戏剧技巧"，要读从古希腊悲剧到捷克作家的《机器人》一共16部。"文学评论"课必读书，从乔叟到毛姆的作品共23本。指定的必读书不仅要读懂，还必须熟读，因为考试的题目非常具体。读这些书没有什么辅导，老师也不管，全靠自己去啃。①

对于指定阅读书目考察的细致程度，陆榕举了两个例子进行说明：一是"西方戏剧技巧"课有一题为：描写《傀儡家庭》第三幕第二场的内容；二是"莎士比亚剧本"课最后一题为：描写《罗密欧与朱丽叶》最后一幕的情景，并设想如果罗密欧进去的时候，朱丽叶醒来了，应当怎么办？答题的学生需要补写一段。② 这两题都涉及具体的内容细节，学生只有对作品非常熟悉才能作答。可见教师对于指定的课外书目，虽然课堂不讲，但会以考试的形式促使学生深入、广泛地阅读。

此外，约大西学斋1914—1915学年开始设置大学院（研究生院）以培养研究生。从1917年开始，章程明确规定大学院英文文学研习内容为：弥尔登诗集，以利沙伯时之剧本，新文学发达史或十九世纪之文学，学生需择一作家、一种文体或对一定时期的文学进行深入研究。如对"弥尔登诗集"，要求学生于"弥尔登所著之诗须全读，其散文可选其要者读之，弥氏一生事迹亦须熟悉"③。

除英文外，约大文、理两科学生还必须于德、法两文中择习一门。第一年主要是语言学习，第二年就开始读原著小说，如大仲马的《三个火枪手》、牛氏所编的德文诗及《德国城中故事录》等，而高级生则主要学习名家名剧及名家诗歌。此外，根据陆榕回忆，其二年级时，"小说课"要求读英译世界名著，如《安娜·卡列尼娜》《战争与和平》《包法利夫人》等。除了英语文学外，约大也

① 陆榕：《尽显教学特色的英文系》，《上海圣约翰大学（1879—1952）》，上海人民出版社2009年版，第309页。

② 陆榕：《尽显教学特色的英文系》，《上海圣约翰大学（1879—1952）》，上海人民出版社2009年版，第309页。

③ 《圣约翰大学章程总目（1917—1918年）》第十一章《分斋分科·文学部》，《圣约翰大学章程汇录》，第76页。

很注重西方其他国家文学作品的教学，对西方文学的引进堪称是全方位的。在此背景下，学生于1920年成立了法文文学会，会员为二到四年级学习法文的学生，每月开会2次，会上有演说、诵述、文艺批评、英法互译等活动。1923年《约翰年刊》上对法文文学会的介绍与宣传的开篇句，有助于我们了解当时约大学生的文学观："法文是活文字，言文一致，亦为平民文学的先导，于世界艺术上曾有重要的贡献。"①"活文字""言文一致""平民文学"等都是新文学的口号，被用于作为宣传口号，说明"五四"以后兴起的新文学观念在约大学生中同样也十分流行。

在大量输入西方文学作品及思想的同时，约大也非常重视学生英文写作能力的培养，除有些文学课学生需进行文学写作以外（如英文文萃、英文诗歌等课），还设有多种写作课，如1917年就有作文种类（文理中级生分别开设）、作文（理科初级生）、注解（文科上级生）。这些课程各有侧重：注解课上"教员演讲构造文词之法，学生每星期内与教员讨论一次，作论说一篇"；作文课要求"学生每次在课堂上完成作文，并须亲炙"；作文总类（文科中级生）教授"写景、辩论、纪录、注解之各种作文式，并加以评论"，（理科中级生）"自各种文集上选读"。1947年考入约大英文系的张珑回忆当时约大作文课的最大特点是"要求学生自由发挥"，"老师仅规定体裁，题材多半由自己选定，或老师仅出一个十分灵活的题目，给学生留出广阔发挥的空间"②。长期受西方文学熏陶，使得学生的创作或多或少都受其影响。如张珑在校期间就曾写过英文短篇小说、独幕剧等，还参演过根据《傲慢与偏见》小说改编的独幕剧。约大发行的各种刊物上也刊载了不少学生的译作、文学评论以及小说、诗歌等。

三、约大英语入学考试扩大西方文学影响

约大初创时，因风气未开，就读学生不多，主要为教友子弟，亦无严格的考试选拔制度，学生主要靠推荐入学。卜舫济任校长以后，学校渐以英语教学闻名

---

① 《约翰年刊》，1923年，第149页。
② 徐以骅：《上海圣约翰大学（1879—1952）》，上海人民出版社2009年版，第242页。

遏迩，"东南之士，莫不以圣约翰大学为归"①，于是始有严格的入学考试，竞争非常激烈。如 1905 年的年终招考，"来院考试者约二百五十左右，录取者不过五十四名而已"②。

约大入学考试除国文外，其他科目均以英文出题。投考大学部者，需要考国文、英文文学、英文文法、西史、生理、代数、几何七科；投考中学部者，需考国文、英文、数学、地理四科。③ 向来重视英文与英文文学的约大，其入学考试自然以英文难度最大，"要求学生有较扎实的写作和会话基础，以及文学经典的较大阅读量，一度用的还是与美国纽约州立大学入学考试同样的试卷"④。新闻系教授武道认为考生要通过这种考试，至少得学 6 年英文。1909 年转学考入约大西学斋三年级的邹韬奋回忆入学考试"要考的英文文学名著，在一二十种中选考四种"⑤。他认为这不是临时抱佛脚就可以的，为了考上约大，备考期间，他和一同考试的同学每天须学习到夜里两三点钟。

约大章程每年的"投考须知"都会列出当年入学考试的参考书目，就英文文学来看，规定的书目不断增多，对入学者的英文文学素养的要求也不断提高。1916 年以前，约大入学考试文学一般考察两部英文名著，而 1916 学年规定除欧文《见闻札记》、狄更斯《圣诞歌》之外，还需从顾伯《马希根末王记》、司各特《灵符记》、《撒克逊劫后英雄略》三书中选考一本；1917 学年则需从顾伯（Cooper）、狄更斯（Dickens）、艾略特（Eliot）等 11 人的 18 部作品中择试四种，且每一作家只考一种。除规定书目外，"招考须知"对考试重点也作了一定说明："包含书中表人品格之价值，言语文词及其优妙处之心得，又须作西文论，以察学生拼字点句、大写字母用法、择用字词之学问及其造句之才力。"⑥

① 钱基博：《圣约翰大学校校长卜先生传》，《圣公会报》1926 年第 19 卷第 20 期，第 23 页。
② 《招考备录》，《志学报》1905 年第 1 期，第 7 页。
③ 参阅吾家骏：《圣约翰大学之近史及投考须知》，《携李杂志》1919 年第 1 卷第 1 期，第 15 页。
④ 徐以骅：《上海圣约翰大学（1879—1952）》，上海人民出版社 2009 年版，第 107 页。
⑤ 邹韬奋：《韬奋文集》第三卷，生活·读书·新知三联书店 1955 年版，第 31~33 页。
⑥ 《圣约翰大学预科章程总目（1914—1915 年）》第十章《投考及录取程度》，《圣约翰大学章程汇录》，第 76 页。

关于约大英文文学的考试内容和难度，可从 1925 年的入学试卷见其一斑。当年英文文学考试分为 English Literature A 和 English Literature B。以 English Literature A 为例，共有 14 题，分别为：

1.《天路历程》中的主人公是谁？概述他的旅程。作者写这本书的目的是什么？

2. 格列佛给利立浦特（Lilliput）提供了什么服务？他怎样引起了（小人国）整个朝廷的敌意？他的第一段旅程想要教会我们什么？

3. 鲁滨逊·克鲁苏是怎样给自己找到庇护所、食物或衣服的？这个故事证明了人可以独立于社会而生活吗？

4. 威克·菲尔德牧师为何入狱？他是如何获得释放的？面对不幸，他的态度是什么？

5. 在艾凡赫时代，撒克逊人与诺曼人之间是什么关系？哪些人有资格得到罗维娜？谁赢得了她？为什么？

6. 通过《灵符记》中的图片讲述十字军东征的故事。

7. 讲述《傲慢与偏见》中简和宾利先生的爱情故事。

8. 在《双城记》中德发日太太为什么想要杀死马内特医生？

9. 摩德斯东一家为什么对大卫·科波菲尔如此残酷？大卫是怎样逃脱他们的？

10. 为什么亨利·埃斯蒙德是雅各布派教徒？他为此做了什么？是什么使他改变了自己的政治见解？

11. 亚瑟·潘登尼斯的四段恋爱分别是什么？简要描述每段恋爱的特点。

12. 塞拉斯·马南如何过上如此孤独的生活？是什么使他重新回到人际关系中？

13. "顽童"如何庆祝 7 月 4 日，作者写这本书的目的是什么？

14. 描述汤姆第一次玩"兔子与猎狗"游戏的故事。他和伙伴们返回学校后受到了什么样的待遇?①

以上每一问题对应一部英文名著②，或涉及具体细节内容，或需概述作品主旨，学生需选择其中三题以英文作答。如没有认真研读原著，很难作出正确回答。事实上，约大的入学考试早以英文难度高而广为人知，其对英文的重视在社会上形成了一种倒逼机制，使得学生学习英文不断小龄化。为了提高录取几率，很多家长选择把孩子送到能够直升约大的几所教会中学读高中。这些教会中学与约大有相似的教学理念，都十分重视英语教育。以约中为例，该校起源于约大备馆，设在约大校园内，目的就是为约大培养预备生，1918 年后因办学需要，从约大独立。由于该校很多教师或系留学归来人员，或毕业于约大，且有些教师同时兼任中学和大学课程，因此不仅能将约大教育理念一以贯之，在课程安排上也能紧跟大学变化。如 1914—1915 学年，约大章程规定英文文学入学考试书目为《芦中人》和《天路历程》。当年约中四年级文学课要求学习《天路历程》、《见闻杂记》（即欧文的《见闻札记》）、《芦中人》、《海外轩渠录》（即《格列佛游记》）③，涵盖了入学考试读本。因约大招生对英文文学程度的要求不断提高，约中对文学课也越发重视：1916 年开始，将文学课从以前的三年级提前到二年级开设，直至后来每学期都必须教授一本英文原著，以至有学生回忆说约中"英文课读的都是小说"④。

---

① 上海圣约翰大学入学试题，见《全国专门以上学校投考指南》，1925 年。试卷为英文，以上为笔者翻译。

② 14 部文学作品按顺序分别为：《天路历程》(The Pilgrim's Progress)，《格列佛游记》(Gulliver's Travels)，《鲁滨逊漂流记》(Robinson Crusoe)，《维克菲牧师》(the Vicar of Wakefield)，《艾凡赫》(Ivanhoe)，《灵符记》(the Talisman)，《傲慢与偏见》(Pride and Prejudice)，《双城记》(Tale of Two Cities)，《大卫科波菲尔》(David Copperfield)，《亨利·埃斯蒙德》(the History of Henry Esmond)，《潘登尼斯》(The History of Pendennis: His Fortunes and Misfortunes, His Friends and His Greatest Enemy)，《织工马南》(Silas Marner)，《顽童故事》(The Story of a Bad Boy)，《汤姆·布朗的求学时代》(Tom Brown's Schooldays)。

③ 《圣约翰大学预科章程总目(1914—1915 年)》第十三章《西学预科缘起及课程》，《圣约翰大学章程汇录》，第 103 页。

④ 姚金澜：《回忆圣约翰高中》，《圣约翰大学附属中小学回忆集》，同济大学出版社 2020 年版，第 135 页。

约大重视英文所形成的倒逼机制还延伸到了初中，甚至促进了上海英语培训业的发展。如瞿同庆约大毕业后留任约中期间(1904—1914)，就有不少家长为孩子能考上约中请他补习英语。由于需求不断增多，补习形式的小规模教学已不能满足学生和家长需求，以至有必要设立一所学馆。在上海一些绅士及学生家长积极协助下，瞿同庆很快解决了教室问题，不久因学生人数增多又进行了扩充。学校的快速发展使瞿同庆感到"许多莘莘学子迫切需要一所初级中学培养他们，作为进入圣约翰大学附中之准备"，① 这一想法得到了学生家长和当地绅商人士的极大赞赏和支持，于是圣约翰青年会中学(以下简称"约青")应运而生。此后，瞿同庆便辞去约中教职，一心一意办好约青，专为约中培养预备生。约青虽不附属于约大，但很多老师毕业于约大，且在卜舫济的同意下，该校学生得以直升约中就读，每年还享有三名直升名额奖学金。社会上因此将约青与约中视为一体，致使适龄学生趋之若鹜，不久"约青(初中)毕业生就成为约中(高中)学生的主要来源"②。

约青的教学与约大一脉相承，亦以英语教育闻名，注重学生阅读习惯的培养。根据 1933 年进入约青的张坤元记述，"英语读的是《三剑客》(*The Three Musketeers*)、《双城记》(*A Tale of Two Cities*)，英语语法用的是四本逐步加多加深的《纳氏文法》(*Nesfield Grammar*)"③。以文学和语言为主的课程体系，同样也是后世以"国家文学"之名而开展的文学教育的主体内容。

四、"五四"前约大校园西方文学的展开及影响

"五四"新文化运动之前，约大校园有着非常丰富的西方文学实践：校刊上发表的学生文章，以及约大学生的戏剧创作与表演，最能反映当时西方文学教育

① 陶鸿荪：《瞿同庆与圣约翰青年会中学》，《圣约翰大学附属中小学回忆集》，同济大学出版社 2020 年版，第 26 页。

② 陶鸿荪：《瞿同庆与圣约翰青年会中学》，《圣约翰大学附属中小学回忆集》，同济大学出版社 2020 年版，第 13 页。

③ 张坤元：《从约青、约中到约大》，《圣约翰大学附属中小学回忆集》，同济大学出版社 2020 年版，第 123 页。

对约大学子文学理论与创作影响的真实情况。

约大是我国第一所创办校刊的学校，其校园报刊种类繁多，以英文刊物《约翰声》(*The St. John's Echo*) 和《约翰年刊》(*Johannean*) 在师生间的影响最大。林语堂、潘序伦、邹韬奋、刘凤生等新文学作家就读约大期间，都曾在校刊上发表过文章。

《约翰声》创办于 1890 年，是约大乃至近代中国大学最早的学生自办英文刊物，内容涉及诗歌、散文、小说、社论等，1907 年开始增设中文版，主要有"论说""译林(译述)""文苑""游记""小说"等栏目。《约翰年刊》创办于 1904 年，最初名为《龙旗》(*Dragonflag*)，1917 年增设中文部分。《约翰年刊》内容丰富，主要关注学生的生活，文学方面也有涉及，有文艺、小说、剧本等栏目。此外在 1905 年，为了弥补《约翰声》因"通英文者不多，而知之者甚少"①缺陷而创办的《志学报》，是约大第一份中文刊物，主要有领说、杂记、论说、翻译、小说五大栏目，因此虽只发行两期便停刊，却也是研究约大学生文学创作不可多得的材料。

卜舫济曾说创办《约翰声》的目的之一，就是锻炼学生们的中英文写作能力。他不仅鼓励学生向《约翰声》投稿，还身体力行亲自担任主编，且几乎每期都会在开篇发表"社论(Editorial)"。学校的鼓励得到了学生们的积极回应，约大学子均以能在《约翰声》上发表文章为荣，很多学生为了能让文章成功发表，经常"往来于图书馆，翻阅书籍，无孔不入"。卜舫济的社论也因"言简意赅，辞达而雅"，被学生们奉为英文写作范本，成为大家争相效仿的对象。

20 世纪初，小说、戏曲已成为西方文学的主流文体。约大的英文教学也以小说、戏曲两类作品为主。这样的安排，大大提高了小说和戏剧在学生心中的地位，学生们不再以小说和戏剧为末流，除用英文写小说外，而且积极创作中文小说投稿于小说专栏。1920 年 4 月《约翰声》上曾刊登当年约大举行小说比赛的信息："本年小说比赛，仍循例举行……"可见学校在此之前已有小说比赛的传统，并借助校刊扩大比赛在师生间的影响。

---

① 《志学报例言》，《志学报》1905 年第 1 期，第 1 页。

　　1919 年前,《约翰声》上已刊载多篇学生创作的英文小说以及诗歌。这些作品,除用英文创作外,很多在思想和创作手法上都明显受到西方文学影响。如署名为 Yui Oong-Kyuin 的学生 1917—1919 年间在《约翰声》英文版上发表小说 1 篇(*the Fisherman's Daughter*,1918),诗歌 2 篇(*A Sonnet*,1918;*The Silent Night*,1919),论说文 1 篇(*Repentance*,1918)。其中小说 *the Fisherman's Daughter* 明显受到英国浪漫主义诗人华兹华斯(Wordsworth)的影响。小说以华兹华斯的诗歌《迈克尔》(*Michael:A Pastoral Poem*)中的名句作为引子:

> ……Although it be a history
>
> Homely and rude. I will relate the same
>
> For the delight of a few the natural hearts

　　暗示接下来的故事虽然平凡而粗陋,但作者还是要把它写出来,因为他相信会有一些天性淳朴的人乐于知晓这个故事。主要内容为:一个平凡而幸福的四口渔民之家,夫妻恩爱,儿女孝顺。然而父母都很迷信,一年多以前,有一位算命先生预言渔夫两年之内会死去,且死前两眼周围会有黑眼圈出现。渔夫和妻子都很担心,可时间久了,也就慢慢忘了这回事。但女儿一直记着,有天吃早饭,她看见父亲眼睛有黑眼圈,因担心父亲即将死去,而愁眉苦脸,吃不下饭。在父母的一再追问下,她不得不说出缘由。这以后,一家人天天过着提心吊胆的日子,生怕渔夫会突然死去。心理上的折磨使得渔夫和妻子的身体一天天垮下去。之前,渔夫女儿在市场卖鱼的时候结识了一位富家小姐,两人成了很好的朋友。后来,那位富家小姐因连续两星期没在市场见到渔夫的女儿,于是央求她的妈妈帮着寻找。这位母亲找到渔夫女儿,了解整个事情后,用科学知识向他们解释了算命先生的骗局。明白后的渔民夫妇心里顿觉轻松,身体也好了不少。后来富家小姐的母亲资助兄妹两上学,渔夫女儿和富家小姐成了同学,最后在富家小姐的母亲撮合下,嫁给了一个很有前途的小伙子,一辈子保持着父母身上简单淳朴自然(simplicity and naturalness)的品质。其弟弟子承父业,过着简单快乐的打鱼生活。华兹华斯被称为伟大的"自然诗人",以擅长描绘自然田园风光以及刻画普通劳动者的智慧和美好心灵而著称。*The Fisherman's Daughter* 亦取材于平凡的渔民一家，着重刻画了渔夫女儿的淳朴自然(simplicity and naturalness)与聪慧勤奋，明显受到华兹华斯"自然"创作观的影响。

除小说之外，Yui Oong-Kyuin 的诗歌 *A Sonnet*《十四行诗》(1918)，模仿莎士比亚十四行诗而作；*The Silent Night*(《静谧的夜》)讴歌了夜的静谧与美好，带有欧洲浪漫主义诗歌风貌。论说文 *Repentance*(《忏悔》)引用了大量的西方经典，如《圣经》、弥尔顿的 *Paradise Lost*(《失乐园》)、亚瑟王(King Arthur)和圆桌骑士的故事、诗人 Tennyson 的诗句等，来论证人无完人，都会犯错，因此人人都需要学会忏悔。

就中文创作而言，1919 年以前，文言文仍是约大校刊上中文文章的主流，但西方文学影响下的新文学印记已开始显现。如小说《侠女奇事》①，兼采中西，形式上依然是中国传统章回小说体式，以"话说……"开头，每回结尾处有"欲知此人是谁，且看下回分解"，采用的是第三者全知视角；但语言方面已经白话化，故事也发生在"欧洲东边一个很强的国……算起来也是耶稣降生以后二百余年的古国了"。此外，1917 年的《约翰年刊》上，曾刊载白话小说《小黄粱》。

这一时期，约大校刊上的翻译作品以小说较多，成就也较大。几乎都为名家作品，有的甚至具有开创性。如《志学报》上严通多翻译的马克·吐温(Mark Twain)作品《俄皇独语》，是马克吐温作品的首次中译。该小说通过沙皇在晨浴后赤裸着身体私下里发出的自白，直接讽刺了沙皇的统治，具有反专制的倾向。《俄皇独语》并非马克吐温最经典的作品，有学者认为严通多之所以选择翻译该文，"主要原因绝不仅仅在于它们所包含的文学艺术价值，而更多的是在于它们表现了某种与中国当时特殊历史政治语境之间的契合点"②。此外在一些译作前冠以侦探小说、寓言小说、言情小说等字，用以强调此小说的类别，对西方推行小说分类观念也有一定的促进作用。

西方文学教育对学生的影响不仅体现在小说、诗歌等创作上，更体现在语言

---

① 连载于《志学报》1905 年第 1 期第 60~67 页，第 2 期第 52~57 页。
② 杨金才、于雷：《中国百年来马克·吐温研究的考察与评析》，《南京社会科学》2011 年第 8 期。

文学思想上。1907 年，《约翰声》上的英文文章 The Influence of Theatre①(《剧场之影响力》)讨论了中国戏剧的现状和改良，作者认为好的戏剧有利于启发民智，剧场有类似学校的教化功能，因此亟需改良中国戏剧，重视演剧者和剧本。林语堂就读约大期间曾任《约翰声》英文编辑，并发表多篇英文文章。其中 The Chinese Alphabet 在充分肯定中国传统文学文化价值的基础上，指出中国书面语文言分离的弊端，以西方语言为参照，提出应将官话字母化，并将其推广为民族共同语。② 晚清以来，受西方文化影响，汉字过于复杂且文言分离一直饱受语言改革者的诟病，林语堂就自身中西文学习的感受谈了当时的热点问题。Chinese Fiction 则从中西方爱情文学的巨大差异入手，说明中国传统知识分子对小说的偏见。他认为小说在中国传统文学中向来地位低下，导致了传统小说过于低俗化和肉欲化，以全很多饱读诗书的学者不愿从事小说创作。为此，他呼吁要提高小说在中国的地位，希望出现中国的狄更斯来改变小说在中国的状况。他认为翻译英、法等国的著名小说，会对中国小说的未来产生重大影响。他在文中列举了狄更斯、司各特、库柏、卢梭、歌德、斯托夫人等人的经典作品，并强调只有中国的小说拥有了严肃和高贵的写作目的，才能发挥它的重要作用和价值。③ 基于此，有学者认为，林语堂在约大形成的语言观和文学观，不仅"是当时圣约翰校园文化气氛的一个重要部分"，更是"林语堂在'五四'及其之后的语言和文学实践的一种内在源头"④。

除了校刊作为西方文学传播、实践重要阵地，学校演剧在中国现代戏剧发展史上也有重要意义。正如有学者指出的，"学校演剧是中国戏剧运动的摇篮"⑤，而"中国之有大学生演剧，自圣约翰大学始"⑥。早在 1896 年 6 月，为了更好推

① 见刘辛未《圣约翰大学学生演剧活动研究(1896—1937)》，华东师范大学 2018 年硕士论文。
② Y. T. Lin(林语堂)：The Chinese Alphabet，《约翰声》1913 年第 24 卷第 3 期。
③ Lin Yü-t'ang(林语堂)：Chinese Fiction，《约翰声》1913 年第 24 卷第 9 期。
④ 凤媛：《林语堂圣约翰时期的语言文学观考论(1911—1916)》，《华东师范大学学报》2019 年第 1 期。
⑤ 光未然：《谈学校戏剧活动》，《人民戏剧》1950 年第 2 卷第 1 期，第 24 页。
⑥ 钟欣志：《清末上海圣约翰大学演剧活动及其对中国现代剧场的历史意义》，《戏剧艺术》2019 年第 3 期。

行英语教育，校长卜舫济就倡议成立学校演剧团，得到了西方教习与学生的积极响应。当年 7 月的学年结业式上，学生以全英文演出了莎剧《威尼斯商人》(*The Merchant of Venice*)中法庭审判一出。这是目前有记录的约大乃至中国最早的学生演剧。《北华捷报》对此进行了报道。这种"既无唱功，又无做功"的新戏剧样式在上海学生中悄然走红，并随着学生演剧而不断扩大影响，最终孕育出后来的新式戏剧。

约大最初的戏剧演出一般在七月份的结业式上，以英文演出莎剧，这与学校一直设有"莎士比亚剧本课"不无关系。随着戏剧演出在学生中的影响日益增加，热爱戏剧的学生也越来越多。1905 年，在校方支持下，约大学生自发成立莎士比亚研究会，"每星期六聚会一次，宣读莎氏剧本一种"①。演剧团和莎士比亚研究会等学生社团与活动，是对"莎士比亚剧本课"课堂所学的最佳实践，增强了学生对莎士比亚戏剧的理解以及西方戏剧表演的认识。

从 1899 年开始，约大学生每年会于圣诞前夜演出戏剧以示庆祝。为了营造圣诞欢乐的气氛，一般演出喜剧。有时为学生创作的中国剧，有时为改编的外国剧，均以中文演出。可见他们不再满足于只表演莎剧，而开始创作中文剧本。在学校以及约大颇具影响力的校友团的大力支持下，毕业典礼和圣诞节前夜的演剧活动成了约大每年的必备节目。

约大学生的戏剧表演是现代戏剧的肇始，他们见证并参与了中国现代戏剧史的进程，是现代戏剧运动史上不可忽视的组成部分。他们的戏剧表演带动了上海其他教会学校以及新式学堂戏剧表演的风气，使得学生演剧蔚然成风。早在 1914 年出版的《新剧史·春秋》就有如下记载："上海基督教约翰书院，创始演剧，徐汇公学踵而效之。"很快，上海很多学校都有了自己的戏剧社，而这些戏剧社经常走出校园，在社会上进行公益性质的赈灾演出，这些演出"带动了社会其他团体如沪学会、群学会、青年会、益友会、公益会等纷纷跟进，成立剧社，一时上海的素人演剧愈演愈烈，大有星火燎原之势"②。学生们的戏剧演出活动也得到上

---

① 《圣约翰大学自编校史稿》，根据卜舫济口述整理，《档案与史学》1997 年第 1 期，第 9 页。
② 黄爱华：《学生演剧和新戏改良——20 世纪初中国新剧之发生》，《文艺研究》2014 年第 8 期。

海多家报纸的广泛报道，在社会上造成不小影响。

如前所述，除演出西方戏剧外，约大学生也会自编中文戏剧进行表演，1919年之前演出的自编中文剧有《官场丑史》《社会改良》《怪新娘》等，大多为时事剧，"摭拾时事而成"。如1906年末演出的《社会改良》，主要剧情为：

> 某顽固老者之子嗜赌博、吸洋烟，又有某顽固老者之女缠足佞佛。此一子一女相配成婚，洞房花烛之夜，新郎与贺客聚博，无何，互相争斗，新郎受伤。新妇遣走卒乞灵于神庙，并誓以愿筹。病愈，夫妇二人步行往庙，将践凤愿，乃至中途，行不能行，盖一以瘾发，一以足痛也。厥后，有新学家出，将旧社会之风俗逐渐改良，而此夫妇二人亦同归于善。①

剧情虽较为简单，故事也较老套，但真实地表达了学生们对当时人们吸食鸦片、赌博、裹脚、迷信等社会不良风俗的不满，以及迫切需要改良社会的愿望。这是国内首次以"改良"冠名戏剧，有学者认为该剧很可能直接影响了1907年2月"开明演剧会"（主要人员有新剧家朱双云、汪优游、王幻身等）演出的以"改良"为名的六大新剧。②

约大学子颇以肇始新剧为豪，曾煦伯曾在《约翰声》上发表《剧谈》一文，他认为，"剧虽小道，然于人心风俗实具有潜移默化之功，此泰西学子之所以乐此不疲也。我国自欧风东渐，文化日开，演剧者之声价亦随之以日高。顾以莘莘学子现身舞台，我圣约翰大学实滥之觞。以博采旁收之所得，描写世情，形容人事"③。1919年《约翰年刊》所载《演剧团记》也写道："中国新剧，圣约翰大学实滥之觞，剧界前辈咸能道之。盖数十年前，欧化尚未普及，一般社会心理以优孟衣冠为有沾文教。青年子弟泥于习俗，嗫嚅未敢轻试。独圣约翰大学濡染欧化焉

---

① 转引自钟欣志《清末上海圣约翰大学演剧活动及其对中国现代剧场的历史意义》，《戏剧艺术》2010年第3期，第18~28页。

② 参见黄爱华《学生演剧和新戏改良：20世纪初中国新剧之发生》，《文艺研究》2014年第8期。

③ 曾煦伯：《剧谈》，《约翰声》1918年第29卷第1期。

最早，藉欧美大学之惯例，每遇大节如耶稣诞日、孔子圣诞，常演剧以尽欢。"①
演剧实践的兴盛，对扩大戏剧这一文体样式在知识阶层的影响起到了积极的推进
作用。

除了开近代戏剧表演风气之先外，不少约大毕业生成为了各新式学堂的教
师，将约大戏剧表演的风气发扬光大。如上海民立中学的教职员大部分是约大毕
业生或留学归来人员，该校亦非常重视英语教育，也是上海较早进行戏剧表演的
学校之一。被早期话剧的重要人物朱双云看作"实开今日剧社之先声"的汪优游，
在该校就读期间，便经常参加学生演剧；民国文明戏作家和演员周瘦鹃也曾就读
于该校。1910 年开始担任清华大学副校长的周诒春，早年毕业于约大，学生时
期就参加过莎剧演出。② 在清华任职期间，他积极推动学生演剧活动，使得清华
园演剧活动也非常频繁："仅 1913—1920 年的八年中，有记载的演剧达 77 次，
如加上没有记载的不在百场以下。"③闻名中外的春柳社创办者李叔同留日之前，
就读于上海南洋公学（该校初期教师亦多来自圣约翰等新式学校），早在 1900 年
已有学生表演戏剧的记录。李叔同"在学校学习期间，已表现出对戏剧的深厚兴
趣和天赋"④，不仅给上海学会编演过新戏，还登台演过京剧《叭蜡庙》。去日本
后，他又吸收了日本新派剧的理念，这才有了春柳社在日本轰动一时的《茶花
女》表演。春柳社演《茶花女》，是为国内百年一遇的大水灾而进行的义演，这一
点也是继承了上海学生剧社赈灾义演的传统。20 世纪前期中国新文学的展开，
便在这种持续传承的脉络中渐次推进，并逐渐形成全国影响，成为时代的新
潮流。

---

① 熊月之、周武主编：《圣约翰大学史》，上海人民出版社 2006 年版，第 233 页。
② 1901《约翰声》记录了周诒春在当年结业式的莎剧《哈姆雷特》演出中饰演国王。
③ 张玲霞：《1911—1949 清华戏剧寻踪》，《戏剧》2001 年第 3 期，第 43 页。
④ 王越：《李叔同在日本"春柳社"的戏剧活动》，《戏剧文学》2017 年第 12 期，第 130 ~ 133
页。

第十三章

王德威《新编中国现代文学史》的文学观念与历史意识

2017 年，全球中国现代文学研究界发生了许多大事。其中之一，则是哈佛大学出版社推出了由王德威教授主编的《新编中国现代文学史》(后文出现《新编》即指此书)。虽然该书因为刚被译成中文，在国内学界还未产生很大影响，但若干年后回顾中国现代文学研究的历程，这部著作的出版必将会被作为具有标志意义的事件载入史册。①

《新编》是一部非常特别的著作。无论其日后会收获怎样的评价，至少在以下几点上体现出它的"不同凡响"：其一，这部书的作者共有 140 余位，其身份有作家、文学史家、历史学家等，写作群体角色之复杂、多样，为任何一部文学史著作所无；其二，尽管是一部标明为"现代中国"(Modern China) 的文学史著作，其时代的上限却要推远至 1635 年，一个无论是文学时间还是历史叙述都未曾被作为"现代"开端的年代；其三，构成全书的 160 余篇文章，其内容广涉一般意义的文学、历史、哲学、美术、音乐、电影、雕刻等各个领域。凡此几点，无一不是打破传统文学史书写的畛域，而使之带上了"变革"的色彩。自 20 世纪 80 年代以来时兴的"重写文学史"思潮，在理论讨论和书写实践上虽然都颇有进展，但要论其"重写"的幅度之巨，恐都要以此书最显突出。中文版问世之后，必将会引起国内学界又一场大的讨论。

在王教授主编的这部《新编中国现代文学史》书名中，包含了四个关键词：

---

① 该书中文版分别于 2021 年、2022 年由台湾麦田出版·城邦文化事业股份有限公司、四川人民出版社出版。

"现代"（Modern）、"中国"（China）、"文学"（Literature）和"历史"（History）。从某个方面来说，正是基于对这四个关键词的不同理解，才造就了这部独特的文学史著作，实现了真正意义上的"新编"。一如他在书前导论中所期许的："《新编中国现代文学史》……为'中国''现代''文学''历史'打造一个不同以往的论述模式。"①笔者在哈佛访学的期间，王德威老师曾谈到自己在编的这部现代中国文学史，认为这样一部打破常规的文学史著作，一定会引来学界的种种讨论，他自己也很期待这部著作被译成中文之后引起的反响。

一、何谓"现代"？

何谓"现代"的讨论，国内外学界已关注多年，也有各种不同的说法。当下一种颇为流行的看法是，中国文化、文学"现代性"的产生，并不只是在现代西方文化"冲击"背景下生成，同时也是中国文化、文学内部"现代性"因素的重新发现。由此出发，学界对中国文化"现代性"因素的发掘，也就成了中国"现代性"书写的一项重要内容。中国"现代"文学史的研究与书写，也在此义下展开。

与此相关，文学史书写进程中的中国"现代"文学开始时间，也经历了变迁。1917 年的文学革命，1919 年的五四运动，1911 年的辛亥革命，又或者是属于模糊时间概念的晚清，都曾被视为中国现代文学的开端。近来又多有学者提出不再以"现代"作为接续中国文学古典时期之后的时间概念，转而提出了"民国文学""20 世纪文学"等多个不同名称。② 然而如此等等，都基本不脱"五四"以来关于中国文学古今分野的总体格局。《新编》则从根本上打破了这种历史时间的划分，为中国文学的"现代"提供了多种可能的"开端"，一如全书第一篇标题所显示的

---

① 王德威：《"世界中"的中国文学》，《南方文坛》2017 年第 5 期，第 17 页。内容上较英文版著作导论有一定改动。又可参见其中文版卷首《导论："世界中"的中国文学》。二者文字略有不同。

② 相关著作，如周维东《民国文学：文学史的"空间"转向》，山东文艺出版社 2015 年版；张福贵《民国文学：概念解读与个案分析》，花城出版社 2014 年版；李怡等编《民国文学讨论集》，中国社会科学出版社 2014 年版；张中良《民族国家概念与民国文学》，花城出版社 2014 年版；严家炎主编《20 世纪中国文学史》，高等教育出版社 2010 年版；等等。汉语学界也曾就相关概念的使用问题进行过多次学术讨论。

《现代中国"文学"的多重开端》，标记的时间点为 1635 年、1932 年和 1934 年。其中最引人关注的，自然是被全书引为中国文学"现代"开端的 1635 年，一个在任何关于"现代"的历史书写中都未曾被作为开始的时刻。该年为杨廷筠(1557—1627)去世之后八年，一本由他撰写介绍西学的《代疑续篇》刊刻行世。正如文章在"1635"之下所提示的，之所以将这一年视为中国现代文学的开始，关键即在于"杨廷筠以'文学'定义 Literature"。① 然而杨氏此处所用"文学"及其对应词 Literature，无论是概念内涵还是学科史含义，都与现代所谓"文学"有很大差别。从杨廷筠的角度来看，他并未建构任何与现代意义"文学"概念内涵接近的"文学"思想。他对"西教"之学的描述，其思想来源是当时来华传教的耶稣会士艾儒略等对西方教育、学科的介绍。

即便如此，晚明仍为中国"文学"现代性的生成提供了丰富的思想资源。这不仅仅是因为五四以后的新文化学人将现代中国的文学和思想追溯至晚明，一如《新编》中提供的另外两个现代中国"文学"开端的时间节点——1932 年、1934 年；同样重要的是，这一时期同样也是中国遭遇西方的真正开始，来自于欧洲的耶稣会士带来了西方古典时期的科学、思想、文化、宗教和文学。凡此种种，都为中国士人打开了通向西方的窗口，中西知识的接触，西学思想、文化、观念的传入，为中国文化、文学提供了更新的力量。无论从何种意义(现代性/启蒙/抒情，或者王教授所说的"世界中")上来说，晚明对于中国文化、文学都是无法避开的重要时间节点。

从另一个层面来看，《新编》提供的关于中国文学"现代"开端的诸种可能，虽然都是源于对中国文学内部蕴藏的"现代性"因子的开掘："1635 年"杨廷筠对西方"文学"概念的引述，"1792 年"问世的《红楼梦》"写尽帝国盛极必衰的命运，从而为不可知的'现代'启动'预期式乡愁'(anticipatory nostalgia)"②，抑或是

---

① Sher-shiueh Li(李奭学)，*The Multiple Beginning of Modern Chinese "Literature"*，David Der-wei Wang，ed.，*A New Literary History of Modern China*，Cambridge，Massachusetts：The Belknap Press of Harvard University Press，2017，p29. 该书中文版题名"哈佛新编中国现代文学史"，张治等译，四川人民出版社 2022 年版。另有台湾麦田出版·城邦文化事业股份有限公司 2021 年版，刘秀美编修，王珂、张治等译。《新编中国现代文学史》中各篇内容，均可参见中文译本，本章所引则据其英文原本。

② 王德威：《"世界中"的中国文学》，《南方文坛》2017 年第 5 期，第 12 页。

"1932年、1934年"周作人、嵇文甫将中国现代文学和思想的渊源追溯至晚明；但从本质上来说，又都与现代"中国"形成对应的"西方"有着难以割舍的关联：杨廷筠关于"文学"的论述，和他接触耶稣会士艾儒略等人输入的西方古典学科观念不无关系；1792年被视为"现代"开端意义的建立，也与英国使臣马戛尔尼来华直接相关；周作人、嵇文甫等引晚明文学为同道，更是以现代的"文学"观念对中国传统的再发现。

　　从目前的现代中国文学史写作来看，学界对中国文学现代化进程的描述通常都是按照历史的先后顺序展开，也因此有了"近代文学""现代文学""当代文学"等标示不同发展阶段的文学史概念。《新编》则试图打破这样一种单线直进的历史思维模式："本书的思考脉络并不把中国文学的现代化看作是一个根据既定的时间表、不断前进发展的整体过程，而是将其视为一个具有多个切入点和突破点的坐标图。……在任一历史时刻，以'现代'为名的向往或压力都可能催生出种种创新求变可能。"①欧美学界一直将"现代性"作为中国文学进入"现代"（Modern）的重要标示，而不是像中国大陆学界一样以历史的线性时间为划分的依据。尽管近年来对于这样的划分学界曾有专门讨论，然而其认识并没有根本的改变。

　　从历史演进的序列来说，"现代"对于当下的中国来说，也仍然还是一个进进未已的过程（英语学界"Modern China"的概念在时间上一直延续到我们所谓的"当代"），而文学恰恰为这种未来的演变提供了想象的空间。《新编中国现代文学史》选择以2066年——韩松的科幻小说《火星照耀美国：2066年之西行漫记》中的想像时间——作为中国文学"现代"的下一个节点，又或者是中国/世界现代化的节点。作为中国甚至是世界其他国家现代化进程的重要参照，在现代化进程中，美国始终是世界各国共同追赶的目标。然而在韩松的小说中，美国的命运并不是步入更高阶段的文明，而是最终走向了毁灭。从这个意义来说，通过"文学"透视下的中国对现代性的追求，也依旧处于不断探索和演变的历史进程，当中也充满了种种诱惑与危险。"文学"与历史、与未来之间，产生了一种奇妙的

---

① 王德威：《"世界中"的中国文学》，《南方文坛》2017年第5期，第7~8页。

关联与互动。一如王教授在导论中所言："《新编中国现代文学史》力求通过中国文学论述和实践——从经典名作到先锋实验，从外国思潮到本土反响——来记录、评价这不断变化的中国经验，同时叩问影响中国(后)现代性的历史因素。"①从这一层面来说，"文学"又有着超越审美之外的意义。由此也就促使我们重新去思考长期以来已经习用的"文学"概念。

二、什么是"文学"？

在中国现代文学史书写中，什么是"文学"原本并不成为问题。尽管几十年来研究的视野和角度经历不断变换和调整，"文学"历史书写的对象和内容大体不脱小说、戏曲、诗歌和文学性散文的范围。然而《新编》却志在突破这样的文学史格局和框架，就内容看，"从晚清画报到网络游戏，从伟人讲话到狱中书简，从红色经典到离散叙事，这部文学史包罗各种文本和现象。传统文类自不待言，书中也展现'文'的各种媒介衍生，如书信、随笔、日记、政论、演讲、教科书、民间戏曲、少数民族歌谣、电影、流行歌曲、连环漫画和网络文学等等。"②"文化"视野已经不再只是文学史研究的一种角度或者方法，而是成为了中国现代文学史书写的一种方式，或者说成为了中国现代文学史书写本身。由此，《新编》重新定义了"文学"。其意义正如王德威教授在导论中所说的：

> 在这漫长的现代流程里，文学的概念、实践、传播和评判也经历前所未有的变化。19世纪末以来，进口印刷技术，创新行销策略，识字率的普及，读者群的扩大，媒体和翻译形式的多样化以及职业作家的出现，都推动了文学创作和消费的迅速发展。随着这些变化，中国文学——作为一种审美形式、学术科目和文化建制，甚至国族想象——成为我们现在所理解的"文学"。"文学"定义的变化，以及由此投射的重重历史波动，的确是中国现代

---

① 王德威：《"世界中"的中国文学》，《南方文坛》2017年第5期，第11页。
② 《一部"文"的文学史——王德威教授专访》，《联合早报》2017年9月25日。http://www.zaobao.com/news/fukan/celebrities-interview/story20170925-797859。

性最明显的表征之一。①

　　《新编》对"文学"的理解，在某种程度上是试图回应和接续中国传统"文"的概念："尽管采取小说、散文、诗歌、戏剧等文类，或奉行由现实主义到后现代主义的话语，中国现代文学与传统概念的'文'和'文学'之间对话依然不绝如缕。也就是说，现代文学作家和读者不仅步武新潮，视文学为再现世界存在的方式，也呼应传统，视文学为参与彰显世界变化的过程。这一彰显过程由'文心'驱动，透过形体、艺术、社会政治和自然律动层层展开。因此，中国现代文学所体现的不只是（如西方典范所示）虚构与真实的文本辩证关系，更是人生经验方方面面所形成的，一个由神思到史识、由抒情到言志不断扩张的丰富轨迹。"②古今"文学"（包括古代的"文""文章""文艺"等）概念的内涵虽然有很大差异，然而彼此之间也并非毫无干涉，"传统"与"现代"之间有着为我们所从未意料的联系。基于这样的认识，《新编》不再局限于将诗歌、小说、散文、戏剧视为"文学"的现代流行观念，而将种种蕴含"文心"、彰显内心、铭记自身与世界的文字、图像、音乐、表演等都纳入现代"文学"历史的书写范围。

　　如前所述，正是基于对"文学"概念的不同理解，《新编》为现代中国"文学"提供了多个开端。其中之一，即作为全书开篇的1635年。根据该篇作者李奭学的论述，这一时间点之所以被视为现代中国文学的起始，是缘于杨廷筠在《代疑续编》中以汉语"文学"对应西方Literature。③《代疑续编》涉及"文学"的那段文字是这样说的：

　　　　西教……有次第，……最初有文学，次有穷理学，……其书不知几千百种也。④

　　① 王德威：《"世界中"的中国文学》，《南方文坛》2017年第5期，第7页。
　　② 王德威：《"世界中"的中国文学》，《南方文坛》2017年第5期，第8页。
　　③ 参见李奭学《中国"文学"现代性与明末耶稣会的文学翻译》，见氏著《明清西学六论》，浙江大学出版社2016年版，第115~126页。
　　④ 杨廷筠：《代疑续篇》，钟鸣旦等编《法国国家图书馆明清天主教文献》第26册，台北利氏学社2009年版，第419~420页。

　　杨廷筠作为明末中国天主教三大柱石之一，与来华耶稣会士利玛窦、金尼阁、艾儒略等都有密切交往。不但他自己和家人都受洗入教，对耶稣会士传入的知识、思想也多有了解，曾为《七克》《西学凡》《涤罪正规》等西书作序，并撰写《天释明辨》《鸮鸾不并鸣说》《代疑篇》《代疑续篇》等阐教著述。

　　而被认为是他以中国"文学"作为 Literature 对应概念的论述，源出于意大利传教士艾儒略《西学凡》《职方外纪》等关于欧洲教育和学术分科的介绍。《职方外纪》成书于天启三年(1623)，当年秋刻印，署"西海艾儒略增译，东海杨廷筠汇记"；《西学凡》同样刊行于天启三年(1623)，收入李之藻编《天学初函》，杨廷筠1623 年曾为之作序。《西学凡》中有关于欧洲古典时期学术分科的详细介绍，其中关于"文科"的论述，可见出现代"文学"的影子。《西学凡》将"文科"称作"文艺之学"，包含四个方面：一、古贤名训；二、各国史书；三、各种诗文；四、自撰文章议论。又说："自幼习文学者，先于一堂试其文笔，后于公所试其议论。""文学已成，即考取之，使进于理学。"①显而易见的是，此处所谓的"文学"，虽含有现代"文学"的因子，然而却仍属不同的概念。一方面，即使是在西方的文学传统中，此时的 Literature 也尚未完成向现代概念的转变；另一方面，这样的"文学"因了，在中国传统的论述中事实上同样存在，六朝时期关于"文"和"文章"的论述，同样也被认为是中国"文学"自觉的标志。然而这并不妨碍《新编》将其作为视为中国"文学"萌生"现代性"的开端。《新编》所关注的现代中国"文学"并不局限于现代的"纯文学"，因而其在文学史的书写上有特别期待，而不仅仅是文学作品赏析和作家人物传的汇编。作者所要思考的，是近世中国文学"遭遇"世界后所显现的常与变。而明末耶稣会士输入的西方知识与观念，正是中国与西方相遇最好的注解。"文学"不过只是其中之一。

　　文学史的书写，历来都比较强调其作为"史"的一面：真实可靠的材料，时间的序列，文学背后的事实真相，等等；而对其作为"文学"的特征则颇为淡薄。王教授在设计《新编》的写作思路时，有着不同一般的对"文学史"的理解："众所周知，一般文学史不论立场，行文率皆以史笔自居。本书无意唐突这一典范的重

———————

　　① 艾儒略：《西学凡》，台湾学生书局 1978 年影《天学初函》本。

要性——它的存在诚为这本《新编中国现代文学史》的基石。但我以为除此之外，也不妨考虑'文学'史之所以异于其他学科历史的特色。我们应该重新彰显文学史内蕴的'文学性'：文学史书写应该像所关注的文学作品一样，具有文本的自觉。但我所谓的'文学性'不必局限于审美形式而已；什么是文学、什么不是文学的判断或欣赏，本身就是历史的产物，必须不断被凸显和检视。唯此，《新编中国现代文学史》的作者们以不同风格处理文本内外现象，力求实践'文学性'，就是一种有意识的'书写'历史姿态。"①按照王教授的期望，《新编》作为一部"文学"研究著作，不应当只是史料的堆积与苦涩的叙事，而是篇篇都有极强可读性的美文。这样的期许，与百余年前王国维的一番论述暗合。王国维在《国学丛刊序》中说：

> 学之义广矣。古人所谓学，兼知行言之。今专以知言，则学有三大类：曰科学也，史学也，文学也。凡记述事物，而求其原因，定其理法者，谓之科学；求事物变迁之迹，而明其因果者，谓之史学；至出入二者间，而兼有玩物适情之效者，谓之文学。然各科学有各科学之沿革，而史学又有史学之科学(如刘知几《史通》之类)。若夫文学，则有文学之学(如《文心雕龙》之类)焉，有文学之史(如各史文苑传)焉。而科学、史学之杰作，亦即文学之杰作。故三者非斠然有疆界，而学术之蕃变，书籍之浩瀚，得以此三者括之焉。②

以现代标准来说，中国传统经、史、子的许多经典都不在今天"文学"的范围之内，然而其文学性较之文学作品却不遑多让。此义之下，在近代"文学"概念下属于不同学科的作品，也就没有它们表面上看上去的那样差异明显，优秀学术著作与文学作品之间，在文学性方面具有共通之处。后世的绝大多数学术著作之所以渐失文学性，在某种程度上即与学术与文学之间的分野有直接关系，由此

---

① 王德威：《"世界中"的中国文学》，《南方文坛》2017年第5期，第6页。
② 王国维：《观堂别集》卷四，《王国维全集》第14卷，浙江教育出版社2009年版，第129~130页。

也造成了学者之文与文人之文逐渐呈现不同面貌。《新编》以历史之姿态回归文学本身，力图实现"文学"与"历史"的沟通与融合。从这种意义上来说，《新编》以书写现代中国文学历史的文本，构筑了一道别具韵味的"文学"风景。

三、多面的"历史"

《新编》以不同一般的"文学"观念建构"现代"中国文学的历史图像，实现"文学"与"历史"之间的相互沟通，其意义不仅在于表现"文学"，同样也意在重构"历史"：一方面，作为事实存在的"历史"是多面的，无论从哪个角度出发，看到的都只是历史的一个侧面；另一方面，对历史本身的建构可以是多元、多角度的，历史的叙述也不必时时追求对真相的索解，而不妨以更加丰富的样态将历史的多面性展现在读者面前。《新编》试图重新呈现中国传统"文"与"史"之间的对话关系，"通过重点题材的配置和弹性风格的处理，我希望所展现的中国文学现象犹如星罗棋布，一方面闪烁着特别的历史时刻和文学奇才，一方面又形成可以识别的星象坐标，从而让文学、历史的关联性彰显出来"①。因此我们可以看到，《新编》采用了与现有任何一种文学史都截然不同的书写方式：许多篇章的作者，或具有非常的"特别"的身份，包括莫言、王安忆、余华等在现代中国的文学史上具有重要地位的作家；或采用十分独特的书写方式，如美国华裔作家哈金关于鲁迅《狂人日记》的论文。

在注明时间为"1918年4月2日"的《周豫才用"鲁迅"的笔名写〈狂人日记〉》(*Zhou Yucai Writes "A Madman's Diary" under the Pen Name Lu Xun*)的一文中，哈金认为鲁迅是作家，不能用文学评论的方式写，所以就揣测鲁迅当时的心情，用创作的方式写了一篇像是小说的文章——1918年的某一天，一个叫鲁迅的人百无聊赖，突然想到写《狂人日记》，这个写《狂人日记》的过程就变成一个故事。哈金所用材料的每个细节都是真的，但是组织起来，就变成一部小说。这样的研究方式，或许可以称之为"想象历史的方法"。当然，这里的"想象"，并不是凭

---

① 王德威：《"世界中"的中国文学》，《南方文坛》2017年第5期，第10页。

空臆想，作为"历史"的书写，其中的细节都源于事实和材料。只是在书写方式上，采用了小说这种颇具"想象力"的体裁。

作为著名作家，王安忆出生于一个不同一般的文学家庭，母亲是著名作家茹志鹃（1925—1998），父亲是著名导演王啸平（1919—2003）。在《新编》中，王安忆撰写的是一篇关于她母亲的文章——《我母亲茹志娟文学生涯的三个具有讽刺意义的时刻》（*Three Ironic Moments in My Mother Ru Zhijuan's Literary Career*），时间定格在 1962 年 6 月茹志娟在《上海文学》发表的《逝去的夜》。在这篇文章中，王安忆以一个身边人的视角讲述影响于茹志娟文学创作背后的历史故事与细节。

《新编》中存在的如上情形，似乎都在有意无意地提醒读者：历史的本真并不如后人描述的那般一致而清晰，以不同的形式展现历史的某一个侧面，反而更见其真实和可爱之处。由 160 余篇文章组成的《新编中国现代文学史》，并不志在展现一段时间上连续、有规律可循的文学历史，而是试图以多姿态的文本形式，生动地向读者展示现代中国文学多面、丰富的历史。

站在"世界"的立场，现代中国的"文学"常会呈现不同图景。《新编》对由旅行（包括时空移动和概念、情感、技术的传递嬗变）所产生的跨文化现象关注尤多，由此也更丰富地展现了"世界中"的现代中国文学面相。如普林斯顿大学古柏（Paize Keulemans）教授所写的《荷兰戏剧，中国小说和开放世界的想像》一文，关注的是明朝灭亡这一事件在跨越重洋之后成了 1666 年两部荷兰戏剧的创作题材。[①] 斯坦福大学王班教授所写的《中国革命与西方文学》一文，对 1940—1942 年间周立波在鲁迅艺术学院教授西方文学名著选读课程作详细考察，以探讨一个红色作家如何由革命立场阐释世界文学。[②] 哈佛大学李欧梵教授的《张爱玲在香港》一文，则着重考察张爱玲香港经历的文学意义，认为正是这样一段不长却又

---

① Paize Keulemans, *Dutch Plays, Chinese Novels, and Images of an Open World*, David Der-wei Wang, ed., *A New Literary History of Modern China*, pp. 35-45.

② Ban Wang, *Chinese Revolution and Western Literature*, David Der-wei Wang, ed., *A New Literary History of Modern China*, pp. 473-478.

别有内容的人生旅程，造就了中国现代文学史上的张爱玲。① 如此等等内容，都体现出编者、作者不同一般的现代文学史视野和认识，由此建构一种"世界中"的中国现代文学史图像。

与此同时，现代中国文学的历史又与政治变动、思想文化演变、社会变迁等息息相关，或者毋宁说在现代中国的历史长河中，政治的变动、社会的变迁、思想文化的演变本身即构成文学的历史。因此在《新编》中能看到许多看似与"文学"无关的篇章，如美国普林斯顿大学艾尔曼（Benjamin A. Elman）教授撰写的《公羊想象与从儒学的过去看改革》②，美国卫斯理学院宋明炜教授撰写的《在现代中国发现青年》③，如此等等，都与《新编》不同一般的"文学"观念、"现代"视野密切相关，也因此展现出不同既往的多面、丰富的中国现代文学"历史"图像。

四、怎样的"中国"

以现代"中国"文学为对象的历史书写应该展现怎样的"中国"，或者说哪些作家、作品应当纳入现代文学史范围从而使其具有"中国"的意义，这在以往的中国现代文学史写作中似乎并未成为问题。因此我们可以看到，无论是初期关于"新文学"历史书写的文学史著作（如王瑶《中国新文学史稿》），抑或曾经产生过很大影响的唐弢等人的《中国现代文学史》，还是新近出版的各种以汉语写作的中国现代文学史著作，在文学史的空间结构上都没有超出作为民族国家形态的"中国"范围。然而这却非意味着问题并不存在。在一篇题为《文学地理与国族想象：台湾的鲁迅、南洋的张爱玲》的演讲中，王德威教授向传统意义上的"中国"论述发问：

---

① Leo Ou-Fan Lee, *Eileen Chang in Hong Kong*, David Der-wei Wang, ed., *A New Literary History of Modern China*, pp. 478-483.

② Benjamin A. Elman, *Gongyang Imaginary and Looking to the Confucian Past for Reform*, David Der-wei Wang, ed., *A New Literary History of Modern China*, pp. 478-483.

③ Mingwei Song, *Inventing Youth in Modern China*, David Der-wei Wang, ed., *A New Literary History of Modern China*, pp. 248-253.

在二十世纪文学发展史上，"中国"这个词作为一个地理空间的坐标、一个政治的实体、一个文学想象的界域，曾经带给我们许多论述、辩证和启发。时间到了二十一世纪，面对新的历史情境，当我们探讨当代中国文学的时候，对眼前的"中国"又要做出什么样的诠释？而这些诠释又如何和变动中的阅读和创作经验产生对话关系？①

王教授发出这样的疑问，自有其作为海外中国文学研究者的现实关怀，却也与新时期中国文学创作主体的空间、地域特征息息相关："过去六十年来在大陆中国以外，也有许多文学创作热切地进行着。包括香港、台湾，马来西亚华人的社群，还有欧美的离散作家群等。因为政治和历史的原因，一九四九年之后，这些不同地域的中文创作尤其形成蓬勃发展的现象，而这些现象以往都被称为'华侨文学''海外华人文学'或者是'世界华人文学'等。时间到了二十一世纪，这样的分野是不是仍然有效呢？当我们谈论广义的中国文学时，要如何对待这些所谓'境外'文学生产的现象和它们的成果呢？难道仍然需要用过去的'华文''世界''华侨'等一系列名词来定义这些作家和作品，以及他们和中国内地文学之间的关系吗？"②正是基于这样的思考，在为《新编中国现代文学史》撰写的导言中，王教授提出了一个对现代文学研究来说具有创造性的概念——"世界中"（Worlding），以此将过去不在中国现代文学史书写范围的"华语"文学创作纳入"中国现代文学史"写作当中。

《新编》一改过去以民族国家立场建构中国现代文学的做法，"跨越时间和地理的界限，将眼光放在华语语系内外的文学，呈现比'共和国'或'民国文学'更宽广复杂的'中国'文学"③。正如王教授在导论中所揭示的，其所关注的是"世界中"的中国文学，也就是他一直以来都致力于宣扬的"华语语系文学"。所谓"华语语系文学"，"原泛指大陆以外，台湾、港澳'大中华'地区，南洋马来西

---

① 王德威：《现当代文学新论：义理、伦理、地理》，生活·读书·新知三联书店 2014 年版，第 117 页。

② 王德威：《现当代文学新论：义理、伦理、地理》，生活·读书·新知三联书店 2014 年版，第 118~119 页。

③ 王德威：《"世界中"的中国文学》，《南方文坛》2017 年第 5 期，第 11 页。

亚、新加坡等国的华人社群,以及更广义的世界各地华裔或华语使用者的言说、书写总和"①。通过将这一概念引入中国现代文学史书写当中,由此呈现与汉语世界的中国现代文学史书写完全不同的格局:

> 《新编中国现代文学史》所导向的华语语系视野也可能引起异议。如上所述,这本文学史在海外编纂,自然受到客观环境和资源的局限,难以和大陆学界的各种宏大计划相比拟。英语世界的读者也未必有充分的知识准备,因而必须做出适当因应。然而当我们将中国文学置于世界文学的语境里,一个不同以往的图景于焉出现。近年中国史学界流行"从周边看中国"的论述即在提醒,中国历史的建构不仅是"承先启后"的内烁过程,也总铭记与他者——不论是内陆的或是海外的他者——的互动经验。更何况中国现代文学的兴起,原本就是一个内与外、古与今、雅与俗交错的现象。②

作为《新编》编纂理念和整体框架的设计者,王教授长期关注海外华语语系文学(Sinophone Literature),视野所及,包括中国大陆之外的香港、台湾、马来西亚、新加坡等地以华语创作的文学作品,其中一个重要话题是关于"中国性"的讨论。③

海外语境自然是作者试图以更广阔的"中国"视野来观照中国现代文学的原因之一,更重要的原因是,在与传统中国相比更广阔的时空结构中,王教授试图以更开放的视野建构现代中国的文学世界:"有鉴于本书所横跨的时空领域,我提出华语语系文学的概念作为比较的视野。此处所定义的'华语语系'不限于中国大陆之外的华文文学,也不必与以国家定位的中国文学抵牾,而是可成为两者

---

① 王德威:《"世界中"的中国文学》,《南方文坛》2017年第5期,第16页。

② 王德威:《"世界中"的中国文学》,《南方文坛》2017年第5期,第6页。

③ 参见王德威《华夷风起:马来西亚与华语语系文学》,《世界华文文学论坛》2016年第1期;《华语语系的人文视野与新加坡经验:十个关键词》,《华文文学》2014年第3期;《华语语系文学:花果飘零,灵根自植》,《文艺报》2015年7月24日第3版;《文学地理与国族想象:台湾的鲁迅,南洋的张爱玲》,《扬子江评论》2013年第3期;《"根"的政治,"势"的诗学——华语论述与中国文学》,《扬子江评论》2014年第1期等。

之外的另一介面。本书作者来自中国大陆、（中国）台湾、（中国）香港、日本、新加坡、马来西亚、澳洲、美国、加拿大、英国、德国、荷兰、瑞典等地，华裔与非华裔的跨族群身份间接说明了众声喧‘华’的特色。我所强调的是，过去两个世纪华人经验的复杂性和互动性是如此丰富，不应该为单一的政治地理所局限。有容乃大：唯有在更包容的格局里看待现代华语语系文学的源起和发展，才能以更广阔的视野对中国文学的现代性多所体会。"①在"华文文学""华语文学"等概念被广泛指称中国大陆之外的汉语文学写作的背景下，王教授突破这一框架而将世界范围内的汉语写作纳入"中国"名义之下作整体思考，体现出以"世界中"的视野建构"中国"文学现代世界的追求。无论其是否能获得广泛的认同，都从一个方面展现了一种书写中国现代文学历史的不同视角。

　　另一不容忽视的因素是长期以来海外华裔学者关于"文化中国"的讨论。② 自近代以降，对不断散居世界各地的汉语人群来说，地理空间的疏离与文化上的向心力二者之间形成张力，不断丰富着"文化中国"的内涵。而以此为基础生长的"华语语系文学"概念，也同样承载着这一使命："中国作家的异乡、异域、异国经验是中国文学现代性最重要的一端……‘中国’文学地图如此庞大，不能仅以流放和离散概括其坐标点。因此‘华语语系文学’论述代表又一次的理论尝试。"③自清末以后，汉语文学创作的版图不断向外延伸，无论从哪个层面来说，"中国"现代文学史都应当包含台湾、香港以及澳门的汉语写作。然而这样的内容，在以往的中国现代文学史中是缺位的，只能是以地域文学史的形式予以专门讲述。如此做法，在"中国"概念之下都不免存在种种遗憾。而在此地域之外的汉语文学创作，又往往被冠以"海外中国文学""世界华文文学"等名目，被排除在现代"中国"的文学之外。《新编》试图突破这种二元模式，而以"华语语系文学"作为观照点："华语语系观点的介入是扩大中国现代文学范畴的尝试。华语语系所投射的地图空间不必与现存以国家地理为基础的‘中国’相抵牾，而是力求增

　　① 王德威：《"世界中"的中国文学》，《南方文坛》2017 年第 5 期，第 7 页。

　　② 较早关注这一话题的如杜维明（Tu Wei-ming, *The Living Tree*：*The Changing Meaning of Being Chinese Today*, Stanford, California：Stanford University Press, 1994）、王赓武（Wang Gungwu, *The Chinese of China*, Selected Essays, Hong Kong, Oxford University Press, 1991）等。

　　③ 王德威：《"世界中"的中国文学》，《南方文坛》2017 年第 5 期，第 15~16 页。

益它的丰富性和'世界性'。当代批评家们扛着'边缘的政治''文明的冲突''全球语境''反现代性的现代性'等大旗，头头是道的进行宏大论述，却同时又对'世界中'的中国现代性和历史性的繁复线索和非主流形式视而不见，这难道不正是一个悖论吗？"①突破地理的局限，带来的是"中国"现代文学史书写的新"世界"。

在"文化中国"或者"文学中国"的思考当中，另一重要的层面在过去的文学史、文化史书写中也常被忽略，这就是明末以来来华传教士的汉语创作和翻译，由他们所带来的关于世界文化、文学的不同面相和声音。"中国文学"对应的是汉语书写的文学作品，不但地理上处于"中国"之外的汉语文学(华语文学)写作在文学史书写中无处存身，进入中国的传教士的汉语写作(包括翻译成汉语的作品)也未能受到关注。而这种种内容，都是构成"文化中国""文学中国"不可分割的部分。于是在《新编》中，我们看到了许多非常有意思的篇章，如关于英国罗伯特·马礼逊的中国文学和翻译现代性问题的论述(1807年9月6日)②，英国翻译文学先驱威妥玛觐见同治皇帝提出建立翻译体制(1873年6月29日)③，等等，都可以看出编者所致力于重新发现的中国现代文学所蕴含的广阔空间，一个"世界中"的过程。

① 王德威：《"世界中"的中国文学》，《南方文坛》2017年第5期，第17页。

② John T. P. Lai, *Robert Morrison's Chinese Literature and Translated Modernity*, David Der-wei Wang, ed., *A New Literary History of Modern China*, pp. 56-62.

③ Uganda Sze Pui Kwan, *The Politics of Translation and the Romanization of Chinese into a World Language*, David Der-wei Wang, ed., *A New Literary History of Modern China*, pp. 119-125.

第十四章

如何书写"现代中国"（Modern Chinese）的文学史
——英语世界三部中国现代文学史的历史视野

近年来英语学界出现了一股"重写中国文学史"的风潮，2016 年、2017 年相继出版了四部极具分量的现代中国文学史著作：加州大学圣地亚哥分校张英进教授主编的《中国现代文学指南》(*A Companion to Modern Chinese Literature*，London：Wiley-Blackwell, 2016)，杜克大学罗鹏（Carlos Rojas）和康奈尔大学白安卓（Andrea Bachner）主编的《牛津中国现代文学手册》(*The Oxford Handbook of Modern Chinese Literature*，Oxford：Oxford University Press, 2016)，俄亥俄州立大学邓腾克（Kirk Denton）教授主编的《哥伦比亚中国现代文学指南》(*The Columbia Companion to Modern Chinese Literature*，New York：Columbia University Press, 2016)，和哈佛大学王德威教授主编的《新编中国现代文学史》(*A New Literary History of Modern China*，Cambridge，MA：Belknap/Harvard University Press, 2017)。对于向来不喜欢集体编撰文学史著作的欧美汉学界来说，在短时间内推出四部文出众手的现代中国文学史著作，实属异常之举。然而从另一个方面来说，海外中国现代文学研究在经过几代人长时间的探索之后，回归"文学史"这一中国文学研究领域最具代表性的著述方式，又实属必然。正如《新编中国现代文学史》主编王德威教授所说："当代中国对文学史的关注为国际学界所仅见。这不仅是因为传统对'文''史'的重视其来有自，也和目前学科建制、知识管理，甚至文化生产息息相关。尤其当代文学史的编写与阅读更与政治氛围形成微妙对话。在这样的情形下，我们对中国现代文学史书写的反思，诚为值得关注的问题。"①在中外学术交流日益频繁和深入的当下，海外学人也同样试图通过"文学史"这一具有权威性的著述形式向中国学界传递其文学史研究理念。其中王德威主编的《新编中国现代文学史》上文已专作讨论，以下介绍其他三部，借此探视英语世界关于现代中国文学研究和文学史书写的最新动向。

一、张英进主编《中国现代文学指南》

2016 年，英国 Wiley Blackwell 出版社出版了张英进主编的《中国现代文学指南》(*A Companion to Modern Chinese Literature*)，是该社出版的"指南"系列丛书当中的一种。张英进是美国加州大学圣地亚哥分校文学系主任、比较文学和中国研究特聘教授，其主要研究领域为中国现代电影与文化，主要著作包括《中国文学和电影中的城市》(*The City in Modern Chinese Literature and Film*)，《影像中国》(*Screening China*)，《中国国家电影》(*Chinese National Cinema*)，《全球化中国的电影、空间和多地性》(*Cinema, Space, and Polylocality in a Globalizing China*)等。

按照张英进的说法，Wiley Blackwell 出版社的"指南"系列丛书，编纂宗旨是"全面反映学科的发展，梳理走向"。而他在编纂《中国现代文学指南》一书时又有自己独特的设计和期待："想要完整地把握中国现代文学的发展走向，以及将来需要进一步发展的课题。"因而所谓的"指南"，也就有了不同一般的意义："这本书并不是中国现代文学的入门，而是对整个中国现代文学研究领域的概括。"②可以说是一部以特殊体例和视角编写而成的中国现代文学史著作。而这样的书写方式及其理论思考，又是在 20 世纪以来中国现代文学史写作的兴盛及海外中国学者的反思中展开的："中国现当代文学史研究中，'中国学界和北美学界五十年来最大的不同就在于文学史的编撰'：在中国，从 1951 年到 2007 年出版了 119 部中国现代文学史著作；而英文的中国现代文学史只有夏志清编写《中国现代小说史》，这部著作仅讨论 1961 年以前的现代小说。而且不只是数量悬殊这一点。张英进分别阐释了由于意识形态和批评方法不同而呈现的文学史写作的不

---

① 王德威：《"世界中"的中国文学》，《南方文坛》2017 年第 5 期，第 5 页。
② 《中国现代文学如何更好地"走出去"》，《深圳商报》2017 年 7 月 10 日。

同："在国内，文学和政治一直紧密结合。"在海外，则为我们呈现了中国现代文学史的多元与复杂局面。"①《中国现代文学指南》正是张英进"重绘"中国现代文学史地图的努力和尝试。

《中国现代文学指南》共收录29位作者的29篇文章，另有张英进撰写的导论，每篇文章之后又都列参考书目，在内容编排上分为四大部分：

第一部分"历史与地理"(History and Geography)，是关于文学史和文学的地域问题，时间从晚清、民国、新中国成立到改革开放新时期，范围从内地文学扩大到港台文学、华语语系文学。收录七篇文章：张隆溪《文学现代性观察》(Literary Modernity in Perspective)、胡缨《1890年代—1910年代的晚清文学》(Late Qing Literature，1890s—1910s)、黄心村(Nicole Huang)《战争、革命与城市转型：1920年代—1940年代民国时期的文学》(War，Revolution，and Urban Transformations：Chinese Literature of the Republican Era，1920s—1940s)、陈晓明《激进现代性驱动下的社会主义文学：1950—1980》(Socialist Literature Driven by Radical Modernity，1950—1980)、陶东风《新时期文学三十年：从精英化到去精英化》(Thirty Years of New Era Literature：From Elitization to De-Elitization)、张诵圣(Sung-sheng Yvonne Chang)《文学现代体制的建立：以台湾为例》(Building a Modern Institution of Literature：The Case of Taiwan)和廖炳惠《华语语系文学》(Sinophone Literature)。

第二部分"体裁与类型"(Genres and Types)，包括主要的文学分类，以及对文学形态的表述，分类包括小说、诗歌、散文、戏剧、女性文学、通俗文学、少数民族文学、翻译文学等。收入八篇文章：奚密(Michelle Yeh)《现代汉语诗歌：挑战与机遇》(Modern Poetry in Chinese：Challenges and Contingencies)、陈小眉《现代中国戏剧研究及其漫长的历史》(Modern Chinese Theater Study and its Century-Long History)、钱锁桥《"文"与"质"：从白话到语录体、大众语》(Literariness(Wen) and Character(Zhi)：From Baihua to Yuluti and Dazhongyu)、王一燕《现代中国虚构文类：故事讲述中的现代性》(Fiction in Modern China：

① 李涵：《张英进：重绘文学史"地图"》，《社会科学报》2015年2月5日第5版。

Modernity through Storytelling）、查明建《现代中国翻译文学》（Modern China's Translated Literature）、杜爱梅（Amy Dooling）《书写中国女性主义》（Writing Chinese Feminism(s)）、郑怡《二十世纪中国通俗小说世界：从〈上海快车〉到〈笑傲江湖〉》（The Word of Twentieth-Century Chinese Popular Fiction：From *Shanghai Express* to *Rivers and Lakes of Knights-Errant*）、马克·本德尔（Mark Bender）《少数民族文学》（Ethnic Minority Literature）。

第三部分"文化与媒介"（Cultures and Media），主要关注的是与中国现代文学有关的文化和媒介问题，包括西方美学思想、语言学转向、城市、视觉文化、出版、网络等。收录七篇文章：王斑《无用之用：西方美学如何使中国文学日益政治化》（Use in Uselessness：How Western Aesthetics Made Chinese Literature More Political）、陈建华《语言学转向与20世纪中国文学场域》（The Linguistic Turns and Literary Fields in Twentieth-Century China）、孔海立《东北沦陷区作家的意义：1931—1945》（The Significance of Northeastern Writers in Exile，1931—1945）、宋伟杰《书写城市》（Writing Cities）、魏朴（Paul Manfredi）《中国现代文学与视觉文化的分裂聚合：现代女郎、木刻与当代画家-诗人》（Divided Unities of Modern Chinese Literature and Visual Culture：The Modern Girl, Woodcuts, and Contemporary Painter-Poets）、傅朗（Nicolai Volland）《所有的文学都适合出版：印刷文化视角下的中国现代文学》（All the Literature That's Fit to Print：A Print Culture Perspective）、冯进《滋生的文类：网络穿越小说与当代中国新媒体》（The Proliferating Genre：Web-Based Time-Travel Fiction and the New Media in Contemporary China）。

第四部分"问题与论争"（Issues and Debates），主要关注一些议题和有争议的问题，如民族、文学运动、现代女性、身体写作等，并附有陈思和、张英进分别撰写的中文、英文学界关于中国现代文学研究的综述。收录七篇文章：罗鹏（Carlos Rojas）《形式的偏执：民族、文学运动与黄锦树的小说》（The Persistence of Form：Nation, Literary Movement, and the Fiction of Ng Kim Chew）、桑梓兰（Tze-lan D. Sang）《中国现代文学中的摩登女郎》（The Modern Girl in Modern Chinese Literature）、韩瑞（Ari Larissa Heinrich）《作为现象的身体：中国现代文学与文化中身体的第二文学综论》(Body as Phenomenon：A Brief Survey of Secondary Literature of the Body in Modern Chinese Literature and Culture)、柏右铭(Yomi Braester)《后毛泽东时代的记忆政治》(The Post-Maoist Politics of Memory)、陈绫祺(Lingchei Letty Chen)《日常生活中的历史创伤书写》(Writing Historical Traumas in the Everyday)、陈思和《汉语学界中国现代文学研究综述》(A Brief Overview of Chinese-Language Scholarship on Modern Chinese Literature)、张英进《走向中国文学现代性的拓扑学：英语学界中国现代文学研究综述》(Toward a Typology of Literary Modernity in China：A Survey of English Scholarship on Modern Chinese Literature)。

自 20 世纪 80 年代末以来，国内外学者致力于重写文学史，无论在理论探讨还是写作实践上都有积极尝试，及至当下这一思潮也仍然方兴未艾。张英进主编《中国现代文学指南》体现了海外中国现代文学研究者颇不相同的学术理念：

> 进入 90 年代以来，似乎中外学界都在为怎样书写文学史寻找着自己的答案。中国的高校竞相推出自己的文学史版本，出现了"重绘中国文学地图"的雄伟景观，同时这一领域的繁荣强化了将文学史"从整体性上考察中华民族文学的总体特征"这一特点。"而北美文学史学则出现了另外一种视野。"张英进介绍说，进入全球化时代，随着当代史学研究范式的变化，文学史研究也出现了相关的变化，比如不再刻意追求整体性，不再强调其中的连续性和线性发展的关系，而重视其断续性。文学史的书写出现了两种范式，即百科全书式的文学史和比较文学史。百科全书式的文学史承认文本的多样性、复杂性，不再强调其内在观点、逻辑的一致性，片段之间可以相互质疑和讨论，可以直接呈现矛盾冲突，不下定论，拒绝封闭的结论。比较文学史近些年逐渐成为一门显学，它的特点是不放弃大的叙事结构，但不从起源、成长、成熟、衰落这一线性方式叙事，它启用"枢纽点"的概念，把文学事件看成若干个枢纽，更强调不同枢纽之间的组合与互动，由此建立起新的文学架构。①

---

① 李涵：《张英进：重绘文学史"地图"》，《社会科学报》2015 年 2 月 5 日第 5 版。

从《中国现代文学指南》反映的实际情况来看，编者似乎是有意将两种文学史范式有机地结合起来，以便能够从多层面、多角度观照中国现代文学的历史图像。具体来说，在书中我们既可以看到对中国现代文学历史的概要式描述，胡缨、黄心村、陈晓明、陶东风等人的文章，叙述了从 1890 年代一直到 1990 年代一百多年的文学史历程；同时更多的篇幅是借助不同的视角对百余年间文学史的种种现象进行切片式分析，以展现彼时众声喧哗的文学史图像。

张英进主编《中国现代文学指南》的一个重要理念是站在海外的立场"重新想象"（reenvisioning）中国现代文学的"边界"（Boundaries），而其理论基点则是对其中涉及的三个关键词——"现代""中国""文学"的重新理解。①

在"现代"一词的理解上，张英进认为它不同于欧洲国家的"现代"概念，毕竟相对中国传统几千年的文明来说，中国的"现代"只不过是历史的一瞬。而我们所理解的"中国现代文学"，从某种意义上来说就是所谓的"新文学"，从语言来说也就是所谓的"白话"。而随着学界研究的逐渐深入，中国"现代"的文学又常被上推至晚清时期。尽管近年来出现了诸如试图以"二十世纪文学"等概念取代"中国现代文学"的做法，然而在张英进看来，这一概念难以覆盖 1900 年以前的晚清时期，以及 2000 以后新世纪的文学发展，从根本上也不能反映"现代文学"的"现代"特征。

"中国"一词在现代文学史的书写中，常被等同于"中文"或者"汉语"，而其地理范围又往往指国家层面的中国大陆，港、台地区往往不被纳入其中。而在海外学者的视野中，中国现代文学中的"Chinese"一词对应的应当是"华"或者"中华"，不仅应当包括台湾、香港的文学书写，新加坡、马来西亚甚至其他欧美地区的汉语写作都应纳入其中。同时他们又希望打破那种以大陆地区的现代文学作为中国现代文学史书写中心的做法，一改通常被使用的"华文文学""海外华文文学"等用法，转而使用"华语语系文学"（Sinophone Literature）这一中性的概念。

谈到"文学"一词，张英进认为尽管中国传统"文"的概念源远流长，而"文学"概念则是现代中国自西方输入的新术语，其文类主要由诗歌、散文、小说、

---

① 参见该书书前导论。又见张英进《五十年来海外中国现代文学的英文研究》，《文艺理论研究》2016 年第 4 期。

戏剧构成。与此相关，不同文类的升降也是中国现代"文学"领域最突出的表现：小说取代诗歌成为服务于文化、社会、政治变革、革命的主导文类。从"新文学"到"中国现代文学"，"文学"历史的书写大部分都由精英文学所构成。只有到了新媒体尤其是互联网的流行，网络文学作为一种新的文学样态，文学史书写精英文学的格局才开始逐渐打破。

《中国现代文学指南》中贯穿于始终的一个重要理念是关于中国文学"现代性"的理解。从李欧梵的"现代性的追求"（*In Search of Modernity*：*Some Reflections on a New Mode of Consciousness in Twentieth-Century Chinese History and Literature*）、"未完成的现代性"到王德威的"被压抑的现代性""没有晚清，何来五四"，以"现代性理论"解读中国现代文学历史，已经成为 20 世纪 90 年代以后海外中国现代文学研究的主流话语，也逐渐为汉语学界所接受并被广泛使用。[1] 从某种意义来说，寻找"现代性"成了中国文学史书写无法回避的内容。而作为在海外从事中国现代文学研究的学者，张英进在主编《中国现代文学指南》时，也处处体现出其对中国现代文学"现代性"的关注。张英进在概述英语学界的中国现代文学研究时，将其概括为"五种现代性"（five phases of modernity）：以衰退（Decadence as De-cadence）为特征的晚清现代性，表现为一种众声喧哗（heteroglossia）的文化逻辑和在颓废和模仿中的充满希望的放纵（indulgence）；以启蒙（Enlightenment and its Discontents）为特征的"五四"现代性，也被称作翻译的现代性，以启蒙修辞学（enlightenment rhetoric）和激进的革命二元对立（radical binarism of revolution）为特征；以跨国主义（Cosmopolitanism）和混杂性（Hybridity）为标志的城市现代性，表现最为突出的是作为"半殖民地"（semicolonial）的上海，那种对混杂性毫不掩饰的炫耀，对物质性虚有其表的追求，由此带来不断更新的城市魅力；以革命为核心（Revolution as Ecstasy）的社会主义现代性，擅长于表演宏伟场面的辉煌生活，归纳革命乌托邦的狂热经验；以尚知主义和消费主义（Intellectualism and Consumerism）为表征的后社会主义现代性，也称作审美现代性，前十年是回归"五四"时期以文化压倒政治的启蒙修辞学，后十年则由乌托邦式的尚知主义

---

[1] 参见孙太、王祖基：《异域之镜：哈佛中国文学研究四大家——宇文所安、韩南、李欧梵、王德威》，科学出版社 2016 年版。

（utopian intellectualism）走向一种全能的消费文化。在此认识之下，一部中国现代文学的演化史，也就是各种现代性因素不断在现代中国的舞台上轮番表演。正如他在《走向中国文学现代性的拓扑学》一文的结论中所说的："就中国文学而言，我们可以看到在现代中国，现代性走过了一条充满否定（negation）、变异（mutation）和转型（transformation）的曲折之形道路。"①以"现代性"话语建构中国现代文学的历史图像，是《中国现代文学指南》书写中国现代文学史的重要思想扭结。

二、邓腾克主编《哥伦比亚中国现代文学指南》

在 2016 年、2017 年出版的四部中国现代文学史中，邓腾克（Kirk A. Denton）主编的《哥伦比亚中国现代文学指南》（*The Columbia Companion to Modern Chinese Literature*）规模最小，然而也有将近 500 页，收录文章 57 篇。邓腾克是美国俄亥俄州立大学教授，是美国现当代中国文学与中国文化研究领域的重要学者，尤其是在中国现代（1911—1949）的小说和文学批评研究方面卓有成绩。他硕士毕业于美国伊利诺伊大学，博士毕业于加拿大多伦多大学。编、撰的学术著作有《中国现代文学中的问题自我：以胡风与路翎例》（*The Problematic of Self in Modern Chinese Literature：Hu Feng and Lu Ling*，Stanford University Press，1998）、《中国现代文学思想》（*Modern Chinese Literary Thought：Writings on Literattue*，1893—1945，Stanford University Press，1996）、《中国：一个旅行者的文学指南》（*China：A Traveler's Literary Companion*，Whereabouts，2008）、《中国民国时期的文学社团》（*Literary Societies in Republican China*）、《展览过去：中国大陆、台湾、香港博物馆的政治与意识形态》（*Exhibiting the Past：Politics and Ideology in Museums in the People's Republic of China，Taiwan，and Hongkong*）等，同时还主编有美国中国现代

---

① Zhang Yingjin ed.，*A Companion to Modern Chinese Literature*，London：Wiley-Blackwell，2016，pp. 493.

文学研究的重要刊物《中国现代文学与文化》(*Modern Chinese Literature and Culture*)。①

《哥伦比亚中国现代文学指南》(以下简称《中国现代文学指南》)作为哥伦比亚大学出版社出版的众多"指南"类著作之一，其编写的最初意图，用 Kirk 先生在书前导论中的话说，并不是要建构完整意义的中国现代文学的历史，而是为了便于教学：为大学课堂提供成果丰硕的阅读中国现代文学作品的指南。因此在全书主题文章的选择方面，《指南》聚焦于中国现代文学中许多最有意义的话题，如文学发展的趋势，文体，作者，与语言等问题相关的争论，文学机构，媒介，以及社会经济的转变等。② 与张英进主编的《中国现代文学指南》一样，邓腾克的《指南》一书同样是集体合作的结果，参与撰写的共有 48 位学者，几乎全为有海外学术背景(包括香港)的中国现代文学研究者，其中也有部分作者出现在其他三部中国现代文学史的写作队伍当中(如张英进、宋明炜、王斑、陈小眉、罗鹏、胡缨、陈建华等)。

邓腾克主编的《中国现代文学指南》一书共收录文章 57 篇，其中有不少出现在 2003 年由哥伦比亚大学出版社出版的《哥伦比亚东亚现代文学指南》(*Columbia Companion to Modern East Asian Literature*)当中。该书由 Joshua S. Mostow(总编)、Kirk A. Denton、Bruce Fulton 和 Sharalyn Orbaugh 等四人合编，其中关于中国的部分即由 Kirk A. Denton 协助编辑完成。二书在内容编排也有一致性，均分为"专题文章"(Thematic Essays)和"作者、作品、流派"(Authors, Works, Schools)两部分。

邓腾克主编的《中国现代文学指南》"专题文章"部分共收录 8 篇文章，其中 4 篇出现在《东亚文学指南》的中国部分，只是编排的顺序略有不同：1. Kirk A. Denton 撰写的《历史概述》(Historical Overview)；2. Charles Laughlim(罗福林，弗吉尼亚大学东亚语言、文学与文化系教授)撰写的《语言与文学形式》(Language

①　参见俄亥俄州立大学东亚语言文学系的介绍(https://deall.osu.edu/people/denton.2)，以及王桂妹《北美汉学家 Kirk Denton(邓腾克)访谈录》(罗靓译，《武汉大学学报》2011 年第 6 期)。

②　Kirk A. Denton, ed., *The Columbia Companion to Modern Chinese Literature*. New York：Columbia University Press, 2016, p.9.

and Literary Form）；3. Michel Hockx（贺麦晓，伦敦大学亚非学院教授）撰写的《文学社团与文学生产》（Literary Communities and the Production of Literature）4. 张英进撰写的《作为制度的中国现代文学：经典与文学史》（Modern Chinese Literature as an Institution：Canon and Literary History）。①

此外，《中国现代文学指南》多出的 4 篇文章，分别为：1. 吴盛青（美国卫斯理安大学东亚语言文学系副教授）撰写的《传统与现代性之间：竞争的古典诗歌》（Between Tradition and Modernity：Contested Classical Poetry）；2. 孔书玉（加拿大西门菲沙大学人文学系终身教授）撰写的《中国现代文学中的离散》（Diaspora in Modern Chinese Literature），出现在《东亚现代文学指南》的第二部分，题目为《离散文学》（Diaspora Literature）；3. Brian Bernards（南加利福尼亚大学东亚语言文化系副教授）撰写的《华语语系文学》（Sinophone Literature）；4. Hsiu-Chuang Deppman（蔡秀妆，美国欧柏林学院艺术与科学学院教授）撰写的《中国文学与电影改编》（Chinese Literature and Film Adaptation）。

《东亚现代文学指南》的中国部分收录了 42 篇文章，其中有 39 篇出现在邓腾克主编的《指南》"作者、作品、流派"部分，部分文章调整了编排顺序，有的则是以其他题目出现在"专题文章"部分：

1. 陈建华（美国哈佛大学博士，香港科技大学人文学部教授）撰写的《晚清诗界革命：梁启超，黄遵宪与中国文学现代性》（The Late Qing Poetry Revolution：Liang Qichao, Huang Zunxian, and Chinese Literary Modernity）；

2. Alexander Des Forges（戴沙迪，美国马萨诸塞大学波士顿分校现代语言系副教授）撰写的《小说的作用：梁启超和他的同代人》（The Uses of Fiction：Liang Qichao and His Contemporaries）；

3. 胡缨（美国加州大学尔湾分校东亚语言与文学系教授）撰写的《晚清小说》（Late Qing Fiction）；

4. 陈建华撰写的《周瘦鹃的爱情故事与鸳鸯蝴蝶派小说》（Zhou Shoujuan's Love Stories and Mandarin Ducks and Butterflies Fiction）；

① 书中各位作者的工作单位、职称等均为著作出版时信息，后续可能会有所变动，此处未作改动。

313

5. John A. Crespi（江克平，美国科尔盖特大学中国和亚洲研究副教授）撰写的《形式与革命：新诗与新月派》（Form and Reform：New Poetry and the Crescent Moon Society）；

6. Amy D. Dooling（杜爱梅，美国康涅狄格学院东亚系教授）撰写的《重新认识中国现代女性书写的起源》（Reconsidering the Origins of Modern Chinese Women's Writing）；

7. 邓腾克撰写的《浪漫情怀与主体问题：以郁达夫为例》（Romantic Sentiment and the Problem of the Subject：Yu Dafu）；

8. Ann Huss（何素楠，香港中文大学东亚研究中心教授）撰写的《阿Q式的狂人：鲁迅小说中的传统与现代性》（The Madman That Was Ah Q：Tradition and Modernity in Lu Xun's Fiction）；

9. 张京媛（原北京大学教授）撰写的《女权主义与革命：丁玲的作品和生活》（Feminism and Revolution：The Work and Life of Ding Ling）；

10. Charles Laughlim（罗福林）撰写的《革命文学的争论》（The Debate on Revolutionary Literature）；

11. Hilary Chung（美国奥克兰大学艺术学院教授）撰写的《茅盾，现代小说与女性典型》（Mao Dun, the Modern Novel, and the Representation of Women）；

12. Nicholas A. Kaldis（柯德席，美国纽约州立大学宾汉姆顿分校亚洲与亚美研究副教授）撰写的《巴金的〈家〉：小说，典型与相关性》（Ba Jin's *Family*：Fiction，Representation，and Relevance）；

13. Steven L. Riep（美国杨百翰大学亚洲与近东语言学系副教授）撰写的《中国的现代主义：新感觉派》（Chinese Modernism：The New Sensationists）；

14. Jeffrey C. Kinkley（金介甫，美国纽约圣若望大学历史系教授）撰写的《沈从文与想象的乡土社会》（Shen Congwen and Imagined Native Communities）；

15. Amy D. Dooling（杜爱梅）撰写的《萧红的〈生死场〉》（Xiao Hong's *Field of Life and Death*）；

16. 陈小眉（美国加利福尼亚州立大学戴维斯分校东亚文化与语言系教授）撰写的《表演国家：中国的戏剧与剧场》（Performing the Nation：Chinese Drama and

Theater）；

17. Jonathan Noble（刘战，美国圣母大学教授）撰写的《曹禺与〈雷雨〉》（Cao Yu and *Thunderstorm*）；

18. Thomas Moran（穆润陶，美国明德学院中国语言文学教授）撰写的《勉为其难的虚无主义：老舍的〈骆驼祥子〉》（The Reluctant Nihilism of Lao She's *Rickshaw*）；

19. Nicole Huang（黄心村，美国威斯康辛大学麦迪逊分校亚洲语言与文化系教授）撰写的《张爱玲与选择性的战时叙事》（Eileen Chang and Alternative Wartime Narrative），出现在《中国现代文学指南》中的文章题目为《张爱玲与城市和世界叙事》（Eileen Chang and Narratives of Cities and Worlds）；

20. Kirk A. Denton（邓腾克）撰写的《文学与政治：毛泽东的〈在延安文艺座谈会上的讲话〉》（Literature and Politics：Mao Zedong's "Talks at the Yan'an Forum on Art and Literature"），出现在《中国现代文学指南》中的文章题目略作了修改，题为《文学与政治：毛泽东〈在延安文艺座谈会上的讲话〉与党内整风运动》（Literature and Politics：Mao Zedong's "Yan'an Talks" and Party Rectification）；

21. 王斑（美国斯坦福大学东亚系与比较文学系教授）的《革命现实主义与革命浪漫主义：〈青春之歌〉》（Revolutionary Realism and Revolutionary Romanticism：*Song of Youth*）；

22. Richard King（加拿大维多利亚大学）撰写的《百花齐放》（The Hundred Flowers），出现在《中国现代文学指南》中的文章增加了副标题：《百花齐放：秦兆阳、王蒙和刘宾雁》（The Hundred Flowers：Qin Zhaoyang, Wang Meng, and Liu Binyan）；

23. Di Bai 撰写的《文化革命样板戏》（The Cultural Revolution Model Theater）；

24. Christopher Lupke（陆敬思，美国华盛顿州立大学外国语言及文化系副教授）撰写的《台湾本土作家》（The Taiwan Nativists），收入《中国现代文学指南》时改题《台湾文学中的本土主义与地方主义》（Nativism and Localism in Taiwanese Literature）；

25. John Christopher Hamm（韩倚松，美国华盛顿州立大学东亚语言系副教授)撰写的《物质艺术小说与金庸》(Martial-Arts Fiction and Jin Yong)；

26. Miriam Lang 撰写的《台湾罗曼史：三毛与琼瑶》(Taiwanese Romance：San Mao and Qiong Yao)；

27. Michelle Yeh(奚密，美国加州戴维斯分校东亚语言系和比较文学系教授)撰写的《朦胧诗》(Misty Poem)；

28. Sabina Knight(桑禀华，美国史密斯大学中国文学与比较文学教授)撰写的《伤痕文学与创伤记忆》(Scar Literature and the Momory of Trauma)；

29. Mark Leenhouts(林格，荷兰莱顿大学汉学系博士)撰写的《反政治文化：寻根文学》(Culture against Politics：Roots-Seeking Literature)；

30. Yomi Braester(柏右铭，美国西雅图华盛顿大学)撰写的《莫言与〈红高粱〉》(Mo Yand and *Red Sorghum*)，收入《中国现代文学指南》时改题《莫言》(Mo Yan)；

31. Andrew F. Jones(美国加州大学伯克利分校东亚语言文化系教授)撰写的《中国的先锋小说》(Avant-Grade Fiction in China)，收入《中国现代文学指南》时题目改为《Avant-Grade Fiction in Post-Mao China》；

32. Michelle Yeh(奚密)撰写的《台湾的现代诗歌》(Modern Poetry of Taiwan)；

33. Robin Visser(美国北卡罗来纳大学中国语言文学副教授)和 Jie Lu 合作撰写的《后毛时代的城市小说》(Post-Mao Urban Fiction)，收入《中国现代文学指南》时作了修改，题为《当代城市小说：重新书写城市》(Contemporary Urban Fiction：Rewriting the City)；

34. Daisy S. Y. Ng 撰写的《西西与香港故事》(Xi Xi and Tales of Hong Kong)；

35. Lingchei Letty Chen(美国圣路易斯华盛顿大学东亚语言文化系副教授)撰写的《书写台湾的末世繁华：朱天文与朱天星》(Writing Taiwan's Fin-de-siècle Splendor：Zhu Tianwen and Zhu Tianxin)；

36. 王玲珍(美国布朗大学东亚研究副教授)撰写的《王安忆》(Wang Anyi)；

37. Jonathan Noble(刘战)撰写的《王朔与文学的商业化》(Wang Shuo and the Commercialization of Literature)，这一主题出现在《中国现代文学指南》中时分为两篇文章：一篇为 Jonathan Noble 撰写的《王朔》(Wang Shuo)，另一篇为 Zhen

Zhang 撰写的《后毛泽东时代文学的商业化：余华，美女作家和青春作家》（Commercialization of Literature in the Post-Mao Era：Yu Hua，Beauty Writers，and Youth Writers）；

38. Esther M. K. Cheung（张美君，香港大学比较文学系教授）撰写的《二十世纪后期香港文学中的谈判之声》（Voices of Negotiation in Late Twentieth-Century Hong Kong Literature），收入《中国现代文学指南》中的文章题为《香港声音：从二十世纪后期到新千禧年的文学》；

39. Mabel Lee（陈顺妍，澳大利亚悉尼大学中文系名誉教授）撰写的《重返隐士文学：高行健》（Returning to Recluse Literature：Gao Xingjian），收入《中国现代文学指南》时改题《词语与想象：高行健》（Word and Image：Gao Xingjian）。

见于《东亚现代文学指南》中有 1 篇题为《近年中国文学中的同性之爱》（Same-Sex Love in Recent Chinese Literature），《中国现代文学指南》中 Thomas Moran（穆润陶）撰写的《中国现代文学中的同性爱欲》（Homoeroticism in Modern Chinese Literature）。相较之下，《中国现代文学指南》中增加的篇目则有：

1. Christopher G. Rea（雷勤风，加拿大不列颠哥伦比亚大学亚洲研究系副教授）撰写的《钱锺书与杨绛：一场文学姻缘》（Qian Zhongshu and Yang Jiang：A Literary Marriage）；

2. Christopher Lupke（陆敬思）撰写的《台湾的冷战小说和现代主义作家》（Cold War Fiction from Taiwan and the Modernists）；

3. Rossella Ferrari（伦敦大学亚非学院高级讲师）撰写的《中国大陆、台湾和香港的当代经验戏剧》（Contemporary Experimental Theaters in the People's Republic of China，Taiwan，and Hong Kong）；

4. 宋明炜（美国卫斯理学院东亚语言文化系副教授）撰写的《通俗文类小说：科学小说与幻想作品》（Popular Genre Fiction：Science Fiction and Fantasy）；

5. Maghiel van Crevel（柯雷，荷兰莱顿大学中国语言文学教授）撰写的《中国1980 年代以来的先锋诗》（Avant-Garde Poetry in China Since the 1980s）；

6. Michael Berry（白睿文，美国加州大学圣巴巴拉分校东亚系教授）撰写的《后戒严时代的台湾文学》（Taiwan Literature in the Post-Martial Law Era）；

7. Carlos Rojas（罗鹏）撰写的《从边缘发声：阎连科》（Speaking from the Margins：Yan Lianke）；

8. Heather Inwood（殷海洁，英国曼彻斯特大学中国文化研究讲师）撰写的《网络文学：从 YY 到 MOOC》（Internet Literature：From YY to MOOC）。

在这部由 50 余篇文章组成的《中国现代文学指南》中，第一部分主要是一些有关中国现代文学背景性的研究，第二部分则基本上是按照年代的顺序进行编排，聚焦于特殊的作家、作品和流派，涉及的文体主要有小说、戏曲、诗歌，而没有论及中国现代文学中的文学性散文这一体类。根据编者的说法，之所以不涉及散文（essay）这一文体，并非因为在他的看法中将散文视为边缘文类，最主要的原因在于在西方的中国现代文学课堂中很少讲授散文。

尽管无论从结构的完整性，关涉文体的丰富性，以及历史叙述的严谨性等方面，《中国现代文学指南》与文学史书写的体例都有很大的不同；然而其编纂的理念和对中国现代文学历史的基本认识，却鲜明体现了近二三十年来西方世界构建中国现代文学历史图像的主流结构：中国现代文学历史的起点一般都会被推远至晚清时期，"现代性"论述成为中国现代文学叙述的核心观念，华语语系文学、世界性视野已成为中国现代文学历史建构的普遍话语，等等，都无不在改变中国现代文学史书写的面貌。

由邓腾克撰写的《历史概观》（Historical Overview）①一文，虽然只是简略万余字的概述，却能从中看出海外学界在中国现代文学史书写方面的普遍认识。从 20 世纪 90 年代以后，"现代性"叙述逐渐成为中国现代文学史书写的主流话语。在邓腾克看来，有关中国现代文学起源问题的论述，都与政治和政治化的现代性定义纠缠不清，以往将五四运动或者鲁迅《狂人日记》作为中国现代文学起点重要标志的论述正在被逐渐修正，在一波接一波的"重写文学史"浪潮中，诸如晚清文学、鸳鸯蝴蝶派等都重新被纳入中国现代文学史的叙述当中。由此我们可以看到，在邓腾克的中国现代文学史分期中，居于第一个阶段的同样是晚清时期（1895—1911），是中西文学文化交汇集中而深入，各种现代性话语众声喧哗的一

---

① Kirk A. Denton, ed., *The Columbia Companion to Modern Chinese Literature*. New York：Columbia University Press，2016, pp. 3-26.

段时期。

除在文学史分期方面反映近二十余年的主流观念之外，在中国现代文学史的地域性问题上也与海外的主流声音互为呼应。在邓腾克看来，台湾、香港的文学尽管自有其自身的发展历程，但也并非与中国大陆的文学发展没有联系，因而中国现代文学史自然就不能将台湾、香港的文学排除在外。与此同时，在过去十余年的中国现代文学史研究中，"华语语系文学"正在成为改变其格局的重要发展方向。这一概念试图超越以往国家-民族文学史书写的基本框架，而将语言、文化作为建构"华语语系文学"的重要理论支撑，进而为建立"世界中国文学"提供一个新的批评框架。

三、罗鹏、白安卓主编《牛津中国现代文学手册》

由罗鹏（Carlos Rojas）和白安卓（Andrea Bachner）共同主编的《牛津中国现代文学手册》（*The Oxford Handbook of Modern Chinese Literatures*）是四部文学史中规模最大的一部，总页数多达1000余页，参与撰写的学者共有47位，大部分为具有海外学术背景的学者，也有少数中国学者、作家参与其事，如北京大学的陈平原、夏晓红、清华大学的汪晖、复旦大学的葛兆光、苏州大学的季进、著名作家阎连科等。

《牛津中国现代文学手册》（以下简称《手册》）上下两册，共收录文章45篇，分为"结构"（Structure）、"分类学"（Taxonomy）、"方法论"（Methodology）三个部分，每个部分各收录论文15篇，另有主编之一的Carlos Rojas（罗鹏）所撰写的导论。其中第一部分"结构"中收录的论文分别为：

1. Kirk A. Denton（邓腾克）《鲁迅、返乡与五四现代性》（Lu Xun, Returning Home, and May Fourth Modernity）；

2. 廖炳惠（美国加州大学圣地亚哥分校教授）《现代中国的旅行：从章太炎到高行健》（Travels in Modern China: From Zhang Taiyan to Gao Xingjian）；

3. 夏晓红（北京大学中文系教授）《中国现代"戏剧"概念的建构》（The Construction of the Modern Chinese Concept of Xiju（"drama"））；

4. Nathaniel Isaacson(美国北卡罗来纳大学助理教授)《晚清中国的东方主义、科学实践和大众文化》(Orientalism, Scientific Practice, and Popular Culture in Late Qing China);

5. 陈平原(北京大学中文系教授)《文学史的故事》(The Story of Literary History);

6. Andrea Bachner(白安卓,康奈尔大学比较文学副教授)《语言的秘密:陈黎的汉语变位作品》(The Secrets of Language:Chen Li's Sinographic Anagrams);

7. Michael Gibbs Hill(韩嵩文,南卡罗来纳大学副教授)《有关未知:翻译、知识工作与现代文学》(On Not Knowing:Translation, Knowledge Work, and Modern Literature);

8. MEI Chia-ling(梅家玲,台湾大学中文系教授)《中国文学中声音与现代性追求》(Voice and the Quest for Modernity in Chinese Literature);

9. Shelby Kar-yan Chan(香港恒生管理学院副教授), Gilbert C. F. Fong(香港恒生管理学院教授)《香港之声:粤语与陈钧润的翻译戏剧》(Hongkong-Speak:Cantonese and Rupert Chan's Translated Theater);

10. 陈小眉《歌唱〈国际歌〉:从"红色丝绸之路"到红色经典》(Singing "The Internationale":From the "Red Silk Road" to the Red Classics);

11. John A. Crespi(江克平,美国科尔盖特大学中国和亚洲研究副教授)《超越讽刺:张光宇1945年〈西游漫记〉的图画想象》(Beyond Satire:The Pictorial Imagination of Zhang Guangyu's 1945 Journey to the West in Cartoons);

12. Laikwan Pang(彭丽君,美国华盛顿大学比较文学博士,香港中文大学文化及宗教研究系教授)《时空的寓言:大跃进时期田汉的历史剧》(The Allegory of Time and Space:Tian Han's Historical Dramas in the Great Leap Forward Period);

13. 阎连科《中国审查制度体系的检查》(An Examination of China's Censorship System);

14. 李洁(美国哈佛大学东亚语言文明系助理教授)《"我们的抽屉是空的吗":聂绀弩的档案文学》("Are our drawers empty?":Nie Gannu's Dossier Literature);

15. Juning Fu(美国康奈尔大学比较文学博士候选人)《梦回 1997：中国网络奇幻文学的现象学》(A Dream of Returning to 1997：The Phenomenology of Chinese Web Fantasy Literature)。

第二部分"分类学"(Taxonomy)同样收录了 15 篇文章：

1. David Porter(博达伟，美国密歇根大学文理学院英文系和比较文学系教授)《文学早期现代性的早期现代比较方法》(Early Modern Comparative Approaches to Literary Early Modernity)；

2. 王晓珏(美国罗格斯大学副教授)《冷战时期中国的边界与边疆叙事》(Borders and Borderlands Narratives in Cold War China)；

3. 田晓菲(美国哈佛大学东亚语言文明系教授)《浩然与文化大革命》(Hao Ran and the Cultural Revolution)；

4. Matthew Fraleigh(美国布兰迪斯大学东亚文学与文化系副教授)《中国文学的边界：十九世纪文字文化圈的诗性交流》(At the Borders of Chinese Literature：Poetic Exchange in the Nineteenth-Century Sinosphere)；

5. Kwok-Kou Leonard CHAN(陈国球，香港教育学院中国文学讲座教授)《地域感觉与城市想象：由香港诗歌阅读香港》(Sense of Place and Urban Images：Reading Hong Kong in Hong Kong Poetry)；

6. Sung-sheng Yvonne Chang(张诵圣，美国得克萨斯大学奥斯汀分校亚洲研究系教授)《战时台湾：一个东亚模式的现代文学机构的缩影?》(Wartime Taiwan：Epitome of ab East Asian Modality of the Modern Literary Institution?)；

7. CHANG Cheng(张正，台湾《四方报》总编辑)，LIAO Yung-chang(廖云章，《台湾立报》副总编)《流亡歌，〈四方报〉：台湾东南亚移民的血汗书写》(Song of Exile，Four-Way Voice：The Blood-and-Sweat Writings of Southeast Asian Migrants in Taiwan)；

8. Shuang Shen(美国宾夕法尼亚州立大学比较文学与中国研究副教授)《当"跨越太平洋"遇见中国文学》(Where the "Trans-Pacific" Meets Chinese Literature)；

9. Belinda Kong(美国鲍登学院亚洲研究副教授)《郭小橹与当代中国的英语

语系小说》(Xiaolu Guo and the Contemporary Chinese Anglopone Novel);

10. Mark Bender(美国俄亥俄州立大学中国文学和民俗学教授)《晚夏玉米诗人：阿库乌雾与当代彝族诗歌》(Poet of the Late Summer Corn：Aku Wuwu and Contemporary Yi Poetry);

11. 季进(苏州大学教授)《文学翻译与中国现代文学》(Literary Translation and Modern Chinese Literature);

12. Chris Hamm(美国华盛顿大学东亚语言文学系副教授)《中国现代小说的类型：现代时期的正义英雄》(Genre in Modern Chinese Fiction：Righteous Heroes of Modern Times);

13. 宋明炜《无形的表现：21世纪中国的科幻小说》(Representations of the Invisible：Chinese Science Fiction in the Twenty-First Century);

14. Rey Chow(周蕾，美国杜克大学Firor Scott文学教授)《梁秉钧：抒情与空间遐想》(Leung Ping-kwan：Shuqing and Reveries of Space);

15. Nick Admussen(安敏轩，美国康奈尔大学亚洲研究系助理教授)《文类阻隔文类的诞生：冰心、泰戈尔和散文》。

第三部分为"方法论"(Methodology)篇，也收入15篇文章：

1. 王德威(美国哈佛大学东亚系教授)《现代时期中国的文学思想：三次相遇》(Chinese Literary Thought in Modern Times：Three Encounters);

2. 刘剑梅(美国哥伦比亚大学东亚系博士，香港科技大学人文学部终身教授)《高行健：现代庄子的典范》(Gao Xingjian：The Triumph of the Modern Zhuangzi);

3. Haun Saussy(苏源熙，美国芝加哥大学比较文学教授)，葛兆光(复旦大学历史系教授)《中国二十世纪的历史编纂学》(Historiography in the Chinese Twentieth Century);

4. 张英进《文学历史与文学历史编纂的结构与断裂》(Structure and Rupture in Literary History and Historiography);

5. Viren Murthy(美国威斯康辛大学麦迪逊分校亚洲语言与文化系助理教授)《读鲁迅早期马克思主义相关文章》(Reading Lu Xun's Early Essays in Relation to Marxism);

6. 汪晖(清华大学教授)《直觉、重奏与革命：阿 Q 生活中的六个时刻》(Intuition, Repetition, and Revolution：Six Moments in the Life of Ah Q)；

7. Chaoyang Liao(廖朝阳，美国普林斯顿大学东亚研究所博士，台湾大学外文系教授)《从羞愧到自由：解开李昂〈看得见的鬼〉中幽灵的身份》(From Shame to Freedom：Undoing Spectral Identity in Li Ang's Seeing Ghosts)；

8. 王斑《革命中的激情与政治：丁玲的精神分析学解读》(Passion and Politics in Revolution：A Psychoanalytical Reading of Ding Ling)；

9. Tze-lan Deborah Sang(桑梓兰，美国密歇根州立大学中国文学与媒体研究教授)《张爱玲与失败的天才艺术》(Eileen Chang and the Genius Art of Failure)；

10. E. K. Tan(陈荣强，美国纽约州立大学石溪分校比较文学与文化研究副教授)《从流亡到不适的回归：陈雪的〈人妻日记〉》(From Exile to Queer Homecoming：Chen Xue's A Wife's Diary)；

11. Karen Thornber(唐丽园，美国哈佛大学亚洲研究中心主任、东亚语言与文明系、比较文学系教授)《关心、脆弱性与恢复力：中国文学中的艾滋病生态学》(Care, Vulnerability, Resilience：Ecologies of HIV/AIDS in Chinese Literature)；

12. Brian Bernards(南加利福尼亚大学东亚语言文化系副教授)《马来西亚作为方法：小黑与民族语言文学的分类学》(Malaysia as Method：Xiao Hei and Ethnolinguistic Literary Taxonomy)；

13. Chien-hsin Tsai(美国得克萨斯大学奥斯汀分校亚洲研究副教授)《遥远的海岸：谢裕民〈安汶假期〉中的移居、吞咽与后忠诚》(A Distant Shore：Migration, Intextuation, and Postloyalism in Chia Joo Ming's "Abon Vacation")；

14. 罗鹏《关于时间：董启章小说中预期的乡愁》(On Time：Anticipatory Nostalgia in Dung Kai-Cheung's Fiction)；

15. 白安卓《结论：连接中的中国文学》(Conclusion：Chinese Literature in Conjunction)。

由以上 40 余篇文章所涉及的主题来看，《手册》除了关注海外中国现代文学研究所共同关注的现代性、翻译、华语语系文学等主题之外，仍在有些方面表现出自己独特的视角：对民族语言文学、疾病与文学主题的关注，对中国现代文学中英语语系文学的关注，对汉字文化圈汉语文学写作的关注，等等。在罗鹏为全书撰写的《导论》中，他提出了自己建构中国现代文学的一个核心概念——"文"，一个基于中国传统文学的概念，同时又在新的历史语境和文本形式中发生了变形：

> 就如同《说文解字》对于"文"的解释，本书的目标并不是要界定什么是现代华文文学，也不是要对这一概念可能涵盖的东西做一个全面的调查，而是提倡通过一系列策略性的介入来阐明决定现代华文文学如何出现，如何被认识，以及如何被理解的结构性条件。换句话说，我们的目标是展示一系列能在处理现代华文文学文本的同时提供不同方式，以重估什么是现代华文文学的方法论。我们主张现代华文文学不是一个静态的概念而是一个动态的实体，其意义和局限在解读的过程中被不断重塑。同理，它也不是一个单一、统一的概念，而是关于什么是现代华文文学的不同概念相互重合所形成的复合体。①

从这种意义上来说，《手册》与其说是一部"现代中国"文学史，还不如说是一部"现代华文"文学史，其关注的对象是世界范围内的华语语系文学。一如作者在《导论》中所欢呼雀跃的："在位于中国历史中心地带的古老书写系统与位于边缘的最当代的书写系统这两个对立的极限点之间，我们发现了一系列驳杂多样的文本产物可以视为'现代的''华文的'和'文学的'。这一混杂多元的现代华文文学概念正是我们的关注所在，而我们尤其感兴趣的是这些文本如同黄锦树小说（即《刻背》）中的纹身那般对分析解读既邀请又抗拒的方式。"②站在特定的时代立场，"中心"与"边缘"之间的转换，构成了含义复杂的现代文学史意义上的"中国"/"华文"（Chinese），由此，"现代中国/华文"文学史在某种程度上也已经被重新定义。其做法虽不必为人人所接受，然而却可以由此窥见近年来海外中国现代文学研究的基本趋向。

---

① 罗鹏：《导论："文学"的界限》，《南方文坛》2017 年第 5 期，第 20 页。
② 罗鹏：《导论："文学"的界限》，《南方文坛》2017 年第 5 期，第 28 页。

四、小结

以上对近年海外出版的三部中国现代文学史著作予以简单厘述，尽管相互之间在内容上有所重复，作者群体也有所重合，然而各自以不同理念观照下的中国现代文学历史图像，以及对"现代""中国""文学"的想象，又集中反映了近些年来海外尤其是英语世界中国现代文学史书写的主流趋势。"他山之石，可以攻玉"，将海外学者书写中国现代文学史的成果与汉语世界有关中国现代文学史书写的讨论进行比照，对当下方兴未艾的"重写文学史"思潮的进一步推进，以及重写文学史实践的不断展开，产出更多不同视角、不同理念的中国现代文学史著作，都必将会跨入一个不同以往的世界。

参考引用文献

一、报刊、杂志

《新民丛报》

《万国公报》

《译书汇编》

《国风报》

《新青年》

《时务报》

《民报》

《东方杂志》

《申报》

《新潮》

《湘学新报》

《学部官报》

《广东教育官报》

《河南官报》

《直隶教育杂志》

《南洋官报》

《北洋官报》

《著作林》

《新小说》

《国粹学报》

《新月》

《月月小说》

《清议报》

《大陆报》

《小说林》

《绣像小说》

《中外小说林》

《小说月报》

二、中文著述

［意］艾儒略：《西学凡》，台湾学生书局，1978 年。

白春超：《再生与流变——中国现代文学中的古典主义》，河南大学出版社，2006 年。

曹元弼：《复礼堂文集》，华文书局，1969 年。

曾毅：《中国文学史·凡例》，泰东书局，1915 年。

柴萼：《梵天庐丛录》，民国十五年（1926）石印本。

陈彬龢：《中国文学论略》，商务印书馆，1931 年。

陈广宏：《文学史之成立》，上海古籍出版社，2016 年。

陈国球、王德威编：《抒情之现代性："抒情传统"论述与中国文学研究》，生活·读书·新知三联书店，2014 年。

陈国球：《文学史书写形态与文化政治》，北京大学出版社，2004 年。

陈洪：《中国小说理论史》（修订本），天津教育出版社，2005 年。

陈介白：《中国文学史概要》，国立北京大学文学院国一讲义。

陈平原、夏晓红编：《二十世纪中国小说理论资料》第一卷，北京大学出版社，1997年。

陈平原：《文学史的形成与建构》，广西教育出版社，1999年。

陈平原选编：《胡适论治学》，安徽教育出版社，2006年。

陈田辑：《明诗纪事》，上海古籍出版社，1993年。

陈文新：《中国文学流派意识的发生和发展》，武汉大学出版社，2003年。

陈寅恪：《元白诗笺证稿》，《陈寅恪集》，生活·读书·新知三联书店，2001年。

戴叔清编：《文学术语辞典》，文艺书局，1931年。

戴熙编：《崇文书院敬修堂小课甲编》，咸丰八年(1858)刻本。

范烟桥：《中国小说史》，苏州秋叶社，1927年。

冯天瑜：《新语探源——中西日文化互动与近代汉字术语生成》，中华书局，2004年。

冯友兰：《中国哲学史》，商务印书馆，1934年。

高叔平编：《蔡元培全集》，中华书局，1984年。

葛存念：《中国文学史略》，大同出版社，1948年。

葛兆光：《宅兹中国：重建有关"中国"的历史论述》，中华书局，2011年。

葛遵礼：《中国文学史》，上海会文堂书局，1921年。

顾凤城等编：《中学生文学辞典》，中学生书局，1932年。

顾起纶：《国雅品》，《历代诗话续编》下册，中华书局，1983年。

顾实：《中国文学史大纲》，商务印书馆，1933年。

郭嵩焘：《伦敦与巴黎日记》，岳麓书社，1984年。

郭延礼：《中国近代翻译文学概论》，湖北教育出版社，1998年。

何良俊：《元朗诗话》，周维德集校《全明诗话》第2册，齐鲁书社，2005年。

胡行之：《文学概论》，乐华图书公司，1933年。

胡怀琛：《中国文学史概要》，商务印书馆，1933年。

胡怀琛：《中国小说的起源及其演变》，正中书局，1934年。

胡怀琛：《中国小说研究》，商务印书馆，1929年。

胡钧：《清张文襄公之洞年谱》，台湾商务印书馆，1978年。

胡适、郁达夫等：《文学论集》，中国文化服务社，1936 年。

胡适：《胡适论学近著第一集》，商务印书馆，1935 年。

胡适：《胡适文存》，上海亚东图书馆，1921 年。

胡适：《胡适文存二集》，上海亚东图书馆，1924 年。

胡适：《胡适文存三集》，《民国丛书》第 1 编第 95 册，上海书店，1989 年。

胡适：《中国章回小说考证》，安徽教育出版社，1999 年。

胡小石：《中国文学史讲稿》，人文社股份有限公司，1930 年。

胡应麟：《诗薮》，周维德集校《全明诗话》第 3 册，齐鲁书社，2005 年。

胡云翼：《新著中国文学史》，北新书局，1932 年。

胡云翼：《中国文学概论》上编，启智书局，1928 年。

黄人：《黄人集》，上海文化山版社，2001 年。

黄人编：《普通百科新大词典》，中国词典公司，1911 年。

黄远庸：《远生遗著》，沈云龙主编《袁世凯史料汇刊续编》本，文海出版社，1966 年。

姜义华、张荣华编校：《康有为全集》，中国人民大学出版社，2007 年。

蒋伯潜、蒋祖怡：《小说与戏剧》，世界书局，1941 年。

蒋鉴璋：《中国文学史纲》，亚细亚书局，1930 年。

蒋瑞藻：《小说考证》，商务印书馆，1919 年。

金观涛、刘青峰：《观念史研究：中国现代重要政治术语的形成》，香港中文大学出版社，2008 年。

康有为：《日本书目志》，《康南海先生遗着汇刊》第 11 册，台湾宏业书局有限公司，1987 年。

康有为著、楼宇烈整理：《长兴学记》，中华书局，1988 年。

况周颐：《餐樱庑随笔》，沈云龙主编《近代中国史料丛刊续编》第 64 辑，文海出版社，1979 年。

来裕恂：《萧山来氏中国文学史稿》，岳麓书社，2008 年。

李大钊：《李大钊全集》，人民出版社，2006 年。

李汝珍：《镜花缘》，上海点石斋光绪十四年(1888)石印本。

李奭学：《明清西学六论》，浙江大学出版社，2016年。

李调元：《雨村诗话》，《清诗话续编》（三），上海古籍出版社，1983年。

李重华：《贞一斋诗说·诗谈杂录》，《清诗话》下册，上海古籍出版社，1978年。

李珠、皮明庥：《武汉教育史（古近代）》，武汉出版社，1999年。

梁启超：《梁启超全集》，北京出版社，1999年。

梁启超：《饮冰室合集》，中华书局，1989年。

两湖书院辑：《两湖书院课程六种》，清光绪二十四年至二十六年（1898—1900）两湖书院刻本。

林传甲：《中国文学史》，武林谋新室，1910年。

林鸿《鸣盛集》，文渊阁《四库全书》本。

凌独见：《新著国语文学史》，商务印书馆，1923年。

刘禾：《语际书写：现代思想史写作批判纲要》，生活·读书·新知三联书店，1999年。

刘经庵：《中国纯文学史纲》，东方出版社，1996年。

刘麟生：《中国文学ABC》，世界书局，1929年。

刘师培：《刘申叔遗书》，江苏古籍出版社，1997年。

刘寅生、袁英光编：《王国维全集》，中华书局，1984年。

刘永济：《文学论》，商务印书馆，1934年。

刘禺生著、钱实甫校：《世载堂杂忆》，中华书局，1960年。

鲁迅：《鲁迅全集》第5卷，人民文学出版社，2005年。

罗志田：《国家与学术：清季民初关于"国学"的思想论争》，生活·读书·新知三联书店，2003年。

莫世祥编：《马君武集》，华中师范大学出版社，1991年。

穆济波：《中国文学史》上册，上海乐群书店，1930年。

欧阳哲生主编：《傅斯年全集》，湖南教育出版社，2000年。

潘德舆：《养一斋诗话》，中华书局，2010年。

潘懋元、刘海峰编：《中国近代教育史资料汇编·高等教育》，上海教育出版社，2007年。

彭文祖：《盲人瞎马之新名词》，东京秀光舍，1915年。

浦江清：《浦江清文史杂文集》，清华大学出版社，1993年。

钱基博：《中国文学史》，中华书局，1993年。

钱穆：《现代中国学术论衡》，生活·读书·新知三联书店，2001年。

钱谦益：《列朝诗集》，中华书局，2007年。

钱谦益：《列朝诗集小传》，上海古籍出版社，1983年。

钱谦益编：《列朝诗集》，清顺治九年(1652)毛晋刻本。

钱振伦编：《安定书院小课二集》，光绪十三年(1887)刻本。

乔亿：《剑谿说诗》，《清诗话续编》(二)，上海古籍出版社，1983年。

清华大学历史系编：《戊戌变法文献资料系日》，上海书店出版社，1998年。

璩鑫圭等编：《中国近代教育史资料汇编·实业教育·师范教育》，上海教育出版社，2007年。

容肇祖：《中国文学史大纲》，朴社，1935年。

商务印书馆编辑部编：《论严复与严译名著》，商务印书馆，1982年。

沈德潜、周准编：《明诗别裁集》，上海古籍出版社，1979年。

沈德潜、周准编：《明诗别裁集》，乾隆四年(1739)刻本。

沈国威：《近代中日词汇交流研究》，中华书局，2010年。

石昌渝：《中国小说源流论》，生活·读书·新知三联书店，1994年。

舒芜等编选：《近代文论选》，人民文学出版社，1959年。

苏云峰：《张之洞与湖北教育改革》，台湾"中央研究院"近代史研究所，1983年。

孙楷第：《沧州后集》，中华书局，1985年。

孙楷第：《沧州集》，中华书局，1965年。

孙楷第：《日本东京大连图书馆所见中国小说书目提要》，国立北平图书馆中国大辞典编纂处，1932年。

孙楷第：《日本东京所见小说书目》，人民文学出版社，1958年。

孙楷第：《俗讲、说话与白话小说》，作家出版社，1956年。

孙楷第：《中国通俗小说书目》，国立北平图书馆中国大辞典编纂处，1933年。

谭正璧：《文学概论讲话》，光明书局，1934年。

唐才常：《唐才常集》，中华书局，2013年。

唐君毅：《中西哲学思想之比较研究集》，正中书局，1947年。

唐廷枢：《英语集全》，京都大学藏广州纬经堂同治元年(1862)刊本。

童行白：《中国文学史纲》，大东书局，1947年。

汪琬：《说铃》，光绪五年(1879)文富堂刊本。

王葆心：《高等文学讲义》，光绪三十二年(1906)刊本。

王德威：《想像中国的方法：历史·小说·叙事》，生活·读书·新知三联书店，1998年。

王汎森：《中国近代思想与学术的系谱》，吉林出版集团，2010年。

王国维：《王国维学术经典集》，江西人民出版社，1997年。

王国维：《王国维遗书》，上海古籍出版社，1983年。

王力：《汉语史稿》，中华书局，2004年。

王仁俊：《存古学堂丛刻》，林庆彰主编《晚清四部丛刊》，文听阁图书公司2010年影清光绪三十三年(1907)存古学堂铅印本。

王士禛：《香祖笔记》，上海古籍出版社，1982年。

王世贞：《明诗评》，丛书集成初编本。

王栻主编：《严复集》，中华书局，1986年。

王水照主编：《历代文话》，复旦大学出版社，2007年。

王炜编校：《〈清实录〉科举史料汇编》，武汉大学出版社，2009年。

王忠阁：《元末吴中派论考》，广西师范大学出版社，1998年。

夏志清：《人的文学》，辽宁教育出版社，1998年。

谢冰莹、顾凤城、何景文编：《新文学辞典》，开华书局，1932年。

谢维扬、房鑫亮主编：《王国维全集》，浙江教育出版社，2009年。

谢无量：《中国大文学史》，中华书局，1918年。

徐敬修：《说部常识》，大东书局，1925年。

徐珂:《清稗类钞》,中华书局,1983年。

徐泰:《诗谈》,《四库全书存目丛书》集部第417册,齐鲁书社,1997年。

颜惠庆:《英华大辞典》,商务印书馆,光绪三十四年(1908)。

杨庆祥等著,程光炜编:《文学史的多重面孔:八十年代文学事件再讨论》,北京大学出版社,2009年。

杨慎:《升庵诗话》,《历代诗话续编》中册,中华书局,1983年。

杨廷筠:《代疑续篇》,钟鸣旦等编《法国国家图书馆明清天主教文献》第26册,台北利氏学社,2009年。

杨霞:《清末民初的"中国意识"与文学中的"国家想像"》,南京师范大学出版社,2012年。

永瑢等:《四库全书总目》,中华书局,1965年。

游潜:《梦蕉诗话》,《四库全书存目丛书》集部第416册,齐鲁书社,1997年。

余来明:《"文学"概念史》,人民文学出版社,2016年。

郁达夫:《小说论》,光华书局,1926年。

张继煦:《张之洞治鄂记》,民国铅印本。

张枏、王忍之编:《辛亥革命前十年间时论选集》第3卷,生活·读书·新知三联书店,1977年。

张长弓:《中国文学史新编》,开明书店,1935年。

张之纯:《中国文学史》,商务印书馆,1915年。

章炳麟:《訄书(重订本)》,生活·读书·新知三联书店,1998年。

章克标等编译:《开明文学辞典》,开明书店,1932年。

章学诚著,叶瑛校注:《文史通义校注》,中华书局,1985年。

赵德馨主编,吴剑杰、周秀鸾等点校:《张之洞全集》,武汉出版社,2008年。

赵景深:《中国文学小史》,光华书局,1926年。

赵翼:《瓯北诗话》,人民文学出版社,1963年。

郑振铎:《插图本中国文学史》,朴社,1932年。

郑振铎：《文学大纲》，商务印书馆，1927 年。

郑振铎：《郑振铎全集》，花山文艺出版社，1998 年。

郑振铎：《郑振铎文集》，人民文学出版社，1988 年。

郑振铎：《中国文学研究》，上海书店，1981 年。

中国科学院图书馆整理：《续修四库全书总目提要·经部》，中华书局，1993年。

钟少华编：《词语的知惠——清末百科辞书条目选》，贵州教育出版社，2000年。

周亮工：《闽小纪》，《续修四库全书》第 734 册，上海古籍出版社，2002 年。

周培懋：《两湖书院试卷》(1851—1911)，国家图书馆藏原卷本。

周作人：《中国新文学的源流》，华东师范大学出版社，1995 年。

朱庭珍：《筱园诗话》，《清诗话续编》(四)，上海古籍出版社，1983 年。

朱希祖著，周文玖选编：《朱希祖文存》，上海古籍出版社，2006 年。

朱湘：《文学闲谈》，北新书局，1934 年。

朱彝尊：《静志居诗话》，人民文学出版社，1990 年。

朱彝尊：《明诗综》，中华书局，2007 年。

朱彝尊辑录：《明诗综》，康熙间白莲泾刻本。

朱有瓛编：《中国近代学制史料》第二辑，华东师范大学出版社，1987 年。

朱峙三：《朱峙三日记：1893—1919》，华中师范大学出版社，2011 年。

邹弢：《浇愁集》，黄山书社，2009 年。

邹弢：《海上尘天影》，《古本小说集成》第二辑，上海古籍出版社，1992 年。

左绍佐编：《经心书院集》，光绪十四年(1888)湖北官书处刊本。

左玉河：《从四部之学到七科之学——学术分科与近代中国知识系统之创建》，上海书店出版社，2004 年。

三、外文著述(含译著)

[德]伽达默尔：《真理与方法——哲学诠释学的基本特征》，洪汉鼎译，商

务印书馆，2010年。

[德]郎宓榭、阿梅龙、顾有信编著：《新词语新概念：西学译介与晚清汉语词汇之变迁》，赵兴胜等译，山东画报出版社，2012年。

[德]瑙曼等：《作品、文学史与读者》，范大灿编，文化艺术出版社，1997年。

[法]马克·布洛克：《历史学家的技艺》（第二版），黄艳红译，中国人民大学出版社，2011年。

[美]费正清、刘广京编：《剑桥中国晚清史》下卷，中国社会科学院历史研究所编译室译，中国社会科学出版社，1985年。

[美]费正清编：《剑桥中华民国史》上卷，杨品泉等译，中国社会科学出版社，1994年。

[日]柄谷行人：《日本现代文学的起源》，赵京华译，生活·读书·新知三联书店，2003年。

[日]龟井秀雄：《"小说"论：〈小说神髓〉与近代》，（东京）岩波书店，1999年。

[日]吉川幸次郎：《宋元明诗概说》，李庆等译，中州古籍出版社，1987年。

[日]铃木贞美：《日本的"文学"概念》，（东京）作品社，1998年。

[日]实藤惠秀：《中国人留学日本史》（修订译本），谭汝谦、林启彦译，北京大学出版社，2012年。

[日]长泽规矩也：《中国学术文艺史讲话》，胡锡年译，世界书局，1943年。

[意]利玛窦、金尼阁：《利玛窦中国札记》，何高济等译，中华书局，1983年。

[意]利玛窦口译，徐光启笔受：《几何原本》，日本早稻田大学图书馆藏万历三十九年(1611)再校刊本。

[英]彼得·伯克：《语言的文化史：近代早期欧洲的语言和共同体》，李霄翔等译，北京大学出版社，2007年。

A. H. Mateer, *New Terms for New Ideas：A Study of the Chinese Newspaper*, Shanghai：The Presbyterian Mission Press, 1917.

Carlos Rojas, Andrea Bachner, ed., *The Oxford Handbook of Modern Chinese Literatures*, Oxford University Press, 2016.

David Der-wei Wang, ed., *A New Literary History of Modern China*, Cambridge, Massachusetts: The Belknap Press of Harvard University Press, 2017.

Justus Doolittle, *Vocabulary and Handbook of the Chinese Language*, Foochow: China, Rozario, Marcal and Company, 1872.

Kirk A. Denton, ed., *The Columbia Companion to Modern Chinese Literature.* New York: Columbia University Press, 2016.

R. Morrison, D. D., *A Dictionary of the Chinese Language*, Macao, China: the Honorable East India Company's Press, 1822.

Samuel Kidd, *Lecture on The Nature and Structure of the Chinese Language*, London: Taylor and Walton, 1838.

Tu Wei-ming, *The Living Tree: The Changing Meaning of Being Chinese Today*, Stanford, California: Stanford University Press, 1994.

W. H. Medhurst, Sen., *English and Chinese Dictionary*, ShangHae: The Mission Press, 1848.

W. Lobscheid, *English and Chinese Dictionary*, HongKong: The Daily Press Officr, 1868.

Wang Gungwu, *The Chinese of China*, Selected Essays, Hong Kong, Oxford University Press, 1991.

Zhang Yingjin, ed., *A Companion to Modern Chinese Literature*, London: Wiley-Blackwell, 2016.